CAROLINE GAYNES

Christmas EVENT

UN DUO EXPLOSIF

Black Ink Editions

Nom de l'ouvrage : Christmas Event
Auteur : Caroline Gaynes
Suivi éditorial : Emma Landas

Dépôt légal novembre 2023

Réalisation : Juliette Bernaz
Crédit photo : Shutterstock
ISBN : 978-2-37993-494-0

Black Ink Éditions
27 rue Vivonne - 17220 La Jarne
Numéro SIRET 840 658 587 00026

Contact : editions.blackink@gmail.com
Site Internet : www.blackinkeditions.com

CHAPITRE 1

Ellie

Tout mais pas lui…

Je suis la personne la plus ponctuelle qui existe, mais depuis quelques semaines, j'enchaîne les impondérables.

Pas plus tard qu'hier, je suis restée bloquée dans l'ascenseur. Est-il utile de préciser qu'il avait été réparé il y a quelques jours seulement ? Il m'a fallu poireauter quarante-cinq minutes avant qu'un technicien vienne à mon secours.

La semaine dernière, j'ai pris un taxi et, en plein milieu de la course, celui-ci a crevé. Obligée de courir jusqu'au bureau où ma boss m'attendait de pied ferme pour que l'on prenne un avion. J'ai à mon actif des tonnes d'anecdotes de ce style.

Karma *bitch* me dirait ma coloc.

Ce matin, j'ai mis mon réveil une heure plus tôt pour pallier tout imprévu. Notre boss, Kristen, nous a convoqués pour une réunion exceptionnelle avec tous les services. La curiosité me dévore depuis que j'ai pris connaissance du mail.

Je fouille dans mon armoire à la recherche de mon tailleur sur mesure qui me donne fière allure. Ma tenue de conquérante. J'enfile mon pantalon noir, une chemise parme en soie, puis enlève du cintre ma veste assortie que je jette sur le lit. Je me baisse délicatement, pour prendre une paire d'escarpins noirs.

J'entends votre question, vous savez ! Pourquoi « délicatement » ? Parce qu'avec la chance que j'ai, je suis capable de faire craquer mon pantalon et de me retrouver les fesses à l'air !

Voilà, tout est prêt, et ce, sans incident à déplorer, du moins pour l'instant.

Dans la salle de bains, je me brosse les cheveux avec soin. Il faudrait que je pense à aller chez le coiffeur pour couper quelques centimètres et refaire ma couleur brune, proche du noir, mettant en valeur mon teint mat. Je commence à avoir des cheveux blancs et pourtant, je n'ai que vingt-huit ans. Ma coloc me dit que j'ai de la chance, certaines en ont genre à vingt ans, mais apercevoir les premiers à mon âge est un dur rappel à la réalité. Je vieillis.

Je mets le lisseur à chauffer pendant que je m'attelle à me maquiller. Aujourd'hui, je décide de sortir le grand jeu, en commençant par appliquer une légère couche de fond de teint. Je choisis un crayon marron et trace un trait fin sous mes yeux, fard à paupières, mascara noir, histoire de faire ressortir mes grands yeux marron. Je fouille dans la trousse à la recherche d'un rouge à lèvres. Bingo. Une fois mes cheveux bien lisses, lesquels recouvrent la moitié de mon dos, je jette un dernier coup d'œil à mon reflet. Je suis satisfaite du résultat. Je ne remercierai jamais assez la copine de Carla, ma colocataire, et ses cours de maquillage.

En parlant de Carla, elle m'a demandé de la réveiller. Elle est tout aussi excitée que moi à l'idée de ce qu'il pourrait ressortir de cette réunion. On parle beaucoup boulot quand on arrive à se croiser à l'appart. Elle a bien senti que j'étais stressée, alors au lieu de faire la grasse matinée, madame souhaite que l'on prenne notre café ensemble. C'est un véritable amour, un soutien sans faille. C'est mon petit oiseau de nuit. Elle est l'heureuse propriétaire d'une boîte de nuit dans le centre de Manhattan qu'elle inaugure ce soir.

D'ailleurs, ce soir, je suis invitée à la rejoindre pour boire un verre. Elle a écrit ça en gros sur notre ardoise dans la cuisine. (Est-il nécessaire de préciser qu'elle était initialement prévue pour mettre la liste des ingrédients en rupture ?)

Je me souviens du jour de notre rencontre comme si c'était hier. C'était il y a quatre ans, quand j'ai été embauchée chez *Farsman Creative Group* en tant qu'assistante de direction artistique. J'avais envie de me rapprocher de la boîte pour m'éviter de longs trajets et, par-dessus tout, j'avais besoin d'avancer. Rester dans l'appartement que j'ai partagé avec mon ex pendant trois ans était trop dur. Je m'interdis de prononcer son nom encore aujourd'hui. Il m'a fait tellement souffrir… le trouver au lit avec une collègue de boulot a été un véritable coup de massue. Malgré tout cela, je ne me voyais pas vivre seule, ne supportant pas la solitude.

J'ai donc parcouru les petites annonces, et suis tombée sur cet appart en colocation. J'ai hésité (bon, OK, pas très longtemps), partager un appartement avec une inconnue me faisait peur, mais me retrouver seule était plus difficile encore à concevoir. J'ai appelé la locataire et nous nous sommes retrouvées dans un café. J'ai passé un véritable entretien d'embauche pendant pas loin d'une heure. Au départ, j'étais sceptique, je me suis demandé si elle n'était pas un peu névrosée, la fille, mais finalement, en discutant avec elle, il s'est avéré que nous avions pas mal de points communs comme la mode, le cinéma, la musique.

Nous entamons notre quatrième année de colocation et jusqu'ici, pas l'ombre d'une engueulade, pas même pour un cheveu dans le lavabo ou un emprunt de chaussures.

Carla, c'est la nana qui vit en permanence à mille à l'heure. Je ne sais toujours pas où elle puise cette source d'énergie. C'est souvent la première à bringuer ou à se retrouver (et par extension, *me* retrouver) dans des coups foireux.

Je récupère ma veste avant de sortir de ma chambre, me poste devant la porte fermée de la sienne, et l'appelle doucement. Je colle mon oreille dans l'espoir d'entendre un son, un ronflement, un grincement de matelas, mais rien. Je frappe trois petits coups avant d'ouvrir.

Je retiens un petit cri avec ma main que je plaque sur la bouche, quand je découvre dans son lit pas une, mais deux masses masculines, en plus d'elle. J'hésite à prendre une photo et à la menacer de l'envoyer à sa mère qui est stricte et vieux jeu. Cette dernière ferait une syncope si elle découvrait sa fille dans un lit avec deux hommes. Elle, qui a espoir de la marier à un riche héritier, tomberait des nues.

Elle ne s'ennuie vraiment pas, celle-là. J'avance à pas de loup pour ne pas réveiller les deux inconnus.

— Carla, lève-toi, c'est l'heure, chuchoté-je.

— Mumm, marmonne-t-elle.

Ce n'est pas gagné. Le blond à droite ouvre à moitié les yeux, me sourit et se tourne. OK ! Il m'est d'une grande aide, je me retiens de lui dire merci. Au bout de ma troisième tentative infructueuse, je décide d'employer les grands moyens.

— Carla, merde, ton téléphone n'arrête pas de sonner, dis-je d'une voix plus forte. Ta mère a appelé, elle est en chemin. Dépêche-toi, putain !

Sa réaction ne se fait pas attendre. Elle se lève d'un bond, réveillant les deux inconnus au passage.

— Les mecs, bougez-vous ! s'écrie-t-elle.

Je me retiens de ne pas pouffer face à la scène qui se joue devant mes yeux, c'est à se tordre de rire. Carla saute partout, complètement affolée, à la recherche d'un truc à se mettre sur le dos. Elle manque de se ramasser en enfilant… une culotte.

Non sans râler, les deux gars se lèvent et se dirigent vers la salle de bains. Ma mission terminée, je descends l'escalier pour préparer le petit déjeuner.

Cinq minutes plus tard, les deux mecs passent devant moi. L'un d'eux a la politesse de me saluer ; vu l'air renfrogné de l'autre, il n'a pas dû apprécier son réveil rocambolesque. La porte d'entrée claque derrière eux.

Carla ne tarde pas à faire son apparition, elle a relevé ses cheveux roux dans une queue de cheval et enfilé un jogging rose. Elle lève son téléphone dans ma direction, le regard assassin.

— Tu trouves ça drôle ? Ma mère, sérieux ? Tu n'aurais pas pu trouver autre chose ? peste-t-elle.

— Et manquer cette scène ? dis-je en riant tout en préparant ses œufs brouillés et le café.

— T'es vraiment une garce, Ellie.

Si peu.

— Moi aussi je t'aime. Pour rappel, c'est toi qui m'as demandé de te réveiller. Et au bout de deux tentatives infructueuses, j'ai dû user de mon imagination.

— Tu as trop d'imagination justement, je te l'ai déjà dit. J'ai des envies de meurtre, là, tout de suite. J'ai comme un besoin irrésistible de te faire ravaler ton sourire démoniaque.

Elle dit ça, mais je sais qu'au fond elle m'adore.

Elle s'assied sur l'îlot central, attendant patiemment son assiette.

— Si tu continues à râler, je mange ton plat.

— Tu détestes les œufs ! réplique-t-elle.

Ce n'est pas faux.

J'ouvre un des placards en chêne au-dessus de l'évier et en sors deux mugs que je remplis du breuvage noir.

— Tiens.

Je lui tends son café, qu'elle saisit. Elle souffle doucement dessus tout en m'observant, boit une gorgée avant de reposer la tasse. Ses yeux brillent devant son assiette. Elle saisit sa fourchette et mange comme une vorace.

— Tu es sublime, ma poule. Alors, prête ? demande-t-elle la bouche pleine.

Je prends une profonde inspiration.

— J'ai trop envie de savoir de quoi il retourne, c'est la première fois qu'elle nous envoie un mail de ce genre. J'espère que c'est pour une bonne nouvelle.

Des tas d'idées me viennent en tête, une promotion, une nouvelle campagne, un nouveau projet.

— Tu as déjà un parcours qui ferait plus d'une envieuse. Tu es passée d'assistante à manager en seulement quatre ans, et tu n'as que vingt-huit ans. Peu importe la nouvelle, je suis certaine que ça va être du lourd. Mummh, c'est trop bon, dit-elle en se frictionnant les mains, j'aimerais être une petite souris.

Après quelques mots d'encouragement de sa part, je quitte l'appartement et me dirige vers la station de métro. Le temps est étonnamment doux pour la mi-novembre. Les premiers rayons de soleil sèchent les feuilles des arbres colorés de Central Park.

Je jette un œil à ma montre, il me reste encore un quart d'heure avant le début de la réunion. Je suis large, comme dirait Carla. Je traverse la rue, juste en face du building où je travaille, pour aller au café de Gina. Elle fait des cookies de dingue. Depuis trois ans maintenant, c'est mon rituel : démarrer ma journée en passant ici prendre mon petit déjeuner avant de me rendre au bureau.

Sitôt que je pousse la porte d'entrée, une odeur familière et alléchante de pain chaud et de pâtisseries me chatouille le nez. Gina me fait un signe de la tête lorsqu'elle m'aperçoit. Je la salue et m'insère dans la file, attendant patiemment mon tour. Alors que je parcours la vitrine des yeux, une voix, qui vient du début de la queue, me force à abandonner mon examen. Je l'identifie immédiatement :

une tessiture de baryton tirant sur la basse. Je me penche légèrement pour vérifier et soupire en reconnaissant son imposante stature. Oh non pas lui…

On ne peut pas lui enlever sa beauté naturelle, parce que oui, en plus de cette voix qui vous promet monts et merveilles, il est sexy, ténébreux, avec une prestance et un charisme impressionnants. Il a tout pour que l'on succombe. Beau brun aux cheveux rasés sur le côté et plus longs sur le dessus, il prend toujours soin de laisser une mèche tomber juste au-dessus de son œil gauche, et une barbe fine bien entretenue encadre sa bouche charnue. On pourrait presque se perdre dans la clarté de ses yeux bleu acier, en forme d'amande, brillants de malice la plupart du temps. Son corps est un appel à la luxure, ses fringues ne peuvent dissimuler des muscles saillants et un torse taillé en V. Un adepte de la salle de sport ? Sûrement. Le genre de mec sur lequel on se retournerait, moi la première si je l'avais croisé dans un autre cadre. Dommage que son arrogance et ses tendances très carriéristes (je t'écrase si tu es sur mon passage) viennent ternir son physique d'apollon. Et puis, pour être honnête, ses manières et son côté séducteur me font penser à mon ex. Je me suis déjà fait avoir une fois, je ne m'y risquerai pas une deuxième fois.

Bref, je m'égare… Ce modèle de virilité n'est autre que le seul et unique (heureusement), mais aussi insupportable collègue : Austin Chick. Il est arrivé il y a six mois tout juste dans la société. Ce mec est agaçant, et tellement suffisant. Il ne manquait plus que lui. Ce goujat est en pleine conversation avec Gina, et si j'en crois le rose qui peint les joues de la serveuse, je devine qu'elle est littéralement sous son charme. Ce type est un cobra. Le genre qu'il ne faut jamais regarder dans les yeux, sinon tu finis par te faire mordre et par succomber à une mort certaine. OK, j'en fais peut-être un peu trop, mais il faut vraiment le voir en action.

Je ne suis pas surprise par ce spectacle. Même si de ma place, je suis incapable d'entendre, je peux tout à fait imaginer leur échange. « *Vous êtes sûre ?* » « *Oh, oui j'insiste* », « *Et si je n'aime pas ? Vous serez mon dessert, Gina ?* »

Oh, Austin ! Si prévisible. Je suis un peu déçue, je croyais Gina plus aguerrie que cela du haut de sa quarantaine bien avancée.

Si moi je suis lassée par ce cirque, les deux personnes devant moi sont, quant à elles, agacées par le temps que monsieur leur fait perdre. Il y en a même une qui se met à pester juste derrière lui. Austin pivote comme si de rien n'était et se contente de la saluer gentiment avec son sourire qui ferait pâlir un ange.

Le plus naturellement du monde, il se retourne une nouvelle fois pour poursuivre son baratin. Le pire dans l'histoire, c'est que je ne serais même pas surprise si Gina finissait par lui offrir son petit déjeuner. Il faut l'avouer, c'est un très bon commercial. Du genre à te faire acheter un frigo américain alors que tu étais juste venu flâner dans les rayons. Il obtient toujours ce qu'il veut, servi parfois sur un plateau d'argent.

Au bureau, il fait partie des meilleurs dans sa catégorie, derrière moi, bien évidemment. On pourrait comparer cela à de la jalousie. Peut-être un petit peu, mais bosser avec un mec de cette trempe cinq jours sur sept, ça vous fait craquer. Il a toujours raison. Dès qu'on a le malheur d'exprimer une opinion qui n'est pas la sienne, monsieur monte sur ses grands chevaux. La différence avec les autres, c'est que je suis la seule à ne pas me laisser faire et ce n'est certainement pas sa belle gueule qui me fera changer d'avis.

Il prend toujours un malin plaisir à se mêler des discussions devant la machine à café. Il a le chic pour accaparer la conversation et sans qu'on le voie venir il en vient à parler de lui. Son numéro me donne vite mal à la tête. Généralement, dès qu'il arrive, je trouve un prétexte pour changer de pièce. En réunion, on est plus sur un duel de qui aura le dernier mot. À son arrivée, il a organisé un pot auquel je me suis rendue. Après tout, je voulais apprendre à le connaître, mais j'ai vite regretté amèrement. Durant la soirée, on a discuté, je lui ai parlé d'un client potentiel et bizarrement une semaine après il a obtenu le contrat. J'ai débarqué dans son bureau pour en découdre, et monsieur a joué l'innocent. Depuis, il a tenté de m'inviter deux ou trois fois à boire un verre avec d'autres collègues après le boulot, mais j'ai toujours refusé.

Et puis c'est lourd. À l'écouter, il a tout vu tout vécu du haut de ses trente-deux ans et sa parole est d'or. Il me fait grincer des dents quand il parle avec des «moi je», «oui, mais moi». Il a ce don pour mettre mal à l'aise en fixant les gens plus longtemps que la bienséance ne le tolère. En bref, il est aussi beau qu'antipathique.

J'ai envie de secouer Gina et de lui dire qu'elle perd son temps. Ce mec a dû se taper la moitié de Manhattan, mais c'est peine perdue, elle n'a d'yeux que pour lui.

— Monsieur, s'il vous plaît, vous pourriez vous dépêcher, je vais être en retard, l'interpelle la jeune femme derrière lui.

Elle a signé son arrêt de mort. Eh bien même pas, le charmant Austin se retourne pour lui faire face. Il lui sert son plus beau sourire, celui qui laisse apparaître la blancheur de ses dents parfaitement alignées. Il est mesuré dans ses gestes, s'excuse avec une main sur sa poitrine. Comme s'il était vraiment gêné. À d'autres…

— Oh, oui, désolé, madame, vous pourriez peut-être m'aider. Je cherche une valeur sûre pour me faire pardonner de ma cheffe. Vous savez ce que c'est…

Austin a ce don, rien ni personne ne lui résiste, pas même une inconnue pressée. Non, non ! J'ai envie de crier «ne vous faites pas avoir», mais c'est trop tard, l'inconnue a été prise dans les mailles de son filet.

— Un cookie vanille chocolat, sans hésiter.

— Gina, je vais suivre le conseil de madame et prendre deux cookies, s'il vous plaît.

J'hallucine, la nana était impatiente, et par conséquent désagréable, et en deux secondes Austin, avec deux trois mots doux et un sourire enjôleur, s'en fait une alliée.

Faites qu'il ne m'aperçoive pas. J'aimerais pouvoir me fondre dans le décor. Je n'ai pas encore pris mon second café et ne suis pas d'humeur pour une joute verbale matinale.

Je me tourne face à la vitrine priant tous les saints pour qu'Austin sorte rapidement.

— Salut, Ellie.

Eh mince ! Je crois que ma prière n'a pas été exaucée.

— Oh, tiens, Austin !

Ma voix respire le faux à des kilomètres, tant elle est aiguë, et mon sourire est tellement factice et forcé, que j'ai peur que ma mâchoire reste bloquée et que ma bouche ne retrouve pas sa forme naturelle après notre échange.

Austin me reluque, certes rapidement, mais me reluque quand même. *Sérieusement ?* Ce n'est pas faute de lui avoir déjà dit à maintes reprises que son manège ne fonctionnait pas avec moi. Je ne sais pas pourquoi il persiste à essayer, je ne céderai pas.

— Au bureau, on m'a vendu les pâtisseries de Gina, du coup j'ai voulu tester.

J'ai envie de lui demander qui a eu cette mauvaise idée, mais je m'abstiens.

— J'espère que tu aimeras.

J'ajoute le «pas» mentalement, toujours agrémenté d'un large sourire faux-cul, et le tour est joué.

Franchement, je n'ai qu'une envie, c'est qu'il sorte de mon champ de vision. Il est beaucoup trop près, et son parfum musqué me donne la nausée.

— On se voit au bureau.

Je crache un rapide « pas le choix ».

Il n'attend pas ma réponse qu'il a déjà franchi le seuil de la porte.

Quand arrive mon tour, quelle n'est pas ma surprise de découvrir derrière le carton « cookie » un rayon vide.

Je suis dégoûtée.

— Mais non ?! Gina, tu n'as pas pu me faire ça.

Elle me regarde, l'air désolé.

— Il ne m'en restait que deux…

Non, je n'y crois pas. Elle a vendu les derniers cookies à ce charlatan.

— Je te déteste, tu sais.

— Tu m'adores, répond-elle.

Elle se penche et me sort un sachet gris de sous le comptoir.

— Tu sais très bien que j'en mets toujours deux de côté pour toi.

Mes yeux pétillent autant que mon estomac gargouille. J'ai trop faim et, en plus, c'est mon péché mignon. Je ne me voyais pas aller à la réunion le ventre vide.

— Tu es la meilleure.

— Je bichonne mes meilleurs clients. Un café ?

Elle pose un gobelet et appuie déjà sur la machine, sans attendre ma réponse.

— Sans sucre, allongé ?

— Exactement.

Je lui paie ce que je lui dois et lui dis à demain.

Quand je sors, je tombe nez à nez avec Austin en train de checker son téléphone. Il a envie de me torturer ou quoi ?

Ça ne lui suffisait pas de venir dans mon repaire, il faut maintenant qu'il vienne polluer mes cinq dernières minutes avant ma prise de poste.

Je passe devant sans lui prêter attention, mais il m'interpelle.

— Ellie, on fait la route ensemble ?

Je tombe des nues, qu'est-ce qu'il manigance ? Non parce que quelque chose me dit qu'il y a anguille sous roche.

Je soupire et marmonne un « pourquoi pas » sans conviction. Ma franchise a le don de le faire rire (contrairement à moi).

— Allez, c'est vendredi, on pourrait peut-être envisager une trêve, non ?

Une trêve ? Je ne pensais pas que ce mot faisait partie de son vocabulaire. Non, mais sérieusement. Je ne sais pas pourquoi il s'évertue à vouloir sympathiser avec moi. On vient de deux mondes complètement différents et les seules fois où on a dû partager le même espace, il a respiré l'air pour deux. Il est comme ça, Austin. Il aime être le centre de l'attention, que les femmes paradent autour de lui. Moi je dis ça, je dis rien, mais les commérages vont bon train sur son rôle de grand séducteur sans scrupule. Il n'en a pas assez avec celles du bureau ?

— Allons-y.

Un sourire victorieux peint ses traits.

— Par contre, je te préviens, je mange mon cookie.

— Oh, pas de soucis ! Je ferai la conversation pour deux, dit-il en rangeant son téléphone dans sa poche.

Ben voyons…

— Prête pour la réunion de ce matin ?

Il paraît que Kristen va faire une annonce et pas n'importe laquelle.

Il me scrute attentivement, attendant sûrement une réaction de ma part, mais je me contente de dévorer ma pâtisserie.

— Je vois…

Les portes automatiques s'ouvrent à notre arrivée. Austin est un vrai moulin à paroles, il me raconte comment il est parvenu à décrocher un gros contrat avec une marque d'automobile. Comme si cela m'intéressait. Qu'est-ce qu'il veut me prouver ? Qu'il a encore réussi à piquer un client à un de ses collègues ? Il est tellement fort à ce jeu-là… Je préfère ravaler mon amertume et ne m'engage pas sur ce terrain, au risque de me pourrir la journée. Il n'empêche que son attitude est vraiment étrange. Je crains le pire. Il s'auto fait la conversation. Je hoche la tête, mais ne prends pas la peine d'ouvrir la bouche. Je me dis que, comme ça, il sera vacciné. La prochaine fois qu'il me croisera, il évitera de me proposer de faire la route avec lui.

Il cherche furtivement son badge pour le présenter à l'agent de sécurité. Davidson le dévisage avec un air renfrogné. Celui-ci n'est pas réputé pour être sympa sauf avec les personnes qu'il estime. Austin n'est pas dans ses petits papiers, semble-t-il.

Il lui fait signe de passer. Lorsque mon tour arrive, son visage s'illumine.

— Tu ne t'en lasseras donc jamais ? me questionne-t-il un brin amusé en désignant mon cookie entamé.

— Non et toi non plus, avoue-le ! dis-je en lui tendant le sien.

En échange, il sort de sous son comptoir mon *Vanity Fair*. Ce petit rituel s'est installé entre nous depuis le jour où il a fait un malaise. J'étais présente, c'est moi qui ai appelé les secours et qui l'ai accompagné aux urgences.

Austin nous observe sans commenter.

— Merci, Ellie.

— Avec plaisir, Davidson.

Nous longeons l'interminable couloir qui mène jusqu'aux ascenseurs dans un silence pesant.

— Je ne savais pas que tu étais intime avec l'agent de sécurité.

— Tu ne connais absolument rien de moi, Austin, pour ça il faudrait que tu t'intéresses aux gens plus qu'à ta petite personne.

Attaque gratuite, certes, mais c'est notre mode de communication.

Austin fait mine d'être blessé en plein cœur en plaquant sa main sur sa poitrine. Je secoue la tête, dépitée. Il me fatigue. J'appuie sur le bouton du septième étage. Nous sommes plusieurs à y entrer, ce qui nous oblige à être collés. Joie ! Ce mec saute tellement sur tout ce qui bouge. La responsable du service facturation est sa dernière victime si on en croit les ragots. Il y a eu aussi la responsable RH, et apparemment une jeune stagiaire à qui on a mis fin au stage plus tôt que prévu. Vu les échanges de regards que j'ai pu observer avec cette dernière, je ne serais pas surprise que ce soit la vérité. Il ne manquerait plus que des bruits de couloir circulent à notre sujet.

— J'ai hâte d'entendre ce que la cheffe a à nous apprendre.

T'imagines même pas, quoi que ce soit, je vais te battre à plates coutures.

L'ascenseur se vide à mesure que nous gravissons les étages. Je garde le silence en me concentrant sur la musique de Noël en fond sonore pour puiser le calme qui me fait défaut tout en buvant mon café. Mon calvaire est bientôt terminé.

Lorsque les portes s'ouvrent, je file sans plus attendre en direction de mon bureau à l'opposé du sien. Quand j'entre dans l'open space, un immense sourire illumine mon visage, je suis agréablement surprise de découvrir que le service technique a enfin installé les décos de Noël. Ils ont mis du temps cette année. Un imposant sapin a été décoré avec des boules rouges et blanches et à son sommet trône une jolie étoile. Des guirlandes dorées ont été posées le long des bureaux. Sur les fenêtres, des sapins, des cadeaux et des pères Noël ont été dessinés avec des bombes à neige.

Je rejoins mon bureau et souris en découvrant qu'un père Noël gigoteur a pris place derrière mon clavier. J'appuie dessus et il se met à remuer son ventre bedonnant. J'adore. Je décale mon mini chapeau de Noël calé sur l'angle droit de mon cadre photo. C'est un cadeau de l'année passée de Joshua, mon assistant. Il renferme un cliché qu'il avait pris de Carla et moi sur la patinoire de Central Park. J'adore cet endroit. Sur la photo on est toutes les deux par terre, mortes de rire avec Norman qui tente en vain de nous relever. Il sait que je suis une grande fan de cette fête alors chaque année il met sur mon bureau une nouvelle babiole.

Joshua travaille avec moi depuis deux ans. Nous avons tout de suite accroché, lui et moi. Josh est du genre beau mec, que les femmes dissèquent avec gourmandise, mais dommage pour la gent féminine, il est gay. Grand brun aux cheveux courts sur les tempes, il discipline savamment la petite longueur qu'il garde sur le haut avec du gel. Il doit y passer un temps fou, tous les matins. Sa barbe fine est toujours bien taillée. Il est très porté sur la mode, ses vêtements sont immanquablement choisis avec un goût certain, mais il reste fidèle à sa couleur de prédilection, le bleu.

La première fois que Carla l'a vu, elle m'a dit que c'était du gâchis. Josh a fière allure et une classe certaine. Il raffole des soirées new-yorkaises, à l'affût du moindre potin. Son petit ami et lui sont très différents et complémentaires à la fois. Joshua est du genre extraverti alors que Norman est, quant à lui, plus réservé. Josh adore le titiller pour le faire sortir de ses gonds. Avec ma coloc, on se régale de les voir se chamailler à longueur de temps.

Josh apparaît comme par enchantement derrière moi.

— Salut, Ellie, tu vas bien ? Pas trop stressée ?

J'ôte ma veste et la dépose sur le dossier de mon fauteuil.

— Non, plutôt impatiente, au contraire, ce n'est pas tous les jours que Kristen nous rassemble tous. J'ai hâte d'en connaître la raison.

Il s'approche de moi et, sur le ton de la confidence, se penche pour que je sois la seule à entendre.

— Il paraît que ça va être du lourd ce matin, plus que ce que tu penses.

Je m'éloigne de lui pour l'observer, les yeux ronds, la bouche grande ouverte. Qu'est-ce qu'il sous-entend ?

— Dis-m'en plus, Joshua.

Nous sommes interrompus par les pas de ma boss. Grrr ! Je n'ai pas besoin de me retourner pour savoir que c'est elle qui arrive dans notre direction. Je reconnaîtrais le son de ses talons qui claquent sur le sol à des kilomètres. Un pas rapide et déterminé.

Je me tourne pour lui faire face.

— Bonjour, Ellie, la réunion va démarrer.

Son sourire inexistant me glace le dos. Elle a un sacré charisme, c'est indéniable. Directrice à seulement trente-deux ans, elle est réputée pour être un requin dans le milieu. Une espèce d'Anna Wintour, carré plongeant, ne mesurant pas plus d'un mètre soixante. C'est un vrai modèle pour moi et, secrètement, je souhaite un jour avoir la même réputation qu'elle (en plus accessible).

— Bonjour, Kristen, j'allume mon ordinateur et j'arrive.

Nous nous installons dans la salle de réunion. Tout l'étage

est réuni. Étrange ! En règle générale, pour les campagnes de pub ne sont conviés que les managers des différents pôles.

— Bonjour à tous, commence-t-elle. Si je vous ai tous invités aujourd'hui à cette réunion, c'est pour vous parler de la prochaine campagne de publicité. Nos concurrents n'ont pas assuré en plantant le client, donc nous avons un coup à jouer. Stuart, que je connais très bien, m'a contactée pour que l'on reprenne le dossier fissa. Nous sommes chargés de promouvoir son tout nouveau parfum *Élixir d'une nuit.* La sortie est prévue pour les fêtes de Noël. Ils attendent énormément de cette campagne, sont prêts à faire de très gros investissements et nous laissent carte blanche sans aucune restriction de budget. Nous avons une pépite entre les mains, une chance inestimable. L'échec n'est pas une option.

Je lève la main pour l'interrompre, histoire d'être certaine d'avoir bien compris. Kristen me fusille du regard.

— Oui ?

— Ôte-moi d'un doute, on parle bien de la campagne pour Noël 2024, n'est-ce pas ?

— Non, ce Noël-ci, Ellie, crache Denver en grimaçant comme si je l'exaspérais avec mes questions bêtes.

Sa voix me hérisse les poils. Dès que je le vois, je ne peux pas m'empêcher de fredonner la musique de l'ancien dessin animé *Denver le dernier dinosaure, viens d'un monde....* Il fait partie des meubles, il s'occupe de la section sport depuis au moins trente ans. Il n'a jamais évolué alors qu'il a quoi, cinquante-cinq ans ? Je me retiens de pouffer de rire.

Il se tourne vers Kristen et la regarde comme un gentil petit toutou. Quel lèche-cul celui-là !

Mais c'est dans un mois !

Pourtant, aussi folle que soit cette nouvelle, elle me donne l'eau à la bouche, d'ailleurs j'espère que Kristen va me mettre sur le projet. Les délais sont extrêmement courts.

Bon sang, il faudrait un véritable miracle de Noël pour que nous y parvenions. Au fond de moi, j'y crois. C'est à la fois angoissant et excitant.

Au-delà du fait que j'adore les festivités autour de la période de fin d'année, je suis une grande fan des pubs sur ce thème depuis que je suis toute petite.

C'est une sacrée opportunité, et je suis certaine que je serai à la hauteur si elle me choisit. Surtout si le thème est Noël. Il n'y a pas plus passionné que moi. Les décorations, les sapins, l'univers nappé de blanc. Ça sera un jeu d'enfant, et je suis sûre qu'au fond, Kristen le sait. Il n'y a qu'à voir les résultats que mon équipe et moi avons obtenus l'an passé avec la pub sur la crème de chez Hortensia. Il n'y a pas plus qualifié que moi pour ce qui relève des cosmétiques.

— Ce n'est pas tout.

Elle laisse délibérément un temps de pause pour attiser notre curiosité.

Tout le monde se lance des regards de défi. Je surprends Austin en train de me fixer. Son stylo entre ses lèvres, il me dévore littéralement des yeux. Sa chemise blanche est déboutonnée, laissant apparaître un torse dépourvu de poils. Un éclat de challenge traverse ses yeux flamboyants. Austin me provoque. À quoi il joue? Parce que là, tout de suite, je suis certaine qu'il monte un plan tordu dont je suis la victime. Ses yeux bleus m'entraînent sur un terrain sur lequel je ne veux pas jouer. Qu'est-ce qui lui prend depuis ce matin? D'abord le café de Gina, puis il m'attend pour aller au bureau. Il se trame quelque chose. Je deviens parano, ça lui arrive d'essayer de me déstabiliser, mais là il y a un truc différent. Et voilà qu'il se met à sourire en m'observant. Pas un sourire sympathique, non, un du genre machiavélique. J'espère qu'il n'imagine pas être sur cette campagne.

— Tu es d'accord, Ellie ? demande Kristen.

Je ne réagis pas tout de suite, trop déconcertée par l'attitude d'Austin.

— Ellie, tu es avec nous ? s'impatiente Kristen.

Joshua me donne un petit coup de pied discret sous la table. Je romps le contact visuel pour me concentrer sur ma boss. Punaise, il m'a distraite et je n'ai pas écouté un traître mot de ce qu'elle a dit. Je me gifle mentalement.

— Oui, oui, bien sûr que je suis d'accord, rétorqué-je avec ferveur. Désolée, je réfléchissais déjà au projet.

D'accord pour quoi au fait ?

— Je ne pensais pas que ce serait si facile, dois-je avouer. Je sais que tu préfères la jouer solo.

De quoi elle parle ? La peur me saisit aux tripes. J'ai accepté quoi au juste ? Je ne peux bien évidemment pas poser la question, vu que je suis censée avoir écouté. Ce n'était pourtant pas compliqué de se concentrer deux minutes.

Elle frappe des mains.

— C'est parfait. Eh bien, Austin et Ellie, je vous envoie par mail les détails. Je vous laisse jusqu'à mercredi pour me soumettre vos idées. Ce partenariat risque d'être très intéressant, ajoute-t-elle, narquoise.

Quoi ? Quel partenariat ? Mon Dieu ! Le sol s'ouvre sous mes pieds. Je vais devoir bosser avec Austin Chick. Et je viens de dire oui.

Lorsque mon regard croise à nouveau celui d'Austin, je le vois se délecter de la situation. Les pièces du puzzle s'assemblent. Voilà pourquoi il est bizarre et collant depuis ce matin. Sans aucun doute il était au courant, bien avant la réunion. C'est le chouchou de Kristen, et ça, je le sais parce qu'elle ne tarit pas d'éloges à son égard. Kristen le cite tout le temps en exemple en réunion depuis son arrivée.

Ses yeux pétillent de malice. Je suis tentée de crier. Son air satisfait me donne envie de le frapper. Putain de cobra !

Nous rassemblons nos affaires, prêts à partir, mais la voix de Kristen nous stoppe dans notre lancée.

— Une dernière chose avant que vous partiez. Je sais que des rumeurs courent à mon sujet.

De quoi parle-t-elle ? Quelles rumeurs ? Pourquoi je ne suis pas courant ?

— Je quitte l'entreprise en début d'année, la date n'est pour le moment pas arrêtée. Une nouvelle aventure commence pour moi, mais ne vous inquiétez pas. Je ne partirai pas sans avoir nommé mon futur successeur. J'ai quelques profils en tête, mais rien de définitif.

J'hallucine ou elle nous a regardés, Austin et moi ? Je dois délirer.

Je tombe des nues face à cette nouvelle. Si je m'attendais à ça. J'ai l'impression que mon château de cartes va s'écrouler. D'abord cette histoire de binôme, et maintenant le départ de Kristen. Il faut que je m'isole cinq minutes pour faire le point.

J'emboîte le pas à Joshua. Dans le couloir, une fois loin des oreilles curieuses, il me demande des comptes.

— Il s'est passé quoi là ? Tu peux m'expliquer ?

Je suis confuse, mais je ne me vois pas lui mentir.

— Austin n'arrêtait pas de me fixer. Il était bizarre. Et sans que je m'en rende compte, je n'écoutais plus.

Joshua se marre. Je lui frappe l'épaule.

— Arrête de te moquer ! Sérieux, j'ai déconné. Je vais devoir bosser avec lui. Punaise, je suis maudite.

— Entre nous, je pense que tu n'aurais pas eu le choix avec Kristen. À mon avis, la décision avait déjà été prise.

Nous parcourons le couloir, longeant les bureaux des collaborateurs.

Arrivée dans l'open space, j'entends qu'on m'interpelle. Je ferme les paupières et inspire un grand coup. Je lève les yeux au ciel. Non, pas lui…

— Attends-moi, s'il te plaît, m'intime Austin.

Joshua me fait signe et mime un «bon courage» avant de me laisser.

Je me retourne et me retrouve face à Austin.

— Allez, avoue, tu étais au courant, tu le sais depuis quand ?

— Je ne vois du tout de quoi tu parles, tu peux m'éclairer ? répond-il l'air suffisant.

Je bous de l'intérieur. Il m'exaspère et le pire c'est qu'il le sait et qu'il en joue.

— Je vois clair dans ton jeu, tu sais, Chick. D'ailleurs, tu me concéderas que ta façon d'agir depuis ce matin est quelque peu sadique.

— Crois ce que tu veux, j'aimerais que l'on fasse un point en début d'après-midi dans la salle de réunion. Je l'ai déjà réservée pour une heure. Là, je dois filer, j'ai un rendez-vous important.

Je hausse les épaules et ne me démonte pas.

Non, mais quel culot ! Il croit qu'il est le seul à avoir un emploi du temps chargé ?

— J'ai aussi des rendez-vous, m'insurgé-je.

— Demande à ton assistant d'annuler tes rendez-vous.

— Et pourquoi ne pas faire ce point maintenant ? Pourquoi c'est à moi de changer mon planning ?

Sérieux, il se prend pour qui ? Monsieur décide de la date et de l'heure, il a vu jouer ça où ?

Il se crispe, il n'a pas l'habitude qu'on lui tienne tête. Je sens qu'il perd patience vu le regard glacial qu'il me lance. Et je dois avouer que c'est assez jouissif. Je sais, c'est puéril, mais tellement bon.

— Parce que j'ai un rendez-vous dans dix minutes et que si on continue cet échange stérile, je vais perdre un client. Ellie, s'il te plaît, rends-toi disponible pour cette fois, et je ferai de même pour notre prochain point.

— OK, je vais essayer.

— C'est tout vu, je t'attendrai en salle de réunion à 14 heures. Ne sois pas en retard, pour une fois. Je sais de source sûre que Kristen n'aime pas ça.

Je l'insulte de tous les noms dans ma tête, je me vois même lever mon majeur, mais je me canalise.

— À tout à l'heure, Ellie.

Il me fait un clin d'œil et part.

C'est plus fort que moi, mes yeux sont comme aimantés et me voilà en train de reluquer son postérieur ferme qui remue au rythme de ses pas. Je me ressaisis. Je regarde en direction de mon bureau et aperçois Josh qui m'observe, amusé. Apparemment, j'ai manqué de discrétion.

Rooh ! Grrr, j'ai aussi manqué de répartie ! Je m'en veux tellement d'avoir accepté. Ce mec est le diable en personne. Je sens qu'il va m'en faire voir de toutes les couleurs, mais je ne compte pas me laisser faire. Il peut toujours courir. Celui qui me mettra à terre n'est pas né.

Je pars en direction des toilettes pour faire le point sur ce début de matinée en toute intimité. Une fois à l'intérieur, je me penche vers le sol pour vérifier s'il y a quelqu'un dans les cabines. Le lieu est désert. Parfait. Je m'enferme dans la première, baisse l'abattant et m'assieds. Je laisse ma tête retomber dans mes mains.

Point numéro un : je suis sur un dossier avec un mec qui me hérisse le poil.

Point numéro deux (et pas des moindres) : Kristen va nommer un futur successeur. Il faut à tout prix que je lui prouve que je suis meilleure qu'Austin. Que je suis plus méritante que lui.

Un tas de questions inondent mon esprit. Est-ce qu'elle pense à moi ? Est-ce que je serais à la hauteur si l'opportunité se présentait ? Je pourrais presque toucher mon rêve de devenir directrice publicitaire. Il faut que je fasse en sorte de me faire remarquer.

Je sors au moment où des voix féminines résonnent, je me dirige vers les lavabos et fais mine de me laver les mains. Je les salue et rejoins mon bureau, le cerveau farci de questions sans réponses.

CHAPITRE 2

Austin

Si elle pense avoir le dessus…

Je hèle un taxi en sortant du restaurant dans lequel m'a traîné mon client. L'un de ceux qui coûtent une blinde sur le boulevard, et duquel tu ressors sans vraiment être rassasié. Un œil à ma montre me confirme que je vais avoir vingt minutes de retard.

Il n'était pas prévu que je déjeune avec lui et encore moins avec sa fille. La faute à la jolie blondinette bavarde qui découvre le métier. À la fin du déjeuner, discrètement, elle a inscrit son numéro de portable sur une serviette. Encore une petite pas très farouche, mais elle fera comme les autres : elle attendra son tour. C'est pas comme si elle allait récupérer les rênes de l'entreprise demain. Je vais me la garder sous le coude pour plus tard, on ne sait jamais.

Ellie va de nouveau me cracher son venin en plein visage. Je sors mon portable de ma poche pour lui envoyer un mail.

Mon téléphone émet un bip.

De : Ellie
A : Austin

Objet : Ponctualité !

T'es où ?
Ellie

De : Austin
A : Ellie

Objet : Contretemps

Ellie,

Je vais avoir vingt minutes de retard, la réunion s'est éternisée. Je fais au plus vite.

A.

De : Ellie
A : Austin

Objet : C'est une blague ?!

Je te préviens, je n'ai pas tout mon après-midi. Alors, magne-toi, Chick !

Ellie

L'envie est trop grande de la taquiner un peu.

--De : Austin

A : Ellie

Objet : Question existentielle

Tu es toujours aussi autoritaire ?

De : Ellie

A : Austin

Objet : C'est une vraie question ?!

Seulement quand je ne m'offre pas le luxe de finir un repas alors que j'ai une réunion imposée par la personne qui, elle, est en ***retard.***

Lis le mail de Kristen avant la réunion. Tu nous feras gagner du temps.

On a tous des collègues que l'on peut mettre dans des catégories. Ellie rentre dans celle des casses-couilles et elle y tient la première place. Je ne connais pas une femme qui lui arrive à la cheville et pourtant, j'en connais pas mal, des reloues.

Vu son degré de frustration, elle ne doit pas souvent voir le loup. La pauvre, il faudrait qu'elle remette son compteur à zéro. Je ne comprends pas, pourtant elle a un joli petit cul et sa poitrine généreuse est loin d'être repoussante, mais mon Dieu, quel foutu caractère.

Elle a une dent contre moi. Le pire dans l'histoire, c'est que je ne lui ai absolument rien fait. Bon, à part peut-être la fois où j'ai croisé son client potentiel au détour d'un déjeuner avec un ancien collègue. Pour ma défense, je ne savais que c'était son contact avant qu'il me donne sa carte de visite. Elle l'a mal pris, mais il n'y avait pas mort d'homme, c'était un tout petit dossier de rien du tout. Elle ne m'a jamais donné l'occasion de m'excuser. Depuis, j'essaie toujours d'être courtois, mais rien n'y fait. Elle ne peut pas me voir en peinture. J'en conclus qu'elle est rancunière.

Je rigole bêtement de la réponse de mon dernier mail. Je suis salaud avec elle.

Généralement, la gent féminine aime bien ma compagnie. Elle vient peut-être d'une autre planète.

Presque six mois qu'elle met toute son énergie soit à m'éviter soit à m'envoyer des *punchlines* en réunion. Et pour quoi ? Par jalousie, frustration ? Je ne veux pas croire qu'elle m'en veuille autant pour un ridicule contrat. C'est à cause de ses manières que je me suis mis, récemment, à être plus joueur.

Je prends un malin plaisir à l'agacer, c'est tellement facile, un simple sourire ou un bonjour et hop, elle se ferme comme une huître ou elle hérisse le poil.

Quand j'y pense, qu'est-ce que Kristen a voulu prouver en nous faisant bosser ensemble ? Apparemment, elle est convaincue que tous les deux réunis on va faire un carton. J'ai essayé de la dissuader en lui disant que je pouvais superviser seul cette campagne, mais elle est restée hermétique.

Après réflexion, cette collaboration peut me divertir un peu. Depuis quelques mois, j'ai le sentiment de stagner dans l'entreprise. Toujours les mêmes sujets : automobile, montre, sport extrême. Pour le coup, le milieu de la cosmétique sur fond de fêtes de Noël est un vrai challenge pour moi. Cela me permet de sortir de ma zone de confort. Bon, par contre, avec casse-bonbon dans les parages, ça promet d'être électrique.

Je passe les quinze minutes suivantes à parcourir le mail de Kristen. Je prends quelques notes sur un cahier.

Le taxi me laisse devant l'entreprise, et je me dépêche de rejoindre la salle de réunion.

Je ralentis le pas et profite d'être seul pour observer Ellie à travers la vitre. C'est indéniablement une belle femme. Une que je pourrais aisément mettre dans mon lit pour la croquer. Dans son tailleur sexy, elle est concentrée devant son ordinateur, une jambe repliée sous ses fesses. Je vois qu'elle a ôté ses escarpins. Son chignon est retenu par un stylo aux couleurs de l'entreprise, bleu ciel et noir.

Je pousse le battant brusquement, histoire de la faire sursauter. Ça ne rate pas, la porte s'ouvre avec fracas. Elle se tourne vers moi, les sourcils froncés.

— Ça t'amuse ? demande-t-elle, l'air blasé.

Je lève nonchalamment une épaule.

— Ouais.

— Tu es nul.

— Ce n'est pas comme ça qu'on me qualifie généralement, ajouté-je d'une voix lascive tout en m'asseyant en face d'elle.

Elle sait très bien à quoi je fais allusion, mais ne réplique pas. Elle se contente juste de secouer la tête et de mimer un « lourd » entre ses lèvres.

— Bon, on s'y met ? demande-t-elle.

Plus vite je partage mes bonnes idées, plus vite ce sera terminé.

— J'ai lu le mail de Kristen, cette campagne va être un jeu d'enfant. J'ai déjà noté quelques idées dans mon cahier. Prends des notes s'il te plaît, ça nous aidera par la suite.

— Je…

Je lui coupe la parole et lui balance le flot d'idées que j'ai eu pendant la matinée. Dans le lot, je suis sûr qu'il y en aura une qui retiendra son attention. Je suis le meilleur et je compte bien le lui démontrer par A + B.

— Chez moi, Noël rime avec mère Noël, tu peux ajouter un S à mère, plus il y en a plus grosse sera la recette. Une publicité sans belle voiture ce n'est pas un bon spot non plus. Je te communiquerai des numéros de téléphone pour que tu prennes des rendez-vous. Il faut que l'on mette les grands moyens pour faire exploser les ventes. Je te donnerai des conseils avisés, ne t'inquiète pas. Je suis le meilleur technopathe de la profession, dis-je en lui servant mon plus beau sourire.

En relevant la tête, je croise le regard meurtrier d'Ellie. Si ses yeux pouvaient lancer des éclairs, je serais déjà cuit. Ses ongles pianotent énergiquement sur la table.

Qu'est-ce qui lui prend ?

— Ça ne va pas, Ellie ? demandé-je, un petit sourire vissé sur mes lèvres, intrigué par ses tics nerveux.

Malheur, ma question a ouvert les valves d'un déferlement de paroles. Elle se lève d'un bond, arrache et balance le stylo qu'elle avait dans les cheveux. J'observe leur mouvement retomber en cascade.

— Non, mais tu te fous de moi ? Tu me prends pour qui ? Ta putain de secrétaire ? s'écrie-t-elle.

Les yeux écarquillés par sa petite crise de nerfs et par ce qu'elle dégage, je me laisse choir sur mon fauteuil, adopte un style nonchalant en posant mon bras sur le dossier du siège d'à côté. La voir dans cet état me laisse sans voix. Comment fait-elle pour avoir autant de colère en elle ? Je ne faisais que partager ma vision. Elle n'est peut-être pas super enjouée à l'idée d'avoir plusieurs mères Noël. Quand je vois comment elle réagit, je ne peux pas m'empêcher de me dire qu'elle devrait consulter, ou se détendre. J'ai bien quelques pistes à lui proposer pour ce dernier point, mais j'aurais trop peur d'y perdre un membre.

— Je peux savoir ce qui te met dans cet état ?

Elle est dingue, ma parole.

Elle lâche un grognement dédaigneux.

— Toi ! s'insurge-t-elle. Me laisser en placer une, c'est une option ?

Elle est parano. C'est quoi son problème ?

— Laisse-moi finir et tu pourras ensuite t'exprimer librement.

— Non, mais en fait, je crois que tu n'as pas bien compris la définition du mot « collaboration ».

— Écoute, Ellie, on ne peut pas être deux à superviser. J'ai plus d'exp…

L'éclat de colère qui traverse ses pupilles me désarçonne une fraction de seconde.

— Hop hop hop, je t'arrête tout de suite avant que tu ne sortes une grosse ânerie. Toi et moi, et crois-moi ça m'écorche de le dire à haute voix, on a du talent. Kristen ne nous aurait pas choisis dans le cas contraire. Mais sache que tu te fourres le doigt dans l'œil si tu penses que je vais juste écouter et prendre des notes. Ce projet me tient tout autant à cœur, voire plus, et je ne vais pas te laisser le gâcher avec ta vanité, ton égoïsme et ton besoin de supériorité. Je ne suis pas une de ces midinettes potiches dont tu adores t'entourer. Ta mère ne t'a pas appris les bonnes manières ? Non, mais j'hallucine. Je sais que tu as tout misé sur le physique, mais il faudrait que tu penses à ouvrir un bouquin. Technopathe, sérieusement…

Mais pour qui elle se prend pour me juger comme ça ? Ellie a dit exactement ce qu'il ne fallait pas. Je me redresse et croise mes mains sur la table.

Je suis submergé par une colère noire et c'est à son tour de la fermer.

— Je ne te permets pas de me parler sur ce ton, et encore moins d'insulter mon intelligence. Ce n'est pas parce que tu as un foutu problème avec moi que je vais te laisser dire des saloperies.

Je prends mes affaires et sors de la pièce sans un regard en arrière, malgré ses appels. Je marche d'un pas rageur vers mon bureau. Oui, car contrairement à elle, j'ai un bureau fermé, moi. Madame préfère la jouer collectif. C'est une blague. Je ne sais pas ce qui me retient d'aller frapper à la porte de Kristen. La colère, je pense. Si je débarque, je vais lui dépeindre un sacré tableau. Comment peut-elle faire partie des meilleures ? Elle est si… grrr.

Je m'affale sur mon siège et repose ma tête en arrière, me pinçant le nez avec deux doigts. D'après une vidéo sur le Net, il paraît que cela détend.

Elle me rend dingue. Putain, et moi qui disais que notre collaboration serait électrique, j'étais loin du compte. Je ne sais même pas comment on va faire. La supporter plus de cinq minutes dans la même pièce relève déjà du record. Ellie est montée sur ses grands chevaux en l'espace de deux secondes. Elle aura eu le mérite de me remettre les idées bien en place. Tarée. Je déteste lorsque l'on fait référence à ma mère, surtout venant de cette bouche de serpent. J'ai critiqué son éducation, moi ? Son QI ? Parce que, franchement, on pourrait en parler. La nana me juge sans même prendre le temps de me connaître. Personne ne lui a appris à ne pas porter de jugement hâtif ? Non parce que, d'aussi loin que je me souvienne, on a dû passer une ou deux soirées dans la même pièce et on ne peut pas dire que l'on connaît quelqu'un en échangeant deux idées tous les vendredis matin en réunion. Je ne sais pas ce qui me retient de retourner la voir et lui faire ravaler son sale caractère.

Quand je repense à la bombe que Kristen vient de balancer ce matin. Elle quitte le navire et compte bien nommer une personne à son poste. Cette promotion ne m'intéresse pas plus que ça, mais vu l'engouement et l'étincelle que j'ai perçue dans les yeux de ma chère collègue, j'ai bien envie de l'embêter.

Mon téléphone sonne. Je me réinstalle correctement dans mon siège pour voir de qui il s'agit.

Derek.

— Salut, frangin, que me vaut cet appel ?

Derek, c'est mon petit frère, il va sur ses vingt-huit ans. Si moi je me considère comme un homme à femmes alors lui, c'est pire. Et j'y suis pour quelque chose. Je lui ai tout appris, il connaît toutes les ficelles de la drague, et ce, peu importe le spécimen en face. Je l'ai embarqué partout avec moi et lui ai donné toutes les clefs quand nous étions plus jeunes. Et maintenant, je dois avouer, l'élève a dépassé le maître.

J'adore Derek, c'est ma copie conforme physiquement, en un peu moins beau quand même. Il est au fait, absolument, de tous les bons plans. Si un bar ouvre ses portes, tu peux être sûr qu'il est déjà sur le coup. Je crois qu'il n'y a pas un lieu branché à New York qu'il ne connaisse pas. J'exagère un peu, mais ne suis pas si loin de la vérité.

— T'es sérieux, tu n'as pas oublié quelque chose par hasard ? fulmine-t-il.

Houlà, au ton de sa voix, je sens qu'il est plutôt bien contrarié.

Je jette un œil à mon agenda. Eh merde, j'ai failli zapper. En même temps, il ne m'en aurait pas laissé l'occasion.

— Derek, t'es naze ! J'allais t'appeler en sortant du boulot ! *(Mytho)* Joyeux anniversaire, frangin. Vingt-huit ans, tu te fais vieux.

Mon frère est incorrigible, pire qu'une gonzesse. Je ne connais personne qui est aussi enjoué à l'idée de fêter son anniversaire. Moi qui pensais que cela changerait avec le temps, je me suis bien planté.

— Qu'est-ce que je devrais dire de toi qui vas sur les trente-deux, une femme dans chaque port, et pas l'ombre d'un bambin ?

Monsieur fait de l'humour.

— J'ai dû être marin dans une autre vie, et plutôt mourir que de supporter un mioche. Tu t'es trompé de frère. Fallait appeler Brighton !

Je l'entends rire à l'autre bout du fil. L'enfoiré. Brighton est mon antagoniste, ma kryptonite. Le pire, c'est que trois minutes nous séparent uniquement. *Si différents.*

Pour une raison qui m'échappe, Brighton est moralisateur, se permet de juger ma façon de vivre. S'il a eu deux femmes dans sa vie, c'est le max, moi je n'ai pas assez des mains de mes deux frères réunis pour compter. Monsieur est directeur d'un garage de voitures de luxe. Il a rencontré Jenyfer à la fac. De cette union sont nés deux petits garçons. Il a une petite vie posée, une jolie maison dans l'Upper East Side. Bref, si je l'écoutais, je devrais suivre ses pas.

— Ce soir, c'est fiesta.

Ça m'aurait étonné. Je me demande où il va m'emmener.

— Je t'envoie l'adresse dès qu'on a terminé.

— Pas de soucis. Je te rejoindrai là-bas. Bon allez, ce n'est pas tout, mais il y a des gens qui ont de vrais métiers.

— Pff, tu parles. Une dernière question.

— Demande-moi.

— C'est quoi mon cadeau ?

En guise de réponse, je lui raccroche au nez.

J'imagine sa tête. Il ne croit quand même pas que je vais le lui dire. Je me penche et ouvre mon deuxième tiroir et sors la pochette. Il va adorer sa nouvelle montre.

Derek : Enfoiré !
22h30 au Poker Face

Moi : OK, à toute.

CHAPITRE 3

Ellie

Comment le rhabiller pour l'hiver…

Je passe la moitié de mon après-midi à ruminer devant mon ordinateur. J'en suis à mon deuxième bouchon de stylo ruiné. En ressassant notre altercation, je me dis que j'aurais pu être plus incisive, plus hostile, et le rendre tout aussi minable. Comment peut-il être si arrogant et macho ? Le mec me prend pour qui ? Sérieux, il m'a vraiment prise pour sa secrétaire ? « Prends des notes », « tu les appelleras », il ne voulait pas non plus que je lui fasse un cappuccino avec un petit cœur dans la mousse ? Il m'excède, m'horripile.

Je pourrais rester là des heures, à chercher des synonymes tout aussi peu glorieux, mais je déteste perdre mon temps. Je dois intercepter Kristen avant qu'elle ne prenne l'avion pour lui faire part de mes craintes quant à cette collaboration.

Je toque à sa porte.

— Entrez ! entends-je de l'autre côté.

Je passe la tête.

— Je peux ?

Debout, face à l'immense vue sur les poumons de New York, Central Park, elle se tourne à peine puis me fait signe d'entrer. Je prends soin de fermer doucement derrière moi. Respire, Ellie, ça va bien se passer.

— Je veux ce document sur mon bureau de Floride pour lundi matin, dernier carat. C'est compris ? s'exclame-t-elle d'une voix tranchante, à la limite de crier. Non, je ne veux pas le savoir, ajoute-t-elle, irritée.

Je n'aimerais pas être la personne à qui elle s'adresse. Ses traits sont fermés, ses sourcils froncés. Le visage de Jack Nicholson dans *Shining* est mignon à côté. Après deux longues minutes à hurler sur son interlocuteur, elle raccroche.

Eh merde. Je me dis que ce n'était peut-être pas le meilleur moment pour lui parler.

— En quoi puis-je t'aider, Ellie ?

C'est fou comme sa voix a changé, mais je ne suis pas dupe, malgré son ton mielleux je sais qu'elle bouillonne de l'intérieur. Je prends mon courage à deux mains et saute dans la gueule du loup.

— Écoute, Kristen, je voulais te parler de la collaboration avec Austin. Je ne suis pas sûre que ce soit une bonne…

Elle me surprend en levant sa main dans ma direction. Aïe, une petite veine fait son apparition sur sa tempe. Annonciatrice d'un cataclysme imminent.

Je pourrais presque ressentir son aigreur rien qu'avec le regard chargé d'animosité qu'elle me jette.

— Si c'est pour me dire que tu penses que c'est une mauvaise idée, je t'arrête tout de suite. J'ai pris une décision et j'exige qu'on la respecte.

La sentence est tombée. Je m'attendais à quoi au juste ? Un miracle ? En règle générale, l'approche des fêtes rend les gens plus souples. Il faut croire qu'elle fait partie des exceptions. Son ton est impassible. Je n'insiste pas davantage.

Son téléphone se remet à sonner. Elle souffle, agacée.

— Comme tu peux le constater, c'est le feu aujourd'hui, je dois absolument répondre. Appelle-moi tout à l'heure si tu veux aborder d'un autre sujet. Parce que celui-ci est clos. Une dernière chose, Ellie, si je vous ai mis dans la même équipe, ce n'est pas pour rien.

Elle balance sa bombe et enchaîne avec sa communication. Que sous-entendait-elle par-là ?

Je fais demi-tour, la tête basse. Je suis dégoûtée. J'aurais tellement aimé qu'elle me laisse le temps de défendre mon point de vue. J'adore mon job, mais pas quand il est question de bosser les semaines à venir avec Austin. Ça va mal se terminer, il y en a un des deux qui va craquer. C'est une évidence. Je tiens trop à cette campagne pour abandonner. Ce n'est pas par hasard si Kristen m'a mise sur ce projet. Elle a clairement une idée derrière la tête : me tester ? Voir si j'ai les épaules ? Elle met ses meilleurs éléments sur le dossier, c'est forcément pour une raison précise, non ? Est-ce qu'elle envisage de nommer Austin comme successeur ? Toutes ces questions sans réponses me bouffent.

Lorsque je rejoins mon bureau, je me fais alpaguer par Joshua.

— Carla vient d'appeler, elle m'a demandé de te passer un message.

Je fronce les sourcils.

— Elle veut que tu t'habilles en bombe ce soir. On est de corvée de fermeture.

Oh non, tout, mais pas ça ! Paie ta gueule de bois le lendemain ! Je ne peux pas me le permettre, surtout maintenant que je suis en binôme avec le cobra. Il sautera sur la moindre occasion pour m'évincer, comme on fait disparaître un clou dans un morceau de bois.

— Ça sera sans moi pour la nocturne, je passerai juste boire un verre ou deux (ou trois) histoire de fêter l'inauguration.

Joshua arbore une mine déçue, mais comprend vite quels sont les enjeux.

— Je vais demander à Norman s'il est de la partie.

— Pas de soucis, je dois passer un coup de fil.

J'ai saoulé Joshua avec ma mauvaise humeur. Je me ferai pardonner ce soir avec un bon mojito. Par chance, Austin est resté cloîtré dans son bureau. Je n'ai pas eu besoin de faire bonne figure. J'en aurais de toute façon été incapable. Il me faudra bien vingt-quatre heures avant de décolérer.

Kristen est passée en coup de vent me réclamer le dossier sur ma campagne en cours qu'elle doit présenter après-demain. Je peaufine les derniers détails avant de l'envoyer à ma boss. Satisfaite du résultat final. Je suis perfectionniste dans le travail comme dans la vie personnelle. Je me relis plusieurs fois pour être certaine de ne pas oublier de fautes. Si j'en suis ici aujourd'hui, c'est pour cette qualité et aussi pour ma détermination. Quand j'entame quelque chose, je mets un point d'honneur à terminer. Et ça vaut pour le pot d'Häagen-Dazs aussi.

Lorsque j'entends la porte du bureau d'Austin s'ouvrir, je me recroqueville dans l'espoir qu'il ne me voie pas. Je ne me sens pas pour un nouvel affrontement.

Je ferme les yeux à l'affût du petit « ding » de l'ascenseur.

DING.

Je tente une petite percée (c'est-à-dire un léger *levage* de tête) et aperçois la silhouette de dos du cobra. Bon débarras. Je reçois un mail de sa part à peine les portes refermées. Je m'attends au pire.

De : Austin
A : Ellie

Objet : Proposition

Vu que la communication est mauvaise, je te propose que l'on prépare chacun de notre côté un projet que l'on soumettra mercredi à Kristen à son retour.

J'ai déjà commencé pour ma part. Que le meilleur gagne !

Il est sérieux ? Je relis à deux reprises son mail tellement je suis choquée. Monsieur a décidé unilatéralement de se la jouer perso, et en plus il a commencé. Le pire dans l'histoire, c'est qu'il a dû bosser une bonne partie de l'après-midi. Tu penses qu'il ne pouvait pas me l'envoyer dès qu'il avait pris sa décision. Bien sûr que non ! Il ne la joue pas à la loyale, car il sait au fond de lui que je vais le ruiner.

L'enfoiré.

Je ne vais pas me laisser faire. Il va voir.

Je me plonge dans le mail de Kristen concernant la campagne, je ne relève la tête qu'une fois que le silence de l'open space est trop pesant. Je suis la dernière. Ma montre indique 19 heures. Il est temps pour moi de fermer boutique. Je me réjouis des idées que j'ai couchées sur le papier.

Je rentre à la maison et me tâte entre prendre un bain ou une douche. J'opte pour la seconde option. Je laisse l'eau chaude couler, pendant bien trop longtemps pour la planète et je m'en excuse, mais je devais faire disparaître, ou du moins atténuer, cette tension dans mes muscles. J'esquive sciemment mon lit vu mon état de fatigue avancé. Carla ne me pardonnerait jamais si je lui faisais faux bond un soir si important.

Je fouille mon dressing à la recherche d'une tenue pour ce soir. Mon choix s'arrête sur une robe courte bordeaux qui me fait un cul d'enfer d'après Joshua. Après l'étape lissage et maquillage, je suis fin prête à faire la fête et à oublier Austin. Je saisis mon manteau, prends mes clefs et mes AirPods et sors.

La variation de température entre ce matin et ce soir me surprend, il fait un froid de canard. J'aurais dû prendre une écharpe. Malgré la fraîcheur, je décide de marcher un peu pour profiter des vitrines sur la rue parallèle à la nôtre. Chaque année, les commerçants se prêtent au jeu et nous ravissent par leurs décorations. Je choisis une playlist de Noël pour accompagner mes pas. Une de celles dont on ne se lasse pas, qui nous plonge irrémédiablement dans une ambiance festive et qui nous donne un sourire béat. Je reconnais immédiatement les premières notes de *Last Christmas* de Wham. Comme espéré, je m'extasie devant les guirlandes lumineuses en forme d'étoiles et le sapin de la boutique de vêtement dont Carla doit être la cliente numéro 1.

Je parcours toute l'allée, émerveillée par chaque intérieur. Avec ma coloc, on passe des journées entières le week-end à mater de grands classiques du genre, *The Holiday, Love Actually, A Christmas Prince*. Une fois prise ma dose de féerie, je hèle un taxi, et lui indique l'adresse.

Il se gare sur une place non loin du club. Je jette un œil à la devanture toute noire accessoirisée d'un seul panneau lumineux avec écrit dans un dégradé de rose fuchsia à violet : *Poker Face*. Y a pas à dire, l'effet est toujours le même, ça claque ! Je souris bêtement. Pourquoi ne suis-je pas étonnée par le choix du nom ? Sacrée Carla. Elle a développé la capacité de rester impassible face à sa mère et ce malgré les reproches et le manque de compréhension.

Je paie la course et sors du taxi, puis traverse la route pour me rendre sur le trottoir d'en face. Il y a de l'animation à l'intérieur si on en croit les booms booms qui s'en échappent lorsque la porte s'ouvre. Deux mecs apparaissent, cigarette au bec avec un verre de bière à la main. Le videur les examine minutieusement, d'un air féroce. Il n'a pas l'air commode celui-là. On le dirait échappé d'un épisode de *Prison break*.

Lorsque je passe à proximité des deux hommes, ils me reluquent d'un œil appréciateur. J'en déduis que ma robe fait son petit effet. *Bon choix, Ellie.*

Le videur me regarde à son tour sans la moindre expression sur le visage avant de se décider, enfin, à me laisser entrer.

Je ne retiens pas une exclamation en voyant ce long couloir illuminé par des spots de différentes formes géométriques apportant une douce clarté. C'est grandiose. La musique est assourdissante. Je retire mon manteau avant d'étouffer. Je m'arrête devant la salle principale pour en apprécier le décor. Je suis stupéfaite. Il y a encore quelques mois, ce lieu ne ressemblait à rien. Carla a engagé d'importants travaux de rénovation et le résultat est tout simplement incroyable. Le comptoir du bar a été entièrement refait. Les deux barmaids sont occupées à servir la masse de gens agglutinés devant. Les bouteilles sont éclairées par des lumières violettes.

Je constate que Carla est finalement restée sur son idée initiale. Elle a opté pour une décoration ultra design. Un immense puits de lumière traverse le centre de la piste. Carla a aménagé de petits espaces avec des sofas qui semblent être confortables. À leur centre trônent des tables lumineuses, toutes dans les tons violines. Je ne distingue pas bien ce qui se trouve à l'étage à cause de la fumée, mais j'en déduis que c'est le coin VIP.

Les serveurs font des va-et-vient, traversant le côté de la piste de danse en esquivant habilement les clients, chargés de leur plateau. Je crois bien en reconnaître un lorsqu'il passe à côté de moi. Ne serait-ce pas un des deux mecs qui était dans le lit de ma coloc ? *Elle n'a pas fait ça…*

Je tente désespérément de repérer la patronne à travers la foule.

La voilà, m'exclamé-je pour moi-même.

Carla est en pleine conversation avec un des vigiles sur la mezzanine. Quand elle m'aperçoit, elle me fait signe de monter.

— Danny, je te présente Ellie, mon amie. Ellie, Danny est notre agent de sécurité.

Plutôt beau gosse, le vigile dans son pantalon noir et son tee-shirt blanc moulant. Je crois qu'il pourrait me soulever d'un seul bras tant il est musclé.

Carla me fait un bisou sur la joue.

— Bonsoir, Ellie.

— Bonsoir, Danny.

Je suis contente que la lumière soit tamisée, elle masque mon trouble. Quelle idée aussi de choisir un mec si sexy.

— Va t'asseoir sur un des canapés VIP là-bas, je te rejoins, je dois voir encore une chose avec Danny.

Un serveur s'approche de moi. Je suis surprise en découvrant son identité. *Si, elle l'a fait.*

— Salut, la coloc, je te sers quoi à boire ?

— Elle prendra un mojito, et une bière pour moi, Paco, nous interrompt Carla. Alors ? me demande-t-elle avant de se laisser choir sur la banquette en levant les bras.

— C'est génial ! Bravo, je suis fière de toi.

— J'ai du mal à réaliser et pourtant ça y est, on est bien ouvert.

Paco dépose les boissons en ne lâchant pas Carla du regard. Elle le lui retourne. Il tourne les talons.

— Tu sais que ce n'est pas recommandé de se taper ses salariés ? dis-je en la taquinant.

— Qui te dit qu'on a couché ensemble hier soir ?

— C'est vrai que je ne t'ai pas entendue, et Dieu sait que tu es bruyante, réponds-je en me moquant de mon amie.

— En même temps on était trois, et surtout, « tout » était occupé.

Elle vient de me brûler les yeux, et la garce est morte de rire. Elle sait très bien que dès qu'on parle d'un truc, je ne peux pas m'empêcher de l'imaginer.

Je pouffe de rire.

— Très fin, Carla.

— Ne me pose pas de question si tu ne veux pas connaître la réponse.

— Mais ce n'était pas une question enfin ! dis-je désabusée.

— Oups, pardon, répond-elle en riant de plus belle.

Joshua, accompagné de Norman, débarque au moment où le serveur prend notre deuxième tournée. *L'appel de l'alcool.* Qu'ils sont beaux avec leur tenue assortie, chino bleu et tee-shirt marin. Norman a dû doubler ses séances de muscu, je trouve le haut de son corps un peu plus massif que la dernière fois. Son sourire pétillant vient casser le mythe du Gaulois blond, grand et bagarreur. Ses cheveux hirsutes et ses yeux bleus viennent adoucir sa mâchoire carrée.

Après un échange de banalités, Carla nous raconte sa dure journée. Quand arrive mon tour, j'en fais de même. Mon calvaire a un nom : Austin. Avec l'image que j'ai dépeinte de lui, Carla le déteste et ne se gêne pas pour me filer des conseils pour lui pourrir la vie. Je l'aime.

Nous passons un agréable moment à rire. Carla est très souvent sollicitée. Elle s'octroie des pauses bien méritées par moment et en profite pour nous rejoindre. Elle me tape sur l'épaule.

— Avion de chasse à deux heures, Ellie.

Sans discrétion aucune, merci les effets désinhibiteurs de l'alcool, nous nous retournons tous dans la direction que nous désigne Carla.

— C'est pas vrai, lâché-je, exaspérée.

Je ne le croise jamais nulle part et voilà qu'il est partout. Qu'est-ce qu'il fout là ? De toutes les boîtes de la ville, il a fallu qu'Austin se retrouve ici. Pourquoi ? Qu'est-ce que j'ai fait de mal ? Foutu karma. Le mec en plus de me pourrir ma journée va gâcher ma soirée, s'il me voit.

Austin est installé non loin de nous. *La plaie !* Il a laissé tomber la veste de costume. Sa chemise blanche est déboutonnée et ses manches relevées. Il boit un verre de vin. Ses cheveux bruns sont décoiffés, lui donnant un air décontracté. Je peux comprendre que ma collègue le classe dans la catégorie des mecs canon, mais quand on le connaît, c'est une tout autre histoire. Si imbu de sa personne.

Carla ouvre grands les yeux et pousse un « OH » quand elle voit l'expression sur mon visage.

— Ne me dis pas que… Non, c'est lui, le cobra ? Merde, Ellie, il est canon, regarde-moi ces muscles qui ne demandent qu'à être croqués, et là on ne voit que le recto, je suis sûre qu'il a un cul d'enfer. Il transpire la virilité. Aïe Aïe Aïe.

Elle ne va pas s'y mettre, elle aussi.

— Tu as dit « con » Carla, rassure-moi ?

Elle hoche la tête, l'air de s'excuser.

Il ne nous a pas vus. Austin est accompagné d'un pote et de deux blondes élancées en mini short.

— Tu veux qu'on change de table, Ellie ? propose Norman.

Ce qu'il peut être bienveillant ! Joshua surenchérit aussi, mais non !

— Non, ça ira, si quelqu'un doit changer, ça sera lui.

— Bien dit, interjettent en chœur Joshua et Carla.

Je bois d'une traite mon verre.

Le liquide me brûle l'œsophage, mais ce n'est rien comparé au venin qui coule dans mes veines. Je suis tellement en colère de le voir ici.

Pour ne pas ruminer, je propose que l'on aille tous danser.

Je constate que ça tangue un peu en me levant. Je vais devoir lever le pied sur les verres.

Je me déhanche sur la piste, sous la musique de Calvin Harris. Mes amis sont aussi euphoriques que moi. Le pied total, j'en viens presque à faire abstraction de sa présence ici. Mais mon moment d'égarement est de courte durée. Bousculée, je manque de tomber. Des mains solides et chaudes se posent fermement sur mes hanches, m'empêchant de rejoindre le sol. Surprise, je me retourne, et je croise les yeux bleu acier d'Austin. Quand il me voit, il retire ses mains comme si mon corps l'avait brûlé. La piste n'est pas assez grande, il faut forcément que je tombe sur lui.

— Oh, je n'y crois pas ! La douce Ellie, dit Austin d'un air surpris.

— Mais non ! La fameuse, réplique son copain en se moquant.

Je le fusille du regard. Il lève les paumes en l'air.

— Doucement, ma jolie. Tu ne m'avais pas dit qu'elle mordait, frangin. Enchanté ! Moi c'est Derek, le petit frère sympa d'Austin.

Il me tend la main que je lui serre à contrecœur.

— Enchantée…

Ma jolie ? Mais il se prend pour qui, celui-là ?

Comme ça, il a un frère ? Ses parents ne pouvaient pas tout simplement casser le moule après lui ?

— Ellie, je ne savais pas que tu étais du genre à passer tes soirées dans un bar branché, je te voyais plus comme une copie de Bridget Jones, devant un bon film. Sans vouloir t'offenser.

L'enfoiré. Super, la référence. Je me force à sourire, hors de question qu'il me sente déstabilisée.

— C'est dans ces moments-là où je me demande vraiment ce que peut te trouver Kristen. Non parce qu'être aussi loin de la réalité montre ta petitesse d'esprit. Laisse-moi douter de ton jugement.

Je sens que je viens de le pincer. Un prêté pour un rendu. Pauvre naze.

— Ça va, Ellie ? me questionne Norman près de moi.

— Oh oui, très bien ! Viens, on va au bar.

Je le sens fulminer derrière moi, mais ne me retourne pas.

Austin ne fait que me jeter des regards que j'ignore. Je me répète intérieurement qu'il n'est pas là.

Je profite de ce que les deux blondes se dirigent vers les toilettes pour les suivre, Carla sur mes talons. Je mets mon plan à exécution : pendant qu'elles se poudrent le nez, nous nous postons à côté, faisant semblant de nous rafraîchir.

Je n'ai pas besoin de faire un signe à Carla pour qu'elle entre dans mon jeu.

Première étape : capter leur attention.

— Franchement, Austin a une belle gueule, je te l'accorde, mais il est sale.

Les deux nanas s'échangent un regard suspect.

Deuxième étape : les faire mordre à l'hameçon.

Carla mime un air de dégoût.

— Il se tape tout ce qui passe. Ma copine est tombée dans le panneau et résultat, une semaine de traitement contre une MST.

La blonde numéro 1 semble écœurée tandis que numéro 2 est choquée. Numéro 1 murmure à l'oreille de l'autre et elles finissent par sortir des toilettes.

Opération réussie.

Je tape dans les mains de Carla en souriant, fière de notre manège.

— Bien joué, dis-je en me séchant les mains.

— Ils vont se la mettre derrière l'oreille, ce soir, répond Carla en rigolant.

Nous retournons toutes les deux à l'étage. Au loin, Austin a l'air furieux. Je me demande bien pourquoi. Derek et lui échangent quelques mots et s'avancent vers notre table. Austin est tendu. Je me lève pour l'affronter, hors de question qu'il me toise de toute sa hauteur.

— C'est toi qui leur as raconté des conneries ? crache-t-il.

Je fais mine de ne pas comprendre ce qu'il me reproche, même si, intérieurement, je me délecte de la situation.

Carla se poste entre nous pour prendre ma défense.

— C'est quoi ton problème ? demande-t-elle en le jaugeant.

Il la regarde à peine deux secondes avant de me fixer à nouveau, d'un air meurtrier.

— Ça t'amuse, Ellie ?

— Pas spécialement, enfin à y réfléchir de plus près…

Je lève la main et mime un « un petit peu » avec les doigts.

Il fulmine. Son frangin, quant à lui, semble amusé par la réaction d'Austin.

Carla croise les bras et ajoute, en me regardant :

— Ellie, je crois que Barbie et sa copine n'ont pas aimé la partie sur les MST.

— Tu crois ? Oh, Austin, tu m'en vois désolée. C'était juste une petite blague. Allez, sans rancune, hein ? Tu m'excuseras, mais comment tu m'as appelée, déjà ? Ah oui, Bridget va s'éclater, elle. Derek, c'est ça ? Au plaisir. Austin, à lundi !

Et je les plante là.

— Je vais la tuer, entends-je.

Je sens son regard me brûler le dos. Ses yeux me fixent avec tellement de rage ! S'il pensait avoir affaire à une pauvre fille qui se laisse marcher sur les pieds, il s'est bien trompé.

— Il veut la guerre, il l'aura.

Bizarrement, ils sont partis deux minutes après notre joute verbale. Derek m'a fait un signe de la main avant de quitter la boîte de nuit. Étrange ! Je crois qu'il doit être aussi tordu que son frère, à moins que dans ce geste, il ait salué ma bravoure. Il n'a pas dû en rencontrer beaucoup, des filles qui mouchent son connard de frangin. Bref, je ne le croiserai probablement plus jamais, donc ce mystère restera entier.

Nous avons passé le reste de la soirée à boire plus que de raison. Je ne sais pas comment j'ai fait pour rentrer entière.

Je ferme les yeux vers trois heures du matin. Je sens que demain, le réveil va piquer. Je sombre en me rappelant les iris sombres d'un Austin furax.

CHAPITRE 4

Austin

Il n'y a pas de fumée sans feu…

Comme tous les matins, je me lève aux aurores. J'enfile un jogging gris, un sweat noir à capuche, prends mes AirPods et sors de mon appartement. C'est mon petit rituel du week-end. Ce sport m'aide à me vider la tête et à me détendre quand la pression devient trop pesante. Je cours depuis que je suis gosse ; au début c'était derrière un ballon, mais j'ai dû arrêter suite à une blessure.

Dehors, le jour se lève à peine. Le ciel bas et terne annonce une journée maussade, bien que le soleil tente une percée. J'aime courir à travers les rues désertes de la ville encore endormie. Pas de klaxons, pas de sirènes, pas de foule sur les trottoirs. C'est agréable d'avoir le sentiment d'être seul au monde. Le temps de me recentrer sur moi est ce à quoi j'aspire. M'offrir une petite introspection me fait un bien fou.

Je mets les écouteurs dans mes oreilles et lance la playlist « Run », un medley de bon vieux rock, pour accompagner mes premières foulées. J'entame ma course doucement, le temps de chauffer mes muscles encore engourdis.

La propriétaire de la boulangerie de l'angle de la rue s'arrête de balayer et me salue lorsque je passe devant elle. Une quinquagénaire aussi charmante qu'avide des potins du quartier. Elle me fait vaguement penser à ma grand-mère. *Paix à son âme.* J'irai y faire un saut tout à l'heure avant d'aller chez ma mère, pour récupérer ma commande.

C'est une habitude chez nous à chaque occasion, comme les anniversaires ou les fêtes, on se rassemble.

Aujourd'hui, on fête l'anniversaire de mon petit frère, et je suis de corvée de gâteau. Je ne suis pas très emballé à l'idée de voir Brighton. Son étalement de réussite et ses leçons de morale me gonflent. Je ne sais pas comment lui faire comprendre, sans l'envoyer chier, que je m'en fous. Chacun vit sa vie comme il l'entend. Si ça ne tenait qu'à moi, je botterais en touche aujourd'hui. J'ai déjà offert son cadeau à Derek et, d'ailleurs, on l'a fêté comme il se doit, mais ma mère me ferait une syncope si je faisais partie des abonnés absents. Ma mère, c'est mon roc, ma confidente, la seule qui a le droit de m'engueuler, de me dire si j'ai merdé. Je l'aime plus que tout. Sans déconner, je crois que je souffre encore du complexe d'Œdipe.

Mes parents ont eu un grave accident de voiture quelques jours après le réveillon de Noël, l'année dernière. Ça va bientôt faire un an, un chauffard leur a coupé la route et s'est enfui. J'appréhende la date fatidique qui approche à grands pas, ce ne sera malheureusement pas comme les autres années. Mon père est mort sur le coup, ma mère, quant à elle, s'en est miraculeusement sortie avec quelques ecchymoses et deux côtes cassées. Elle est restée un moment à l'hôpital. Perdre mon paternel a été terrible pour nous tous, mais surtout pour maman qui a vu sa vie basculer du jour au lendemain. Lorsqu'elle en est sortie, ça n'a plus du tout été la même femme. Elle a perdu cette petite étincelle dans les yeux, cette soif de vivre, de relever tous les défis. La voir ainsi me donne encore moins envie de tomber amoureux, déjà que j'étais réfractaire. Être dépendant sentimentalement me fait peur au fond.

Elle nous a causé quelques frayeurs avec mes frères, des pertes de mémoire notamment. Derek a prétexté que la rupture avec son ex était trop douloureuse, qu'il ne supportait pas d'être seul pour revenir vivre chez elle. On sait tous que c'était pour garder un œil dessus. Il a lâché son appart et s'est installé du jour au lendemain. L'avantage pour lui, c'est qu'il peut bosser de n'importe où. Il a monté sa structure et vend des prestations de services.

Encore aujourd'hui, elle est sous antidépresseurs, à moindre dose certes, mais quand même. Il lui arrive de rechuter dans le mutisme, mais mon frère veille au grain.

Alors même si ça me coûte de partager une heure avec Brighton, je me fais violence.

J'augmente ma vitesse en jetant un œil rapide sur ma montre pour vérifier mon rythme cardiaque. Parfait ! Je me dirige vers Central Park, alias les poumons de New York. Je croise une joggeuse et me fige en observant la silhouette, de dos, élancée, un cul d'enfer, une longue queue de cheval de la couleur de celle d'Ellie. Ça ne peut pas être elle… Avant de traverser la rue pour rejoindre l'une des entrées du parc, elle fait un mouvement de gauche à droite avec la tête. Je ne m'en étais même pas rendu compte, mais je relâche l'air stocké dans mes poumons. Fausse alerte ! J'ai cru une fraction de seconde que c'était elle. Putain ! Même le week-end elle va me pourrir la vie celle-là maintenant ?

Je repense à la nuit dernière. Après que ma chère collègue a ruiné mes plans avec la belle Bettany, Derek et moi sommes partis dans un autre lieu branché à quelques rues de là. Je crois que j'ai dû répéter cent fois à mon frère que je la détestais avec ses airs supérieurs de première de la classe. Pour qui elle se prend pour saboter mes plans ? Elle ne le sait pas encore, mais elle vient de déclarer une guerre, et je vais en sortir victorieux. Elle n'est pas née celle qui me mettra KO !

J'arrive chez ma mère pratiquement à l'heure, et une bonne odeur de lasagnes s'échappe lorsque la porte s'ouvre sur son visage radieux. Elle me serre affectueusement dans ses bras puis, toujours en me tenant, elle m'examine. Plonge ses iris dans les miens en fronçant les sourcils. Comme si elle était capable de lire en moi.

— C'est bon, maman, je vais bien, soupiré-je.

— Arrête de faire ton rabat-joie, dit-elle en me souriant de toutes ses dents.

Elle se décale et m'invite à entrer.

— Bah, elle n'est pas avec toi ? s'enquiert-elle auprès de moi.

De quoi elle parle ? Je me tourne et la vois qui cherche dans le couloir. Qu'est-ce qui lui prend ?

— Tu fais référence à qui ?

— À ma future belle-fille, lance-t-elle, un brin ironique.

— Maman, sérieusement ?!

C'est quoi, ce comportement bizarre ?

Elle referme la porte en se marrant. J'y crois pas.

Elle me frappe l'épaule et me passe devant en saisissant la boîte où se trouve le gâteau.

— Si on ne peut plus plaisanter, maintenant.

Je la suis à travers le salon. La décoration n'a pas changé depuis mon enfance. La peinture a été refaite au décès de mon père et, bien qu'ils aient une trentaine d'années, le buffet et la table en chêne clair s'accordent parfaitement avec les murs beiges et les rideaux rose poudré. Un petit canapé deux places et un fauteuil terminent d'habiller cette pièce. Elle a fait un effort et a mis un sapin. Cette année, elle ne s'est pas pris la tête et a opté pour un artificiel de taille raisonnable et une déco minimaliste pour faire plaisir à mes petits neveux.

Une vague de nostalgie me submerge en songeant à ce que signifiait cette période autrefois.

C'est mon père qui aimait les sapins. Il adorait par-dessus tout qu'on aille, mes frères et moi, le choisir avec lui. Quand je dis choisir, c'est un grand mot, je devrais plutôt dire porter. Je pense que je ne verrai plus jamais cette fête du même œil maintenant qu'il est parti. Si ma mère n'était pas là, je crois bien que je ne la célébrerais même plus. Voir tous ces gens euphoriques à l'approche des fêtes, heureux de pouvoir partager un bon repas avec les leurs, rire, discuter, s'offrir des cadeaux, me fait culpabiliser. Au fond, ça me fait mal et j'appréhende énormément Noël. J'aimerais pouvoir claquer des doigts et faire un saut dans le temps. La neige qui va faire son apparition d'ici quelques jours est un dur rappel de cet accident.

Mon père était un pilier pour nous tous. La douleur de sa disparition est insoutenable. Je secoue la tête pour me détacher de ces sombres pensées et souris en repérant un petit lutin farceur au pied du sapin.

Je quitte le sapin des yeux et observe ma mère. Son visage n'a pas perdu de sa superbe, malgré les épreuves qu'elle a traversées.

— Où est Derek ? demandé-je en ôtant ma veste.

— Sous la douche, il a eu un mal de chien à émerger. On se demande bien pourquoi, dit-elle sur le ton du reproche.

— Ce n'est pas tous les jours qu'on fête ses vingt-huit ans.

— Vous me servez cette excuse pour chaque anniversaire, mon fils.

Elle ouvre le four, se penche et pique avec son couteau pour voir si le plat italien est prêt.

— Ça sent divinement bon.

J'ouvre le frigo et prends une bière pour commencer.

— La soirée a été bonne ?

— Ouais on peut dire ça, *si je ne mentionne pas Ellie*, finis-je pour moi-même.

Derek choisit ce moment pour débouler dans la pièce. Je n'ai pas le temps de porter le goulot à la bouche qu'il me vole ma bière.

— Oh ! m'écrié-je. Tu ne peux pas te servir ?

— La tienne est tellement meilleure, frangin, dit-il en souriant avant de boire une gorgée.

— Salaud !

Ma mère se retourne et me fusille du regard.

— Surveille ton langage, Austin Chick.

Je lève les mains en guise d'excuse et ajoute :

— Mais c'est sa faute, aussi.

Elle secoue la tête, dépitée.

— De vrais gosses… C'est mesquin et puéril. Derek, rends-lui sa bière.

— Même pas en rêve ! J'en prends une autre, je ne sais pas où il a mis sa bouche.

Ma mère grimace et je crois même l'avoir vue mimer un haut-le-cœur, ce qui me fait rire.

— Alors, mam', tu l'as questionné sur Ellie ?

L'enfoiré ! Je comprends l'épisode du couloir. Il lui a parlé d'hier soir. C'est un coup bas qu'il va me payer.

— Putain, j'aurais dû me douter que ça venait toi.

Mon frère rigole franchement.

— Non, mais quand je revois ta tête, sérieux. Maman, tu aurais adoré la scène. Ton fils s'est fait renvoyer dans ses vingt-deux.

— Continue et tu vas voir où je vais te mettre la bouteille, le menacé-je.

— Austin !

— C'est Derek qui se moque et c'est moi qui prends ?

— Tu es le plus grand, alors montre-lui l'exemple.

Je passe à côté de mon frère en faisant exprès de loucher sur sa montre.

— Je peux encore la récupérer, tu sais ?

Derek se marre.

— Je trouve qu'avec l'âge, tu as moins d'humour.

Il fait trop son malin, l'enfoiré. Il va vite déchanter.

— Maman, tu as des nouvelles d'Amanda ?

Le visage de mon frère se liquéfie. Il me fait les gros yeux et passe son pouce sur son cou comme s'il voulait m'égorger. C'est à mon tour de me marrer. Et ma mère commence à râler. Elle adorait cette fille, l'ex de Derek. Elle lui en veut d'avoir mis fin à leur relation. Du coup, dès qu'on la lance, elle se met à lui reprocher tout un tas de trucs. Avant qu'elle ne revienne sur le sujet initial, me pose des questions sur ma sorcière de collègue et que ça pourrisse cette nouvelle journée, je détourne la conversation en parlant du passe-temps préféré de ma mère, la cuisine.

Pendant qu'elle s'affaire à accommoder et à peaufiner ses plats, discrètement, je me penche vers Derek et lui murmure à l'oreille :

— N'oublie pas qui est le maître, jeune padawan.

— Très drôle, rétorque Derek en grimaçant.

Nous sommes interrompus par la sonnerie de l'entrée.

— Va ouvrir à ton frère, m'ordonne gentiment ma mère, occupée à essorer la salade.

Je m'exécute, me préparant psychologiquement à supporter les heures à venir.

Lorsque j'ouvre, je suis accueilli par le visage fermé de Brighton. Ses traits sont tirés, témoignant d'une profonde fatigue. Je sens qu'il va être exécrable (pour changer). Dean, son fils aîné de sept ans, est dans ses bras, accroché tel un petit singe. Jenyfer, elle, porte Steven. C'est fou comme les enfants changent vite. Steven est presque aussi grand que son frère, malgré son année de moins.

Je les invite à entrer, délestant au passage le sac que porte ma belle-sœur. Elle me remercie silencieusement avant de m'embrasser sur la joue.

— Dites bonjour à tonton Austin, demande leur maman.

— Bonjour, tonton, répondent-ils en chœur avec leur petite voix comme shootée à l'hélium.

En passant près d'eux, je frictionne leur tignasse blonde, ce qui a le don de les faire sourire.

J'entends les pas rapides de ma mère, je m'efface pour la laisser passer avant qu'elle ne me bouscule.

En l'observant à la dérobée, je remarque que son pantalon noir bâille à certains endroits. J'essaie de ne pas trop m'arrêter sur ce genre de détails, car si elle a le malheur de s'en apercevoir, elle va se mettre en colère.

Les petits sont si excités qu'ils manquent de la faire chavirer. Leur père les réprimande sous le regard acéré de maman.

— Je ne suis pas faite en sucre, Brighton !

— Maman… tente-t-il de s'expliquer.

Mais elle l'ignore complètement et retire la veste de Dean.

— Vous avez faim, les enfants ?

— Ouiiiiiii !

— Je vous ai fait votre plat préféré, suivez-moi, on va commencer par laver vos petites mains.

— Je vous accompagne, dit Jenyfer en donnant sa veste à son mari.

Nous les regardons tous les quatre partir en direction de la salle de bains avec les petits accrochés aux jambes de ma mère, Jenyfer sur leurs talons.

— Alors comment vont les affaires ? demandé-je à Brighton pour faire la conversation.

— Écoute, les affaires au garage vont bon train. J'ai embauché un commercial qui nous rapporte du chiffre. Si ça continue comme ça, on risque de faire plus de 15 % d'augmentation sur le chiffre d'affaires comparé à l'année dernière. Je commence à regarder pour voir si je ne trouve pas un second garage. J'ai fait de fructueux investissements immobiliers qui vont me permettre de faire un prêt sans nous mettre dans le rouge.

Brighton se lance dans un long monologue que j'écoute d'une oreille distraite. Il ne me questionne pas, ce qui me va très bien. Je n'ai pas envie de voir ses grimaces ou entendre ses reproches. Il se vante de sa réussite durant près de dix minutes avant que Derek vienne à ma rescousse.

— Je ne suis pas venu les mains vides, annonce-t-il, chargé de trois bières fraîches.

— Merci, Derek.

Je m'installe par terre pour laisser la place aux autres sur le vieux canapé en cuir marron. Brighton nous raconte les dernières anecdotes du garage. J'observe ses mimiques en me disant que, malgré notre ressemblance physique, nous sommes si différents intellectuellement parlant. Nous n'avons jamais été du genre à échanger nos vies l'histoire d'un soir comme peuvent le faire la majorité des jumeaux pendant leur adolescence. On a toujours agi comme de simples frères sans plus d'affinités.

— On devrait le faire…

Les deux têtes me fixent.

— Je te demande pardon ?

— Brighton disait qu'il faudrait que l'on investisse dans la société Pharmacorp. Apparemment le cours de ses actions ne fait que prendre de la valeur.

— C’est une idée, réponds-je en hochant vaguement le menton, ne cachant pas l’ennui que je porte à ce sujet.

Je n’ai pas besoin de renflouer mes comptes et encore moins d’investir dans une société dont je n’ai jamais entendu parler.

Brighton lève les yeux au ciel.

— Tu n’arriveras jamais à acheter une maison et à trouver une femme convenable si tu continues à vivre comme un jeune de vingt ans.

— Je gagne très bien ma vie, ne t’en fais pas pour moi. Et si l’envie de me caser me vient, tu seras le premier au courant (sous-entendu le dernier).

C’est dingue ce qu’il peut être agaçant. Quand comprendra-t-il que tout le monde n’a pas les mêmes aspirations ? Depuis le décès de mon père, il m’est devenu encore plus difficile à supporter. Il parle très souvent de lui et ne s’intéresse réellement que très peu aux autres. Il pose des questions pour la forme, mais revient vite à son sujet favori : lui. Notre paternel arrivait à le canaliser quand il allait trop loin ou qu’il devenait trop insistant. Je me contiens uniquement pour ma mère, sinon ça ferait un bail que je l’aurais envoyé valser.

Et puis, à part me dégotter une femme qui en aura après mon argent, je ne vois pas bien le concept. Si on prend son histoire, il a bien trouvé sa moitié sans un sou en poche.

— Est-ce que l’on va vraiment repartir sur le sujet de mes choix de vie aujourd’hui ?

Je ne masque pas l’agacement dans mon ton.

— Arrête de le prendre comme une attaque, Austin. Si je te dis ça, c’est uniquement pour ton bien.

Je porte ma bière à la bouche en marmonnant.

Ma mère nous convie à les rejoindre.

Pendant que Derek s’affaire à ouvrir une bouteille de rouge, j’aide ma mère à mettre le couvert. Ma belle-sœur sert les gosses sur leur petite table en formica orange et marron, la même que nous utilisions lors des repas de famille quand nous étions gamins, mes frères et moi. Nostalgie quand tu nous tiens. Le plat de lasagnes posé devant moi me fait saliver. Elle disait tout à l'heure que c'était le plat préféré de mes neveux, mais c'est également le mien.

Derek nous parle de son affaire florissante, ravissant Brighton qui l'écoute avec une fierté non dissimulée. Il le questionne sur ses relations amoureuses. Tout comme moi, Derek ne se projette pas plus loin qu'une semaine, avec une fille, c'est d'ailleurs ce dont m'accuse mon aîné. Pour lui, c'est une forme d'immaturité.

Le repas s'éternise plus que de raison. Je jette un œil à l'horloge perchée au-dessus du meuble télé. Je vais essayer de ne pas partir trop tard, j'ai du pain sur la planche d'ici mercredi.

Derek souffle ses bougies sous les cris amusés des enfants.

— Est-ce que ça vous dit de prendre un petit digestif? propose Derek.

Brighton fait signe que non, mais sous l'insistance de Derek, il finit par accepter.

Ce dernier se dirige vers le buffet et en sort une bouteille de rhum brun à moitié entamée. C'était la marque préférée de mon paternel. Il nous sert trois verres. Je me penche pour toucher l'étiquette vieillie. Je bloque dessus. Je me souviens, comme si c'était hier, de la dernière fois où j'ai bu un canon avec lui.

— C'était son préféré, dit Brighton à mon intention.

— Oui, c'est vrai.

— Tu te rappelles le jour de nos dix-huit ans? me questionne-t-il en prenant son verre pour le porter à ses lèvres.

Comment oublier… Mon père était fou en découvrant qu'on avait tombé sa bouteille avec une bande de potes. On avait raconté un bobard qui ne tenait pas la route surtout avec nos haleines. Les moments de complicité avec mon frère se comptent sur les doigts d'une main.

Sur le départ et au moment de me dire au revoir, Brighton me fait une étrange proposition. D'ailleurs, je cligne des yeux à deux reprises avant de lui répondre. Il a sûrement un peu trop abusé du rhum pour me suggérer ça.

— Si ça te dit, on pourrait déjeuner ensemble ce mois-ci.

— Euh… Pourquoi pas ?

— Super, j'aimerais te parler d'une affaire.

Pour quoi d'autre ? J'aurais dû m'en douter.

— Je t'appellerai pour te proposer un créneau.

— Entendu.

Après avoir aidé mon frère et ma mère à tout nettoyer, c'est à mon tour de prendre congé.

Je passe la fin de journée à travailler sur le projet que je compte soumettre à Kristen.

Je reprends de A à Z les notes que j'ai consignées hier dans mon calepin et envoie quelques emails à des prestataires. Je me demande bien ce que va présenter Ellie. Elle a vraiment joué la garce. Pour qui elle se prend ? Je vais vite devoir la remettre à sa place. Je ne peux décemment pas me laisser marcher dessus sans riposter. Mon frère s'est assez moqué comme ça.

Je me tâte à lui envoyer un message, histoire de la faire bisquer. Tout ce qui vient de moi la fait réagir, pour mon plus grand plaisir. C'est tellement facile de l'agacer, mon sourire l'horripile et je ne parle même pas de ma voix quand on est en réunion. Ses traits se figent dès que je prends la parole. Ce serait cruel de lui laisser un vocal sur son téléphone, alors je me contente d'un mail.

CHAPITRE 5

Ellie

Des idées…

Je passe mon samedi matin dans un état de léthargie aiguë, couplée à une migraine lancinante. Le cachet que j'ai pris plus tôt n'a eu aucun effet sur ma gueule de bois. Je me sers un énième verre d'eau dans l'espoir de faire disparaître cette sensation de bouche pâteuse. C'est peine perdue, il me faudrait plus d'un litre pour effacer toutes les traces du mélange rhum champagne qui coule dans mes veines. Quelle idée j'ai eu de suivre ma coloc, Josh et Norman dans cette cavalcade alcoolisée. Il n'y en a pas eu un pour rattraper l'autre. Comme si nous avions tous eu besoin de boire pour oublier l'espace d'un instant nos vies chargées.

Nous, ce n'est pas la clope sociale que l'on a, ce sont les bulles pailletées. Un verre en appelait un autre. Misère, mes oreilles bourdonnent comme si mon cerveau était encore en after. Mes pieds me font un mal de chien. Je ne me rappelle même pas l'heure à laquelle on est rentrés et, pire encore, je ne me souviens même pas de la tête du chauffeur de taxi. J'ai en mémoire quelques bribes d'une chamaillerie entre nos deux tourtereaux. Norman a reproché à Josh d'avoir abusé en retirant sa chemise pour danser sur l'estrade.

C'est quand je me vois dans cet état de décrépitude que je me rends compte que je n'ai plus vingt ans. Terminé les nuits blanches sans en payer le prix le lendemain. Je me traîne tel un zombie de seconde zone, cernée comme un panda. C'est limite si le miroir dans la salle de bains ne s'est pas fissuré quand je suis passée devant. Et on en parle de mon iPhone qui n'a jamais voulu se déverrouiller avec la reconnaissance faciale ?

Hier était la dernière fois que je me mettais aussi minable avant un bon moment. Enfin, si je fais part de ma nouvelle résolution à Carla, elle va la balayer d'un revers de main et prévoir déjà notre sortie vendredi prochain.

En passant à proximité de sa chambre, j'entends comme un bruit d'animal agonisant. C'est quoi ce vacarme ? En tendant l'oreille, je rigole. Ce n'est autre que le ronflement de la Belle au bois dormant post-cuite. Si je n'étais pas aussi vaseuse, je la filmerais, histoire de lui prouver, une fois pour toutes, qu'elle ronronne comme un camion. Madame soutient mordicus que ce n'est qu'une légende de coloc jalouse. Je récupère dans ma chambre ma tablette et retourne en direction du salon.

Notre pièce à vivre mesure environ 20 m^2, la décoration est simpliste. Les cloisons sont restées blanches, ornées de quelques tableaux dans les tons bleu nuit. Un canapé d'angle gris accolé au mur de la fenêtre, où trônent des coussins aux nuances moutarde, apporte un peu de chaleur. Dans le même axe, une grande télévision ne servant majoritairement qu'à mater des séries sur Netflix. Ces temps-ci, on se refait la série Friends « best série ever » d'après nous. La table ronde à droite nous sert uniquement pour recevoir des invités. On est du genre à manger sur la table basse opéra, en verre trempé, lorsque nos emplois du temps coïncident. Un petit nid douillet à notre image, où l'on aime se retrouver.

Je m'avance vers les rideaux, histoire de les refermer et tamiser la lumière. Mon crâne me remercie, j'hésite même à mettre mes lunettes teintées tellement les reflets m'agressent. Un soleil blanc perce au travers de la brume, confirmant que l'hiver est bel et bien installé.

Je m'allonge sur la méridienne, mets mes pieds en hauteur en appui sur le mur. Avec cette position, j'espère alléger mon mal de jambes. Bonjour l'abus sur le dancefloor.

J'ouvre le moteur de recherche pour trouver des idées sur ma future campagne publicitaire. J'en ai déjà quelques-unes en tête : je visualise une belle femme, une star de la même trempe que Julia Roberts avec un sourire à faire pâlir le plus pieux des hommes. Une robe longue, dorée comme celle que portait Charlize Theron dans une pub pour *Dior*. Je scrolle à la recherche du lieu parfait pour tourner le spot. Je ne sais pas combien de temps je reste dans cette position, prenant des notes et faisant des vocaux à l'intention de Joshua.

Je suis interrompue par ma coloc. Pour la faire râler, je fais mine de prendre peur en voyant sa dégaine, tee-shirt AC/DC troué comme si sa chambre était infestée de mites, culotte en dentelle noire et cheveux en bataille. Ma jolie rousse rock au réveil. Elle n'est déjà pas très hâlée, mais alors là, elle est pâle à en crever.

Carla est dotée d'une beauté naturelle que je lui envie (sauf ce matin). Pas besoin d'artifice pour rehausser la finesse de ses traits à la peau lisse parsemée de taches de rousseur. Elle est petite et menue, mais avec des formes généreuses placées là où il le faut.

— Qu'avez-vous fait de ma colocataire ?

— Connasse, crache-t-elle avec sa voix caverneuse encore à moitié endormie.

Elle se laisse nonchalamment tomber sur le canapé.

— Bien le bonjour à toi aussi, Carla.

Elle s'agenouille et part dans une inspection de ses jambes, elle passe sa main dessus, évaluant son degré de pilosité.

— Il faut que je prenne rendez-vous chez l'esthéticienne.

Je lui confirme en souriant.

— Fille ou garçon ?

Je fronce les sourcils ne comprenant pas à quoi elle fait référence.

— Je ne sais plus, quand on fait le poirier comme ça, c'est pour avoir une fille, non ?

— T'es con !

Je lui balance le premier coussin qui me passe sous la main.

— Pour ça, il faudrait des occasions.

— C'est pas faux pour le « je suis con », mais les occasions, ce n'est pas ce qui manque. Il faudrait que tu ouvres les yeux.

— Je ne vois pas du tout à qui tu fais allusion.

— Au beau blond d'hier…

Je fouille dans ma mémoire à la recherche du mec auquel elle fait référence. La lumière se fait immédiatement et je fais mine d'avoir la nausée.

— Arrête, il était petit et avait une tête de fouine.

— Tu es bien trop difficile, tu leur trouves toujours un truc. Je dois vraiment te rappeler que le mec parfait n'existe que dans les Disney ?

Je lève les yeux au ciel en guise de réponse. Elle me fatigue, toujours la même rengaine. Je suis trop difficile, je ne trouverai jamais personne à ce tarif, et gnagnagna…. Elle en fait toujours des caisses.

— Écoute, Ellie, je ne te demande pas de trouver un mec et d'en tomber follement amoureuse, je te dis juste que ça serait cool que tu penses à écarter un peu les jambes avant de devenir vieille fille.

Ma bouche forme un O parfait.

— Mais t'es sérieuse !?! Tu ne trouves pas que tu en fais un peu trop ?

— Je te rappelle juste que je suis allergique aux poils de chat donc…

Elle me la sort à chaque coup. J'achève donc sa phrase fétiche à sa place.

— L'option vieille fille ne pourra pas se faire dans cet appartement, je sais. Promis, Carla, je vais y réfléchir. On a terminé cette discussion ? Non parce que là, je suis à deux doigts de vomir tellement j'ai mal à la tête.

— Dis que c'est ma faute.

— Indirectement, oui.

Elle ricane.

— Je ne t'ai pas forcée à boire hier soir, tu levais très bien le coude toute seule.

Menteuse, c'est elle qui faisait signe au serveur de remplir nos verres.

— Tu n'arrêtais pas de dire cul sec, dis-je pour ma défense, me rasseyant sur le canapé.

Elle fait la nana offusquée mettant une main sur sa poitrine comme si ce que je venais de lui dire la choquait profondément. Elle aurait sérieusement dû faire du théâtre.

— Tu pouvais dire stop.

Je hausse les épaules, vaincue.

— Pas faux…

Elle pouffe de rire.

— Plus sérieusement, es-tu contente de l'inauguration ?

Vu son air enjoué, j'en déduis qu'elle est ravie.

— C'était énorme, la caisse a explosé.

— Génial, je suis fière de toi.

Mon amie a vraiment fait du bon boulot, elle le mérite.

— Bon, café ?

J'acquiesce et laisse de côté mes recherches pour l'instant.

L'appartement avait sacrément besoin d'un coup de propre. Du coup, on s'est réparti les tâches en musique. Carla est morte de rire quand je chante du Mariah Carey. Selon elle, je ne suis pas très douée pour le chant. Je ne suis pas du même avis.

J'ai fait tourner quelques machines et mis le lave-vaisselle en route pendant que Carla a passé le balai et fait les poussières tout en se déhanchant sur la playlist pop. Je crois que de la voir faire m'a fatiguée. Une fois terminé, nous nous sommes à nouveau vautrées sur le canapé. Carla a commandé chez le chinois d'en face. On a dégusté nos plats devant un épisode de notre série fétiche.

En milieu d'après-midi, je décide qu'il est grand temps de me décoller de la méridienne pour aller bosser et me replonger dans le dossier que j'ai laissé en plan en fin de matinée. Je ne peux pas me permettre de prendre du retard, surtout face à Austin. Il n'aura aucune pitié vis-à-vis de moi, surtout après le coup foireux d'hier soir. Quand j'y repense, il était vert ! Envolées ses chances de tirer un coup avec Barbie. Sa haine était palpable. C'était tellement jouissif et aussi tellement puéril de ma part. Je n'ai fait qu'aggraver la situation. Bon, après, pour ma défense, il méritait que je le remette à sa place. Il m'a cherchée entre le « je te prends pour ma secrétaire » et me traiter de Bridget Jones, il a fait fort. En lui jouant ce sale tour, je lui ai montré qu'il avait une adversaire à sa taille. Je suis loin de faire partie de ces midinettes qu'il met dans sa poche en usant de son charme certain. S'il n'était pas aussi odieux, je pourrais le trouver beau. Il a des atouts physiques indéniables. Une envie de passer mes mains dans ses cheveux ébouriffés m'a brûlé les doigts quand il m'a dévorée de ses yeux flamboyants. Ses longs doigts et ses bras puissants donnent des idées de ce qu'il pourrait faire avec.

Je m'égare, je sais que ce n'est pas ce genre d'homme qu'il me faut (cf. dernière expérience), car OK tu vibres sur le moment, mais la chute est tellement brutale.

Je n'ai plus vraiment la notion du temps, et par moments, je lève la tête de mon ordinateur pour jeter un œil par la fenêtre. Lorsque les rayons du soleil disparaissent sous d'épais nuages, j'allume la lumière de ma table de chevet. La météo est en train de virer mauvais.

Je relis mon plan d'attaque, il y a encore pas mal de zones d'ombres, mais je suis satisfaite de ma première ébauche. Je relance la société qui nous emploie pour la pub pour connaître la date de réception des échantillons. Je dois m'en imprégner ce qui, en plus d'être une bonne source d'inspiration, est indispensable pour réussir à sublimer le produit à travers la campagne de pub. Je rédige un mail à l'attention de Josh et lui cale un point lundi dans nos agendas pour que nous puissions avancer sur le projet à rendre pour mercredi.

Assise en tailleur sur mon lit, stylo calé derrière mon oreille, je cherche dans mes contacts qui serait susceptible de m'aider pour le décor de Noël. Je suis coupée dans ma lancée par l'apparition d'une enveloppe en bas de mon écran. Qui peut bien m'envoyer un mail sur ma boîte pro un samedi ? Ma mâchoire se décroche presque quand je découvre son expéditeur.

De : Austin
A : Ellie

Objet : Question

Bonsoir, Ellie,

Ton projet avance ? Je ne sais pas toi, mais le produit m'inspire beaucoup.

On se voit lundi
Austin

Il marronne, l'enfoiré. Je relis à haute voix la partie où il écrit « je ne sais pas toi, mais le produit m'inspire beaucoup » en grimaçant et imitant grossièrement sa voix mesquine.

De : Ellie
A : Austin

Objet : Projet en bonne voie

Bonsoir, Austin,
Très bien, merci de t'en soucier.
J'ai relancé le fournisseur pour connaître la date de réception de nos échantillons.
Cordialement,
Ellie

Il va voir que je la joue corporate.

De : Austin
A : Ellie

Objet : Réactif

Ellie,
Me prendrais-tu pour un amateur ?
Les échantillons seront livrés à la première heure lundi matin.

Cordialement,
Austin

Pff ce qu'il peut être puant. Il ne s'en sortira pas avec deux courbettes et trois appels. Les exigences entre l'automobile et la cosmétique ne sont pas les mêmes. Je vais lui laisser le loisir de découvrir par lui-même.

De : Austin
A : Ellie

Objet : Re-Réactif

Ce n'est pas le premier adjectif auquel je pense te concernant.
Si tu veux bien m'excuser, j'ai du pain sur la planche.
À lundi,
Ellie

Je travaille sans relâche après nos échanges de mails. C'est un bâillement qui sonne le glas de la fin de cette première journée de boulot sur le projet. J'ai entendu vaguement Carla partir bosser. Je vais chercher dans le frigo de quoi me sustenter et file prendre une douche. Je lave mes cheveux et frictionne mon corps encore endolori avec un gel douche aux senteurs de fleurs de tiaré. La salle de bains ne tarde pas à se transformer en hammam. Je tente en vain d'effacer les stigmates d'une nuit mouvementée sur la piste de danse. Je coupe le robinet, décale légèrement le rideau pour saisir ma serviette, me sèche hâtivement pour ne pas avoir froid et l'enroule autour de ma poitrine.

J'atténue la buée sur le miroir avec ma main, puis m'agrippe au rebord du lavabo. J'inspecte de longues minutes mon reflet, frotte une légère trace de maquillage tenace. Mes cernes sont plus marquées qu'à l'accoutumée. Une bonne nuit de sommeil me fera le plus grand bien.

En retournant en direction de ma chambre, je sélectionne dans mon armoire un ensemble blanc basique en coton pour la nuit. Confortable, certes, mais loin d'être sexy. Mon téléphone vibre sur mon bureau. Je me dirige vers lui pour voir de qui il s'agit.

Joshua : Salut, Ellie, on ne t'a jamais dit que tu avais le droit de déconnecter le week-end ? Donc par extension, ton assistant aussi 😂

Je ne peux pas m'empêcher de sourire quand je lis son message.

Moi : Dois-je te rappeler que tu n'es pas censé consulter les emails pros de ton téléphone perso ? 😂

C'est vraiment un chouette type, Josh. Très volontaire et aussi bienveillant. Il ne faiblit jamais face à une pile de boulot. Depuis son arrivée, je fais moins d'heures. Il a vite compris comment je fonctionne et s'est rapidement adapté. Josh est parti pour aller loin. C'est ce que je lui souhaite.

Joshua : Quand je vois que ça vient de ma cheffe préférée, c'est trop tentant 😂

Il est aussi très joueur.

Moi : Tu n'en as qu'une seule ! Tu sais que les augmentations se décident en fin d'année ? 😂

Je m'assieds sur le lit en attendant sa réponse qui ne tarde pas.

Joshua : Justement, je fais en sorte que tu ne m'oublies pas en te rappelant souvent que je suis le meilleur.

Moi : Pour le lever le coude « oui ».

Joshua : Pff 😆 Je ne vois pas du tout à quoi tu fais référence. C'est Norman le meilleur de cette catégorie ; rappelle-toi la fois dans le caniveau.

Norman va le tuer s'il voit ça alors que c'est le plus sage de nous trois réunis. La fois où il a vomi dans le caniveau, c'était après une indigestion dans un restaurant que Joshua avait pris soin de nous réserver.

Moi : 😂 Je fais un screen, il va adorer.

Joshua : Si tu fais ça, je suis bon pour l'abstinence, déconne pas, Ellie.

Moi : 😂 je plaisante, mais je le garde pour une prochaine,
Bon allez, je file au lit. Bonne nuit, Josh.

Joshua : Bonne nuit, cheffe.

Il accompagne ces quelques mots d'une photo de lui dans un bar. Je ne sais pas comment il fait pour enchaîner une seconde soirée. Il a intérêt à assurer lundi, car on a du boulot avant de présenter une campagne qui tienne la route. Josh va devoir passer des heures au téléphone, pour prendre des rendez-vous avec des prestataires.

Avant de sombrer, je fixe la photo qui trône sur ma table de chevet. Celle de mes défunts parents. J'aurais tellement aimé qu'ils soient encore là pour voir la femme que je suis devenue. Foutue tragédie qui me les a enlevés trop tôt. Morts dans un accident d'avion alors que j'avais à peine cinq ans. J'ai été recueillie par une famille d'accueil dans le Minnesota. Quand j'ai eu l'opportunité de partir, je l'ai fait, sans regarder en arrière. Je me suis construit la vie que je voulais. J'ai lutté pour avoir le poste que j'occupe actuellement, alors ce n'est pas un Austin Chick qui va balayer mes efforts et m'empêcher d'atteindre mon objectif : devenir, un jour, directrice d'une agence publicitaire.

Dimanche matin, je suis sortie de mon sommeil en sursaut par des bruits tonitruants. Je me demande ce que Carla manigance.

Je jette un œil à mon téléphone pour voir l'heure qu'il est. Quoi ? Onze heures déjà ! Ça fait bien longtemps que je n'avais pas fait une grasse matinée.

Le son de quelque chose qui racle le sol me force à m'extraire de mon lit. Qu'est-ce que c'est que ce vacarme ? J'ouvre à la volée la porte de ma chambre. J'hallucine ! Carla se bat littéralement pour faire entrer un immense sapin.

— Il n'y avait pas plus petit ? m'écrié-je en gloussant.

Je me marre en voyant les cheveux de mon amie, rouge

écarlate, truffés d'épines. Elle a dû en chier pour monter les escaliers.

— Au lieu de te foutre de moi, tu ne voudrais pas m'aider ?

— Et louper ce spectacle ?

En réponse, elle me foudroie du regard.

— Ellie ! Putain, j'ai mal partout, bouge ton cul, merde !

Houlà, madame est à bout. Je quitte mon poste d'observation et l'aide tant bien que mal à déplacer le mastodonte.

— Il n'y avait vraiment pas plus petit, sérieux ? Et pourquoi aujourd'hui ?

Elle est folle, ma parole. Nous nous mettons côte à côte pour observer notre nouveau colocataire éphémère. Carla croise les bras.

— J'ai craqué, j'en pouvais plus d'attendre. Aujourd'hui, demain ou la semaine pro, c'est pareil, non ? Ils étaient tous moches, alors que celui-là me plaisait bien.

— C'est vrai que tu aimes tout ce qui est calibré, dis-je en me moquant.

Elle se tourne vers moi et déclare :

— Les meilleurs, répond-elle en me faisant un clin d'œil.

Après un brunch improvisé avec ce qu'il nous reste dans le frigo, nous nous attelons à la décoration en sortant du placard les cartons renfermant nos trésors. Je ne sais pas qui est la plus excitée de nous deux. Nous passons pas loin de deux heures dessus. Satisfaites du résultat, nous fêtons ça avec un petit chocolat chaud où flottent des marshmallows. Une tradition post décoration de sapin.

Carla me propose de la rejoindre ce soir, invitation que je décline. Je ne peux pas commencer la semaine en me mettant une mine, sinon je vais le payer.

CHAPITRE 6

Ellie

Si tu cherches, tu trouves...

Ce matin, j'opte pour l'escalier, il n'est pas question de jouer à la roulette russe aujourd'hui. Je descends les marches, perchée sur mes toutes nouvelles babies noires, sanglées au niveau de la cheville, de neuf centimètres qui me meurtrissent les pieds. Ce n'était peut-être pas une bonne idée, mais elles me font des jambes de dingue.

Une fois en bas, je jette un œil à l'imposante glace face aux boîtes aux lettres. Mes cheveux sont attachés dans un nœud relevé strict sur ma tête. Seules deux mèches encadrent mon visage maquillé. Je dégrafe le premier bouton de mon chemisier crème pour dévoiler mon collier à strass et réajuste ma jupe crayon noire. Je passe ma main sur mon manteau pour le défroisser légèrement. Satisfaite de l'image que me renvoie le miroir, je file en direction du bureau. Les rues sont désertes à cette heure matinale. Le trafic est fluide, ce qui ne sera plus le cas d'ici une heure. Je prends le temps de vérifier où je mets les pieds, avec ce froid des plaques de verglas se sont formées.

Je regarde aux alentours, les vitrines sont encore barrées de leurs rideaux de fer. Certains commerces ouvrent doucement leurs portes. Il faut dire que je ne suis pas habituée à ce genre de spectacle. Généralement, je me rends au bureau aux heures de pointe, à peine sortie de chez moi, je suis tout de suite prise par la cacophonie, encerclée par des amas de gens pressés de rejoindre leur poste.

J'ai décidé de partir aux aurores pour commencer à imprimer certaines pages du projet. Je veux que tout soit prêt lorsque Joshua arrivera.

Je ne déroge pas à mon petit rituel. J'entre dans la pâtisserie de Gina. Elle est toute jolie avec son pull léger rose bonbon et ses cheveux relevés dans un chignon.

— Coucou, Ellie, tu es bien matinale aujourd'hui !

— J'ai une journée chargée en perspective.

— Je te sers comme d'habitude ?

— Oui, s'il te plaît.

— Quoi de prévu pour les fêtes de Noël ? me questionne-t-elle en s'affairant.

— Je pense que je vais aller chez les parents de ma coloc. On n'en a pas encore parlé, mais c'est généralement ainsi que l'on fête le réveillon. Et toi ?

— Avec mon mari, on va s'ouvrir une bonne bouteille pour accompagner son fabuleux jambon de Noël.

— Ça donne envie.

Je croise les bras en attendant qu'elle prépare mon café.

— Il n'y a pas grand monde, c'est toujours comme ça à cette heure-ci ?

— Oui, me répond-elle en refermant le couvercle de mon gobelet.

— Où sont les sablés de Noël ?

— Je prévois de les faire mi-décembre. Un peu de patience, d'ici une dizaine de jours tu pourras les goûter.

J'en ai l'eau à la bouche, ils sont croquants comme j'aime.

— J'ai hâte en tout cas.

Elle saisit d'une pince deux cookies dans la vitrine et les met dans deux sachets.

Il faudrait peut-être que je pense à venir plus tôt pour éviter la foule d'habitués.

— Et voilà, Ellie.

Une fois mes achats payés, je lui souhaite une excellente journée et m'en vais.

Un coup d'œil à ma montre indique qu'il est à peine 8 heures. Arrivée devant l'immeuble, j'observe un livreur sur son scooter. Il a l'air perdu si on en croit ses recherches désordonnées dans son amas d'enveloppes. Il s'agace tout seul, j'ai de la peine pour lui. Quand j'arrive à sa hauteur, son visage s'illumine en sortant un paquet. Son casque est vissé sur sa tête et un micro s'en échappe. Il parle à quelqu'un, tentant vainement de lui expliquer qu'il va rattraper son retard. Nous franchissons tous deux les portes automatiques.

Ma curiosité me pousse à regarder ce qu'il tient entre les mains.

— Bonjour, avez-vous une livraison au nom de Cabbage ?

Il vérifie et me répond, désolé :

— Non, madame, rien à ce nom-là.

Lorsque je repère le nom de l'expéditeur, et surtout le destinataire, inscrit sur le colis qu'il tient, la lumière se fait dans mon esprit. Le petit diable sur mon épaule me suggère de le récupérer. Je pourrais le lui emprunter juste pour en sentir l'odeur et lui dire que je me suis trompée en l'ouvrant. Peut-être qu'ils ont mis les deux à l'intérieur. La tentation est trop grande. C'est mesquin, je sais, mais si les rôles étaient inversés, Austin ne se gênerait pas. Je me ressaisis et oublie cette idée saugrenue. Je ne suis pas comme lui.

J'avance dans l'imposant hall derrière le livreur. Davidson est en pleine conversation avec la vieille Rebecca de l'accueil. Elle fait partie des meubles, plus âgée même que le comptoir. Ils s'interrompent lorsque nous arrivons à leur hauteur.

— Bonjour, j'ai un colis pour monsieur Chick contre signature.

La brune compose le numéro et attend. J'en profite pour saluer Davidson et lui donner son cookie.

— Tu es tombée du lit, Ellie ? se moque-t-il.

— Grosse journée, me contenté-je de répondre.

Au bout d'un moment, la mine désolée, Rebecca s'adresse au livreur.

— Monsieur Chick n'est pas à son poste. Vous pouvez repasser plus tard dans la matinée ?

Le coursier semble désappointé.

— Je ne sais pas trop, monsieur Chick devra appeler mon chef pour prévoir un second passage.

Poussée par je ne sais quel élan de générosité, j'interviens :

— Je peux récupérer le colis si ça vous arrange ! Monsieur Chick est un collègue.

Davidson fronce les sourcils et Rebecca m'observe, perplexe.

Je leur fais les gros yeux. Davidson pose sa main sur l'épaule de Rebecca, ils s'échangent un regard entendu.

Le livreur réfléchit. Il hésite.

Je sors mon badge pour donner plus de crédibilité.

— Vous pouvez le lui remettre, je connais bien cette femme, ajoute Davidson.

Son téléphone sonne. Il s'excuse pour décrocher. Le teint pâle, il revient au comptoir.

— Écoutez, c'est mon premier jour en tant que livreur et je démarre mal ma journée. Pouvez-vous signer là ?

— Je comprends, pas de soucis, je m'en occupe.

Il me tend le colis et me fait parapher sur l'écran tactile de son téléphone. Je me contente d'une croix et appose les initiales d'Austin.

— Bonne journée.

Davidson m'accompagne jusqu'au portique de sécurité.

— Pourquoi lui rendre service ? Tu ne le portes pas dans ton cœur, il me semble.

— On bosse sur un projet commun et je crois que l'expéditeur n'a fait qu'un seul colis. Et puis si ce n'est pas le cas, on dira que c'est ma B.A. de la semaine.

Il m'observe sans rien dire.

Une fois dans l'ascenseur, je fourre le petit paquet dans mon sac.

J'espère qu'il s'agit bien d'un seul envoi pour deux. Sinon Austin va râler.

Lorsque les portes s'ouvrent sur mon étage, d'un pas mesuré, je me dirige vers ma place. Je salue au passage les quelques collègues matinaux déjà au travail.

L'open space, quant à lui, est désert. Je longe l'allée centrale qui sépare deux lignes de bureaux. La baie vitrée apporte son lot de lumière à la pièce. Je frappe à la porte du Cobra, personne ne répond. Je tente de l'ouvrir, mais elle est verrouillée. Je l'insulte de tous les noms d'oiseaux avant de rejoindre mon poste. Je me demande vraiment pourquoi il se fait livrer aux aurores. Il n'est même pas là pour réceptionner le produit. Il a sûrement eu un contretemps, une femme qu'il n'a pas réussi à déloger de son lit, par exemple.

Je m'assieds à ma place, retire ma veste que je drape sur le dossier de mon fauteuil, allume l'ordinateur et dépose mon téléphone pro à côté de mon cookie et de mon café. Je bouge le père Noël qui remue en souriant.

Je sors le paquet du sac et je reste plantée là, à l'observer. La tentation est grande. Je suis convaincue que ce colis est autant à lui qu'à moi. On est censés bosser ensemble, non ? Je l'ouvre, et je regarde. Il y a un petit mot à l'intention de Chick uniquement. Mince.

Qu'est-ce que je viens de faire ? Mon Dieu ! Mon rythme cardiaque accélère, je suis prise de sueurs froides et de remords, et tente en vain de réparer ma bêtise. Et puis merde, maintenant qu'il est ouvert, je n'ai pas d'autre choix que de jeter un œil dedans. Je trouverai bien une parade avec Joshua.

Je tends l'oreille pour vérifier que je suis bien seule. Pas l'ombre d'un chat à l'horizon.

J'ouvre la petite boîte dorée dans laquelle se trouve une sublime pochette en tissu bleu nuit parsemé de paillettes étoilées. Ils n'ont pas lésiné sur le packaging. Je dénoue la cordelette blanche et sors le petit tube transparent. Sur celui-ci est marqué « Elixir d'une nuit ».

Je dévisse délicatement la boule à neige servant de bouchon et l'approche doucement de mon nez. Je ferme les yeux pour en apprécier davantage la senteur. Je suis directement projetée dans un autre univers, un voyage olfactif. L'odeur est à tomber par terre. Je suis sous le charme. Les arômes qui viennent en premier sont l'orange douce et la menthe. Les notes de tête se dissipent peu à peu pour laisser place à des touches plus fleuries. Un pur bonheur. Je sursaute en entendant le ding de l'ascenseur. Merde, merde, merde ! Je m'empresse de refermer le tube et de le glisser dans son sachet. Je n'ai pas le temps de le remettre dans sa boîte que des bruits de pas se rapprochent. Je suis foutue, prise la main dans le sac. Je prie pour que ce ne soit pas Austin. Que va-t-il penser, s'il me voit avec ça ? Je fourre le tout dans l'un de mes tiroirs et tente de reprendre contenance. Je tape frénétiquement sur mon clavier le mot de passe pour déverrouiller mon ordinateur.

— Salut, Ellie, tu vas bien ?

Je relâche l'air que j'avais bloqué dans mes poumons lorsque j'entends la voix de mon ami.

— Ah, c'est toi ? dis-je en pivotant pour lui faire face.

Je dois être rouge de honte, ou blanche comme un linge par la frousse. Mon cœur qui tambourine encore comme un dératé risque de me faire crever.

Je suis tellement heureuse que ce soit lui et pas un autre collègue. Je culpabilise à mort. Putain de curiosité mal placée. Comme si je ne pouvais pas attendre ma livraison. Il a fallu que je fourre mon nez dans celle d'Austin.

— Oui, en effet, ce n'est que moi, dit-il en ricanant.

Il s'installe sur le bureau en face du mien en fronçant les sourcils.

— Je peux savoir ce qui te prend ? demande-t-il en buvant une gorgée de son café.

Je replace nerveusement ma mèche derrière mon oreille.

Je fais mine de rien.

— Euh… rien… pourquoi ?

Il me toise. Je suis cramée et, connaissant Joshua, il va continuer à me questionner jusqu'à me tirer les vers du nez.

— Pas à moi, Ellie, qu'est-ce qui t'arrive ? Tu as la tête d'une femme qui a fait une grosse bêtise. Quel crime as-tu commis, madame Cabbage ?

Je pose mes coudes sur la table, laisse retomber ma tête dans les mains, et avoue le fameux crime d'une voix étouffée.

— Tu as fait quoi ? s'insurge-t-il.

Je relève la tête et lui fais les gros yeux.

— Moins fort, on pourrait nous entendre, dis-je paniquée.

— Il n'y a personne ici, me rassure-t-il.

— Roooh...

J'ai juste ouvert le paquet d'Austin en pensant que mon échantillon pour la campagne serait dedans. C'est pas non plus passible de la peine de mort !

Joshua se met à rire.

— Tu n'as pas fait ça ? Qu'est-ce qui t'a pris ?

La situation l'amuse, et devant ma mine déconfite, il rigole davantage.

Sa réaction a le don de m'agacer.

— Ce n'est pas drôle, il va m'étriper s'il l'apprend. Je te rappelle qu'on est en compétition.

— En compétition ? Il faut vraiment que tu revoies ta copie, vous êtes censés être partenaires pour ce projet.

— Oui, mais tu as entendu comme moi que Kristen cherche un remplaçant en nous jetant des regards appuyés, à Austin et à moi.

Josh redevient sérieux.

— Ellie Cabbage, tu me fais peur.

— Pourquoi ?

Je boude. C'est lui qui a commencé.

— Il veut la jouer solo et me l'a bien fait comprendre.

Josh soupire. Je me sens obligée de me justifier.

— Je croyais vraiment qu'ils avaient fait un paquet pour deux. Et je mets ma main à couper qu'il aurait agi de la même façon.

— Tu m'en diras tant.

Il se marre.

— Bon, on fait quoi maintenant ? dis-je un brin inquiète.

Je me rends compte que j'ai été un chouille trop loin. Il me regarde, surpris.

— ON ? sursaute-t-il comme s'il avait été piqué.

— Tu es mon complice à présent, non ?

Quelle garce je fais ! Josh secoue la tête.

— Trop facile.

J'ouvre le tiroir et sors l'objet du délit. Joshua se lève et se poste à mes côtés, attiré par la boîte.

— Je peux ? me demande-t-il avec une certaine avidité dans le regard.

— Je ne suis pas la seule curieuse, à ce que je vois.

— Ça sent super bon.

— Oui, je trouve aussi.

Je m'affale sur mon siège pendant que Josh prend soin de remettre le tout dans le paquet.

— Bon, j'ai une idée, mais tu vas m'être redevable, me prévient-il.

Il m'intéresse.

— Vas-y, accouche, le pressé-je, impatiente.

— Son assistante m'en doit une donc, pour cette fois, tu ne crains rien, mais la prochaine fois qu'une idée comme celle-là te vient, fais-moi le plaisir de t'abstenir.

Mon sauveur ! Je me lève sans plus attendre pour le prendre dans mes bras et l'embrasser. Qu'est-ce que je ferais sans lui ?

— Tu es le meilleur, tu sais ?

— Bon, mettons-nous au travail en attendant. J'ai pensé que ça serait une bonne idée de nous bloquer la salle de réunion pour la matinée pour que l'on puisse bosser sans être dérangés.

Josh saisit son bloc-notes et m'attend.

— Bonne initiative, mais ne risquons-nous pas de rater l'arrivée de Dana ? Il faut lui remettre le paquet, m'inquiété-je, anxieuse.

— J'envoie un message et on me préviendra de son arrivée, t'inquiète.

Je ne cherche pas à savoir qui est son informateur. Josh connaît tout le monde ici. Parfois, je me crois dans un épisode de *Suits* en constatant la solidarité qui règne à l'étage entre les assistants.

— OK, je récupère mes affaires et te rejoins.

Nous avons à peine le temps de prendre connaissance de toutes les notes que j'ai prises durant le week-end que nous sommes interrompus par la sonnerie de son téléphone.

Il prend l'appel et m'indique que Dana vient d'arriver avant de s'absenter. Tout à coup, je me sens patraque, j'angoisse à l'idée qu'Austin apprenne la supercherie. Les minutes s'égrènent et aucun signe de vie de Josh. Je suis à deux doigts de me lever lorsqu'il pénètre dans la pièce.

— L'affaire est réglée.

Je suis soulagée.

— On reprend ?

En relevant la tête, je vois que Josh n'a pas l'air dans son assiette.

— Qu'est-ce que t'as ?

— Bon, ne tirons pas trop de conclusions hâtives.

Je me tends sur mon siège. Que va-t-il m'annoncer ? Vu sa tête, ça ne va pas me plaire.

— Balance !

— Dana vient de m'apprendre qu'Austin et Kristen déjeunent ensemble à midi avec le directeur de Chanelys.

Autrement dit, le directeur qui nous a engagés pour la campagne publicitaire. J'ai l'impression de recevoir un coup de couteau dans le dos. Un vide immense se creuse au fond de ma poitrine. Voyant ma réaction, Josh prend place à mes côtés. Il me caresse le dos dans un mouvement circulaire. Ça me fait du bien.

— Ça ne signifie rien. Peut-être qu'ils…

— Arrête, Josh, n'essaie pas de me consoler.

Je me sens mal, ne comprenant pas pourquoi je n'y suis pas conviée. Qu'est-ce que cela signifie ? J'arrête de me torturer l'esprit au bout de cinq minutes. Ça ne sert à rien de crier avant d'avoir mal.

Je prends donc sur moi, enfin, tout du moins j'essaie, et tant que Kristen ne m'a pas dit entre quatre yeux que je ne fais plus partie du projet, je continuerai à bosser dessus.

Je me redresse sur mon fauteuil et fais abstraction de ce qu'il vient de m'apprendre. Je remercie silencieusement mon ami de reprendre là où nous étions arrêtés.

Josh et moi échangeons sur le scénario. Notre brainstorming porte ses fruits. Nous sommes interrompus par Denver. La petite musique du dinosaure se met en branle dans ma tête, mais déraille rapidement quand je lève le nez. J'écarquille les yeux face à son pull.

— Vous avez réservé la salle toute la journée ?

Il semble soucieux.

— Non, on a bientôt terminé.

Il lâche un souffle de soulagement.

— Super, j'avais oublié de la réserver pour mon rendez-vous.

Nous n'avons pas le temps de lui répondre qu'il a déjà refermé la porte.

— On en parle de son pull moche ? lancé-je.

Ça devrait être interdit. Tricot rouge et vert.

— J'appelle la brigade du style pour ce pauvre homme ?

On se marre. On est mauvaise langue.

— C'était un cerf le motif ?

— Je crois. Je ne sais pas ce qui est le pire, savoir qu'il l'a peut-être acheté ou qu'il va recevoir un client dans cet accoutrement.

Je soupire. Il est vraiment particulier, ce Denver.

Lorsque midi arrive, Josh m'invite au restaurant japonais à côté du bureau.

C'est à peine si je touche à mes sushis alors que j'adore ça. J'ai perdu l'appétit, l'estomac noué à cause de cette histoire de repas d'affaires. Je ne peux pas m'empêcher de me demander pourquoi j'ai été mise sur la touche. Est-ce qu'elle a changé d'avis et ne me veut plus sur la campagne ?

— Ellie, arrête de te faire du mouron. Kristen veut que tu bosses avec Austin sur la campagne. Elle a été très claire. Je ne vois pas pourquoi elle aurait changé d'avis.

Je relève la tête et regarde mon collègue sans prononcer un mot. J'arrête de l'écouter au moment où je repère au loin le cobra accompagné de notre boss et de celui qui doit être le directeur de Chanelys.

— Allô, Ellie, tu m'écoutes ? m'interroge Josh.

— À six heures !

— Quoi, à six heures ? me questionne-t-il en consultant sa montre. Il est 13 heures, je ne comprends pas.

Je me penche et lui glisse à voix basse :

— Kristen et Austin sont derrière toi.

Mon collègue s'apprête à se retourner.

Je parviens à l'en dissuader avant que l'on se fasse remarquer.

Ils passent tous les trois devant notre table. Kristen ne nous a pas vus, contrairement à Austin qui me salue de la main, un demi-sourire vicieux sur les lèvres.

— Qu'est-ce que je ne donnerais pas pour l'étriper.

Le serveur les installe dans la pièce annexe, celle que l'on réserve aux repas plus intimistes.

Je bous de l'intérieur, la curiosité grignote mes cellules nerveuses.

Ne tenant plus, je me lève en jetant ma serviette sur le coin de mon assiette. Je dois en avoir le cœur net.

— Qu'est-ce que tu trafiques, Ellie ? s'inquiète Josh en me voyant faire.

— Reste là et assure nos arrières, je reviens vite.

Et voilà que je me prends pour une espionne, maintenant.

— Fausse bonne idée.

— Fais-moi confiance.

— Je t'aurai prévenue, soupire-t-il, las.

Je dois vraiment être tombée bien bas pour agir de la sorte. Je trouve un coin entre les deux pots de fleurs sur un angle caché. L'accès est assez étroit, mais de là, personne ne peut me surprendre. Je m'accroupis et les épie discrètement, agrippée au rebord d'un des pots, pour me stabiliser.

Kristen parle de la campagne, mais entre le bruit en cuisine et les va-et-vient des serveurs, je ne perçois pas tous les mots. Le directeur, un certain Stuart Rondan, évoque ses attentes au sujet de la publicité. Lorsque je discerne mon nom sur les lèvres d'Austin et que les rires fusent, je me penche davantage dans l'espoir de mieux les entendre. Oh non ! Oh non, pas ça ! Je sens le pot glisser et mon corps avec. Je me vautre littéralement et me retrouve affalée par terre. La céramique racle le sol dans un bruit sourd. Les trois têtes se tournent dans ma direction. Oh, mon Dieu. Mon cœur menace de sortir de ma poitrine, l'air vient à me manquer. Je suis foutue. Un silence s'ensuit, avec un peu de chance, ils vont reprendre là où ils en étaient.

Je tente de me relever, mais c'est mission impossible avec ma jupe serrée sur mes cuisses qui m'entrave et m'empêche de faire le moindre mouvement.

— Je peux savoir ce que tu fais par terre ? demande Austin, énervé de me trouver là.

Kristen m'observe, les bras croisés, surprise à son tour.

J'ai l'impression que le sol va s'effondrer sous mes pieds.

Comment ne pas perdre la face, malgré la honte qui s'insère dans tous les pores de ma peau ?

— J'ai fait tomber ma lentille en sortant des toilettes, bredouillé-je.

Mes joues s'empourprent de gêne, mais aussi du fait de sentir le regard d'Austin glisser sur mes jambes dénudées. Je déglutis, mal à l'aise. Il me surplombe, son corps au-dessus du mien fait accélérer mon cœur. Je peine à reprendre mon souffle et ferme les yeux quand il se baisse et que son parfum m'enveloppe. Son «hum hum» appréciateur me fait sortir de ma léthargie.

— Je ne savais pas que tu portais des lentilles, Ellie, dit Kristen.

À contrecœur, je saisis la main que me tend Austin pour me relever. Sa prévenance me perturbe. Une fois debout, je la relâche aussi sec, comme si son contact m'avait brûlée.

Son sourire espiègle m'irrite au plus haut point.

— Je pensais que tu avais un déjeuner d'affaires à l'autre bout de la ville, Ellie, je suis surprise de te trouver ici, annonce Kristen.

Elle jette un œil interrogateur à l'attention d'Austin.

Qu'est-ce que cela signifie? Que lui a-t-il dit? J'ai l'intuition que si je n'ai pas été conviée, c'est à cause de lui.

— Si j'avais su, je t'aurais invitée pour te présenter à Stuart.

— Je…

Comme si Josh avait perçu que j'avais besoin d'aide, le voilà qui débarque.

— Ah, Ellie, je te cherchais.

— J'ai fait tomber ma lentille, me justifié-je.

— Attends, je vais t'aider, dit Josh.

— Non non c'est bon, j'ai une autre paire au bureau.

— Bon, nous n'allons pas rester ici, s'impatiente ma boss. Ne faisons pas attendre notre invité. Rejoins-nous si tu es dispo, nous allions déjeuner.

Kristen part retrouver Stuart Rondan.

Josh se contente de me dire qu'il va régler et nous laisse seuls, Austin et moi.

Je pose mes mains sur mes hanches, prête à en découdre. Je fulmine.

— Je peux savoir ce que tu as dit à Kristen ?

Il fait de même.

— Et toi, tu peux me dire ce qui t'est passé par la tête quand tu as ouvert l'échantillon ? Tu pensais que je ne le découvrirais pas, peut-être ? Dana n'a pas de secret pour moi. T'es vraiment une gamine !

Il se fout de moi, comment peut-il comparer ce qui ne l'est pas ? Les conséquences ne sont pas les mêmes. Il a voulu me la faire à l'envers. C'est un sale coup qu'il me paiera.

— Et toi alors, gros malin, tu te prends pour qui pour m'évincer de la sorte ? C'est petit ! Je suis à deux doigts de demander à voir Kristen pour lui dire que tu essaies de me saboter.

— Eh bien, vas-y, je t'en prie, dit-il en me montrant la direction. On est quittes maintenant, ajoute-t-il, l'air dégoûté.

— Je ne crois pas, non. Et je te rappelle qu'on est censés bosser ensemble, pas chacun de son côté.

Je lui emboîte le pas et fais la connaissance du directeur de Chanelys.

Stuart est un homme charmant, et à en croire les œillades qu'il a adressées à Kristen tout le repas, je comprends qu'elle ne le laisse pas indifférent. Nous passons pas loin de deux heures à discuter de la campagne. Il est très exigeant et nous demande de lui faire des points réguliers sur l'avancée du projet. Son exigence est compréhensible vu l'investissement financier et les délais extrêmement courts. On n'a pas le droit à l'erreur.

Austin le fait beaucoup parler, ce qui m'arrange.

Je reste sciemment en retrait, prenant des notes mentalement des propositions que fait Stuart. Je cerne rapidement le personnage, ce qu'il aime et ce qu'il apprécie moins. Austin me jette des regards appuyés, me faisant comprendre silencieusement que cette information est cruciale. À croire que l'on travaillerait presque en équipe.

Il nous annonce qu'il prévoit d'organiser une soirée promotionnelle début décembre avant le lancement de la publicité. Une organisatrice événementielle est déjà sur le coup pour créer une ambiance de Noël féerique tout autour du parfum, chars, sapins, étoiles, etc.

Sur le trajet du retour, Kristen m'informe qu'elle aimerait que nous participions, Austin et moi, à un dîner qu'elle organise jeudi soir chez elle. Je me demande si Austin y est déjà allé ? Elle nous recommande expressément d'être sur notre trente et un pour l'occasion. Il y aura tout le gratin et elle a bon espoir que nous fassions la connaissance de modèles et autres prestataires. Elle nous enverra l'adresse. C'est la première fois qu'elle m'invite chez elle. Je suis flattée, même si je suis consciente que c'est uniquement pour le travail.

Lorsque je rentre au bureau, je demande à l'un de mes collègues où se trouve Josh. On m'indique la salle des photocopieurs. Je file à sa rencontre. Sur le pas de la porte, je m'appuie au chambranle et attends qu'il repère ma présence. Il ricane lorsqu'il voit mon reflet dans la vitre.

— Des lentilles, hein ?

Je le fusille du regard.

— Un mot de plus sur ce qu'il s'est passé au restaurant et je t'égorge.

Je suis certaine que cette histoire sera le sujet de notre prochaine sortie entre amis. Je vais devoir subir les moqueries de ma colocataire. Ce serait de bonne guerre. Généralement, c'est elle qui en prend pour son grade.

Sa dernière mésaventure est cocasse. Il y a un mois, elle a croisé dans la rue un ancien camarade de lycée. Elle nous a raconté qu'à l'époque, il était petit et gros, mais qu'il avait littéralement changé. C'est limite si elle ne l'aurait pas reconnu en passant devant lui. Plutôt beau gosse, elle est sortie avec lui deux soirs. Bizarrement, elle n'a pas réussi à le mettre dans son lit. Norman et Josh étaient vraiment intrigués, tout autant que moi. Alors on lui a proposé de manger au restaurant tous ensemble pour lui donner notre avis. À l'apéritif, on voyait bien que les tourtereaux se pelotaient sous la table. Ils ont fini par s'absenter. Au bout d'un moment, Norman nous a dit avoir vu le fameux Barry franchir les portes du restaurant, seul. Inquiète, je me suis mise à la recherche de mon amie. Je l'ai retrouvée dans les toilettes, en sous-vêtements. Barry s'était tiré avec ses fringues, l'enfoiré. Une vague histoire de vengeance. Elle ne l'a pas encore digéré, et vu son côté rancunier, il ne vaut mieux pas qu'elle le croise.

Je ne sais plus pourquoi je pense à cette histoire. Ah si ! Parce que la prochaine personne qui va en prendre pour son grade, ce sera moi. Mais attention, je peux ressortir les vieux dossiers pour calmer leurs ardeurs.

CHAPITRE 7

Austin

Le ridicule ne tue pas, mais Kristen si…

J'ai décalé mes rendez-vous pour me concentrer uniquement sur le projet que nous a confié Kristen. Je veux mettre toutes les chances de mon côté. Je ne compte plus les heures, vissé derrière mon ordi, à monter un dossier digne de ce nom. C'est limite si je n'ai pas été tenté de dormir sur le canapé dans mon bureau. Ellie et moi sommes souvent les derniers à quitter les lieux.

Je me surprends à jeter des œillades discrètes à son attention. Son assistant, à défaut de la mienne, est très investi. Si elle n'est pas à son poste, Josh et elle s'installent la plupart du temps en salle de réunion pour bosser. J'ai remarqué qu'elle avait un toc avec son stylo, constamment en train de le toucher. Si elle ne le coince pas entre ses lèvres (parfaites à mon sens et que j'imagine au goût de cerise si je pouvais les suçoter, les titiller avec le bout de ma langue), elle le fait tournoyer entre ses doigts. Contrairement à ses habitudes, elle mange sur le pouce. Hier ses traits étaient tirés, preuve d'une fatigue certaine.

Lorsque nous nous sommes croisés en salle de pause, c'est limite si elle m'a adressé la parole. Ce n'est pas faute d'avoir tenté une approche, mais elle m'a à peine donné la réplique. Je ne sais pas où elle en est sur le dossier. J'ai demandé à Dana d'aller à la pêche aux infos. Il paraît qu'elle a bouclé son projet et qu'elle est prête pour la réunion de tout à l'heure avec Kristen.

Je suis déterminé. En toute transparence, ça fait longtemps que je n'avais pas ressenti une telle motivation sur un dossier. Au-delà du thème, le fait de travailler en binôme avec cette tête de mule d'Ellie est grisant. J'ai envie de lui clouer son bec une bonne fois pour toutes. De la faire descendre de son piédestal. Ellie me déteste sans fondement. Avec ce projet, je compte bien lui montrer que je suis un adversaire de taille. Terminé ses airs hautains lorsqu'elle s'adressera à moi.

Quand je pense qu'elle a osé ouvrir mon paquet. Je ne la savais pas aussi vile. J'étais fou lorsque Dana m'en a informé. J'étais à deux doigts de débarquer dans l'open space et de taper un scandale, et puis je me suis ravisé. À quoi bon, si elle veut jouer on va jouer. Alors au moment où Kristen m'a parlé du rendez-vous avec le directeur, je n'ai pas hésité une seule seconde à l'évincer. Un prêté pour un rendu. En faisant cela, j'ai voulu lui montrer que moi aussi je pouvais être capable du pire. J'ai moins fait le malin quand je l'ai découverte par terre au restaurant. Je suis un mec après tout. J'ai vu ses joues s'empourprer, sa gêne était palpable. J'ai eu chaud avec Kristen. Si Ellie m'avait balancé, j'aurais été mal. Kristen m'aurait sûrement convoqué pour ça.

Je me remémore la scène et, franchement, trouver Ellie dans cette position, affalée sur le sol du restaurant était comique. Mais au-delà de ça, je l'avoue j'ai ressenti de l'excitation, je me suis demandé ce qu'elle pouvait porter en dessous. Elle a une sacrée paire de jambes et un beau cul. Si elle n'était pas aussi détestable, je l'aurais séduite comme toutes les autres.

Je suis curieux de savoir ce que cela donnerait en position allongée. À coup sûr, je lui ferais perdre ses mots autant que sa tête.

Je m'ébroue à cette idée. Je crois que le manque de sommeil et les litres de café me montent au cerveau. Dans la matinée, Dana m'apporte le dossier finalisé. Je prends le temps de le relire pour m'imprégner des moindres détails. Un œil à ma montre m'indique que le point va démarrer dans quinze minutes.

Je me lève, réajuste mon costume gris et me dirige vers la salle de réunion. Je croise Josh qui en sort, il se contente d'un hochement de tête à mon attention. C'est un chouette type.

Je ne suis pas surpris de retrouver Ellie assise sur l'une des chaises près de la fenêtre. C'est sa place attitrée lorsque je ne me l'approprie pas.

Je me racle la gorge pour lui signifier ma présence. Elle relève la tête de son ordinateur, se tenant droite comme un i, un air conquérant sur le visage. *Adorable.* Au-delà des apparences, elle me semble plutôt tendue.

— Bonjour, Ellie, tu vas bien ?

— Oui, et toi, Austin ?

Je m'installe en face d'elle et laisse tomber mon dossier sur la table.

— Très bien, réponds-je simplement, le plus naturel possible.

Je retire ma veste de costume que je dépose sur le dossier de ma chaise. Je dégrafe les boutons de mes manches et les relève un peu sur mes bras. Je croise les mains.

— Alors ?

Je sens la brûlure de son regard sur moi.

— Alors quoi ?

— Tu es prête ?

Avec une fierté non dissimulée, elle me répond :

— Oui, et toi ?

— Parfaitement.

Je suis certain que d'extérieur, on se croirait dans un match. Deux adversaires parés à se sauter dessus. Ellie porte une robe bleu nuit avec des motifs en forme de plumes dorées, un blazer camel par-dessus. Ses longs cheveux noirs retombent sur sa poitrine généreuse. C'est incontestablement une jolie femme. Je me le répète un peu trop souvent à mon goût, mais c'est plus fort que moi.

Nous nous observons en chiens de faïence, sans mot dire. La tension entre nous est palpable. Nous ne clignons pas des yeux. Je ne sais pas combien de temps nous restons là à attendre l'arrivée de Kristen.

Je mets un terme à notre échange silencieux en regardant mon téléphone.

— Elle ne devrait plus tarder.

Son attention se pose derrière moi, elle semble suivre quelqu'un des yeux à travers la baie vitrée.

— En parlant du loup.

— Bonjour à vous, entame Kristen en passant la porte.

Elle fronce les sourcils en nous voyant installés de cette façon.

Elle prend la première place face au mur qui nous sert à projeter.

— Régalez-moi, dit-elle en croisant les bras.

Je dévisage Ellie.

— Tu veux commencer ?

— Je t'en prie, vas-y, me répond-elle poliment.

— Entendu.

Je me lance dans la description méticuleuse de mon projet. Je lui énumère les choses auxquelles j'ai pensé pour capter un maximum d'acheteurs. Sciemment, je ne regarde jamais Ellie pour ne pas être déstabilisé. Je me concentre uniquement sur Kristen qui ne laisse rien paraître sur son visage. Elle se contente de m'écouter. Une fois mon pitch terminé, c'est au tour d'Ellie. Elle fait de même, allant même jusqu'à projeter un PowerPoint sur l'écran. Elle a sorti le grand jeu, mais en l'écoutant je sens qu'il manque quelque chose.

J'observe discrètement Kristen qui ne laisse toujours filtrer aucune émotion. Étrange. Je ne sais pas trop quoi penser de son attitude. Ellie semble quelque peu perturbée, elle aussi, mais continue sa présentation. Une fois terminée, elle se rassied. Un silence pesant s'installe entre nous trois. Nous attendons tous deux le verdict.

Kristen me demande de m'installer à côté d'Ellie. Au vu de son œil impitoyable, je sens que les prochaines minutes ne vont pas nous plaire.

— Vous m'avez fait perdre mon temps, dit-elle d'un ton tranchant.

Ellie se crispe à mes côtés. Kristen nous observe tour à tour, le regard dur.

— Vous n'avez rien compris ! crie-t-elle, en claquant à plat ses mains sur la table.

Ellie essaie de s'expliquer, elle a à peine le temps de bafouiller quelques mots que Kristen la fusille du regard, la stoppant net dans sa tentative d'explication.

— Je vous ai dit que je voulais que vous travailliez ensemble sur cette campagne. Je ne vous ai jamais demandé de me présenter deux projets. C'est quoi ce bordel ? Je n'y crois pas.

Elle se pince l'arête du nez.

— J'ai pourtant été claire quand je vous ai missionnés sur le projet. Je vous ai donné une directive, j'attends de vous que vous l'exécutiez. Je n'ai pas de temps à perdre avec vos futilités. Alors vous mettez vos querelles puériles de côté et vous bossez ensemble. Je vous préviens, c'est dans votre intérêt de ne pas me décevoir. Sinon, je mets Denver sur le coup. Est-ce que vous m'avez bien comprise ?

Son ton sonne comme une menace.

— Oui, contentons-nous de répondre en chœur.

Je crois ne jamais avoir vu Kristen dans un tel état.

— Je me fous de savoir combien de temps cela va vous prendre et comment vous allez vous organiser, mais je veux un projet unique pour lundi vingt-cinq novembre !

Elle se lève d'un bond et, avant de quitter la pièce, furieuse, elle se retourne et pointe son doigt dans notre direction.

— Ce soir au repas, j'attends de vous que vous montriez une image d'unicité. Ne me faites pas regretter de vous avoir choisis.

Ses escarpins à talons bicolores résonnent durement sur le parquet. Elle s'éloigne peu à peu, puis vient le silence, lourd, pesant.

J'observe Ellie se diriger vers la porte pour la refermer. Lorsqu'elle se tourne vers moi, je vois ses yeux me lancer des éclairs.

— Je le savais ! Je le savais que tu allais tout faire foirer.

— Je te demande pardon !? rétorqué-je, choqué, en me levant à mon tour.

Elle s'avance vers moi, le visage fermé. Nous nous affrontons à quelques centimètres l'un de l'autre. Assez près pour sentir son parfum vanillé. Mes yeux sont attirés par son décolleté. Sa poitrine généreuse est tentante.

— Dois-je te rappeler que c'est toi qui as suggéré de travailler chacun de son côté ?

Ellie me crache littéralement son venin en plein visage. Sa bouche remue, mais je n'écoute pas un traître mot qui en sort. La voir dans cet état m'excite. C'est fou ce qu'elle peut être désirable quand elle est en colère. J'avance, elle recule.

Une idée fulgurante me vient en tête : et si je posais mes lèvres sur les siennes pour la faire taire ? Je suis à deux doigts de céder à la tentation.

Elle ne s'arrête que lorsqu'elle n'a plus d'air dans les poumons et qu'elle est acculée, dos au mur.

Je profite de sa position pour m'approcher au plus près et la faire prisonnière. Elle veut la guerre, elle va l'avoir. Elle me fixe, essoufflée, les pupilles dilatées, semble gênée et pour finir, fuit mon regard. Est-ce que je l'attire aussi ? C'est grisant de savoir que je la trouble et j'en joue.

— Tu te fous de moi, dès qu'on a évoqué le projet, tu es devenue hystérique.

— Mais parce que tu ne me traitais pas comme ton égal, Austin. Tu voulais à tout prix diriger !

— Ce n'est pas vrai, tenté-je de me défendre.

Elle relève la tête, passant sa main sur son visage. Elle paraît éreintée, profondément touchée par ce qui vient de se passer avec Kristen.

— Comment on va faire pour rattraper le coup ? marmonne-t-elle d'un ton plus adouci.

— On va faire comme a dit Kristen, on va travailler ensemble et lui soumettre un projet commun.

Elle met de la distance, me contourne et se laisse tomber sur sa chaise, lasse.

— Tu peux me dire comment on va faire pour bosser ensemble alors qu'on n'est même pas capable de communiquer ?

Elle relâche ses cheveux, vire ses talons et défait un bouton. Si elle en détache un autre, je ne réponds plus de rien. Je ne sais pas si Ellie se rend compte de combien elle peut être sexy.

Je prends place à sa droite.

La voir dans cet état éveille en moi un élan de compassion. On a merdé. Et il est hors de question que Denver prenne le projet. On va devoir se racheter aux yeux de Kristen.

— Écoute, ce n'est pas compliqué, tu as soumis de bonnes idées tout à l'heure.

Elle décale son bras, pour me regarder avec de grands yeux.

— Oui, tu as bien entendu. Et même si ça m'emmerde de dire ça, ton projet était bien, toute la partie sur les décors de Noël et sur l'ambiance que tu veux instaurer autour du parfum est géniale.

— Tu peux répéter ?

Je vois bien son petit air malin dissimulé derrière un léger sourire. Ce qu'elle peut être agaçante. Je lève les yeux au ciel.

— N'en fais pas trop non plus et ne t'attends pas à ce que je te couvre de compliments à longueur de temps.

— Je note. Je te propose une trêve, le temps du projet, dit-elle en se réinstallant sur son siège.

— Je suis d'accord.

— On met nos différends de côté et on se sert de nos compétences respectives pour lui présenter une campagne béton. Crois-le ou non, j'ai vraiment envie de travailler sur ce projet. À nous de faire en sorte que ça fonctionne. Si l'un de nous va trop loin, à l'autre de le dire. Il faut que l'on communique. On doit écouter l'autre.

Ce qu'elle me propose ne me paraît pas déconnant. Ça semble simple sur le papier. La réalité sera tout autre, je le sais, mais on n'a pas le choix.

— Marché conclu ?

Elle m'observe, suspicieuse, évaluant silencieusement mes intentions.

Je lui tends une main qu'elle hésite trois secondes à serrer. Un contact chaud et ferme.

— Marché conclu, répond-elle.

— Je te propose d'aller déjeuner ensemble, histoire de nous mettre d'accord sur la marche à suivre, suggéré-je. Qu'en dis-tu ?

— Je dois passer un appel important avant. Je te récupère en partant.

Dana nous a réservé une table dans un italien à quelques pas du bureau. Nous nous y rendons à pied, et Ellie ne décroche pas un mot pendant le trajet. Je ne sais pas trop comment l'aborder sans l'offusquer, alors je marche à ses côtés, silencieusement.

Lorsque nous arrivons sur place, je lui ouvre la porte du restaurant. Elle me remercie gentiment et entre. Un serveur d'un certain âge, barbu, de petite taille, avec un accent prononcé, nous accueille. Il nous invite à le suivre jusqu'à une table. Son badge indique qu'il s'appelle Lorenzo. Il nous tend des cartes avant de repartir s'occuper des nouveaux clients. Ellie la parcourt du regard. J'arrête mon choix sur des pâtes.

Lorenzo revient quelques minutes plus tard pour prendre nos commandes.

— Avez-vous choisi ? nous demande-t-il.

— Je vais prendre des pâtes à la carbonara avec un verre de vin de rouge, s'il vous plaît, annonce Ellie en lui rendant sa carte.

— La même chose pour moi.

Ellie est muette comme une carpe. Si on continue ainsi, on va ressortir sans avoir avancé. Je décide donc de crever l'abcès.

— Ça va mieux ?

Elle soupire puis saisit sa serviette et la pose sur ses genoux.

— Je n'ai pas aimé la façon dont s'est déroulée la réunion de ce matin.

— On s'est fait allumer.

Elle esquisse les prémices d'un sourire, mais il n'atteint pas ses yeux.

— C'est rien de le dire. C'est la première fois qu'elle s'adressait à moi avec autant de fureur.

Je la coupe en précisant « à nous ».

— Oui, à nous, pardon. Elle était si en colère. J'avais l'impression de lui avoir manqué de respect. Je ne sais pas…

C'est vrai que son calme olympien aurait dû me mettre la puce à l'oreille quand j'étais en présentation.

— Je ne suis pas même pas sûr qu'elle ait écouté un traître mot de ce qu'on lui a proposé.

— J'avoue, elle était plutôt en train de chercher ses mots pour nous assassiner.

Je ricane.

— Après, elle avait été claire sur sa demande. On aurait dû travailler ensemble, Austin.

— Écoute, Ellie, je n'ai pas envie que l'on se dispute une nouvelle fois sur ce qui a pu se passer ou sur ce que l'on aurait dû faire. On a pris un mauvais départ, à nous de ne pas commettre un nouvel impair et perdre le projet.

— Ça m'écorche de le dire, mais tu as raison.

Le serveur dépose nos verres de vin. Elle saisit le sien. Avec son air dépité, je suis surpris de l'entendre proposer :

— On trinque ?

— À quoi ? demandé-je en prenant le mien.

— À notre future collaboration, par exemple ?

— Aussi explosive que constructive, ajouté-je en me risquant à un brin d'humour.

Elle soupire, excédée. Son nez plissé me fait sourire.

— Tu ne pouvais pas t'en empêcher ?

— C'était trop tentant, avoué-je avant de boire une gorgée.

— Écoute, Ellie, je vais faire des efforts, mais il faut aussi que tu en fasses.

Je la sens se tendre sur sa chaise.

— Pour commencer, arrête de tout prendre au premier degré. Je suis un mec taquin.

— Si être lourd, condescendant et arrogant, tu appelles ça « être un mec taquin », balance-t-elle sans m'épargner un sourire en coin.

— Belle répartie, j'adore. Ce que je veux dire, c'est si tu trouves que je vais trop loin, n'hésite pas à me le dire.

— Entendu. Pour repartir sur un projet commun, pourrais-tu m'envoyer une copie de ton dossier par mail pour que je puisse le potasser un peu ? Je te transférerai le mien en début d'après-midi.

Je missionne Dana de ce pas. Je sors mon portable et tape rapidement un message.

— C'est fait.

— Merci.

Lorenzo arrive avec nos plats. Il place délicatement les assiettes devant nous. Bien que la matinée ne se soit pas déroulée sous les meilleurs auspices, nous déjeunons tous les deux avec appétit. Nous échangeons essentiellement sur le boulot. Les quelques tentatives pour la faire parler d'elle sont un échec. J'ai compris qu'elle ne souhaitait pas mélanger le pro et le perso. En même temps, on part de loin, tous les deux, ça ne va pas être simple d'abattre ses barrières.

Lorsque le dessert, je décide de lui poser la question qui me trotte depuis quelques minutes dans la tête.

— Vu que Kristen veut que l'on donne une bonne image de nous ce soir, que dirais-tu que je passe te prendre pour aller au dîner ? Arriver ensemble lui montrera qu'on est capable d'être pros, non ?

Elle lève un sourcil circonspect. Elle se méfie.

— Après, si tu ne veux pas, aucun problème, je ne fais qu'essayer d'être sympa.

Je savoure une cuillère de tiramisu en attendant qu'elle réponde.

— Pourquoi pas. Mais entendons-nous bien, on n'est pas amis. On dit 19 heures, pas de retard, j'ai horreur de ça, je t'envoie mon adresse par message tout à l'heure.

Ellie a le don de refroidir l'ambiance en deux secondes. Elle a un cerveau de vieille fille dans un corps de vingt-huit ans. Je me demande si elle est toujours aussi frigide avec la gent masculine. Euh… rigide. Au fond, je suis certain que non. Elle s'est forgé une carapace. Ce soir, je compte bien faire le maximum pour qu'elle n'ait plus de doute sur mes intentions.

— OK, parfait. Concernant ce week-end, si tu es d'accord, je te propose de nous retrouver à la boîte de nuit de mon amie Carla pour travailler. Enfin, si tu n'as rien de prévu évidemment.

Je la regarde manger. Elle me scrute à travers ses longs cils noirs sans lâcher sa cuillère. Je la déstabilise et j'aime ça. Elle vient de me tendre un bâton que je m'empresse de saisir malgré moi.

— Madame Cabbage qui me propose un *date* dans une boîte de nuit, si je m'attendais à ça ! C'est vraiment une journée étrange, dis-je en rigolant.

Le rouge lui monte aux joues. Elle ne devait pas s'attendre à cette réplique. Elle se reprend aussi sec, remettant son masque de directrice d'école.

— Même pas dans tes rêves les plus fous. Un *date,* non, mais sérieusement. Je ne pensais pas qu'il fallait que je te précise dans la journée. C'est plus spacieux que notre appartement et nous ne serons pas dérangés. Nous passerons au peigne fin nos projets respectifs et prendrons les bonnes idées de chacun ! C'est plus clair comme ça ? J'aurais dû me douter qu'avec tes idées tordues, je devais spécifier le contenu de notre rencard.

— Ah tu vois, toi aussi tu me files un « rencard »…

Elle grogne, en levant les yeux au ciel. Je la trouve mignonne. Ça me donne envie de la fesser.

— Rhooooo, je te taquine, Ellie, déstresse. Je suis d'accord, il faut qu'on mette un gros coup de collier ce week-end.

— Je sens que je vais devoir prendre une cure de vitamines avec toi.

— Et des anxios aussi, dis-je dans l'espoir de la faire rire.

Et enfin, ça marche ! Mon rire fait écho au sien. C'est la première fois que l'on partage un moment de complicité. Elle est sublime. Un élan de fierté me saisit en réalisant cet exploit. Si on m'avait dit que j'allais déjeuner avec Ellie et qu'on terminerait le repas sans s'entretuer… je ne l'aurais jamais cru.

À notre retour à l'agence, je reçois un mail d'Ellie avec son dossier en pièce jointe ainsi que son adresse. Je passe le reste de l'après-midi enfermé dans mon bureau, à bûcher.

Derek débarque chez moi aux alentours de 18 heures en jean avec un tee-shirt de l'équipe des Celtics, un pack de bières sous le bras pour voir le match de basket sur mon grand écran. Je l'ai complètement oublié. Quand j'ouvre la porte, qu'il me voit sur mon 31, sa mâchoire se décroche.

— Euh… c'est un peu too much pour un match, non ?

Je passe ma main dans mes cheveux.

— Oh, merde, frangin, j'ai zappé.

Je me décale pour le laisser entrer.

— Quoi ?

— Je ne peux pas le regarder avec toi, j'ai un dîner professionnel.

Derek cale au frais une à une les bouteilles au frigo.

— Tu déconnes !?

Je passe à côté de lui et saisis la bière qu'il avait décapsulée pour lui et lui vole une gorgée.

— Tu fais chier. C'est LE match à ne pas rater.

— Tu me raconteras. Je ne peux vraiment pas manquer ce repas. Crois-moi, je préférerais mille fois rester avec toi. Je dois passer la soirée avec Bridget Jones.

Un éclair de lucidité traverse ses iris bleus.

— Mais non ! crie-t-il, amusé.

Derek allume la télé et va se nicher dans mon canapé.

— Et si, pas le choix. Notre boss a été claire.

Je récupère ma veste sur le porte-manteau.

— Fais comme chez toi ! Et fais attention de ne pas me laisser des chips sur le canapé cette fois.

Je prends mes clefs et ouvre la porte d'entrée.

— Bonne soirée, frangin ! Et ne fais pas venir de nanas chez moi.

— Pas pendant une soirée match. À plus, monsieur Darcy.

Avant de claquer le battant, je lui fais un doigt d'honneur ce qui le fait pouffer de rire.

La circulation est dense dans le centre-ville, un coup d'œil à l'écran tactile de l'Aston Martin prêtée par un bon client m'indique qu'il est 19h20. Il me reste encore un kilomètre avant d'arriver chez Ellie.

Je lui envoie un message pour la prévenir.

Moi : Je suis là dans 2 min.

Ellie : Tu es en retard 😠... Je descends.

Vingt minutes de retard, ce n'est pas la mort. Voilà que madame est sarcastique. Je me gare en face de ce que je devine être son immeuble. Je coupe le moteur et attends patiemment dans ma voiture. La porte d'entrée s'ouvre et la silhouette d'Ellie apparaît. Je me détache et sors de l'habitacle pour l'accueillir.

Elle est sublime dans sa robe longue noire scintillante qui épouse à la perfection ses formes. Un châle en mohair anthracite recouvre ses épaules et ses bras, et finalise sans aucune fausse note sa tenue. Elle me fait un signe de la main en m'apercevant. Je viens à sa rencontre. Avec ses talons, elle est presque aussi grande que moi.

Elle a bouclé ses cheveux qui retombent en cascade sur sa poitrine. Ses yeux marron sont mis en valeur par un maquillage dans des teintes noires. Le reflet de la lune et l'éclairage des réverbères accentuent leur brillance. Ses joues rosies par le froid sont parsemées de fines paillettes. Ellie est superbe ainsi apprêtée. Elle m'étonne de jour en jour. C'est dingue ce qu'elle éveille chez moi depuis notre collaboration. Ses courbes exquises me magnétisent. Je n'aurais jamais imaginé qu'elle m'attirerait de cette façon.

— Tu es sublime, Ellie.

Ma voix devenue rauque me surprend tout autant qu'Ellie qui rougit, et qui m'examine à son tour de la tête aux pieds.

— Tu n'es pas mal non plus.

Encore une fois je sens dans ses prunelles brillantes que je ne la laisse pas de marbre. Elle se voile la face et essaie difficilement de cacher que je lui plais. Mais ses yeux ne mentent pas. L'attirance entre nous est palpable.

Je contourne la voiture et ouvre la portière côté passager.

— C'est ta voiture ?

— Non, celle d'un client, réponds-je. Et crois-moi, elle en a sous le capot, comme son pilote.

Je lui propose ma main qu'elle saisit. Avant de se glisser dans l'habitacle, elle se retourne et me demande :

— Ce type de discours marche vraiment avec les minettes que tu ramasses sur le trottoir ?

— Toutes. La preuve en est, dis-je en lui faisant un clin d'œil.

Elle se contente de lever les yeux au ciel tout en s'installant, avant d'esquisser un sourire en coin.

— Ce repas risque d'être long, très long, entends-je avant que je ne referme la portière.

J'espère bien qu'il se prolongera jusque très tôt demain matin, qui sait ?

CHAPITRE 8

Ellie

Le naturel revient toujours au galop, pour lui c'est plutôt en sprint…

Quand j'ai vu cette gravure de mode descendre de la voiture, mon bas-ventre s'est serré et mon cœur s'est mis à palpiter. J'ai eu des images plein la tête de ce que je pourrais lui faire. Il est attirant, et si sexy.

Il ne porte pourtant rien d'extraordinaire, sa tenue, composée d'un costume noir et d'une chemise blanche, reste des plus classiques, mais il n'avait pas besoin de plus, sa belle gueule a fait le job. Ajouté à ça, sa façon de me regarder avec convoitise, sa voix rocailleuse et son sourire enjôleur, une douce chaleur m'a envahie jusqu'à atteindre mes joues. Moi qui suis plutôt sûre de moi habituellement, il me rend chamallow et ça me fait flipper.

Austin active son GPS qui indique une arrivée à destination dans trente-deux minutes. Je respire profondément à la recherche de la paix intérieure. Je suis relativement stressée par le déroulement de la soirée et par mon chauffeur. Nous devons nous montrer unis avec Austin. On a décidé de faire des efforts, mais notre collaboration reste fragile. Je n'ai pas confiance en lui tout comme ça doit être le cas pour lui. Nous sommes tous les deux carriéristes, de vrais compétiteurs. Nous ne jouons pas pour être seconds. C'est un challenge ce soir, et Kristen attend beaucoup de nous. Cette soirée est l'occasion de récupérer des cartes de visite et d'attirer un maximum de monde. Il y aura des vidéastes, des mannequins, des directeurs de grandes marques. Tout à l'heure devant mon miroir, j'ai eu une idée qu'il faut absolument que je partage avec Austin. Je suis sûre que ça va lui plaire.

Je regarde le paysage défiler sous mes yeux sans vraiment le voir. Mon esprit est ailleurs. Je suis à la fois anxieuse et pressée que les festivités se terminent. Je ne suis pas une grande adepte de ce genre de soirées. Beaucoup trop de monde, toujours peur de ne pas me sentir à ma place et à la hauteur. Entre les femmes m'as-tu-vu, extraverties qui passent leur temps à parader de groupe en groupe, exhibant leurs plus belles tenues, ou celles qui te jugent d'un simple regard en fonction de ce que tu portes. Comme si l'habit faisait le moine. Si j'ai choisi cette voie, c'est plus pour son côté créatif. Je suis dans mon élément lorsque je suis derrière mon ordinateur à conceptualiser des projets, à trouver des idées pour bien vendre des produits. Laisser libre cours à mon imagination.

Dans ce milieu, je n'ai pas trop le choix que de participer à ce type de mondanité, ça fait partie du job. Il faut bien entretenir son réseau si on veut se faire un nom et une place. S'entourer des bonnes personnes dans l'espoir de fournir un travail de qualité. Sympathiser avec des personnalités, des partenaires influents est un vrai plus pour attirer de nouveaux clients.

J'ai parcouru la liste des invités que nous a envoyée Kristen. En faisant un peu de repérage, je me suis noté de rentrer en contact avec deux d'entre eux qui pourront être des atouts incontournables pour notre future campagne.

— Tu comptes rester silencieuse tout le long du trajet ?

Je me tourne vers Austin, surprise.

— De quoi veux-tu parler ? Je t'écoute, dis-je en croisant les mains sur mes jambes.

— Je ne sais pas, de la campagne par exemple, il m'est venu une idée tout à l'heure. Je me suis dit, avec l'accord de Stuart, que ce serait bien de faire un partenariat. D'après Kristen, il a un budget illimité. En plus de la campagne autour de son parfum, on pourrait faire la promotion d'une marque de voiture ? Ou autre ? Qu'en penses-tu ? Il y a le PDG de Lexus, Jared, ce soir. Je le connais bien.

— C'est une bonne idée.

— Waouh ! Un compliment. Excuse-moi, tu peux répéter ?

Il se tourne vers moi au feu rouge, et mon air mutin lui tire un sourire. Une mèche rebelle lui tombe sur l'œil. Une envie irrépressible de la lui remettre en place me vient. Son charme commence doucement à agir sur moi. Est-ce dû au manque ? Ou est-ce que c'est tout simplement lui qui me fait de plus en plus d'effet ?

— Tu vas me ressortir cette blague dès que je te fais un compliment ? demandé-je.

— C'est assez tentant.

Je laisse planer un silence avant de marmonner :

— Mummh…

Il rigole.

— Je te taquine, je suis ravi que cette idée te plaise.

Je vois que je ne suis pas la seule à avoir potassé la liste des convives. Il ajoute :

— Et toi, dis-moi, tu as jeté un œil aux invités ?

— Oui, je vais essayer d'approcher Cindy Gambail Tu sais l'…

— L'actrice de la dernière série numéro 1 sur *Netflix* ? C'est bien cela ?

Je ne suis pas étonnée qu'il sache de qui je parle. Cette nana est partout à la télévision, c'est son moment de gloire.

Je l'ai vue dans le dernier show de Jimmy Fallon. Elle était spectaculaire. En plus d'avoir une plastique de rêve, elle a un sacré bagout et de la répartie. Je me suis projetée, je l'imagine comme égérie pour notre publicité. Son agenda doit être booké sur les trois prochaines années, mais je me dis : qui ne tente rien n'a rien.

— Oui, elle-même.

— Elle serait la candidate idéale pour la campagne, lance-t-il avec entrain.

Tu m'en diras tant, Austin. Je ne t'ai pas attendu pour l'envisager.

— C'est ce que je me suis dit aussi. Ça serait un sacré atout pour nous si elle acceptait.

— Compte sur moi pour l'approcher ce soir. Après notre rencontre, je suis certaine qu'elle nous fera une place dans son planning.

Non, mais il est sérieux, là ? Austin croit vraiment qu'il va me piquer mon idée ? Le pire c'est qu'il le sort naturellement comme si c'était on ne peut plus normal. Il a l'air sûr de lui et ça m'énerve au plus haut point qu'il puisse s'imaginer accoster Cindy à ma place.

Je me crispe en l'entendant dire ça. Je le fusille du regard. J'ai comme une envie de l'étriper.

— Je te demande pardon ? m'indigné-je, offusquée.

Je lui explique que je compte l'aborder et lui n'hésite pas à m'affirmer qu'il s'en occupe. Je vois noir tout à coup.

Non, mais de quel droit !? Je me crispe et me tâte deux secondes à le frapper.

— Ça va être un jeu d'enfant, tu verras.

Je vais lui faire ravaler son air suffisant. Il s'imagine peut-être qu'avec sa belle gueule, Cindy va lui manger dans la main. C'est plus un ego qu'il a, c'est un putain de melon.

Ma voix vibre d'une colère non dissimulée.

— Je t'ai dit que je m'en occupais, Austin, donc oublie tout de suite. Je gère !

Il me lance un coup d'œil furtif puis un second plus appuyé. Sondant mon état. Il finit par froncer les sourcils.

— C'est quoi ton problème, Ellie ?

Je me tourne complètement vers lui.

— MON problème, c'est toi ! Il va y avoir quoi ? Pas moins de trente personnes à cette soirée et tu décides de jeter ton dévolu sur celle que j'ai choisie. Je ne t'ai pas demandé de m'aider, alors même pas en rêve tu approches Cindy. C'est ma target, pas la tienne. Il y a assez de VIP pour nous deux. Je te préviens, chacun son terrain de jeu. Par conséquent, ne marche pas sur mes plates-bandes. C'est clair ?

— Je fais ça pour nous, je ne cherche absolument pas à marcher sur tes plates-bandes, comme tu dis.

Il frappe du poing sur le volant. Je jette discrètement une œillade vers lui, sa mâchoire est contractée, et devant son air renfrogné, je m'abstiens de poursuivre. C'est fou la façon qu'il a de souffler le chaud puis le froid. OK j'y suis un peu pour quelque chose dans cette histoire. Je monte sur mes grands chevaux, mais je n'ai pas besoin de lui pour avoir Cindy sur la campagne. Point.

Sur ces paroles, je ne décroche plus un traître mot de tout le trajet et croise les bras, grincheuse. Il a bien tenté quelques approches, mais mes « mmh » ont fini par le dissuader. Il m'a saoulée. Austin a réussi à m'énerver et il n'a pas fallu bien longtemps. Qu'est-ce que je disais tout à l'heure… « collaboration fragile ».

La rue que nous empruntons après le dernier virage est plus étroite et en montée. Certaines façades des maisons environnantes sont déjà recouvertes par des guirlandes lumineuses.

Nous sommes ralentis par une longue file de voitures quasi à l'arrêt. Au bout de celle-ci, j'aperçois un imposant portail noir ouvert.

J'ignorais jusqu'à ce jour où habitait Kristen. Généralement, elle réserve un lieu pour faire ce genre de soirée, c'est inédit pour moi.

Nous attendons patiemment notre tour. Étonnamment, lorsque nous franchissons enfin les portes, Austin emprunte un trajet autre que celui des invités. J'ai ma réponse, il connaît parfaitement les lieux. Le seul son que nous entendons sur ce chemin éclairé par les phares de la voiture est le crissement des graviers sous les pneus. Nous finissons par nous arrêter devant une imposante bâtisse que je devine être un garage.

Austin coupe le contact, se détache et récupère son téléphone portable. Ne me voyant pas esquisser le moindre mouvement, il se tourne vers moi.

— Tu attends que je te libère ou bien ?

— Tu es sûr de toi ? dis-je, craintive.

— Je suis déjà venu, et vu le nombre de voitures, on sera tout aussi bien garés ici.

Je m'exécute et ouvre la portière à mon tour. Je frissonne de froid, ma peau se pare de chair de poule, je resserre mon étole.

Nous longeons la villa, faite de grandes baies vitrées. Nous apercevons des silhouettes à l'intérieur. J'observe le lieu extérieur avec émerveillement. L'espace est minimaliste, mais imaginé avec un goût certain. Au centre se trouve un énorme rocher au creux duquel coule une petite cascade. Les arbres sont tous taillés avec des formes asymétriques. Nous évoluons sur de jolies dalles, suivant des lanternes en forme de croissant de lune qui apportent une touche onirique à l'endroit, jusqu'à rejoindre la porte d'entrée. Ce jardin japonais est sensationnel. La demeure de Kristen est luxueuse.

Nous sommes accueillis par notre hôte. Kristen est superbe dans sa robe sirène fendue en mousseline rouge. Elle est au bras d'un homme brun, d'une quarantaine d'années, qui fait une tête de plus qu'elle. Plutôt mince, il porte un costume agrémenté d'une pochette dans les mêmes tons que la tenue de Kristen, montrant son goût pour l'élégance.

— Bonsoir, je vous présente mon mari, Maxwell. Max, voici mes deux plus prometteurs collaborateurs.

Ça fait plaisir à entendre. J'observe Austin, à la dérobée, qui gonfle le torse, aussi fier qu'un coq.

— Enchanté.

— Enchantée, dis-je en retour.

— Kristen, tu es très en beauté, la flatte Austin.

C'est moi ou le compliment d'Austin la fait rougir. Son mari accentue son étreinte comme pour marquer son territoire.

— Je te remercie.

— Je vous en prie, entrez, faites comme chez vous.

Un frisson me parcourt quand Austin pose une main sur mes reins, m'invitant à passer devant. Kristen se soustrait au bras de Max en s'excusant. Elle enjoint Austin à la suivre deux secondes. Il semblerait qu'elle ait besoin de lui parler. Austin m'adresse un signe de tête m'indiquant qu'il revient. Je me demande ce qu'elle a à lui dire. Une pointe de jalousie me saisit. Pourquoi souhaite-t-elle le voir sans ma présence ? Vont-ils discuter d'un dossier ? La curiosité me dévore, je tente de me ressaisir et me concentre sur mon objectif premier : trouver Cindy et la convaincre de faire partie de notre projet. Je les laisse donc seuls et pars à la découverte des lieux.

Je parcours la grande salle à manger du regard. Accueillante et chaleureuse, elle est décorée de matériaux nobles et intemporels. Le verre et le bois se mélangent avec finesse et, malgré son style épuré, elle n'en est pas moins conviviale. Quelques œuvres d'art, toujours dans le genre industriel, habillent la pièce. J'en prends plein les yeux. Je me fais la réflexion que, contrairement à nous, elle n'a pas encore mis les décorations de Noël. Peut-être prévoit-elle de le passer dans les îles. Ce serait bien son style.

À ma droite, de petits groupes se sont déjà formés autour d'un buffet, installé pour l'occasion. Un serveur passe à côté de moi, chargé d'un plateau avec des flûtes. Il m'en propose une que je ne refuse pas. Au contraire, les bulles me donneront du courage. Je porte mon verre à mes lèvres et continue mon observation que j'espère discrète.

Je sursaute en entendant mon prénom de la bouche d'une voix masculine que je ne reconnais pas tout de suite. Je me retourne pour voir de qui il s'agit.

Stuart. Il me lorgne de la tête aux pieds. Au vu de son expression, ma tenue vestimentaire lui plaît.

— Bonsoir, Stuart, comment allez-vous ?

— Très bien, ma chère, et vous ?

— Très bien.

— Alors, dites-moi tout, le projet prend forme ?

Je masque la vérité, il n'a pas besoin de savoir que la réunion de ce matin a été une joyeuse catastrophe.

— Oui, parfaitement, nous avons déjà quelques idées que Kristen ne manquera pas de vous communiquer la semaine prochaine.

— Vous m'en voyez ravi.

Il semble avoir aperçu quelqu'un qu'il connaît, et prend aussitôt congé. Une fois seule, je fais mon repérage. J'entame la discussion avec un vidéaste barbant, mauvaise pioche.

J'observe Austin, de temps à autre, serrer des mains, faire des courbettes. Le cobra est dans son élément. Il serpente de groupe en groupe avec agilité. Il me jette des œillades appuyées, et des sourires en coin. Je suis flattée par ses attentions. Je remarque ses efforts. D'ailleurs, l'alcool aidant, je lui rends la pareille.

Il distribue des cartes de visite et en récupère tout autant. Je fais de même, je rencontre des personnes fort sympathiques, mais toujours pas l'ombre de l'intéressée. J'étais pourtant certaine d'avoir vu son nom dans la liste. A-t-elle eu un empêchement ? Discrètement, je pose la question à Kristen qui m'annonce qu'elle a du retard et qu'elle ne devrait plus tarder. Par moments, Austin lève son verre à mon intention, un sourire scotché à ses lèvres. Il a l'air content de lui. Je me sens bizarre. Mon corps est loin d'être insensible à ses charmes. Je souris à mon tour et lui retourne un clin d'œil complice.

Après avoir réussi tant bien que mal à m'extirper des griffes de mon vidéaste, je fonce en direction du buffet et dépose deux ou trois en-cas dans mon assiette. J'entends autour de moi des chuchotements qui attirent mon attention. Lorsque je relève la tête, j'aperçois Cindy. Elle se dirige droit sur moi, enfin, vers le buffet. Elle porte une sublime robe noire décolletée à paillettes, qui met en valeur ses formes. Magnifique, comme à son habitude. Ses cheveux blonds bouclés retombent sur ses épaules dénudées.

Elle se positionne à mes côtés et jette un œil à mon assiette.

— C'est bon ?

Je n'en reviens pas. Je n'aurais pas imaginé que ce soit elle qui vienne à moi. Ses yeux couleur noisette sont bordés de longs cils. C'est une très jolie femme, je me sens moche à côté.

— Euh, oui. Je vous conseille celui-ci avec la crevette.

Elle me sourit chaleureusement.

— Merci beaucoup.

Elle se sert quelques mets.

— Je ne me suis pas présentée, je suis Ellie Cabbage de chez Farsman Creative Group.

— Ah oui, je vois. Vous travaillez avec Kristen, c'est bien cela ?

— Oui.

— Je connais très bien son mari. C'est l'un des meilleurs scénaristes, à mon humble avis, vous savez.

Nous papotons toutes les deux, faisant abstraction du monde qui nous entoure et surtout qui reluque le moindre fait et geste de Cindy. Nous sommes interrompues par des personnes que l'actrice envoie valser poliment. Nous rions toutes les deux. Elle est très accessible et très sympathique. J'arrive même à aborder le sujet qui m'intéresse. Elle me fait part de son enthousiasme. M'informant également que ce serait pour elle la première fois qu'elle se retrouverait dans un spot publicitaire. L'idée d'être l'égérie d'un parfum paraît la ravir.

Tout semble rouler comme sur des roulettes. Au moment de sortir ma carte, Austin nous interrompt.

— Bonsoir, Cindy, je me présente, Austin Chick, je suis le collaborateur d'Ellie.

Il lui fait carrément les yeux doux. Je me retiens de l'insulter. J'ai envie de le tuer. Il s'approprie royalement la discussion en m'évinçant sournoisement de l'équation et en présentant un ami qui l'accompagne. Il fait son Austin, celui que je déteste plus que de raison. Cindy ne me prête plus attention, trop accaparée par mon connard de collègue. Je suis reléguée au second plan. Ce sale traître a tout gâché. Je lui en veux à mort, mais je me garde bien de le lui montrer, car un coup d'œil à droite m'indique que Kristen nous observe. Alors, je reste à côté, me contente de sourire et de piquer une seconde flûte que je descends d'une traite. Austin demande à Cindy de l'accompagner pour lui présenter son client, PDG de Lexus. *Le fameux*. D'un regard contrit, elle s'excuse silencieusement de devoir me laisser. Austin quant à lui fait comme s'il ne me voyait pas.

Il va m'entendre, d'ailleurs, j'espère qu'il ne tient pas à ses bijoux de famille car il n'est pas sûr qu'il rentre avec tout à l'heure. La colère et le désenchantement se diffusent dans mes veines, je galère à me contenir. C'est bien la peine de me courtiser si c'est pour me snober dès qu'il hume le parfum d'une autre femme.

Je passe le reste de la soirée à faire comme si de rien n'était. Austin est venu me voir, mais je l'ai totalement ignoré comme il sait si bien le faire. Il n'a pas l'air de se rendre compte de mon état. À l'intérieur, je suis une vraie bombe à retardement. Je rumine, je fulmine. Il me tarde qu'il me fasse signe de rentrer. Après quelques heures à papillonner et à discuter avec différents convives, Kristen nous demande de la suivre. Nous longeons un couloir, Kristen ouvre une porte et nous pénétrons dans une bibliothèque.

— La soirée a été bonne à ce que je vois.

— Nous avons réussi à convaincre Cindy Gambail de devenir l'égérie du parfum.

— Excellent, beau travail, vous deux.

L'énergie que je mets à masquer mes émotions me donne limite la migraine. Je ne peux rien dire ni faire pour montrer mon désappointement, alors je me contente de sourire et de hocher la tête. Austin m'observe, mais ne dit rien. Il voit bien que je ne suis pas dans mon état normal. Il sait parfaitement pourquoi je me comporte ainsi. Il a été trop loin.

Nous prenons congé une demi-heure après le départ des premiers invités. Nous empruntons le chemin que nous avons parcouru à l'aller en sens inverse dans un silence pesant. Je ne décroche pas un mot. J'attends d'être seule pour ne pas provoquer d'esclandre et laisser libre cours à la colère que je contiens. À proximité de la voiture, j'explose.

Je stoppe net, Austin manque de me rentrer dedans. Je lève mon index en direction de son visage. Je lui aboie littéralement dessus.

— C’était plus fort que toi, n’est-ce pas ?

— Écoute, Ellie, attends.

Il est sur la défensive, mais je compte bien lui faire comprendre qu’il a dépassé les bornes.

— Tu as été trop loin.

Il fronce les sourcils, semblant ne pas capter.

— Je ne vois pas de quoi tu parles. Je vous ai juste rejointes pour optimiser nos chances, voilà tout.

Il est sérieux ? Il a marché sur mes plates-bandes.

— Tu m’as coupé la parole ! Tu t’es mis en valeur, à faire le coq, à parader, m’évinçant comme une merde ! Ça ne se fait pas.

— Ôte-moi d’un doute, on parle bien du travail, là ? Je suis venu pour t’aider. C’est une petite pointe de jalousie que je sens dans tes propos ?

Je me raidis à ses mots. Ai-je eu le sentiment que Cindy pourrait me faire ombrage ? Je ne relève pas sa phrase soupçonneuse, mais bafouille comme une adolescente.

— Je… je… n’en avais pas besoin, je me débrouillais très bien toute seule.

— Tu parles.

Son air suffisant met mes nerfs à vif. Je passe de bredouillante à furieuse à la vitesse de la lumière.

— Je maîtrisais très bien la situation, m’écrié-je, hors de moi.

Quel culot !

— Oh, ça va ! Tu ne vas pas me faire toute une histoire. On voulait Cindy, on l’aura. D’ailleurs, on aura même la voiture pour le spot publicitaire. Il ne faut pas s’arrêter à la méthode, mais au résultat final.

Je croise les bras sur ma poitrine.

— C’était un coup bas. C’est tout ! Je t’avais mis en garde, mais c’était plus fort que toi, il faut toujours que tu écrases les autres pour briller.

— Je te demande pardon !? hurle-t-il.

— Tu m'as bien comprise.

Je contourne le véhicule, m'installe rapidement dedans et claque la portière plus que de raison. J'ai les nerfs à fleur de peau.

Il prend place lui aussi, met le contact, les pneus crissent au démarrage. La tension émane de son corps, tant il serre le volant, au point que ses phalanges blanchissent.

— Mais tu as un sérieux problème d'ego, ce n'est pas possible autrement, Ellie.

Non, mais quel culot, j'hallucine.

— Et toi, tu es un ingrat ! Cindy était à moi.

— N'importe quoi…

On ne s'écoute plus. Nous nous hurlons dessus tout le trajet. Dans l'habitacle, l'air est électrique. Aucun de nous n'en démord. Elle promettait d'être belle, la soirée, c'est raté, plus que raté. Il me dégoûte. Je n'ai qu'une hâte, c'est de rentrer chez moi, de me jeter sur mon lit et de pleurer tout mon saoul pour évacuer cette pression. Une chose est sûre, je ne sais pas comment on va faire pour travailler ensemble. C'est mission impossible. Je n'aime pas sa façon d'agir, il n'a aucune notion du travail d'équipe. Il m'a coupé l'herbe sous le pied. Je ne vais pas lui pardonner de sitôt.

Austin me dépose devant mon appartement, et je quitte le véhicule sans un regard en arrière. Je ne me suis pas retournée quand il est sorti de la voiture et a crié mon nom.

J'ai vaguement entendu un « attends, Ellie, on n'a pas fini ! », mais je suis bien trop sur les nerfs. Il faut que je me calme.

Je claque la porte d'entrée, retire mes chaussures et file dans la salle de bains pour me déshabiller. J'ignore sciemment la sonnerie de mon téléphone. Je suis sûre que c'est Austin. S'il compte se racheter avec de simples excuses, il peut se les carrer où je pense, mais le connaissant ce n'est pas le genre de mec à reconnaître ses torts.

Une fois en pyjama, je me glisse dans mon lit, me tourne et me retourne, impossible de trouver une position confortable. Je grogne. Je ne sais pas ce qui lui a pris, enfin si je sais, c'est plus fort que lui. Monsieur doit être le centre de l'attention. Il connaissait pertinemment mes plans. Il m'a sabotée. Soi-disant pour optimiser nos chances, mais avec moi, elles étaient déjà au max. Il aurait pu m'inclure dans la conversation comme le ferait un vrai partenaire. Il ne mesure vraiment pas avec qui il travaille.

Je soupire, agacée par cette situation sans issue. On doit trouver un terrain d'entente, mais on vient de deux planètes différentes. Je sais que je n'ai pas d'autre choix, nos avenirs sont liés, qu'on le veuille ou non. C'est comme si nous étions entravés par des chaînes invisibles. Aller voir Kristen n'est pas une option.

J'ai envie de pleurer. Qu'est-ce que j'ai fait pour mériter un mec comme Austin sur mon chemin ? J'ai vraiment dû être la dernière des garces dans une autre vie.

Mon téléphone me tire de ma tourmente. Je peste en le récupérant. J'ai un appel d'Austin et un nouveau message.

Austin : Ellie, j'ai déconné ce soir, je ne pensais pas que tu le prendrais comme ça. J'ai envie que cette campagne soit une réussite. Excuse-moi. Je voulais simplement t'aider comme le ferait un bon partenaire.

Moi : Tu as merdé ! Je ne vois vraiment pas comment on peut faire pour travailler ensemble si tu me marches dessus comme tu l'as fait ce soir.

Austin : Je suis désolé, ce n'était pas pour te faire de l'ombre, je te le promets.

Moi : Tu agis toujours comme ça… ce n'est pas la première fois.

Je me retiens de lui parler de l'histoire du contrat qu'il m'a volé.

Austin : ???

Moi : Laisse tomber

Austin : Pour me faire pardonner, demande-moi ce que tu veux.

Quoi ? Il est sérieux ? Pour me proposer ça, il doit être fou ou désespéré. Cette proposition mérite que je m'y arrête deux secondes. Il m'a vraiment dit tout ?

Moi : Tout ? Tu es sûr ?

Austin : Je n'irai pas travailler à poil un lundi matin ni n'enverrai un message à tout le service pour dire que tu es la meilleure si c'est ce à quoi tu penses. Ne rêve pas non plus, hein…

Cet enfoiré arrive à me décrocher un micro sourire. J'imagine aussi bien la teneur de son message que sa crispation à appuyer sur le bouton ENVOYER. Il m'offre sur un plateau l'occasion rêvée de lui donner une bonne leçon, et je compte bien la saisir. La vengeance est un plat qui se mange froid, et je me promets qu'il ne va pas seulement la manger, mais il va aussi avoir beaucoup de mal à la digérer. Il n'est pas près de l'oublier.

Ça me tue de le reconnaître, mais je ne pourrai pas faire l'impasse sur notre rendez-vous de travail de demain, car j'ai une conscience professionnelle. Il m'a tellement irritée tout à l'heure. J'aurais pu l'étriper de mes propres mains.

Quand j'y repense. Ce que je peux être faible, et dire que j'ai fantasmé sur lui avec son costume. J'aurais pu le basculer sur le siège en cuir de sa bagnole de luxe pour l'embrasser. Ces sentiments contradictoires vont finir par me rendre folle.

Moi : Je vais réfléchir à ta proposition.
En attendant, samedi, rendez-vous à 11 heures tapantes, et ne me déçois pas.

Je n'ai pas croisé Austin sur la fin de semaine. Nous avons pas mal échangé par mail. Nous ne sommes pas revenus sur la soirée, ce qui n'est pas plus mal. J'essaie de me convaincre qu'il a voulu bien faire même si je me répète que j'aurais très bien pu avoir Cindy toute seule. Je décide de lui laisser le bénéfice du doute. J'agis en bon manager. Je dois avouer que nos échanges musclés m'ont un peu manqué. La teneur de nos mails était strictement professionnelle. Aucune allusion ni humour. Je me demande comment notre réunion de demain va se dérouler. Va-t-il flirter avec moi ? Ou tout simplement expédier le projet ? Carla m'a proposé de la rejoindre ce soir. Elle m'a tannée en me disant que ce n'était pas envisageable de passer un vendredi soir à ne rien faire et pourtant, j'ai besoin de calme. De me retrouver, recharger les batteries pour affronter ma journée de demain.

Je jette un dernier coup d'œil à mon téléphone avant de remonter ma couette pour couvrir ma poitrine.

Les dernières images que j'ai en tête sont celles d'Austin, de son costume, de ses yeux incandescents. Je les chasse temporairement, car je sais qu'elles reviendront demain.

CHAPITRE 9

Austin

Si ma gueule de bois ne me tue pas,
Ellie s'en chargera…

Une sonnerie me tire douloureusement de mon sommeil. Je saisis mon téléphone pour voir de qui il s'agit. Derek… putain le relou. Je rejette l'appel. Insistant, il retente sa chance avec un message. Oh, mais qu'est-ce qu'il peut bien me vouloir, à la fin ?

Derek : Plus jamais tu me raccroches au nez.

Moi : Plus jamais tu me réveilles !

Derek : Tu as pris une cuite ou quoi ?

Moi : Qu'est-ce que ça peut te foutre ?

Derek : Va prendre ta dose de caféine et rappelle-moi après. Putain plus tu vieillis et plus tu deviens con.

Moi : 🖕🖕🖕

Je suis surpris en découvrant l'heure sur l'écran de mon téléphone : 8h30. C'est bien la première fois que je me réveille aussi tard. Bizarre. Je suis un lève-tôt, à 6h15 tapantes, du lundi au dimanche, j'ouvre les yeux habituellement. J'aime prendre mon temps et aller courir pour évacuer le stress et entretenir ma forme.

Bon, par contre, ce matin, je serais bien resté dans mon rêve quelques minutes de plus. Les boules quand j'y pense, pour une fois que je m'en souviens.

J'étais abrité par l'un des nombreux parasols en bois style Hawaï parsemant une plage au sable fin, un océan turquoise à perte de vue, entouré de jolies blondes plantureuses, en maillot de bain laissant deviner leurs formes voluptueuses. Je sirotais un cocktail. OK, c'est cliché, mais putain que c'était bon, je pourrais presque encore sentir la chaleur sur ma peau, mon membre durci aussi, d'ailleurs. Rien à voir avec la grisaille du jour, pensé-je en jetant un œil vers la fenêtre. Pas l'ombre d'une petite brune agaçante et susceptible dans ce décor paradisiaque. Il ne manquerait plus qu'elle s'infiltre dans mes rêves. À la soirée chez Kristen, dans sa tenue sexy, j'ai eu envie d'elle. Son parfum vanillé a envahi l'habitacle. L'idée d'arrêter la voiture pour la punir par des baisers enfiévrés m'a même effleuré.

Je m'étire, peu motivé par le programme du jour. Je suis usé d'avance, je vais passer ma journée à marcher sur des œufs. À peser mes mots pour ne pas froisser mademoiselle Ellie casse-bonbon.

Avant de me lever, je check mes mails et surfe sur les réseaux à l'affût d'actualités. Tiens, tiens, une demande d'amis. En cliquant sur ladite demande, je reconnais immédiatement Cindy.

Je me félicite mentalement, j'ai été très bon hier soir, du moins assez pour qu'elle me cherche sur les réseaux. J'accepte son invitation, ce qui me donne accès directement à son compte. Je scrolle sur ses photos de profil. Elle est vraiment canon, cette fille. Je m'arrête sur l'une d'entre elles. Madame est debout, en mini-jupe et porte une chemise en soie rose poudré à moitié déboutonnée, laissant apparaître un soutien-gorge en dentelle blanche. Elle se mord la lèvre en fixant l'objectif. Je sens mon membre me titiller, oui, encore. Que voulez-vous, je suis un homme. Ce qui me rappelle que ça fait un petit moment que je n'ai pas succombé à mes besoins primaires. Je passe ma main dans mon jogging pour me caresser. J'ai à peine le temps de faire un va-et-vient que le bip de mon téléphone, suivi d'un message, tue mon envie soudaine. Ellie… À croire qu'elle a un radar. Ils ont quoi tous aujourd'hui ?

Ellie : Salut, Austin, peut-on avancer d'une heure notre rendez-vous si tu es dispo ? Désolée. Tu connais l'adresse, c'est la boîte où on s'est croisés la dernière fois.

Je marmonne, saoulé par cette interruption. Je pèse le pour et le contre. Plus vite on a torché le dossier, plus vite je pourrai reprendre ma vie de célibataire frivole. Avant de lui répondre, j'envoie un message à mon plan cul, la douce Drea. Elle est toujours partante pour une bonne partie de jambes en l'air. L'avantage avec elle, c'est qu'elle n'attend rien de moi et vice versa. Juste un moment charnel, entre deux adultes consentants. J'espère sincèrement qu'elle sera disponible. Je rabats ma couette et me dirige vers la salle de bains. Je laisse sciemment mon téléphone sur mon lit, histoire de ne pas être une seconde fois dérangé.

Je reviens dans ma chambre seulement vêtu d'une serviette sur les hanches, des gouttes d'eau ruisselant sur mon torse. Je jette un œil à mes messages.

Ellie : Je peux prendre ton silence pour un oui ?

Drea : Chez toi ou chez moi ?

Simple et efficace, la Drea, comme j'aime. Je rédige un texto rapide, lui proposant de la rejoindre chez elle avec une bouteille de champagne. Et réponds ensuite à ma très chère collègue que je serai au point de rendez-vous à 10 heures.

Un détour par mon dressing, un jean brut et un pull en Lambswool feront l'affaire pour aujourd'hui.

Je me prépare un bon café et me tartine deux biscottes de beurre avec de la confiture de fraise. Je compose le numéro de mon frangin et mets le haut-parleur.

Il décroche aussitôt.

— Salut, Austin ! Alors, cette soirée ? Raconte ?!

— C'était sympa ! J'ai rencontré Cindy Gambail. Tu vois de qui je parle ?

Je sais pertinemment qu'il sait à qui je fais référence vu qu'elle fait partie de son top 5 des femmes les plus sexy.

— Mais non, je ne te crois pas !

— Attends, je t'envoie une photo.

Je lui screene la demande d'ami de Cindy.

— Putain, comment je te déteste. Dis-moi que tu as chopé son 917 pour ton petit frère adoré.

Je vais me faire un plaisir de le faire marcher. Je prends ma voix de vantard.

— Mieux même…

Je laisse exprès ma phrase en suspens pour le faire rager.

— Mais non !!! Tu n'es pas sérieux !

— Pourquoi tu crois que je t'ai raccroché au nez tout à l'heure ? Je l'aidais à rattacher son soutif.

Je me marre en l'entendant pester à l'autre bout de la ligne « que je suis un bâtard, qu'elle ne fait même pas partie de mon top ».

— Ce que tu peux être naïf…

Un ange passe.

— Tu es vraiment un salaud !

— Le meilleur dans ma catégorie.

— J'espère que tu comptes me la présenter.

— Même pas en rêve, Derek, j'ai besoin d'elle pour notre spot publicitaire. Et connaissant tes performances avec les femmes, je n'ai pas envie que tu fasses tout foirer.

Il ne manquerait plus que ça pour que ma furie brune m'étripe.

— Je te retiens. Bon, si je t'appelle, c'est pour savoir si ça te dirait de sortir avec moi ce soir. Je nous ai dégotté deux canons.

— Proposition alléchante, mais je vois Drea.

— Veinard ! Tu fais chier, Austin.

— Tu n'as pas besoin de moi, tu te débrouilleras bien tout seul.

J'entends la voix de ma mère au loin.

— Maman demande si tu viens manger avec elle dimanche midi.

— Oui, elle peut compter sur moi.

Je bois une gorgée de mon liquide noir et croque dans une biscotte.

— Je dois te laisser, j'emmène maman en courses.

— À demain, frangin.

— Une dernière chose, ça s'est passé comment avec Ellie ?

Je soupire.

— Ç'a été aussi dur que ça ?

— Plus que tu ne peux l'imaginer.

C'est à son tour de rigoler.

Un œil à ma montre m'indique qu'il est temps pour moi de décoller si je ne veux pas être en retard. Je fourre mon ordinateur portable et mon dossier dans mon attaché-case, j'enfile mon long manteau noir et me dirige vers l'entrée. Je prends le métro.

L'air est frais ce matin, je suis bien content de m'être habillé chaudement. J'emprunte la première bouche de métro et, après un changement et quelques rues à traverser, je me retrouve devant le point de rendez-vous. Je tente ma chance en essayant d'ouvrir la porte, sans succès. J'espère qu'elle ne sera pas trop en retard, il caille dehors. Elle a autant envie que moi d'avancer vite et bien pour tourner la page sur notre collaboration.

Je saisis mon portable dans la poche intérieure de mon manteau et compose son numéro. Ça sonne plusieurs fois avant de tomber sur son répondeur. Au bout de deux appels infructueux, je commence à m'impatienter. Je range mon téléphone et me frictionne les mains en soufflant dessus pour me réchauffer.

Après cinq minutes, je suis alerté par des bruits de pas sur ma droite. La voilà qui arrive, pressant le pas. Je détaille ma collègue, elle porte un jean et un long manteau noir avec des boutons dorés. Ses cheveux sont attachés dans un chignon strict. Son cou est recouvert d'une fine écharpe beige clair. J'observe ses joues colorées par le froid. Bien malgré moi, elle m'attire comme un aimant. Je la préfère quand elle a les cheveux détachés. Ça la rend plus belle, moins sérieuse et surtout plus accessible.

Elle me sourit, troublée, en approchant. J'ai l'impression au fond de moi que je ne la laisse pas totalement indifférente. Sa façon de m'envoyer chier, le rouge à ses joues, son comportement bizarre laissent sous-entendre une gêne quand je suis dans les parages. Eh bien, miss casse-bonbon, on fond pour son connard de collègue ? Je ris intérieurement de mes conneries.

— Salut, Austin, tu attends depuis longtemps, me demande-t-elle ?

— Salut, non non, je viens tout juste d'arriver.

Elle passe devant moi, déverrouille la porte et entre. Je la suis dans le club désert. Elle ouvre un boîtier fixé au mur et appuie sur un bouton. Le dispositif s'enclenche dans un bruit sourd, et nous sommes inondés par une lumière vive.

— C'est sympa de nous laisser les lieux pour bosser.

— La propriétaire de ce bar, c'est Carla, elle m'accompagnait la dernière fois. Sous ses airs de dure à cuire, elle est cool. Tu risques de la croiser tout à l'heure, elle m'a dit qu'elle passerait pour voir si l'on ne s'entretue pas.

Elle me lance un sourire taquin et longe le couloir.

Madame me charrie.

Elle m'indique une table plus loin et me demande si je veux un café.

— Volontiers.

J'ôte mon manteau que je dépose sur le dos d'une chaise et sors mon ordinateur que j'allume pendant qu'Ellie s'affaire derrière une porte dérobée. Elle revient cinq minutes plus tard avec deux tasses fumantes.

— Tiens.

Je récupère mon breuvage en la remerciant, souffle dessus et bois une gorgée du liquide chaud. Elle s'installe à son tour, face à moi.

La pièce semble différente à la lumière du jour, l'ambiance est tout autre. C'est plus froid et moins convivial.

— On commence par quoi ? me questionne-t-elle après avoir pianoté sur son clavier.

— Je te propose de me faire ton topo et je te donnerai ma vision par la suite, qu'en dis-tu ?

Elle me regarde, incrédule.

— Où est passé Austin Chick ? Le dirigeant ?

Je secoue la tête en esquissant un sourire. Je l'ai bien mérité. J'ai décidé aujourd'hui de jouer la carte de la passivité. J'ai bien compris qu'elle n'appréciait pas mon côté autoritaire, alors je vais la jouer d'égal à égal. Peut-être aussi flirter un peu avec elle pour lui faire comprendre qu'elle me plaît.

— J'apprends de mes erreurs. On va collaborer. Et puis, ajouté-je sur le ton de la confidence en me penchant vers elle, je me dis qu'en étant sympa avec toi, ton gage ne sera pas si machiavélique que ce que tu as dû prévoir initialement.

Les joues d'Ellie rougissent. Elle semble troublée par notre proximité, mais ne recule pas pour autant.

— Très drôle. Je l'avais presque oublié celui-là.

— Menteuse.

Elle sourit. Je ne sais pas si c'est le fait d'avoir mis un peu de distance entre nous qui a fait qu'elle est plus réceptive. J'ai sciemment fait en sorte de ne pas la croiser au bureau pour lui laisser le temps nécessaire de redescendre, et je suis resté volontairement formel lors de nos échanges par mail. J'étais persuadé que ma stratégie porterait ses fruits, et qu'elle serait plus ouverte à la discussion.

— Totalement.

— Bon, je t'écoute et je vais même prendre des notes.

Je fouille dans mon attaché-case à la recherche de mon bloc et d'un stylo.

— Alors, comme tu le sais, je ne suis pas à ma première campagne sur ce thème.

— Effectivement, je me souviens que l'année dernière, tu as supervisé Hortensia. J'ai suivi le spot de loin.

Elle acquiesce.

— J'ai imaginé que le spot se passerait la nuit de Noël. Une nuit illuminée par un ciel étoilé. Une femme qui déambulerait sur un sol recouvert d'un manteau de neige immaculée. Elle suivrait un chemin bordé d'immenses sapins, tous décorés de boules rouges et or. Des milliers de petites lumières scintillantes dansant dans les airs, ou pourquoi pas des paillettes, ça reste à peaufiner. Les portes d'un building de verre, ultra moderne, s'ouvriraient sur son passage.

— Cindy.

— Oui, Cindy, elle porterait une longue robe rouge vaporeuse sertie de motifs dorés, une robe de princesse. Une cape à capuche rouge et blanche en velours viendrait couvrir ses épaules et ses cheveux. Une mère Noël élégante et pleine de charme. Tu visualises ? me demande-t-elle.

— Oui, très bien.

— Le chemin la conduirait jusqu'à un puits nitescent, tout en glace, au centre de la pièce principale. Cindy serait obnubilée et attirée par l'objet lumineux en lévitation, au-dessus de celui-ci : LE parfum, me précise-t-elle.

Elle me décrit le décor avec minutie. Ellie a le don de me captiver par ses mimiques et la ferveur qu'elle met dans son récit. Je suis fasciné par son imagination et par elle. Je regarde ses lèvres bouger qui me transportent dans ce décor hors du temps et éveillent en moi un tas d'émotions, et pas que….

— Elle parcourrait la pièce en direction de celui-ci, le cueillerait avec délicatesse, déposerait quelques gouttes au creux de son cou, sur la peau fine sous son oreille, la tête penchée sur le côté et…

Elle mime la scène en faisant des gestes lascifs. Je suis happé. La température monte en moi. J'ai envie de fermer mon ordi, de me lever pour la rejoindre et la basculer sur la table pour l'embrasser. Me repaître de ses lèvres, m'enivrer de sa peau. C'est dur de rester concentré avec cette femme. Je me ressaisis.

Poussé par le désir de partager ma vision, je la coupe, elle ne s'en offusque pas, au contraire, elle m'invite à parler.

— Elle fermerait les paupières, se délectant de son odeur, et en les rouvrant, elle se retrouverait face à un bel homme, charismatique, en costume noir, précisé-je.

— Exactement, répond-elle, les yeux pétillants d'excitation. Je n'ai pas encore trouvé la personne qu'il nous faut.

— Brad Pitt ?

— Non, il serait hors de prix, mais ça serait le top du top.

Je fais mine de réfléchir.

— On pourrait en parler à Kristen, je suis certaine qu'elle a des tas de profils à nous proposer.

— C'est une idée, répond Ellie. Tu lui en parles ou je m'en occupe ?

— Je m'en charge tout à l'heure.

Nous sommes tous les deux connectés. C'est dingue ce que je ressens à cet instant. C'est comme si nos esprits étaient branchés sur la même onde. C'est la première fois que j'éprouve avec une collègue une alchimie aussi parfaite dans l'échange d'idées. Je n'aurais pas imaginé cela possible, surtout avec Ellie. Comme quoi…

— Après un échange silencieux, leurs âmes s'apprivoiseraient, se lieraient pour l'éternité. L'inconnu lui tendrait la main et ils partiraient ensemble dans une voiture de luxe, fonçant au travers d'un nuage de fumée.

Je me retiens de lui proposer de jouer la scène en me proposant d'être son bel inconnu si elle le souhaite.

— Je trouve cette idée parfaite, et je me dis aussi qu'on a du pain sur la planche, me réjouis-je.

— Ça ne t'écorche pas trop de l'avouer ? me demande-t-elle sur un ton enjoué.

— Très drôle, Ellie.

Nous peaufinons les détails sans voir le temps passer. Ellie prend des notes. Nous listons tout ce dont nous aurons besoin pour réaliser le spot publicitaire.

Au bout d'un moment, son ventre gargouille. Elle me regarde, gênée.

— Désolée, je n'ai pas eu le temps de déjeuner ce matin.

Je jette un œil à ma montre.

— En même temps, il n'est pas loin de 13 heures. Ça te dit qu'on se commande un plat rapide ?

Elle accepte sans rechigner.

— Japonais ? Ça te convient ?

— J'adore.

Elle se lève et se dirige vers le bar. Elle fouille à la recherche d'un prospectus. Je la rejoins et m'assieds sur un tabouret.

— Tu aimes tout ?

— Oui, mais j'ai une préférence pour les makis au saumon.

— OK.

— Dis-moi, où sont les toilettes ?

Alors qu'elle passe la commande, elle me montre la direction.

Quand je reviens, je la trouve assise en tailleur sur sa chaise. Deux bières fraîches trônent sur la table.

— J'espère que tu aimes ? me demande-t-elle sans prendre la peine de me regarder, trop occupée à pianoter sur son ordinateur.

— Oui, merci.

Je bois une gorgée, c'est revigorant.

Mon téléphone sonne, je m'éloigne pour décrocher.

— Salut, Drea, tu vas bien ?

— Salut, Austin, écoute j'ai un imprévu de dernière minute pour ce soir. Tu ne m'en veux pas ?

— Non, pas du tout.

Je m'abstiens de lui dire l'inverse.

En me retournant en direction d'Ellie, je m'aperçois qu'elle était en train de me reluquer. Elle se ravise aussi sec, prise la main dans le sac.

— On se rappelle plus tard, proposé-je.

— Entendu. À plus, beau gosse.

Sa phrase a le don de me faire sourire.

Alors que je m'apprête à me rasseoir, Ellie m'invite à m'installer à côté d'elle pour que je puisse lire le compte-rendu qu'elle a rédigé. Notre proximité semble la mettre mal à l'aise. C'est bien trop tentant, alors je fais exprès de me pencher vers elle, prétextant que je vois mal son écran. Je frôle son épaule, sens l'effluve de son parfum vanillé. Ce qui n'est pas pour me déplaire.

— Tu es obligé d'être aussi près ?

— Ça te dérange, Ellie ?

Ma voix suave l'interpelle.

Tandis qu'elle se tourne vers moi, nos visages se retrouvent à quelques centimètres. Son souffle caresse ma peau. Ses yeux éberlués m'observent, sa respiration s'accélère.

— Ne joue pas à ça avec moi, Austin.

Je lève les mains, faisant mine de n'y être pour rien.

La sonnerie de la porte met fin à son supplice. Elle bondit, et je fais de même.

— Je vais payer, offré-je.

— Non c'est bon t'inquiète.

— J'insiste.

— OK, finit-elle par concéder en se dirigeant vers l'entrée.

Je règle la commande pendant qu'elle prend le sac en papier.

Nous nous installons et déjeunons en échangeant sur le boulot. J'ai envie de lui faire remarquer qu'on a réussi à collaborer sans s'égorger, mais je m'abstiens pour ne pas gâcher le moment.

Nous nous remettons au travail sans plus tarder.

— Attends, j'ai apporté l'échantillon, je me suis dit que son odeur pourrait nous donner quelques idées.

Elle en dépose quelques gouttes sur son avant-bras, au niveau du poignet et, après une minute, le porte à son nez.

— Il sent drôlement bon, avoue-t-elle.

— Je peux ?

Craintive, elle hésite un instant, puis me tend sa main.

J'attrape délicatement son bras, au niveau du coude, et la sens se déliter sous mon toucher. Mon nez frôle sa peau, ce qui la fait frémir. Je ferme les paupières et profite de ce moment volé.

Je relève la tête et bloque une seconde sur le visage d'Ellie, plus particulièrement sur ses yeux animés par un trouble que je partage. Puis mon regard s'égare furtivement sur ses lèvres pulpeuses. Je joue avec le feu. Ce qui la fait une nouvelle fois rougir.

— Pourquoi tu me regardes comme ça ? demande-t-elle, gênée.

— Comment ? fais-je mine de ne pas comprendre.

Elle remet nerveusement une de ses mèches rebelles derrière son oreille.

— Je ne sais pas, comme tu le fais, là…

Une petite rousse, sortie de nulle part, met fin à cet échange hors du temps.

— J'interromps quelque chose ? dit-elle en venant à notre rencontre.

Ellie reprend contenance et m'arrache son bras.

— Non, rien du tout.

— Hum hum…

Je me lève pour me présenter.

— Austin Chick, je présume que tu as dû entendre parler de moi.

— Si peu. Et moi c'est Carla, sa coloc, et propriétaire de cette merveille.

Elle me serre la main.

— Alors ? Ça avance ?

— Oui, on est sur la bonne voie, annonce Ellie.

Carla pose ses paumes sur les épaules de son amie.

— Je constate que tous les meubles sont à leur place, pas de verre brisé. J'en déduis que vous ne vous êtes pas encore entretués. C'est une bonne chose.

— Carla, la réprimande-t-elle en levant les yeux au ciel.

— Eh bien, je suis curieux de savoir ce qu'Ellie raconte sur moi. Carla ?

Son amie se délecte de la situation. Elle va pour parler, mais Ellie tire sur sa manche, ce qui la déstabilise. Je suis mort de rire devant la scène.

Ellie referme son ordinateur et se lève pour ranger ses affaires.

— Je pense qu'on en a fini pour aujourd'hui. On peaufinera le dossier lundi si tu veux bien, Austin.

Et voilà qu'elle me met dehors.

— Austin, tu fais quoi ce soir ?

Ellie lui fait les gros yeux.

Je me régale.

— Je n'ai rien de prévu, pourquoi ?

Que va-t-elle me proposer sous l'œil courroucé de son amie ?

— Ça te dit de passer ici ? J'organise une soirée sur le thème country et l'alcool coulera à flots.

C'est une bonne idée.

— Je pense qu'Austin a déjà quelque chose de planifié, une blonde ou une brune à voir.

C'est moi ou Ellie ne veut pas de moi à cette soirée ? Juste pour le plaisir de l'agacer, je vais accepter.

— Et pourquoi pas les deux en même temps ?

Elle lève à nouveau les yeux au ciel.

— Toujours plus…

— Il me plaît, annonce Carla.

— Dixit l'adepte des plans à trois, ronchonne Ellie.

— Un plan à trois ?

Ma curiosité est piquée au vif, mais Ellie esquive en deux pirouettes. Il ne me restera plus qu'à imaginer la suite.

— Eh bien, l'invitation est tentante. Compte sur moi, Carla. Je proposerai à mon frère de m'accompagner. Je présume qu'il faut venir déguisé ?

— La base ! Top, plus il y a de mâles, plus on s'amuse, répond Carla.

— Ça sera sans moi, dit Ellie.

Carla la fusille du regard.

— C'est une blague, tu ne peux pas me faire ça, surtout que j'ai une serveuse qui vient de me lâcher. J'ai demandé à Josh et Norman de m'aider, mais je n'ai pas encore eu de réponse. Alors j'ai besoin de toi pour la remplacer. Je t'ai même acheté une tenue ! Tu seras sexy.

Ellie ouvre grand les yeux.

— Je te demande pardon ? Tu plaisantes, j'espère ?

— Allez, Ellie, s'il te plaît, je suis carrément dans la merde. Je ne sais pas si je peux compter sur Joshua et Norman pour me filer un coup de main. La première soirée a été couronnée de succès. On parle de ma boîte sur tous les réseaux.

Devant le désarroi de son amie, je vois Ellie céder.

Je croise les bras et profite de la scène. J'ai hâte d'admirer Ellie dans sa tenue.

— Tu fais chier, Carla.

— Moi aussi je t'aime. Bon, je vous dis à ce soir, je file chez le coiffeur.

Avant de quitter la pièce, elle ajoute.

— Au fait, je t'ai pris du 36, j'espère que ça ira…

Ellie se décompose, ce qui me fait sourire.

Et la revoilà partie aussi vite qu'elle était venue. Un vrai courant d'air, cette nana.

— Sympa ta coloc.

— Une plaie, tu veux dire. Non, mais sérieusement, je vais devoir encore porter un accoutrement ridicule.

— Bizarrement, je t'imagine bien en cow-girl (j'ajoute mentalement dans tous les sens du terme) : une paire de santiags, un jean moulant marquant ta taille de guêpe, un chapeau, et une chemise à carreaux nouée sous la poitrine laissant apparaître…

Mon ton suave à la fois moqueur et dragueur la fait sortir de ses gonds, elle stoppe mon état des lieux par une petite tape sur l'avant-bras. Trop facile.

— Si tu penses que je vais enfiler sa tenue, tu te fourres le doigt dans l'œil.

— Dommage…

— Et ne fais pas trop ton malin, Chick, n'oublie pas que tu me dois un gage. Et je peux être la pire des pestes.

Je m'abstiens de lui dire que je le sais.

— Un point pour toi.

Je mets mon manteau et referme mon attaché-case.

— Je te dis à ce soir, on dit quoi ? 23 heures ?

— Oui, pas le choix.

Nous sortons tous les deux de la boîte de nuit. Ellie éteint la lumière et verrouille bien la porte.

Nous prenons congé l'un de l'autre, elle partant à droite, et moi à gauche.

Sur le trajet du retour, j'appelle Kristen qui me dit avoir le parfait profil pour la campagne. Elle se charge de passer des coups de fil et reviendra vers nous en temps et en heure. J’envoie un message à mon petit frère pour lui proposer de me rejoindre ce soir, il avait prévu une soirée avec deux canons, mais le connaissant le thème country avec des nanas en petite tenue sera plus tentant. Je suis satisfait de notre séance de travail. J’ai apprécié le résultat que ça a donné. J’ai le sentiment que nous empruntons le bon chemin et que notre collaboration va porter ses fruits.

CHAPITRE 10

Ellie

Boire plus qu'il n'en faut…

Je fulmine, je me demande ce qui a pris à Carla ! D'où lui est venue cette foutue idée d'inviter Austin à passer la soirée avec nous ? Non, mais sérieux, avec tout ce que j'ai pu déblatérer sur lui, parfois je ne la suis pas.

Je fonce d'un pas déterminé en direction du métro. Pourquoi diable a-t-elle fait ça ? Je rumine encore et encore. Ce n'est pas faute de lui avoir répété une centaine de fois que je ne le supportais pas. Ça fait six mois que je lui raconte des anecdotes sur lui. Sa façon de se donner en spectacle, de montrer qu'il est plus fort que tout le monde. « Moi je » par-ci, « Moi je » par-là. Pourquoi a-t-elle voulu m'infliger ça ? J'ai dû être une sacrée connasse dans une vie antérieure, je ne vois pas d'autre explication. Ou elle voit clair dans mon jeu et sent bien qu'il ne me laisse pas indifférente.

L'envie me démange de prendre mon téléphone et de l'appeler pour l'engueuler. D'ailleurs c'est exactement ce que je vais faire. Je compose son numéro et comme par hasard, elle m'envoie un message prédéfini. « Je suis occupée, je te rappelle plus tard ».

Je réponds un rapide :

Moi : Tu as intérêt

Carla : Oh ça va, si c'est pour m'engueuler, je ne te rappelle pas. Il n'a pas l'air si horrible que ça. Tu as vu son cul sérieux ?!

Raaaaaaaggggghhhhh, je vais la tuer.

Moi : Tu ne sais même pas encore comment tu vas me le payer !!! ☹

Il fait si froid qu'écrire un message me brûle les doigts. Je range mon téléphone, je n'ai pas dit mon dernier mot et elle le sait.

Quand je repense à notre projet, je dois plutôt avouer que ça s'est bien passé. On est enfin parvenus à travailler, Austin et moi, sans hostilité aucune. Au contraire, c'était agréable. Il était taquin, il a réussi à mettre à mal mes résistances quand il s'est rapproché de moi. Ma concentration a été mise à rude épreuve face à ses yeux acier pendant que je lui racontais comment je voyais la campagne. Il dégage un magnétisme certain. C'est fou, mais on aurait presque dit que je lui plaisais, il buvait mes paroles. Je ne sais pas trop. Un mec comme Austin ne s'arrête pas sur des femmes comme moi. Si ? Grrr ! Je suis déstabilisée en sa présence. Il m'électrise. Il aime flirter, et il est doué, mais si je m'y mets aussi, on va jouer avec le feu. Je sais pertinemment comment cela risque de se terminer. Et j'ai peur…

C'est drôle, au moment où je me fais cette réflexion, je croise un kiosque, je devrais tenter de jouer au *Mega millions*. Je gagnerais peut-être le gros lot. Sans rire, passer une seconde soirée d'affilée en sa compagnie, c'est trop. D'ailleurs, pourquoi a-t-il dit oui ? C'est qui cette Dréa ? C'était quoi cette voix mielleuse qu'il a prise ? Beurk. A-t-il accepté par politesse ? Par obligation ? Je ne comprends pas, il aurait pu tout simplement décliner. Il ne devait sûrement rien avoir de prévu ou alors il a envie de me torturer. J'ai bien vu qu'il a essayé de me déstabiliser tout à l'heure en envahissant mon espace personnel, prétextant qu'il ne voyait pas. Il n'a qu'à acheter une paire de lunettes. *Réflexion puérile.*

On en parle de son petit jeu de séduction quand il a pris délicatement mon bras pour le porter à son nez ? Ses yeux qui sondaient la moindre émotion chez moi ? Ça me rend dingue, tout ça. Il est bien conscient du pouvoir qu'il a sur le sexe féminin et il en profite. À quoi il joue ? Ça l'amuse de me mettre mal à l'aise ? Et mon traître de corps qui réagit. Je bous. Je suis à cran. Il faut vraiment que je me tape un mec pour être moins réceptive. Une bonne remise à zéro des compteurs apaiserait ma tension. N'oublions pas qu'il est question du plus gros dragueur que je connaisse. Le mec, ce n'est plus un tableau de chasse qu'il doit avoir, mais une encyclopédie de douze volumes remplie de prénom de nanas.

J'appréhende cette soirée plus que de raison. C'est n'importe quoi, Ellie ! Voilà que je m'engueule mentalement, maintenant. Le connaissant, il va sûrement prendre un verre et se mettre en chasse d'une nouvelle proie en nous délaissant. Dans le meilleur des cas, il partira tôt. De toute façon, je serai bien trop occupée à servir pour me soucier de lui.

Je resserre les pans de mon manteau et active le pas. Le vent souffle aujourd'hui et la morsure du froid me fait frissonner. Mon nez picote tellement il gèle.

Noël va arriver à grands pas et notre spot publicitaire avec.

Je passe le reste de l'après-midi à trier du linge et ranger l'appartement. J'attaque maintenant ma chambre. Notre duplex est bien trop grand quand il est question de faire le ménage. On devrait peut-être envisager de prendre quelqu'un pour nous décharger de ces tâches ingrates. Bon, tout bien réfléchi, il ou elle prendrait peur en découvrant la panoplie de sex-toys que ma coloc laisse traîner dans sa chambre.

Joshua me fait un vocal m'informant que Carla a posté un dress code sur son site. Je l'appelle.

— Salut, Ellie, tu vas bien ?

— Oui si on fait abstraction que Carla a invité Austin à la soirée.

— Je te demande pardon ?

Il est tout aussi choqué que moi.

— Tu as bien entendu.

Je m'assieds deux secondes sur le bord de mon lit.

— Explique ! s'impatiente-t-il. Attends, je mets le haut-parleur, Norman veut écouter, rajoute-t-il, tout enjoué.

— Hello, Norman, le salué-je.

— Coucou, Ellie, alors raconte, c'est quoi cette histoire ?

— Ce matin, j'avais rendez-vous avec Austin pour bosser sur le projet. On s'est installés dans la boîte de Carla. Terrain neutre, à mi-chemin entre son appart' et le mien. Grossière erreur ! Si j'avais su la tournure que prendrait la fin de cette réunion de travail, on se serait posés ailleurs.

— Et ça s'est passé comment ? me questionne Josh.

À son ton, il semble tout excité d'avoir des détails croustillants.

— Écoute, plutôt bien, on a trouvé de bonnes idées. Je te donnerai les détails lundi lors de notre point. Carla est venue voir si tout se passait bien et va savoir ce qui lui est passé par la tête, elle l'a tout simplement invité.

— La garce, répondent-ils en chœur.

— Exactement.

Ça me fait plaisir de me sentir soutenue.

Je me lève et descends l'escalier pour rejoindre la cuisine. J'ouvre le frigo et prends une bouteille d'eau.

— Au fait, on vient de prévenir Carla qu'on serait là pour remplacer sa serveuse, ne te fais pas de souci, tu n'auras pas à le servir, c'est au moins ça.

J'entends le bip d'un message.

— Attendez deux secondes, je viens de recevoir un message.

Austin : Tu ne devineras jamais qui j'ai invité ce soir.

Moi : Tu me fais peur.

Je m'attends au pire.

— C'est qui ? demande Norman.

— Austin qui m'annonce qu'il a invité quelqu'un.

Austin : Cindy Gambail 😀

— Mince, m'écrié-je. Il n'a pas fait ça ?

— Raconte, crie Josh, impatient.

Je suis furax, il a encore osé me faire un sale coup alors qu'on s'est déjà pris la tête à ce sujet. Il ne comprend rien, ma parole.

— Je n'en reviens pas, il a convié Cindy Gambail. Je vais le tuer.

Mes deux comparses, à l'autre bout du fil, poussent un « oh » de surprise.

— Moi qui pensais qu'on avait passé le stade des coups foireux. Je me suis foutu le doigt dans l'œil.

— Attends, Ellie, ce n'est pas si grave.

Je ferme les yeux et respire un grand coup.

— Si, ça l'est !

— Oui, ça l'est, répond en écho Josh. Appelle Carla et dis-lui que tu ne peux pas l'aider. On est là, nous. On fera largement l'affaire. Norman achètera une tenue et te remplacera les yeux fermés.

J'entends un « aïe » s'échapper de la bouche de Josh, il ne l'a pas volé.

Norman me rassure en me disant qu'il adore ce genre de soirée.

Je raccroche, l'esprit en ébullition, et remonte dans ma chambre, je m'allonge sur mon lit, portable dans la main.

Moi : C'est encore un coup bas.

Austin : Ne le prends pas comme ça, je trouve que c'est une superbe opportunité.

Moi : Je ne t'apprends rien, mais je te déteste

Austin : La frontière est mince entre l'amour et la haine, Ellie Cabbage.

Moi : Je vais t'écraser « poulet »

Ouais, je sais, c'est plutôt bas comme humour… Chick = Poussin… Poulet… Mais il m'exaspère et a raison de mes compétences à être drôle.

Austin : Poulet ?????

Je ne prends pas la peine de lui répondre.

Un coup d'œil sur ma montre m'apprend qu'il est déjà dix-neuf heures, la journée est passée à une vitesse folle. Un petit en-cas sur le pouce ravit mon estomac, et a le mérite de calmer un peu mon agacement.

Je sursaute en entendant la sonnerie de l'entrée. Qui cela peut-il bien être ? Je tombe nez à nez avec un livreur chargé d'un imposant colis.

— Livraison express pour madame Cabbage.

Je me demande de qui ça provient. En voyant le logo, je comprends tout de suite.

C'est la tenue que m'a choisie Carla. Je crains le pire.

Je signe sur le téléphone du livreur qui repart aussi sec sans un sourire ni un au revoir.

Je referme la porte d'un coup de pied et dépose le colis sur la table. Je déballe le carton à la hâte, impatiente de découvrir ce qu'il renferme. Malgré moi je pousse un « oh » de stupéfaction. La garce, elle n'a pas osé ! Je jette un œil aux étiquettes. Évidemment que si, elle l'a fait ! Je saisis l'ensemble digne d'une reine de la country. Un petit mot s'en échappe « Tu vas être une bombe dans cette tenue, les mecs vont te dévorer des yeux. »

Elle me le paiera, j'ai déjà ma petite idée. Un truc du genre à Noël, devant sa mère, je lui offre dans un joli sac tout son matos de dépravée. Sa mère va nous faire une syncope.

Je me fais couler un bain bien chaud, quelques sels pour le parfumer, et à moi ce moment de tranquillité. Je me suis tellement détendue que je me suis assoupie, c'est l'eau froide qui me sort de ma torpeur. Merde ! Là, il faut vraiment que je me bouge.

Je me prépare à la hâte, mais avec soin. J'enfile le jean bien trop petit. Je peine à le mettre malgré mes deux sauts pour que mes fesses passent et je ne parle pas de la gymnastique en position couchée pour fermer le bouton. Je boucle la ceinture en cuir noir style western avec une grosse boucle argentée ovale ornée d'une turquoise. J'attrape la chemise à carreaux rouges très courte. On pourrait croire que je l'ai volée à ma petite sœur (que je n'ai pas). En me regardant dans le miroir, je soupire en voyant mon reflet. Ce jean certes me fait des superbes fesses rebondies, mais respirer n'est pas aussi aisé. Je fais quelques squats pour détendre le tissu.

Je m'assieds pour enfiler les santiags marron vieilli qui s'arrêtent à la hauteur de mes mollets. Je laisse mes cheveux bouclés naturellement cascader dans mon dos.

Sur le lit, je récupère le chapeau de feutre noir. Il est canon avec ses coutures apparentes.

Après m'être maquillée, le coup d'œil dans ma psyché me renvoie l'image d'une nana sûre d'elle, c'est parfait. Je commande un taxi. Bizarrement, je n'ai pas eu de nouvelles de ma colocataire.

Lorsque le vigile ouvre les portes de la boîte de nuit, je suis sidérée. Carla n'a pas fait les choses à moitié. J'avance doucement dans le couloir jalonné de bottes de paille pour ne rater aucun détail de la déco démentielle. Elle a collé des affiches « Wanted » avec les photos des employés. Je pousse un « oh » de surprise en découvrant la mienne. Sacrée Carla, je n'en reviens pas. La boîte est bondée de monde, tous déguisés en cow-boy. C'est grandiose. Je souris en reconnaissant la musique Drunk me, on est à fond dans le thème. J'adore.

Carla a fait installer une énorme banderole où il est inscrit « Saloon ». Je la repère sans difficulté, à œuvrer derrière le bar. Sa chemise bleue est à moitié ouverte, laissant apparaître son soutien-gorge noir. Sexy. Lorsqu'elle me voit, elle fait comme si de rien n'était.

— Tu es sublime.

— Et toi, tu es une traîtresse.

— Tu rigoles ? J'ai vu clair dans votre jeu tout à l'heure en débarquant. Si je ne vous avais pas interrompus, tu aurais fini nue sur la table. Non, sans rire, vous vous dévoriez littéralement des yeux. Ça puait le sexe à dix kilomètres.

Ce n'est pas faux, une certaine tension sexuelle nous enveloppait. Si elle était arrivée cinq minutes plus tard, je pense qu'elle aurait été servie. Je rougis à cette idée.

— Tu n'as rien interrompu du tout. Il sentait juste le parfum que l'on doit promouvoir.

Je suis une très mauvaise menteuse.

— Ouais, ouais, à d'autres. Comme ma mère dirait : il n'est pire aveugle que celui qui ne veut pas voir.

— N'importe quoi, et tu n'aurais pas dû l'inviter.

Devant mon expression grincheuse, elle s'excuse.

— Il en faudra bien plus pour que je te pardonne…

Je croise les bras et me renfrogne.

— Une séance de spa ?

Je ne me donne même pas la peine de répondre.

— Je fais la vaisselle et le ménage pendant une semaine ?

— Mieux.

— Allez, Ellie, ne m'en veux pas, j'ai cru bien faire. Vous aviez l'air de bien vous entendre, alors je me suis dit pourquoi ne pas continuer dans cette lancée. L'alchimie est tellement forte entre vous.

— La prochaine fois, abstiens-toi. Je ne t'ai pas dit, il a invité l'égérie du parfum, Cindy Gambail.

— Mais non ?

Je ne sais pas comment interpréter sa réaction, entre le choc et la joie.

— Cindy Gambail, ici tu imagines la publicité d'enfer que…

A mon air renfrogné, elle se ravise.

— Excuse-moi Ellie…

Je ne peux pas lui en vouloir.

— Tu me pardonnes ?

Je décroise les bras.

— Après m'avoir offert une bière.

— C'est comme si c'était fait.

Elle revient une minute après, nous trinquons avant qu'elle m'informe qu'elle nous a réservé une table côté VIP en mezzanine.

Je repère au loin Joshua et Norman qui déambulent, leurs plateaux en main. Je me retiens de rire en voyant leurs tenues. Ils ont tous les deux opté pour des vestes en daim à franges marron avec une chemise blanche dessous, la métamorphose est totale. Ils servent les clients tout en s'amusant, si j'en crois leurs rires.

Je m'installe au bar en attendant Austin, qui ne tarde pas à débarquer, accompagné de son frère et de Cindy, suspendue à son bras. Une vague de jalousie me submerge. Derek est mignon dans son costume. Quant à Austin, j'en ai le souffle coupé. Gilet noir, sur une chemise à carreaux semblable à celle que je porte, jambières de cuir, foulard et chapeau. Parfait. Sans le vouloir, on est coordonnés. Ce con me ferait presque saliver. Son déguisement met en avant sa silhouette imposante et musclée.

Les regards se tournent vers eux. Certains tentent de prendre une photo. D'ailleurs, Cindy fait mine de s'excuser de devoir les abandonner.

Les deux frères se dirigent vers moi.

Derek me tape une bise comme si nous nous connaissions depuis toujours.

— Hey, Ellie, trop content de te revoir ! Merci pour l'invitation, c'est sympa.

Je me retiens de préciser que s'il n'avait tenu qu'à moi, nous ne nous serions certainement jamais revus. Un reste de bonne éducation sans doute, et je me contente de lui renvoyer son sourire chaleureux.

— Ça va, Ellie ? me questionne Austin.

— Très bien.

Il passe une main derrière mon dos, se penche et me murmure au creux de l'oreille :

— Tu es très en beauté ce soir.

Lorsqu'il se décale, mes yeux se fixent sur les siens. Son regard licencieux, couplé à sa proximité soudaine, ont le don de me déstabiliser. Je ne peux m'empêcher de rougir, mal à l'aise.

Cindy nous rejoint.

— Bonsoir, Ellie, ça me fait très plaisir de te revoir.

— Moi aussi. Tu es superbe.

Elle porte une mini-jupe en jean, mettant en valeur ses longues jambes fuselées. Sa chemise à carreaux rouge et blanc moule sa poitrine. Son chapeau est plus fin que le mien, blanc avec un lacet bleu au-dessus.

Ses cheveux sont attachés dans un chignon tressé. Des yeux charbonneux accentuent son regard, elle a un corps à faire pâlir. Je suis jalouse du couple qu'elle forme avec Austin. Ils sont si bien assortis. C'est dur à admettre, mais c'est pourtant la stricte vérité. J'aimerais être aussi bien foutue qu'elle.

Norman nous rejoint. Les présentations faites, il prend les commandes et nous indique qu'il nous les apportera dans le carré VIP.

Nous nous installons tous les quatre à la table que Carla nous a réservée, en attendant nos boissons.

Cindy se tourne vers moi.

— Austin m'a dit que vous étiez en bonne voie pour votre campagne publicitaire. D'ailleurs, le parfum sent divinement bon, dit-elle avec un air malicieux à l'intention de mon collègue.

Je le fusille du regard. Il a déjà bien avancé, à ce que je vois. Et seul, pour changer.

— Ah bon ? Tu l'as déjà senti ?

— Oui, Austin m'a invitée chez lui à prendre un verre avant de venir et il en a profité pour me faire découvrir le produit.

Je suis verte, pas verte de jalousie, non, enfin si, mais je me rends compte qu'il ne changera jamais. Il n'aurait pas pu m'attendre !? Ils n'ont peut-être pas fait que sentir le parfum. Cette idée m'irrite plus que cela devrait.

— Si vous voulez bien m'excuser, je dois aller aux toilettes.

Je tourne les talons en essayant de me contenir et de ne pas lui balancer une saloperie.

— Je t'accompagne, annonce Austin.

— OK, répond Derek.

Il s'approche de Cindy et entame la conversation.

— Ellie, attends-moi.

Il tente de m'attraper le bras, mais je le repousse. Une fois en bas de l'escalier, à l'abri des oreilles indiscrètes, je fais volte-face, prête à en découdre. Il anticipe.

— Ellie, ce n'est pas ce que tu crois.

— Mais je ne crois rien ! Tu vas m'expliquer non ?

— Je n'avais pas prévu de lui faire sentir le parfum, il traînait sur la table, elle l'a vu et a voulu l'essayer.

— Fais-moi le plaisir de ne pas me prendre pour une conne.

— Je te jure, Ellie.

Il semble sincère, aussi sincère qu'un cobra prêt à engloutir sa proie.

— À d'autres, à quoi devrais-je m'attendre venant de toi de toute façon ? Tu ne penses qu'à toi et cela depuis le début. Tu n'attends qu'une chose : m'évincer.

D'abord surpris, c'est à son tour de perdre son calme.

— Arrête de dire n'importe quoi. Tu me casses les couilles ! C'est quoi ton PUTAIN de problème à la fin ?

— C'est TOI ! m'écrié-je à travers le brouhaha en appuyant mon index sur son torse pour étayer mes propos.

— Tu es fêlée, ma parole, tu vois le mal partout. J'aurai beau tout faire pour que cela fonctionne, tu seras toujours insatisfaite.

Il me sort par les oreilles, ou par les yeux, je n'arrive plus à réfléchir. Je ne veux pas en entendre davantage. En colère, je le plante là, en bas de l'escalier. Je ne sais pas ce qui m'énerve le plus : qu'elle soit allée chez lui et qu'ils aient partagé un moment ensemble ou le fait que j'ai la drôle de sensation qu'il joue avec moi. Il flirte, je ne l'invente pas quand même ; mais ça ne l'empêche pas de courir après une autre femme. Je déraille complètement, je lui reproche de la jouer solo alors que ce qui m'irrite le plus, c'est de le savoir avec ce mannequin prêt à le dévorer.

Après un passage aux sanitaires pour recouvrer mon calme, je retourne m'asseoir.

Je passe l'heure suivante à sourire de manière factice. Derek a bien essayé de tenter sa chance avec Cindy, mais celle-ci était tellement collée à moi qu'il a lâché l'affaire. Il a fini par nous abandonner pour rejoindre un groupe de filles. Et moi, je picole pendant que Cindy bave littéralement sur Austin. J'ai l'impression de tenir la chandelle. Par courtoisie je reste, mais je ne sers pas à grand-chose. *Un pot de fleurs ? Une décoration ? Je vous laisse choisir.* Cindy le drague ouvertement. Elle le colle, ne cesse de le toucher. Elle boit même dans son verre quand le sien est vide. Austin tente de mettre de la distance, en vain. Je déteste les sourires charmeurs qu'il lui rend. Il ne fait pas très attention à moi. J'ai le sentiment de passer au second plan. C'est horrible.

La musique bat son plein, je suis blasée de ma soirée, complètement gâchée par la parade de séduction à laquelle j'ai été forcée d'assister en silence. Je n'ai qu'une envie, rejoindre mon lit. Cindy et ses minauderies m'ont particulièrement agacée. Elle est partie il y a dix minutes, contrainte de s'éclipser à cause de son planning chargé, et nous l'avons accompagnée jusqu'à son taxi. Cindy a réussi à coller un bisou sur le coin des lèvres de mon cher collègue avant de nous quitter. Ça n'a pas eu l'air de le déranger, ce connard. Son plan a fonctionné à la perfection. Encore une qui est tombée dans ses filets.

De retour à l'intérieur, je m'installe sur un tabouret au bar, je glisse et manque de me ramasser. Ouais j'ai les nerfs ! Je croise les doigts pour qu'Austin aille retrouver son frère. Raté, il ne me lâche pas d'une semelle.

Devant le comptoir, nous n'arrêtons pas de nous engueuler. Je lui reproche d'avoir flirté toute la soirée avec notre égérie. Que s'il joue au con, on va la perdre et mettre en péril notre projet. Il me répète sans cesse qu'il sait ce qu'il fait et qu'il n'a pas l'intention de tout gâcher en se laissant aller avec elle.

La voix de Carla nous interrompt.

— Bon, écoutez, j'ai une idée pour détendre cette atmosphère hostile, et si on jouait à un petit jeu ? propose Carla. Celui qui boit le plus rapidement six shots aura le droit de donner un gage à l'autre, ajoute-t-elle, euphorique.

Elle ne va pas recommencer avec ça ! Tout est prétexte à picoler avec elle !

Exaspérée, je lance :

— C'est idiot on n'a plus vingt ans.

— Tu dis ça parce que tu sais que je vais te battre.

Putain, ce qu'il m'agace, ce mec. Il ne va quand même pas relever ce défi puéril ? Son air satisfait me sort par les yeux. Il se croit meilleur que moi et son ton condescendant me fait vriller.

— Je tiens bien mieux l'alcool que toi, affirmé-je, plus déterminée que jamais.

Nous nous affrontons les yeux dans les yeux.

— C'est ce qu'on va voir, enchaîne-t-il, sûr de lui.

Une petite voix me met en garde : ça va finir mal. Je l'ignore… advienne que pourra !

— Je vais te battre à plates coutures, je t'aurai prévenu.

Il est bien trop sûr de lui, je vais me faire un plaisir de le laminer.

— OK, mais à une seule condition.

On va pimenter un peu le challenge.

— Laquelle ?

— On remet mon gage en jeu.

Je l'observe. Cela va être un jeu d'enfant. Je jubile.

— C'est d'accord.

Carla, Josh, Derek et Norman assistent à notre échange sans en perdre une miette. Je les vois même se marrer, amusés par notre ténacité idiote.

— Josh sers-nous ! m'exclamé-je, déterminée.

— C'est comme si c'était fait, tonne-t-il en s'affairant derrière le comptoir.

Il pose une série de douze verres et remplit à ras bord chacun d'eux d'un liquide transparent.

Je suis bonne pour une gueule de bois demain matin.

Austin est tout aussi convaincu que moi qu'il va gagner le défi, ce qu'il ne sait pas c'est que je n'en suis pas à ma première. Aussi débile soit ce jeu, j'ai déjà remporté de nombreuses victoires par le passé et Carla le sait pour y avoir assisté.

Austin dégrafe deux boutons de sa chemise. Je ne peux m'empêcher de l'observer faire. La température de la pièce a pris pas loin de cinq degrés. Cette compétition est dangereuse, mais je ne suis pas prête à battre en retraite.

— À vos marques, annoncent nos amis en chœur.

— Prêts, partez !

Et me voilà embarquée dans cette descente aux enfers, sans respirer entre chaque verre que j'ingurgite. Nous les enchaînons comme deux furies, ils tombent les uns après les autres. Je fais abstraction de la brûlure que me provoque le liquide dans mon œsophage à son passage, et ne laisse rien paraître. Je vais l'anéantir. Je vais le faire redescendre, ce petit merdeux.

— Olala, dit Derek, ça va mal finir tout ça, je vous le prédis, mon frère est imbattable dans sa catégorie.

— Ellie aussi, le prévient Carla, excitée.

Nous sommes comme deux compétiteurs bien motivés à faire plier l'autre. Nous enchaînons les verres sans broncher.

Je suis la première à claquer le dernier verre sur le comptoir.

Je me tourne vers mon concurrent, victorieuse. Austin est dépité. Il a la défaite amère et ça se voit à la grimace qu'il fait. Son frangin est mort de rire.

— Alors, sans rancune ? gloussé-je, surexcitée, en lui tapant l'épaule.

Je suis certaine qu'à sa mine dégoûtée, il m'insulte mentalement, mais je m'en moque.

— Tu as gagné, avoue-t-il, vaincu.

— J'ai bien envie de te faire répéter, mais je vais m'abstenir pour cette fois. Je vais te laisser digérer cette jolie défaite.

Il secoue la tête, mais aucune punchline ne franchit la barrière de ses lèvres.

— Et si pour fêter ça on dansait ? propose Carla.

Norman et Josh demandent silencieusement l'autorisation à la boss de leur octroyer une petite pause.

— Allez, les mecs, go, je vais gérer au bar.

Ni une ni deux, nous rejoignons la piste de danse. L'alcool fait tomber toutes mes barrières, je me déhanche langoureusement les bras au-dessus de la tête et voilà que je sens dans mon dos un corps ferme se frotter lascivement à moi. J'ai chaud, très chaud. Une bouche frôle mon cou, ce qui me fait frissonner. Je ne sais pas qui est derrière ça, mais ça me plaît. En temps normal, j'aurais envoyé valser la personne, mais à croire que l'alcool me fait oublier mon côté rigide. Des mains se posent sur mes hanches pour resserrer leur prise. C'est tellement bon. Je sens son membre durcir sur le bas de mes reins, ce qui a le don de m'exciter.

— Ce que tu es belle dans cette tenue, Ellie.

Cette voix… sa voix… Je suis bien trop éméchée pour le repousser, au contraire, je me rapproche encore plus, appuie mon corps contre son torse pour le sentir au plus près. Nous dansons lascivement, ses mains remontent et caressent le bandeau de peau laissé apparent entre mon jean et ma chemise. Toute mon enveloppe charnelle brûle de désir. J'ai envie de sentir sa bouche sur ma peau, de connaître le goût de ses baisers. Nous restons imbriqués dans cette même position, faisant abstraction du monde qui nous entoure. Sciemment, je ne me retourne pas. Ne lui laissant pas l'opportunité d'aller plus loin. Je suis à deux doigts de faire tomber la barrière invisible entre nous. Qu'est-ce que j'attends ? Austin est là, n'espérant qu'une chose. Nous en avons envie tous les deux. Nous nous tournons autour. C'est une évidence.

Quelque chose au fond de moi se dénoue, imperceptible, intangible, je succombe à la tentation. J'opère un demi-tour et me retrouve face à lui. Austin ancre son regard au mien, je me perds dans cet océan. Aucun retour en arrière possible. Il détache une de ses mains de mes hanches, la plaque sur le bas de mon dos à la lisière de mes fesses et d'un geste brusque, il se rapproche de moi. Nos visages sont à quelques centimètres l'un de l'autre. Son parfum musqué me fait tourner la tête. Son nez frôle le mien. Son souffle se mélange au mien.

L'excitation que je ressens à cet instant est inédite. Jamais je n'ai eu autant envie d'être embrassée. Mon ventre se tord.

Austin n'exige pas, au contraire, il me laisse prendre la décision. J'attrape sa chemise et la froisse dans mon poing. J'avance doucement mes lèvres vers les siennes. Il ne fait aucun mouvement, ne voulant pas rompre la magie du moment. J'ai envie de sentir sa chaleur recouvrir la mienne. Dans un échange silencieux, je ferme les yeux et parcours les derniers centimètres qui nous séparent.

Et c'est le trou noir…

Je me réveille le lendemain avec un mal de crâne de chien. J'émets une plainte douloureuse. Ça tambourine si fort dans ma tête que je peine à ouvrir les yeux. Je finis par y arriver après deux tentatives. La lumière du jour me fait grimacer. Je ne me souviens pas de la fin de ma soirée. Par chance, les dalles au plafond m'indiquent que je suis dans ma chambre. J'ai vraiment trop abusé hier soir. Au moment où je me détends, je sens le matelas bouger alors que je n'ai pas esquissé le moindre mouvement. Je ne suis pas seule ! Mon Dieu ! Mon sang ne fait qu'un tour. Qui est dans mon lit ? La peur me saisit au ventre. Je n'ose pas me retourner. J'essaie de me souvenir, mais les martèlements dans mon crâne m'en empêchent. Est-ce que je suis nue ? Je relève délicatement la couette et, anéantie, je constate que je suis en sous-vêtements. Est-ce que je me suis déshabillée ? Je n'arrive pas à m'en souvenir.

Quelqu'un frappe à la porte. La silhouette de ma coloc apparaît dans l'encadrement.

— Alors, les tourtereaux ? Bien dormi ? dit-elle en rigolant.

Une seconde silhouette se faufile, torse nu, à ses côtés. Derek !!! Qu'est-ce qu'il fait là celui-là ?

Les connexions nerveuses se raccordent, une à une, dans ma tête. Si Derek est là, ça signifie que la personne dans mon lit n'est d'autre que… Oh, mon Dieu, un flash me revient. Austin. On dansait collé serré…

— Carla ! Derek ! Sortez immédiatement de ma chambre !

— Vous ne pouvez pas faire un peu moins de bruit, peste Austin d'une voix endormie.

Faites que ce soit un cauchemar et que je me réveille.

— Oh, c'est bon, ne fais pas ta rabat-joie, rouspète ma coloc.

Elle échange un regard complice avec Derek.

— Putain de merde ! Sortez ! crié-je.

Ils s'exécutent, non sans râler.

— Tu es obligée de hurler, demande Austin à mes côtés, comme si de rien n'était.

Le sol s'ouvre sous mes pieds. Je tourne la tête vers lui.

— Austin, qu'est-ce que tu fais là ?

Ma tête tambourine douloureusement.

— Ben, comme tu peux le constater, je dormais.

— Et il n'y a rien qui te choque dans ta phrase ?

— Euh, non… pourquoi ?

Sans blague, l'équation ne le choque pas ? Perso je suis sidérée à l'idée d'avoir dormi dans le même lit que lui, et en petite tenue. J'espère que l'on n'a fait que ça. Ça me tue de poser la question à haute voix.

— Ne me dis pas qu'on a c… ?

Je ne suis pas prête à entendre sa réponse.

Il passe un bras autour de ma taille. Je le retire comme s'il m'avait brûlée et saute du lit embarquant la couette avec moi pour cacher ma semi-nudité. Je le regarde, les yeux ronds. Mes souvenirs sont vagues, mais je ne rêve pas, Austin est bien dans ma chambre et de surcroît dans mon lit en caleçon déformé par une bosse proéminente. Ses cheveux en bataille témoignent d'une nuit mouvementée.

Il passe ses deux mains derrière sa tête. Pas une once de gêne ne marque son visage.

— Le menu te plaît ? Tu veux goûter ?

Oh putain, je suis sur le point de vomir rien qu'à cette idée.

— Cette nuit était exceptionnelle, ma douce.

Son sourire me rebute.

Non non non ! Ce n'est pas possible, même bourrée, je n'aurais pas laissé le cobra me toucher.

L'enfoiré se met à rire.

— Si tu voyais ta tête !

Et toi la tienne !

— Ça ne me fait pas rire, ne me dis pas que toi et moi on a…

— L'idée n'est pas pour me déplaire, mais les poupées gonflables ce n'est pas mon truc. J'aime quand ça bouge.

Le mufle.

— Sors de mon lit tout de suite avant que je ne réponde plus de rien, Austin.

Il s'exécute, sourire scotché aux lèvres. Je le lui ferais bien ravaler. Je le regarde s'étirer tranquillement et récupérer ses fringues, estomaquée. Il est quand même pas mal, ce con. J'essaie, en vain, de trouver une logique à cette situation rocambolesque. Il se rhabille, prend ses chaussettes et ses chaussures et part en direction de la porte.

Qu'est-ce qu'il m'a pris de boire autant ? Au point de ne plus rien me rappeler ? Ma coloc va m'entendre quand je serai en mesure de parler. Elle aurait dû m'empêcher de commettre l'impensable.

Pour le moment, je n'ai qu'une chose en tête, vomir. Mon estomac fait des loopings et est à deux doigts de tout rendre. Il faut vite qu'il déguerpisse de ma chambre et par extension de mon appartement.

Avant de quitter la pièce, il se tourne une dernière fois et me demande.

— Finalement, Ellie, j'ai une question. Qui de nous deux a réellement gagné au jeu des shots ? Non parce que contrairement à toi je me souviens de chaque détail de la nuit qu'on a passée ensemble.

Le salaud ! En guise de réponse, je lui balance un coussin qu'il esquive avant de disparaître, non sans rire.

— À demain, douce Ellie, susurre-t-il en m'expédiant un clin d'œil.

Je me dépêche de claquer la porte derrière lui et de la fermer à double tour. Je colle mon oreille contre le battant pour vérifier qu'il parte bien. Une fois seule, je file dans les toilettes et déverse dans la cuvette le trop-plein d'alcool de la veille.

Je prends une douche, tentant en vain de me souvenir de la nuit dernière. Je me rappelle avoir dansé avec lui. Et après, c'est le noir complet. Je suis trop mal, non seulement il m'a vue pratiquement à poil, mais en plus j'ai échangé avec lui avec une haleine de chacal.

Lorsque je me décide enfin à quitter ma chambre, le silence règne dans l'appartement. Je descends l'escalier à pas de loup. L'odeur que l'épicéa diffuse, et que j'affectionne habituellement, me retourne le bide.

— Tu peux te ramener tranquille, ils sont partis, entends-je au loin.

Je fonce en direction du tiroir où se trouvent les médicaments pour le mal de tête et me sers ensuite un grand verre d'eau fraîche, pour apaiser mon estomac. La pendule indique 13h30. Je rejoins Carla sur le canapé, sur lequel je me laisse choir, comme une grosse merde. Je remonte mes genoux sous mon menton et tiens ma tête entre mes mains. Les cheveux devant mon visage cachent la honte qui me submerge.

— Alors, tu veux qu'on en parle ? me questionne-t-elle.

— Comment tu as pu me laisser faire ?

— Moi ? Tu rigoles, j'espère ? Je vais juste te refaire la fin de soirée. Vous vous êtes donné en spectacle sur la piste de danse. Josh a filmé, si tu veux.

— Quoi ? hurlé-je.

Il n'a pas osé me faire ça.

— Je plaisante, détends-toi. Putain, sans rire, vous étiez super caliente.

Je ne relève pas la tête, morte de honte.

— Bref, après un long moment, vous vous êtes échangé des mots et on vous a vus partir vers 6 heures, bras dessus, bras dessous pour vous soutenir l'un l'autre, en direction de la sortie. J'ai demandé à Norman de te retenir, mais il est revenu bredouille. Il paraît que tu lui as dit « t'inquiète, je gère ».

— Et lui, normal, n'a pas insisté devant une nana qui avait dix grammes et qui ne savait pas ce qu'elle faisait !

— Il faut croire que tu peux être très convaincante.

Je secoue la tête.

— Je ne sais pas ce qui m'a pris, généralement je tiens bien l'alcool.

— Oui, mais là, la série de shots était loin d'être tes premiers verres. Je suis certaine que tu avais bien dû enchaîner avant.

Elle a raison, je me revois picoler tout le long de la soirée, devant le spectacle Austin VS Cindy. Cette mante religieuse n'a fait que lui tourner autour.

— Tu aurais dû me retenir, sérieux, Carla. Tu imagines ce qui aurait pu m'arriver ?

C'est vrai, quoi, j'étais avec Austin, ce n'est pas rien.

— J'ai fermé la boîte dès que j'ai pu et avec Derek on a essayé de vous appeler. Tu regarderas ton téléphone, tu dois avoir pas moins de quinze appels manqués. On était inquiets alors, on s'est rendus chez Austin. Personne, puis on est venus ici. Et là ! Surprise. Des vêtements éparpillés sur le sol. On vous suivait à la trace dans tout l'appartement. J'ai ouvert la porte de ta chambre et j'ai été accueillie par deux ronflements.

— J'ai tellement honte. Austin et moi dans le même lit…

— Alors, raconte, c'était comment ? me demande Carla.

— Intense à tel point que je n'en ai gardé aucun souvenir.

Ma coloc pouffe de rire à mes côtés.

— Ben son frère… je ne te raconte pas.

Je me redresse contre le dossier du canapé. Elle n'a pas couché avec lui, quand même ? Je pose la question pour en avoir le cœur net.

— Ne me dis pas que tu t'es tapé Derek ?

— Et pourquoi pas ? Franchement, c'est un putain de bon coup, un de ceux qui te dévorent de la tête aux pieds. Mon entrejambe s'en souvient toujours.

— Oh, mon Dieu ! Épargne-moi ça ! Je suis encore capable de vomir même si je n'ai plus rien dans l'estomac.

Ma coloc se positionne à côté de moi et me prend dans ses bras tout en me caressant l'épaule.

— Ma pauvre bichette, tu t'es tapé une sacrée cuite.

— La faute à qui ? demandé-je en la regardant dans les yeux.

— Vous étiez en train de vous engueuler depuis quinze minutes, il fallait bien que je trouve une ruse pour que vous arrêtiez.

— Et tu n’as pas trouvé mieux qu’un jeu d’alcool, sérieux ?

Franchement, elle aurait pu avoir une meilleure idée. Elle en a toujours mille à la minute.

— C’est le premier truc qui m’est venu en tête. Et Austin ?

— Quoi, Austin ?

Je ne vois pas où elle veut en venir.

— Ben, je ne sais pas, moi. Si on fait abstraction de sa personnalité et qu’on se focalise uniquement sur son physique, il y a moyen de…

Je lui pose mon majeur sur les lèvres pour bloquer l’ânerie qu’elle est sur le point de sortir.

— Même pas en rêve.

Enfin, si, dans mes fantasmes pour être honnête avec moi-même.

— Ellie, si je puis me permettre, ils ne sont pas tous comme tu sais qui. Tu peux lui laisser sa chance. J’ai vu comment il te regardait. Et sache que s’il est aussi performant que son frangin, tu goûterais à une soirée de sexe intense.

Je ne relève pas, me concentre sur les clips qui passent en boucle et, par chance, ma coloc s’endort devant la télévision. J’en profite pour rejoindre ma chambre et faire une sieste. Je suis fatiguée et encore vaseuse. Je repense à Austin et j’ai honte. J’ai manqué de retenue avec le seul homme sur cette planète qu’il ne fallait pas approcher. Et pourtant, je me souviens en avoir eu cruellement envie. La jalousie que j’ai éprouvée quand il est arrivé avec Cindy n’a fait que croître tout au long de la soirée. Elle ne l’a pas lâché et ça m’a ouvert les yeux sur ce que je ressens pour lui. Je le désire autant qu’il me désire. On a beau se chamailler, il est clair que nous sommes attirés l’un vers l’autre. Je l’ai dans la peau. Je peux bien lutter, l’évidence est là.

Le connaissant, il va m’en faire baver. J’espère juste qu’il n’aura pas la bonne idée d’en parler à quelqu’un du bureau. Je suis morte si ça venait aux oreilles des collègues. Pire, avec les bruits de couloir, je pourrais perdre toute crédibilité, et mettre en péril tout ce que j'ai passé des années à construire. Je n'arrête pas de penser au remplaçant que choisira Kristen. Je suis convaincue qu'Austin le veut aussi, ce poste. Il faudrait que j'arrive à le sonder à ce sujet, que j'en aie le cœur net. Réfléchir à tout ça accentue mon mal de tête. Je ferme les yeux, allongée dans mon lit qui sent encore son odeur. À croire qu'il a voulu marquer son territoire. Je regrette presque qu'il ne se soit rien passé.

CHAPITRE 11

Austin

Comment se fourrer dans de beaux draps en 1 leçon

Mon frangin est tellement relou, pire, une véritable plaie. En temps normal, je l'adore, mais là tout de suite, il me sort par le nez. Je me demande bien de qui il tient. Tout au long du trajet jusqu'à mon appartement, je supporte ses railleries. Mais quand va-t-il se décider à la fermer ? Il n'arrête pas de se marrer, le crétin.

En même temps, il faut avouer que je l'ai bien cherché. Quelle idée j'ai eu de jouer à ce jeu idiot ! Ellie me prenait la tête à cause de Cindy, il fallait que ça s'arrête. Franchement, où trouve-t-elle toute cette énergie à être aussi chiante ? Je sais encore ce que je fais, merde. Je garde gentiment Cindy au chaud, mais je ne ressens rien pour autant. En faisant cela, je sécurise notre égérie. Je lui donne ce qu'elle veut, enfin pas entièrement. Si j'avais voulu coucher avec elle, j'en avais l'occasion dans mon appartement. Cette nana est une véritable chaudière. Il m'aurait suffi de lui ménager une ouverture et, hop, elle se retrouvait totalement nue sur mon canapé.

Je vais laisser Cindy miroiter une potentielle touche avec moi. Il n'y a rien de mal à ça. Je l'appâte et après je joue la carte du « ce n'est pas toi, mais l'enjeu est trop important », « laissons-nous du temps ». Et le tour est joué. Non, mais sans déconner, elle me prend pour qui ? C'est fou, elle a le chic pour m'énerver.

Je n'ai pas envie de Cindy. Mon frère m'a bien glissé quelques mots à l'oreille me confirmant que si j'avais envie d'elle, je n'avais qu'un mot à dire – oui – mais les enjeux sont trop importants et aussi plaisante soit sa plastique ce n'est pas elle qui m'obsède. La diablesse qui occupe mes pensées, c'est cette tête de mule d'Ellie. Je ne sais pas ce qui cloche chez moi. J'étais quand même censé rejoindre Dréa pour une nuit enfiévrée et au lieu de ça, j'ai accepté la proposition de Carla pour la soirée. J'y ai vu une opportunité de passer plus de temps avec Ellie, de profiter d'elle.

Quand va-t-elle comprendre ? Me prendre au sérieux ?

Je ne sais pas si mon petit frère se rend compte que je n'écoute pas un traître mot de ce qu'il raconte.

— Hey, Austin, tu es avec moi ?

— Non, soufflé-je.

— Non, mais, frangin, hier soir tu t'es fait doser.

J'avais déjà mal aux cheveux, mais la voix de fouine de mon frère ne fait que l'accentuer. Il a de la chance que je sois dans un sale état, sinon je lui ferais bouffer son sarcasme. Et puis, c'est quoi cette expression encore qu'il est allé me chercher ? C'est quoi ça « se faire doser » ?

— Ellie, en fait, c'est ton maître.

— Mon quoi ? N'importe quoi !

Ellie est une casse-couilles de classe internationale, mais tellement bandante ! Pour autant, elle n'est pas de taille à me gérer. Mon maître, et puis quoi encore ?

Sans déconner, elle a eu un coup de chance c'est tout. Je ne devais pas être au mieux de ma forme, ou alors inconsciemment je l'ai laissée gagner pour avoir mes chances de conclure.

— Allez, avoue qu'elle ne te laisse pas indifférent.

— Jamais de la vie !

C'est faux. Je ne sais pas pourquoi je m'évertue à dire le contraire.

Derek profite d'être arrêté au feu rouge pour m'observer.

— Tu ne peux pas me la faire à moi. Tu le sais, hein ?

Il redémarre au feu vert.

— En même temps elle est sexy et a du mordant, pas plus que sa coloc, mais quand même.

Il n'a pas tort, mais je ne lui ferai pas ce plaisir sinon je signe ma fin. Il me raconte sa folle nuit avec Carla, je l'écoute d'une oreille distraite. Je repense à hier soir.

Quand elle m'a proposé d'aller chez elle, j'ai d'abord hésité. Elle était trop éméchée pour que je la laisse rentrer seule. Je m'en serais voulu s'il lui était arrivé quelque chose. Et le désir incandescent qu'elle avait éveillé en moi a joué dans ma décision de la suivre. Qu'est-ce qui nous a pris d'entamer une danse lascive ? Je connais la réponse, les six shots d'affilée. C'était une occasion en or pour me rapprocher d'elle. Par contre, je n'imaginais pas Ellie aussi désinhibée. Moi qui la trouvais trop coincée, je me suis bien fait avoir ! Non seulement elle m'a battu à un concours de shots, mais en plus elle bouge comme une déesse quand l'alcool lui retire sa carapace de psychorigide.

Arrivée à son appart', Ellie était dans un état second. Un vrai moulin à paroles, je ne captais pas tout vu la vitesse de son débit.

Quand elle a commencé à s'effeuiller, je l'ai trouvée ultra sexy, je n'étais vraiment pas prêt à vivre un moment aussi érotique. Je suis convaincu que j'aurais pu coucher avec elle, mais je ne voulais pas que cela se passe comme ça entre nous. Je n'ai pas pu m'empêcher d'observer et d'imprimer sur mes rétines chacune de ses formes plantureuses. Putain, ça fait mal de le reconnaître, mais elle est carrément bien foutue. Son soutien-gorge rouge en dentelle était un véritable appel à la luxure. Et je ne parle pas de son string… Cette femme est pleine de surprises. Je ne pouvais pas profiter de son état d'ébriété, ça n'aurait pas été correct. On est collègues, on bosse ensemble, je ne peux pas faire n'importe quoi. Je sais qu'elle ne me porte pas dans son cœur, du moins c'est ce qu'elle s'évertue à me faire croire parce que son corps, ses gestes, démontrent le contraire.

Mais putain, je m'attendais à quoi en entrant dans sa chambre ?

Après coup, je me dis que l'on n'aurait jamais dû se défier à ce stupide jeu. J'aurais dû tout simplement proposer à mon frère de rentrer après le départ de Cindy.

— Tu sais qu'Ellie plairait beaucoup à maman ?

— Oh, mais tu n'as pas juste envie de fermer ta gueule au lieu de dire des conneries pareilles ?

Franchement, il est sérieusement en train de me gonfler avec ses conneries.

— Putain, c'est dingue ce que tu peux être hargneux. Ça cache un truc.

— Non, mais arrête aussi de me chercher.

Par chance, nous arrivons à bon port sans que je commette un fratricide. Ça a été le trajet le plus long de ma vie. Merci, Derek. Il a à peine le temps de garer la voiture que j'ai déjà un pied dehors.

— À plus, Derek.

— Tu ne veux pas que je monte cinq minutes ?

— Tu ne veux pas me border, non plus ? Va plutôt prendre soin de notre mère, fils indigne.

— Tu fais chier, je t'aurais bien piqué une bière.

— Et puis quoi encore ?

Je claque la porte sans écouter ce qu'il dit. Il m'a déjà trop pris la tête.

Je sors les clefs de ma poche. J'entends la vitre côté passager descendre.

— Hey, frangin !

Il a décidé de ne pas me lâcher, on dirait. Je me tourne dans sa direction.

— Ellie, ça pourrait être une chouette belle-sœur, non ? crie-t-il sur le ton de l'ironie.

En guise de réponse, je lui tends mon majeur, ce qui le fait rire de plus belle.

Qu'il est lourd…

Voyant que l'ascenseur stagne au cinquième, je grimpe les étages à pied. C'est bien ma veine. Je soupire d'aise en ouvrant la porte de chez moi. J'ôte mes chaussures et retire mon manteau que j'accroche dans le placard de l'entrée. Je longe le couloir aux murs blancs, comme tout le reste de mon appartement, pour rejoindre la pièce à vivre. Mon intérieur est tout ce qu'il y a de plus basique, avec une dominance de blanc et de bois. Une ambiance masculine.

Tout est rangé, rien ne dépasse, un vrai repaire de célibataire simple et fonctionnel. Je retire mes vêtements et fonce en direction de la salle de bains attenante à ma chambre où j'active l'eau et la mets à la température idéale. La pièce ne tarde pas à se remplir de buée, je me déshabille et mets mes fringues dans la panière à linge sale. Une bonne douche chaude me fera le plus grand bien. L'odeur vanillée d'Ellie s'atténue peu à peu. Elle me rend dingue. Je ne dors jamais chez personne. C'est vraiment une première et il a fallu que ce soit chez Ellie Cabbage. Dire que je me suis fait violence pour ne pas lui sauter dessus par respect pour elle. Ce n'est pas moi, ça !

Je me glisse sous le jet d'eau. C'est le pied d'enfer. Je ferme les yeux et profite de ce moment. Ça fait tellement de bien. Je baisse la tête et laisse l'eau fouetter chaque parcelle de ma peau. Je permets à toutes les tensions de s'évacuer. Mais les images du corps d'Ellie s'infiltrent et défilent dans mon esprit. Je ne sais pas quoi faire pour qu'elle cesse de m'obséder. Je suis trop tendu. Malgré moi, je me refais le film de la fin de soirée.

Je la revois dans cette tenue sexy, se frottant à moi, puis chez elle quand elle s'est déshabillée tranquillement, sans pudeur, sous mes yeux, s'allonger et tapoter la place à côté d'elle avec son petit sourire taquin. Je suis resté comme un con, stoïque, dans un coin de sa chambre en train de me dire que ce n'était pas possible, que je devais arrêter ce désastre. Et finalement, j'ai cédé face à sa moue. Je pouvais difficilement refuser, je ne me voyais pas la laisser en plan, elle était tellement éméchée que l'abandonner seule sans surveillance, ça craignait. Si elle faisait un malaise ou autre ? J'ai bien conscience que je me trouve des excuses. J'aurais pu, j'aurais même dû, rester habillé, c'est vrai, mais j'avais trop envie qu'elle me mate en retour. Je ne me l'explique pas. Cette nana me fait vriller.

Putain de sorcière…

J'ai essayé de la faire parler, mais elle était tellement torchée que le peu de phrases qu'elle m'a sorties étaient incohérentes, elle butait sur chaque mot. Après cinq minutes d'un échange sans queue ni tête, elle s'est positionnée face à moi, a passé une jambe sur les miennes et s'est endormie. J'ai pris sur moi, tendu à l'extrême. Après un moment à écouter sa respiration et à tenter de faire abstraction de son corps bien trop proche du mien, j'ai sombré moi aussi.

Au réveil, c'était comique de l'entendre, mortifiée. J'ai senti la panique dans le ton de sa voix. J'ai remis ma casquette de collectionneur de conquêtes qu'elle m'a attribuée, sans me connaître. Quand elle m'a demandé si on avait couché ensemble, j'ai jubilé. Ma vengeance servie sur un plateau d'argent. C'était bien trop tentant de jouer avec son trou noir. Quand je pense qu'elle est tombée dans mes bras ! Elle était si fragile à ce moment-là. Ça la dissuadera la prochaine fois de se vanter d'avoir gagné. Sacrée Ellie. Je me surprends à sourire en repensant à cette scène mythique. Elle n'est pas prête au comique de répétition que je suis. Je vais lui en faire baver lundi au bureau.

Je me lave de la tête aux pieds, puis coupe l'eau. Je saisis une serviette dans laquelle je m'enroule.

Je cherche mon téléphone partout, les vapeurs d'alcool n'ont pas toutes quitté mon cerveau et me font perdre le nord. Je file direction l'entrée pour vérifier dans mon manteau. Ouf, il est là, je ne me voyais pas retourner chez Ellie le récupérer. J'ai pas moins de dix appels manqués, tous provenant du numéro de mon petit frère. Je suis rassuré de voir qu'ils datent tous de cette nuit.

Il a dû nous chercher quand on est partis comme des voleurs avec Ellie.

Je troque ma serviette contre un bas de survêt que je garde pour les week-ends tranquilles chez moi. J'essuie une goutte qui dévale sur mes abdos. Je m'assieds sur le rebord du lit en tapant un message à l'attention d'Ellie.

Moi : « Poulet » s'inquiète de savoir si tu n'as pas trop mal aux cheveux ?

Elle me répond presque instantanément.

Ellie : Tu n'as pas mieux à faire ?

Moi : Et manquer une occasion de t'importuner ?

Ellie : Lourd...

Je m'allonge sur mon lit king size en souriant bêtement face à sa réponse.

Moi : Ce n'est pas le message que tu m'as fait passer sur la piste de danse hier soir, ma jolie.

Ellie : Conséquence d'un jeu d'alcool stupide... Ma jolie, vraiment ? Tu m'as prise pour une de tes pouffes ?

Elle prend vraiment tout au pied de la lettre. Avec elle c'est toujours du tac au tac. Au fond, je trouve ça rafraîchissant d'avoir une femme qui a autant de répondant. Je crois que je prends goût à nos joutes verbales.

Moi : Tu es toujours sur la défensive ?

Ellie : Ça dépend de qui j'ai en face de moi.

Moi : Une question me taraude.

Ellie : Crache ta pilule.

Moi : Tu as déjà réfléchi à mes gages ?

Je vois les trois points m'indiquant qu'elle rédige un message, mais je mets bien quatre minutes avant de le recevoir. Je m'attends au pire. La garce.

Ellie : Pour être franche, j'ai pas mal d'idées en tête, mais aucune n'est à la hauteur de ce que j'ai envie de te faire subir. Pourquoi tu me poses la question ? Tu stresses ?

Avec elle, je ne suis pas serein, persuadé qu'elle mettra sa créativité au service de son désir de me pourrir la vie, mais je me cache bien de le lui avouer.

Moi : Non, tu devrais savoir que rien ne me fait peur et encore moins venant de toi.

Je la cherche encore, attends une nouvelle pique comme un drogué attendrait sa dose.

Ellie : Ne fais pas trop ton malin, tu ne me connais pas et tu pourrais être surpris.

C'est bien là le problème, elle ne me donne pas l'occasion de la découvrir. Toujours avec son armure et ses répliques acérées.

Moi : Je ne te connais pas, je ne te connais pas c'est un bien grand mot, tu m'obliges à te rappeler que tu m'as fait un sacré strip-tease cette nuit. Tu n'as jamais envisagé de faire carrière ?

Ellie : 🖕🖕🖕

Je rigole bêtement, je l'ai bien cherché.

Moi : Je te taquine, mais je ne suis pas contre apprendre à te connaître réellement.

Ellie : Je te laisse, je vais faire une sieste, et ensuite j'aimerais relire ce que l'on a écrit avant mon point demain matin avec Joshua. Il mettra tout au propre.

Ça me fait penser qu'il faudra que je demande à Dana de relancer Kristen au sujet de son modèle masculin parfait pour le spot publicitaire. Allez, une petite dernière pour la route avant de couper court à la conversation.

Moi : Je peux te poser une dernière question ?

Ellie : Franchement ? Tu me saoules !

Moi : C'est plutôt les shots, non ? Lol… Question : Tu mets toujours des sous-vêtements aussi sexy ?

Je me marre d'avance en imaginant sa tête en lisant mon message.

Ellie : Va te faire f… Austin. Et un conseil, je compte sur toi pour ne pas ébruiter ce qui s'est passé.

Moi : En échange de quoi ?

Ellie : Je retire un de tes gages.

Je comprends qu'elle n'ait pas envie que notre petit écart de conduite soit LE sujet des ragots de la boîte.

Moi : Trop facile.

Je mets mon téléphone en mode avion et m'allonge à plat ventre, position étoile de mer, la tête dans l'oreiller, je suis exténué. Une bonne sieste pour me remettre d'aplomb. Si je suis motivé, j'irais bien marcher sur Central Park, en fin d'après-midi.

CHAPITRE 12

Ellie

Il ne manquait plus que ça

J'ai dû passer un temps fou devant mon miroir de salle de bains pour masquer au maximum les signes de ma fatigue et mon teint blafard. Ce n'est pas beau de vieillir. J'ai opté pour un pantalon à pince noir qui me fait un cul d'enfer, une chemise blanche cintrée sur mes hanches un peu transparente qui laisse entrevoir mon soutien-gorge en dentelle beige et un blazer assorti. Un coup d'œil au temps dehors me force à fouiller dans mon armoire pour prendre un manteau assez chaud. J'attrape le beige en cachemire mi-long, col revers fermé par un bouton et ceinturé. En passant à côté du sapin, j'éteins les guirlandes. Carla a encore oublié de le faire. C'est officiel, dans moins d'un mois ce sera Noël, il me tarde.

Ce matin, je suis pleine de bonnes résolutions, à commencer par notre alimentation. D'ailleurs, avant de quitter l'appartement, je note quelques consignes à l'attention de Carla, sur notre ardoise. « C'est à ton tour de faire des courses : pense à acheter des légumes, courgettes, aubergines, haricots, etc. PS : N'oublie pas de réserver notre spa pour le week-end prochain. Bisous ».

Je jubile en imaginant déjà sa tronche en découvrant ma liste.

Après être passée récupérer mes cookies, je me dirige d'un pas décidé vers le bureau avec la boule au ventre. J'appréhende de revoir Austin après ce qu'il s'est passé.

C’est con, je sais, mais connaissant le personnage, je sais qu’il va prendre un malin plaisir à me torturer. Genre glisser des allusions lourdes ou des regards appuyés qui en disent long. Qu’est-ce qu’il m’a fait faire, sérieux ? Ce n’est pas entièrement de sa faute, mais s’il ne m’envoyait pas des signaux auxquels j’ai du mal à résister, je ne ferais peut-être pas n’importe quoi. *Dixit celle qui passe son temps à se voiler la face*. Il me plaît. Ce n’est qu’une question de jours : je vais devenir folle si je ne cède pas à la tentation, je le sens. Mon corps se livre une bataille acharnée avec ma tête, le premier étant partant pour se lâcher quand la seconde brandit des red flags supposés me refroidir.

Je vais tout de même devoir adopter le « boire avec modération » pour éviter de me retrouver dans des situations gênantes.

Je suis surprise en voyant que Davidson n’est pas au portique de sécurité. Serait-il en congé ? Son remplaçant n’a pas l’air très sympathique. C’est à peine s’il me dit bonjour lorsque je passe devant lui.

Je range son cookie et le donnerai à Joshua.

Dans l’ascenseur, je consulte mes mails. La priorité du jour est de caler un planning avec l’ensemble des prestataires dont nous allons avoir besoin pour la campagne et surtout dégotter le lieu parfait pour le tournage du spot publicitaire.

Je longe les bureaux et ne peux m’empêcher de jeter un œil en direction de celui d’Austin. Vêtu d’un costume gris perle et d’une chemise blanche, il représente l’archétype du mec sûr de lui. Il est penché, une main dans la poche, au-dessus de son assistante assise à son bureau en train de taper sur son clavier. Je ressens une petite décharge électrique au niveau du cœur, le voir si proche d’une autre femme m’agace. Tous deux sont focalisés sur l’écran. Lorsqu’il se rend compte de ma présence, Austin se relève, réajuste son veston. Ses yeux me dévorent littéralement, ne se gênant pas pour me détailler de la tête aux pieds. Je me concentre pour masquer mon embarras. Des images de lui dans mon lit prennent naissance dans mon esprit et malgré moi je flanche. Je sens le rouge me monter aux joues. *Quelle gourde je fais !* Son attitude change. Un sourire espiègle fait son apparition. Quel goujat ! Il sait qu'il ne me laisse pas indifférente. Il lit en moi comme dans un livre ouvert. Je me fustige mentalement d'être comme ces autres filles faibles devant un mec charismatique. Son assistante l'observe, puis fait de même avec moi d'un air suspicieux. Putain c'est moi, ou je me fais des films ? Si ça continue, je vais finir dans une telenovela. J'accélère le pas pour ne pas lui laisser l'occasion de me mettre mal à l'aise devant elle. Je me contente d'un rapide salut de la main et fonce en direction de Joshua.

— Tu sembles bien pressée, lance-t-il à tue-tête.

Je ne réponds rien et poursuis mon chemin.

Quand Josh me voit, il me sourit, amusé.

— Alors tu t'es remise de ta soirée de femme frivole et désinhibée ?

Je le fusille d'un regard noir.

— Si tu veux être sûr d'avoir une augmentation à la fin de l'année, je te conseille de ne pas faire d'allusions mal placées.

Le ton de ma voix a le don de lui couper le sifflet.

— Je vois que l'humour a pris la poudre d'escampette.

Je sors de mon sac le cookie que je lui tends. On ne pourra pas dire que je suis rancunière, même s'il ne le mérite pas. Il aurait dû m'empêcher de faire n'importe quoi, mais ce n'est ni le lieu ni le moment pour en parler.

— Tu achètes mon silence ? De mieux en mieux.

Je secoue la tête excédée.

— Josh, range-moi tout de suite ton petit air taquin, car sérieusement je ne suis pas d'humeur, ce matin. Mon week-end est loin d'être celui que j'avais imaginé, si tu vois ce que je veux dire par là.

— Tu m'en diras tant.

Je pourrais lui faire ravaler son sourire, mais Kristen ne m'en laisse pas l'occasion.

— Je vous veux tous dans la salle de réunion ! s'exclame-t-elle, furax. Maintenant !

Quelle mouche a bien pu la piquer ?

— Bien le bonjour à toi aussi, murmure Josh.

Je retiens un rire étouffé entre mes lèvres en voyant sa grimace.

J'enlève mon manteau, ouvre le premier tiroir à la recherche de mon calepin. Je pioche dans ma boîte de stylos, le premier qui vient fera l'affaire.

Josh sur les talons, nous nous dirigeons vers la salle de réunion. Tout le staff de l'étage s'installe.

Je prends un siège et me retrouve sans le vouloir à côté d'Austin. C'est bien ma veine, pensé-je. Kristen porte un ensemble pantalon parme. Ses cheveux sont raides, aucun frisottis ne s'échappe de son carré plongeant. Son maquillage est parfait. Que ce soit son physique impeccable ou la façon de s'exprimer, cette femme inspire rigueur et autorité.

— Écoutez-moi tous, Stuart m'a téléphoné ce week-end. Il nous convie tous pour la soirée de lancement qui aura lieu vendredi 7 décembre, il a avancé la date de quelques jours. Je compte sur votre présence. Ellie, Austin, le projet est-il prêt ?

Étonnamment, Austin me laisse prendre la parole sans m'interrompre. Je suis plutôt sereine.

— Nous avons encore deux ou trois choses à peaufiner, comme le mannequin qui accompagnera Cindy, mais on peut d'ores et déjà te soumettre le projet en début d'après-midi comme c'était convenu.

— J'ai un empêchement pour cet après-midi, mais déposez-moi le dossier sur mon bureau demain à la première heure. Je dois voir Stuart dans la foulée, alors ne me décevez pas.

Elle est gonflée ! Elle nous met la pression pour finalement annuler la présentation. Je m'étais préparée. Je ne masque pas ma déception, mais Kristen n'en fait pas cas.

— Et pour le jeune acteur, ce n'est pas un souci, j'ai eu le retour. Il a accepté de nous rejoindre sur la campagne.

J'essaie mentalement de trouver de qui il s'agit, tout en me disant que Kristen aurait au minimum pu me faire part de ses pistes concernant l'identité des personnes pressenties. C'est notre projet, oui ou non ? Voyant que je bugge, Austin vient à ma rescousse.

— Tu sais, celui qui joue dans « Desperate ».

— Ah oui, très bien, je vois. Il sera parfait.

Kristen acquiesce.

— Ce point réglé, enchaînons sur le prochain sujet.

Elle poursuit son speech sans prendre la peine de respirer. La réunion se déroule sans que j'en écoute les détails. Je ne sais pas ce qui m'arrive d'un coup, mais je stresse. Mon esprit a passé la seconde, je prends des notes sur mon calepin, faisant mine d'écouter, mais il n'en est rien. Discrètement, pendant que Denver fait son intéressant pour capter l'attention de Kristen, Austin se rapproche de moi. Son avant-bras se colle au mien, son petit doigt caresse furtivement le dessus de ma main. Son geste anodin envoie des papillons dans mon bas-ventre.

— Ne stresse pas, on est prêts. Ne t'inquiète pas, Ellie.

Je le regarde à la dérobée et lui adresse un sourire crispé. Ses mots apaisent quelque peu mes tensions en rapport avec le projet, mais intensifient mes pulsations cardiaques. Il a raison, il ne nous reste que des détails à caler. Je veux que tout soit parfait pour que notre boss soit fière de nous.

— J'espère que tu es prêt à faire nocturne, vu que l'on a plus de temps, on va pouvoir peaufiner à la virgule près, lui susurré-je.

— Avec toi, aucun souci, au contraire, souffle-t-il entre ses lèvres.

Un frisson me parcourt.

Pourquoi les mots dans sa bouche sont-ils toujours tendancieux ?

Mes yeux fixent les siens, je n'avais pas remarqué la petite tache foncée sous son iris en forme de goutte d'eau. Le brouhaha a cessé autour de nous.

J'ai l'impression en une fraction de seconde que quelqu'un s'est amusé à tourner le bouton du thermostat au max. Oublié le froid polaire à l'extérieur, il fait très chaud d'un coup.

— J'interromps quelque chose ? cingle Kristen.

Je sursaute, la main sur le cœur et regarde ma boss, gênée d'être mise en porte-à-faux de la sorte. Tous les yeux convergent vers nous. Je déteste être le centre de l'attention. Je n'aurais jamais dû le regarder.

Je rougis, embarrassée, et me réinstalle, les fesses bien ancrées dans le fond de mon siège.

— Non, du tout, Kristen, désolé pour cet aparté, mais il faut bien qu'on se cale rapidement pour ficeler le dossier avant demain, non ? répond Austin, un peu agacé.

Il est tellement sûr de lui ! Ai-je interprété ses propos de travers ?

Une fois que la réunion touche à sa fin, je suis la première à me lever suivie de Josh.

— On peut savoir ce qui se passe entre vous ? demande-t-il tout bas.

— Rien, tu te fais des idées.

— Ellie ?

Je m'arrête et me tourne vers Austin.

— Oui ?

— Je vous propose, à Josh et toi, si vous êtes d'accord, de bosser tous les quatre avec Dana. Ça vous convient ?

Après un bref échange silencieux entre nous, Josh lance :

— Je m'occupe de booker la salle.

Et il file. Proréactivité, quand tu nous tiens.

Il me laisse seule avec Austin.

— Ça va, Ellie ? me questionne-t-il en m'observant, inquiet.

— Oui, pourquoi tu poses la question ?

— Parce que j'ai bien vu que le changement de programme de Kristen t'a contrariée.

— Pas contrariée, mais plutôt frustrée (frustrée oui, c'est le mot, qu'elle ait brisé notre échange non verbal, mais je garde cette réflexion pour moi). J'aurais voulu qu'on lui expose le projet ensemble, mais elle préfère qu'on lui dépose juste le dossier sans plus d'explications.

C'est vrai, quoi, on a bossé comme des fous dessus, on aurait pu défendre nos idées en live.

— Ce n'est pas grave, si elle a des questions, on sera à même de lui répondre. On a une journée complète pour l'améliorer et trouver le lieu qui convient. On a déjà obtenu le plus dur.

— Cindy ? lancé-je.

— Exactement. Quand Stuart va voir qui on a choisi pour être l'égérie, il va sauter au plafond.

Je rumine intérieurement rien que d'entendre son prénom dans la bouche d'Austin.

— Tu n'en fais pas un peu trop ? lui réponds-je avec une pointe d'amertume qu'il ne relève pas.

— Je te l'accorde, j'y vais un peu fort, mais il sera ravi. On lui sert sur un plateau d'argent la star du moment pour promouvoir son nouveau parfum.

Ce n'est pas faux, on a eu de la chance sur ce coup-là.

Nous sommes interrompus par la sonnerie de son téléphone.

Il fait mine de s'excuser pour prendre son appel.

Je me dirige vers mon bureau pour lire mes mails. Mon téléphone vibre dans ma poche. C'est Carla.

— Allô ?

— T'es sérieuse ?

— Quoi ?

— Tu crois vraiment qu'on va se mettre à manger du vert à la maison, tu m'as bien regardée.

Je rigole.

— Et ça te fait marrer ? Non, mais moi vivante, je n'utiliserai pas ma CB pour acheter des légumes. Tu fais ce que tu veux, mais hors de question de me cuisiner des courgettes, je préfère encore me les mettre dans le…

Je la coupe avant qu'elle sorte une énormité.

— C'est bon, c'est bon, j'ai compris, pas besoin de me faire un dessin, Carla. Je t'ai déjà dit que tes insinuations qui commencent par la lettre A et qui terminent par NUS avant quinze heures ne passent pas.

C'est à son tour de rire franco.

— Ben, j'espère que ça te servira de leçon. Pour la peine, ramène-moi des sushis en rentrant.

— Pas ce soir, je suis désolée, je suis bonne pour faire nocturne.

J'entends de l'autre côté de la ligne que Carla fait couler de l'eau. Quand elle se remet à parler, sa voix me semble lointaine. À tous les coups, elle est en train de se préparer à prendre sa douche. Voilà qu'elle hurle.

— Avec le bel Austin, je suis sûre…

Je me penche et mets ma main sur le micro en regardant autour de moi. Josh se marre.

— Carla, merde, parle moins fort, je suis au bureau.

— Rabat-joie

— Tu m'obliges à faire ça.

Elle sait très bien ce que je m'apprête à faire, je l'entends râler.

Ni une ni deux, je lui raccroche au nez, ça lui fera les pieds, tiens.

— J'en connais une qui va te pourrir, me prévient Josh.

Je pose mon portable sur le bureau.

Elle tente de me rappeler, je la bascule sur mon répondeur.

— Tu sais que ta coloc est capable de tout, du genre à débarquer dans le bureau à moitié à poil en criant ton nom.

Il n'a pas tort, mais elle ne le fera pas, car elle sait très bien que je peux être tout aussi hors limite. J'ai toujours le joker « maman », et elle le sait.

Je reçois un bip m'indiquant l'arrivée d'une photo. Je l'ouvre.

— La saloperie, maugréé-je.

Je tends mon portable pour lui montrer.

— Elle va utiliser la moitié de ta lotion, la connaissant.

C'est clair, madame me fait un sourire démoniaque sous la douche avec ma lotion hors de prix entre les mains.

Carla : Ça sent tellement bon, merci, Ellie.

Moi : Je te déteste.

Carla : Pas autant que moi ☺

Moi : Tu me le paieras.

Carla : Ouais ouais… salut ! 😂

Nous passons la journée à analyser chaque ligne du dossier, pendant que Dana et Josh appellent les prestataires pour caler des dates. Avec Austin, nous nous jetons des œillades appuyées. Il profite qu'ils ont le dos tourné et trouve une excuse pour se rapprocher, me toucher. C'est grisant. Je prends goût à notre petit jeu de séduction.

Nous avons mangé des box de nouilles chinoises sur le pouce tout en parlant boulot.

Austin a laissé tomber la veste de costume sur le dos de son fauteuil et je regarde un peu trop régulièrement les muscles de ses bras rouler sous sa chemise.

Nous nous chamaillons sur le lieu du tournage. Josh et Dana ne sont pas friands des endroits que nous leur proposons. L'ambiance reste malgré tout bon enfant, loin des affrontements impitoyables desquels nous étions coutumiers.

Je me laisse choir sur le siège, exténuée. Je ferme les yeux un court instant en réfléchissant à ce qui pourrait faire l'unanimité.

— Devant le Woolworth Building, m'écrié-je dans un éclair de lucidité.

Mes trois collègues qui me font face semblent réfléchir et, peu à peu, je vois se dessiner sur leur visage un sourire béat.

— Excellente idée, j'appelle de ce pas pour voir si je peux bloquer une date, s'exclame Austin. Je connais quelqu'un qui pourra nous aider.

Si j'en crois le combo sourire malicieux et air espiègle, je mettrais ma main à couper qu'il s'agit d'une conquête.

Il se lève d'un bond, téléphone en main, et cherche dans son répertoire un numéro.

Dana, Josh et moi sommes suspendus à ses lèvres. Il enchaîne des « mmmh humm, je vois, OK » et raccroche.

Son visage reste impassible. Il est horrible de faire ça, de garder le silence. N'y tenant plus, je me lève.

— Alors ?

— C'est dans la poche, annonce-t-il, fier de lui. Elle peut nous faire visiter mercredi après-midi si on veut.

Sans réfléchir, je lui saute dans les bras. Nous manquons tous les deux de trébucher.

— Je ne vous savais pas si démonstrative, mademoiselle Cabbage.

Encore ce regard lascif qui fait pétiller ses yeux bleus. Je fonds comme neige au soleil.

Je me reprends, rougissante, sous les sourires amusés de Dana et Josh. Les ragots vont battre leur plein demain avec Dana. Je délire complet.

Nous reprenons chacun place devant nos ordinateurs et travaillons. Parfois, j'ai la sensation de sentir son regard sur moi, mais je me contente de l'ignorer. Je ne relève la tête de mon écran que quand j'entends Dana et Josh se lever.

— On doit vous abandonner, il est plus que l'heure.

Ils ne vont quand même pas nous laisser seuls ?

— Pas de problème, merci beaucoup pour votre aide, tous les deux, lance Austin.

Si ! Ils vont le faire, malgré mes yeux implorants, Josh ne relève pas, au contraire ça semble l'amuser.

— À demain, et encore merci, c'était du bon boulot et un vrai travail d'équipe, enchaîné-je à mon tour.

Un coup d'œil à ma montre m'indique qu'il est plus de dix-neuf heures.

— Si tu veux partir, je peux terminer toute seule, proposé-je.

— Non, c'est bon, je reste. Je suggère de nous commander des sushis et de faire une dernière relecture avant impression. Ça te tente ?

Austin parle d'un ton posé. Il semble content que l'on se retrouve enfin seuls. Je dois dire que moi aussi, même si j'ai peur de la suite.

— Va pour les sushis.

Austin s'éloigne pour passer la commande. Je m'octroie une petite pause bien méritée. Il est tard, je rêve d'une bonne douche chaude. Je me lève et me poste devant la baie vitrée pour apprécier la vue. La ville est plongée dans la pénombre, uniquement éclairée par les lumières des autres buildings, les phares des voitures bloquées dans les embouteillages et les luminaires à leds de Noël qui habillent les réverbères.

Mon cœur fait une embardée au son de la voix de mon collègue près de mon oreille. Je n'avais pas senti sa présence. Est-ce qu'il va tenter quelque chose ? J'en ai envie, mais j'entends déjà ses pas s'éloigner de moi. Fausse alerte.

— Le livreur sera là dans vingt-cinq minutes.

— Super, merci.

Je me réinstalle derrière mon PC, j'observe Austin prendre son ordinateur et s'approcher pour investir la place à mes côtés. Cette proximité m'électrifie.

Je lis à haute voix l'ensemble de notre présentation en la faisant défiler à l'écran.

— Il y a une faute, là.

— Où ?

Austin pose sa main sur la mienne, ce qui me coupe le souffle. Ma respiration s'accélère. Je tachycarde. Son toucher est doux, il guide ma souris sur la phrase à corriger. Je crois que le temps s'arrête, je n'ose plus faire le moindre geste.

— Ah oui ! Je vois.

Austin est si près de moi que nous partageons la même bulle d'air, c'est limite si ce n'est pas mon oxygène qui alimente le sien.

Si je tourne légèrement ma tête dans sa direction, je pourrais frôler sa joue. La tension entre nous est palpable. Je suis persuadée que ma gêne l'encourage à aller plus loin.

— Tu ne trouves pas que tu es un peu proche ? le taquiné-je.

L'air se raréfie encore.

— Tu trouves, Ellie ? Ça te dérange de me sentir si près ? Ce n'est pas comme si nous n'avions pas partagé le même lit.

Nous sommes nez à nez. Plus que ne le tolère la bienséance. Ses yeux fondent dans les miens et font des allers-retours sur ma bouche. Envoûtée, je fixe ses iris. Son souffle caresse ma peau.

— Austin…

Avec ma permission silencieuse, il franchit les derniers centimètres qui nous séparent. Le moment est venu, je le sens au plus profond de moi. Il frotte délicatement son nez contre le mien.

— Tu es la tentation à l'état pur, Ellie Cabbage.

Alors je clos les paupières, prête à succomber au cobra. Je sens le renflement de ses lèvres caresser à peine les miennes.

La sonnerie de son téléphone brise le silence et me fait sursauter.

J'écarquille les yeux, prise d'un élan de panique. Nous étions à deux doigts de nous laisser aller.

Je l'entends vociférer avant de décrocher.

— C'est le livreur. Attends-moi là, je reviens avec nos repas.

Je me lève une fois seule et réajuste ma tenue, pour me redonner contenance. On était sur le point de s'embrasser, je suis déçue et surtout frustrée, mais un peu soulagée de ne pas avoir franchi le fameux cap. Après tout, est-ce vraiment bien raisonnable de faire ça au bureau…

Lorsqu'il revient avec les deux sacs, je me sens fébrile, légèrement refroidie, ce qu'il ne manque pas de repérer.

— Je vois que la magie du moment s'est évanouie ? Dommage…

— Austin, sérieusement !

— Quoi ? me demande-t-il en déballant les sushis.

— Ben on ne va pas…

— Sinon, finir tes phrases, c'est en option ? Je n'ai pas encore le don de voyance. Du coup, me projeter dans ta tête c'est compliqué, si tu vois ce que je veux dire.

— Écoute, on était sur le point de…

— S'embrasser, finit-il à ma place. Et alors ?

Il dit ça comme si c'était normal.

— On est au bureau et quelqu'un pourrait nous surprendre.

— À cette heure-ci ? Ellie…

Il n'insiste pas même si je vois bien qu'il est déçu autant que moi.

Nous terminons le dossier en mangeant. Pendant que je plie bagage, Austin propose de l'imprimer et de le déposer sur le bureau de Kristen. Vu l'heure, je décide de commander un taxi. Nous nous disons au revoir un peu froidement au pied du building et je monte dans le véhicule qui m'attend sur le trottoir. J'ai senti que mon refus l'a quelque peu agacé. J'aurais aimé me laisser aller, qu'on s'embrasse ne serait-ce que pour calmer ma frustration, mais le karma est contre nous. À croire que ce n'était pas le moment opportun.

Je ne sais pas si on peut réellement parler de refus, j'ai quand même eu ses lèvres sur les miennes une fraction de seconde. En me remémorant la scène, je ne peux pas m'empêcher de ressentir de petits frissons dans le ventre. Putain, ce mec est la réincarnation du serpent du jardin d'Eden, sérieux.

Je suis tellement épuisée par cette journée, et dans mes pensées, que je n'ai pas vu la route du retour. Après une bonne douche, je m'allonge dans mon lit.

Mon téléphone sonne, c'est Austin. Je n'ai pas la force d'entamer une joute verbale. Il m'a lessivée.

Austin : Je voulais juste m'assurer que tu étais bien rentrée et que ton chauffeur de taxi n'était pas un psychopathe

Moi : Tu regardes trop les séries.

Austin : Finalement, on forme un bon duo, non ? ☺

Moi : On en jugera demain.

Austin : C'est tout vu ! Tu es avec le meilleur.

Je lève les yeux au ciel, pose mon téléphone sans prendre la peine de répondre à son dernier message. Il n'en rate pas une.

Je ne mets pas deux minutes avant de sombrer, avec pour dernière image ses lèvres sur les miennes.

CHAPITRE 13

Ellie

Non-retour

Le réveil me tire d'un profond sommeil, l'un de ceux dont il est difficile d'émerger. Mon subconscient a rejoué la scène avec Austin dans la salle de réunion, mille et une fois, et mon imagination s'est occupée du reste. Cette attraction me consume. Je passe ma main sur mon front trempé de sueur. Voilà longtemps que je n'avais pas fait un rêve érotique. Je me souviens de chaque détail, comme si ça s'était réellement passé. Je suis toute retournée. C'était si intense, Austin était partout. Je ne me connaissais pas aussi dépravée.

Austin m'allongeant doucement sur l'une des tables et me rendant folle de désir. Ses mouvements étaient lents et à la fois méticuleux. Il détachait un à un les boutons de ma chemise en me dévorant de ses yeux translucides et brillants de convoitise. Chaque parcelle de mon corps réagissait à ses succulentes caresses. J'étais un vrai brasier qu'il se délectait d'alimenter. Ça pulsait dans ma culotte ! J'en voulais plus, tellement plus... et ce putain de réveil qui éclate ma bulle.

Austin m'attire comme un aimant. Il a affiché ma tête sur son tableau de chasse et n'attend qu'une chose, que je cède comme un château de cartes s'effondre. Il me rend totalement dingue. J'entends la voix de Carla dans le couloir, ce qui met fin à ma rêverie.

Elle ouvre la porte et y passe la tête.

— Tu es réveillée ? me demande-t-elle de sa petite voix endormie.

— Comme tu peux le constater.

Elle porte un minuscule short noir avec un débardeur blanc et un nid d'oiseau en guise de coiffure. Elle entre en se frottant les bras, me regardant avec un petit air innocent. Je sais très bien qu'elle n'attend qu'une chose.

Je lève un pan de drap en guise d'invitation. Ni une ni deux, elle se glisse sous ma couette en se trémoussant une fois dedans.

— Hum, il fait trop bon là-dessous, dit-elle en souriant.

On est allongées toutes les deux sur le dos.

Sa peau frôle la mienne.

— Eh ben, tu es bien transpirante.

Je me décale d'un bon centimètre et me mets sur le côté, laissant ma tête reposer sur mon avant-bras.

— Je ne t'ai pas autorisée à me rejoindre pour que tu te plaignes.

Elle fronce les sourcils, suspicieuse. Elle me connaît par cœur et sent bien qu'un truc me chiffonne.

— Allez ! Balance à ta meilleure amie.

Où veut-elle en venir ?

— Balance quoi ? demandé-je l'air de rien.

— Ta soirée ? Elle était comment ? Si je me souviens bien tu… tu étais avec Austin ?

C'est plus fort que moi à l'annonce de son prénom, je me mets à rougir.

Sa réaction ne se fait pas attendre.

— Non, mais, regardez-moi cette gêne ! Ça y est, tu as couché avec lui !!!!!

Je lui frappe l'épaule.

— Mais ça ne va pas, non ?

— Tu ne vas me la faire à moi. Vu ta réaction, il y a forcément quelque chose que tu ne me dis pas. Raconte-moi tout dans les détails.

Je suis cuite, elle ne va pas me lâcher, alors je lui rejoue la scène, le coup de fil et mon coup de flippe. Ses yeux s'illuminent au fur et à mesure.

— Putain mais, Ellie, ce mec en pince pour toi. Je le savais. J'avais repéré le truc à des kilomètres. Déjà la dernière fois j'ai interrompu le moment quand j'ai débarqué dans la boîte. Cinq minutes plus tard, je vous aurais surpris sa langue dans ta bouche.

Je grimace. C'est fou ce qu'elle peut être crue. Avec elle, tout a une connotation sexuelle.

— Rectification, il n'en pince pas pour moi, Austin a juste décidé de me torturer. Ce qui l'attire, c'est le challenge. Je dois être la seule nana à lui résister. Je suis peut-être devenue un objectif à atteindre.

— Te mettre dans son lit. Ben alors, tu attends quoi ? L'autorisation de la Vierge Marie ?

J'ai comme une envie de l'étouffer avec mon oreiller.

— Non, mais je ne vais pas coucher avec lui, on bosse ensemble, je te rappelle.

C'est vrai, quoi, qui me dit qu'une fois qu'on aura assouvi ce désir charnel, il ne passera pas à une autre ? Le pire de tout serait qu'il jette son dévolu sur une fille du bureau. On est censés faire équipe jusqu'à Noël. Si ça tourne mal, comment je vais gérer ça ?

— Mais n'importe quoi ! Tu ne vas tout de même pas croire qu'il va s'en vanter au boulot ? Laisse-toi aller. Tu en as envie autant que lui, alors, fonce.

— Je ne sais pas, j'ai peur quand même, je ne suis pas certaine que ce soit une bonne idée.

— Et moi je pense que c'est la meilleure.

Elle se lève d'un bond, fouille dans mon sac et en sort un stylo puis arrache une feuille de mon calepin. Je la regarde faire sans comprendre ce qu'elle manigance, mais la voir comme ça tout excitée me fait sourire. Il n'y a qu'elle pour faire ça.

Elle se réinstalle sur le matelas, assise, le dos collé à la tête de lit. Elle gribouille un truc.

— Alors…

Elle cale son stylo entre ses lèvres, mâchouille le bouchon, en faisant mine de réfléchir. Et la voilà partie dans une rédaction. Je la laisse faire en prenant mon téléphone pour regarder l'heure qu'il est.

Lorsqu'elle semble avoir terminé, elle me tend la feuille.

Je lis et ne manque pas de rire en voyant son tableau de fortune.

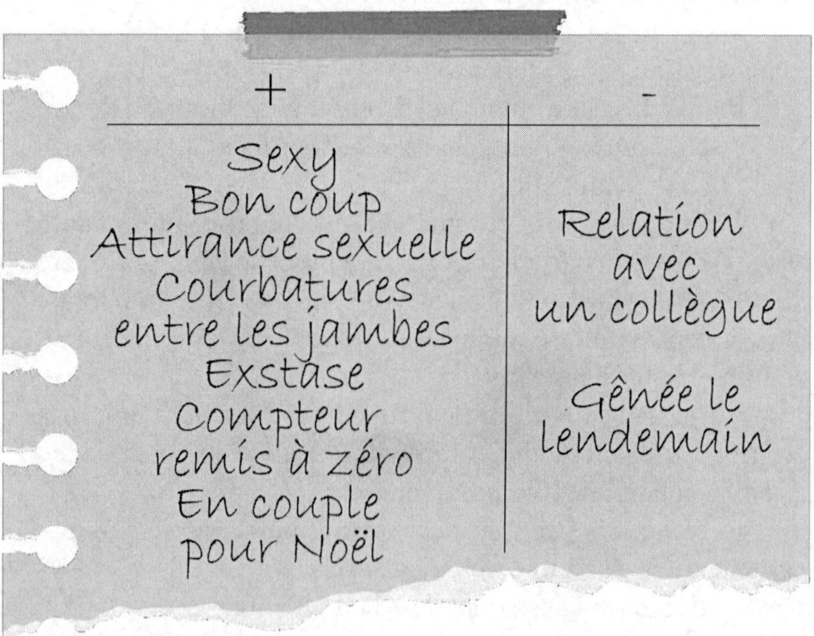

— Tu es sérieuse ? Tu crois vraiment que si je couche avec, on sera encore ensemble à Noël ? Ce mec est comme la foudre. Il ne tombe jamais deux fois de suite au même endroit, si tu vois ce que je veux dire. Je suis sûre qu'il est du genre à faire de l'urticaire s'il se mettait en couple. Tu as omis d'ajouter dans la section des « moins » : compromettre notre collaboration, perdre mon travail et j'en passe.

— Arrête d'être aussi négative. Et relis la colonne de gauche. J'ai oublié de noter des orgasmes à répétition. Vous êtes deux adultes avec des envies, punaise. Il faut les assouvir et les savourer. Peut-être qu'après vous serez plus détendus et bye-bye les tensions sexuelles au boulot.

C'est dingue ce qu'elle peut déblatérer comme conneries. Elle les enchaîne avec une telle facilité !

— Bon, allez, ce n'est pas que je m'ennuie, mais il faut que je me prépare. C'est aujourd'hui que Kristen voit Stuart pour faire valider notre projet.

Je sors du lit et me dirige vers mon armoire.

— Ça a bien avancé ?

— Pourquoi crois-tu que l'on ait fait nocturne hier soir ? Tout est bouclé, alors souhaite-moi bonne chance.

Ma coloc se réinstalle sous la couette et je l'entends marmonner derrière moi.

— Je te souhaite une bonne baise.

Je prends le premier tee-shirt qui me passe sous la main, le roule en boule et le balance dans sa direction. Elle se marre.

J'angoisse tellement que je ne m'arrête pas pour acheter mon cookie. J'ai l'estomac noué, je ne pourrais rien avaler. Je file tout droit au travail en repensant à la conversation que j'ai eue avec Carla. Cette garce a réussi avec sa liste à accentuer mon doute. Quel mal y aurait-il à succomber une fois ? Ça calmerait nos ardeurs.

Lorsque j'arrive à mon étage, Austin est déjà à son poste, au téléphone. Malgré mes incertitudes, l'attirance est toujours là, c'est même pire que la veille à cause de mon maudit rêve. Un large sourire peint ses traits dès qu'il me voit. Les locaux se remplissent peu à peu. Je suis surprise de découvrir sur mon bureau un café fumant et un petit sachet que je reconnaîtrais entre mille. Je jette un coup d'œil à l'open space, cherchant Josh des yeux. Son ordinateur n'est pas allumé et pas l'ombre d'un manteau sur le dossier de sa chaise.

Je souris en entendant la voix d'Austin derrière moi.

— J'espère que je ne me suis pas trompé sur l'arôme, dit-il en buvant son café.

— Ça vient de toi ? demandé-je, surprise.

— De qui d'autre ?

Qu'est-ce qui lui prend ?

— Eh bien, merci, il ne fallait pas.

— Je sais que tu attends beaucoup de cette journée, alors je me suis dit que ça te ferait plaisir.

— En effet, ça tombe à pic. J'étais tellement angoissée ce matin que je suis venue directement.

Il regarde mon bureau décoré en souriant.

— Grande fan de Noël, à ce que je vois.

Démasquée. Je touche le père Noël qui se met à gigoter. Il secoue la tête, dépité.

— Pas toi ?

— Je l'étais…

Je fronce les sourcils, qu'est-ce qu'il veut dire par là ? Il laisse sa phrase en suspens. Ses yeux se perdent dans le vide. J'attends qu'il s'explique, mais il n'ajoute rien.

Je me demande ce qui lui est arrivé tellement il semble être affecté. Lorsqu'il reprend ses esprits, l'émotion que je lisais sur son visage a fondu comme la neige au soleil.

— Kristen est arrivée ?

— Oui, elle est déjà en pleine lecture du projet, annonce-t-il en s'installant sur le fauteuil de Josh.

Contrairement à moi, il est à l'aise, lui.

Mes jambes se mettent à flageoler. Je m'assieds sur ma chaise pour ne pas tomber. OK, j'en fais peut-être un peu trop, mais bon.

— Pas de panique, je suis sûr qu'elle va adorer.

— J'aimerais avoir ton assurance.

J'ai le sentiment qu'il est persuadé de la réussite de notre projet. Je sais qu'il est bien, mais j'ai toujours beaucoup d'appréhension quand il s'agit de Kristen. Je n'ai pas envie de la décevoir.

— Elle m'a prévenu que finalement, elle déjeunait avec Stuart donc on sera fixés en début d'après-midi. Ça te dirait qu'on aille boire un verre ce soir ?

Il me prend au dépourvu.

— Je ne sais pas trop, ça dépendra de ce qu'il ressort du rendez-vous de Kristen.

— C'est tout vu. Sois optimiste. Alors ? On dit 19 heures chez toi ? Chez moi ?

Chez lui ? Hors de question.

— Va pour chez moi.

Le doute m'assaille, mais ce sentiment se transforme vite en tout autre chose. Le moment est venu. Il faut que je sache. Il me perturbe trop, investit mon sommeil et peuple mes rêves. Je suis dans la merde.

Je passe la matinée et l'heure du déjeuner en PLS. C'est à peine si je touche à ma pizza. Josh essaie de me distraire, mais rien n'y fait. C'est la panique totale. Je me dis que mon sort se joue à l'heure qu'il est.

Mon téléphone me tire de ma torpeur. C'est un message d'Austin.

Austin : Kristen vient de m'appeler, elle nous attend dans son bureau dans 20 minutes. T'es où ?

Moi : Au resto.

Austin : Tu prendras le dessert ce soir ☺

À la lecture de son message, mes mains tremblent. Il vient encore de faire une allusion coquine qui réveille les papillons dans mon ventre.

Moi : J'arrive

Josh m'observe, curieux.

— C'est qui ? Tu fais une drôle de tête.

— Ça ne te dérange pas de payer l'addition ? Je suis convoquée dans le bureau de la boss.

— Non non, tu rigoles, fonce !

Il ne m'en faut pas plus pour prendre mon manteau et mon sac et filer à toute vitesse. Durant le trajet, je me passe différents scénarios dans la tête. Je ne peux pas croire qu'elle n'aimera pas. Que Stuart ne va pas adhérer. Cindy est notre clef.

Quand j'arrive devant le bureau de Kristen, je surprends Austin en pleine conversation avec sa secrétaire et si j'en crois le sourire sur son visage, je suis certaine que celle-ci lui a fait quelques confidences, reste à savoir en échange de quoi. Elle est sous son charme, boit chacune de ses paroles, et ça me gonfle.

— Je dérange ?

Mon ton est un peu sec.

Austin se retourne comme si de rien n'était tandis que l'assistante me fusille du regard.

— Tu es presque en retard.

Je secoue la tête, l'air de dire « ben voyons, prends-moi pour un lapin de trois semaines ».

Austin frappe à la porte de la boss.

— Entrez.

Lorsqu'on pénètre dans son bureau, nous sommes surpris d'y découvrir Stuart.

— Installez-vous.

Nous prenons place autour de la table ronde auprès de Stuart qui rentre aussitôt dans le vif du sujet.

— Vous avez fait de l'excellent travail, tous les deux. Je vous félicite.

Je croise le regard d'Austin qui me sourit avec fierté.

Comme si un poids quittait mes épaules, je me détends et le lui retourne.

— Mais dites-moi, comment avez-vous réussi à avoir Cindy Gambail ?

— Nous n'allons pas vous dévoiler tous nos secrets, Stuart, dit Austin en rigolant.

Et en plus, il en joue.

— Stuart vient de me dire, avant que vous n'arriviez, qu'il validait votre projet de campagne de pub. Vous avez fait de l'excellent travail, je vous félicite, s'exclame Kristen.

Je n'en reviens pas, on a réussi. Je jubile intérieurement. J'échange discrètement un regard complice avec Austin. Je suis si heureuse. À ses yeux lumineux, je comprends qu'il est dans le même état euphorique que moi.

— Stuart a insisté pour être présent et voulait vous l'annoncer lui-même. Voilà qui est fait. Je suis certaine que vous avez des tonnes de choses à faire. Et nous devons signer des documents. Je vous laisse voir le juridique pour la rédaction du contrat de Cindy et Karl Preston. Vous serez en charge de superviser la campagne.

Comment se faire expédier avec classe en une leçon. Nous nous levons et prenons congé. Une fois la porte refermée, Austin attend qu'il n'y ait plus d'oreilles indiscrètes pour me féliciter.

— Alors, mademoiselle Cabbage vous voilà rassurée ?

— Oui, carrément. Je sais, tu vas me dire qu'il n'y avait aucun doute.

— Ça tient toujours pour ce soir ?

Évidemment.

— Oui, avec plaisir, on va fêter ça ! On peut décaler à 19h30 ?

— OK, pas de soucis, j'apporte le champagne.

— Top ! Josh doit m'attendre, je l'ai laissé en plan au restaurant, je vais lui annoncer la bonne nouvelle.

Lorsque j'arrive à proximité de nos bureaux, je le découvre en pleine conversation avec Dana. Tous deux s'interrompent et se retournent en m'entendant.

— Alors ? demandent-ils en chœur.

J'esquisse un sourire qui illumine leurs yeux.

— On a réussi ? s'enquiert Dana.

— Haut la main !

Austin interpelle Dana au loin, elle s'excuse avant de détaler. Nous passons le reste de l'après-midi à travailler sur nos dossiers respectifs.

Je m'octroie une petite pause pour envoyer un message à Carla.

Moi : Le projet a été validé ☺

Sa réponse est instantanée.

Carla : Félicitations, ma belle ! Tu sais ce qu'il te reste à faire…

Moi : Te payer le champagne ?

Carla : Célébrer ça avec l'avion de chasse.

Moi : Il vient à l'appart ce soir pour fêter ça.

Avec cette réponse, Carla ne va pas me lâcher.

Carla : Tu sais ce qu'il te reste à faire : mettre tes angoisses dans le placard et profiter du moment. On n'a qu'une vie alors, fonce, lâche-toi un peu ET surtout écarte les jambes ! Heu non ! Avant, épile-toi !!!!! lol

Moi : Sous-vêtements noirs ou rouges ?

Carla : Si ça ne tenait qu'à moi, rien.

Pff…

Je lève les yeux au ciel. Elle n'en rate pas une. Je pose mon téléphone sur la table face cachée. Je me demande comment je vais m'habiller, ce que l'on va manger et surtout si je vais être le dessert. Carla a raison, je dois me lâcher. Ça fait des semaines que ça dure. Je ne tiens plus. D'ailleurs, il n'est pas prêt à la Ellie qui va le recevoir. Je me répète comme un mantra que c'est juste pour une nuit d'égarement pour ne pas espérer plus. Mon petit doigt me chuchote que je vais passer un moment mémorable. Je décide de rentrer plus tôt du bureau sous le regard interrogateur de Josh.

Dire que je suis anxieuse est un doux euphémisme. Je suis en stress total. Austin va débarquer dans moins de dix minutes et je ne sais toujours pas quelle attitude adopter. Enfin, au fond je le sais, sinon je n'aurais pas troqué mon pantalon pour une jupe patineuse, des bas noirs et un chemisier en voile assorti. Une petite voix me prévient inlassablement que ce n'est peut-être pas une bonne idée, mais je ne l'écoute pas. J'ai lissé mes cheveux et retouché mon maquillage en ajoutant une crème pailletée pour me donner un teint festif. Je suis si heureuse que notre collaboration ait porté ses fruits. Je n'en reviens pas encore.

J'ouvre le frigo et sors quelques victuailles que j'ai achetées avant de rentrer à l'appartement. J'attrape une planche et j'y installe, méticuleusement, les tomates, le fromage et la charcuterie. Chargée de mon plateau, je me dirige vers la table basse et manque de me vautrer sur le canapé. Je râle en vérifiant ce qui obstruait le passage : encore une foutue chaussure de Carla. Ma coloc est bordélique. Je pousse la chaussure du pied pour la glisser sous le sofa. L'imaginer à quatre pattes, pestant, sera ma vengeance.

Je me dépêche de sortir deux coupes avant de regarder une dernière fois mon reflet dans le miroir. L'interphone sonne. *C'est lui !*

Je me dirige vers l'entrée et déverrouille, sans prendre la peine de demander qui c'est. Je lisse nerveusement les pans de ma jupe courte, passe mes mains dans mes cheveux.

Il ne tarde pas à toquer à la porte, et je souffle un grand coup pour me donner du courage.

Lorsque j'ouvre, Austin m'observe, l'œil appréciateur. Il lève la bouteille de champagne qu'il me tend.

— Merci, je t'en prie, entre.

Je lui cède le passage et referme derrière lui.

— Tu es très en beauté, me complimente-t-il en se tournant légèrement pour jauger de ma réaction.

— C'est gentil. Je ne te montre pas le chemin, plaisanté-je, taquine.

— Ça ne sera pas nécessaire en effet, dit-il en souriant.

Austin retire son manteau qu'il dépose sur le rebord du sofa.

— Est-ce que je peux emprunter ta salle de bains deux secondes ?

— Oui, bien sûr.

En attendant qu'il termine, je sors un paquet de chips que je verse dans un bol.

Il prend place sur le canapé et je m'installe à ses côtés, pas trop près, mais suffisamment pour sentir son parfum.

— Je te laisse ouvrir le champagne ? lui proposé-je d'une voix un peu haut perchée, trahissant mon malaise.

— Pas de soucis.

Il déboutonne ses manches et attrape la bouteille sur la table basse.

Alors qu'il s'attelle à la tâche, j'en profite pour l'observer. Je ne suis pas la seule à m'être changée, à ce que je vois. Il a troqué son costume pour un chino noir et une chemise bleu nuit. Je fixe les muscles de ses bras en action. Je suis intimidée, et j'ai terriblement chaud d'un coup.

— Je te trouve bien silencieuse, se moque-t-il.

À croire qu'il sait à quoi je pense, ce qui me fait rosir.

— Je te regarde faire, il n'y a pas de mal à ça que je sache.

— Hum hum.

Le bouchon saute, et le liquide avec. Austin saisit une coupe et verse le champagne dedans, puis me la tend.

— Alors, tu t'es remise de tes émotions ?

— Oui, je suis contente du retour de Stuart.

En pivotant légèrement, son genou touche le mien. Nous nous dévisageons sans rien dire. La tension monte doucement.

— C'est amplement mérité. À notre collaboration et au fait qu'on ne se soit pas écharpés, annonce-t-il en venant taper délicatement son verre contre le mien.

— Tchin, réponds-je en souriant.

— Au fait, je me suis permis de rappeler mon contact pour visiter le lieu demain après-midi, le plus tôt sera le mieux. J'ai envoyé un mail à nos moitiés respectives. J'espère que ma prise d'initiative ne te gêne pas.

— Pas le moins du monde, au contraire.

Je suis ravie de constater que notre projet a passé la seconde, j'ai déjà hâte de voir le résultat final. Et la prévenance d'Austin me change agréablement de son comportement individualiste du début de notre collaboration. Comme quoi, il a pris en compte mes remarques sur sa tendance à tout vouloir diriger. Maintenant, on forme vraiment une équipe.

Nous buvons tous deux une gorgée.

Nous nous fixons, il pose sa coupe pour me faire face. Mon souffle se raccourcit et notre proximité affole mes terminaisons nerveuses.

— Assez parlé boulot. Je ne suis pas venu uniquement pour ça. Je ne vais pas te mentir, Ellie, tu me plais. J'aimerais bien explorer notre attirance mutuelle, si j'en crois ce que l'on a commencé hier soir, suggère-t-il en me caressant le genou. Je peux t'embrasser ? me demande-t-il d'une voix rauque.

Je ne verbalise pas, j'ai la gorge nouée par l'appréhension, mais la flamme qui a dû illuminer mon regard répond à sa question et le pousse à prendre mon visage en coupe entre ses mains. Il approche sa bouche de la mienne, sonde mes pupilles. Il est délicat, sur la retenue, certainement de peur que je me rétracte, mais je ne fais rien qui pourrait l'empêcher d'aller au bout de cette amorce. Mon cœur entame une cavalcade effrénée dans ma poitrine, mon oxygène se raréfie. J'humecte mes lèvres, soupire d'envie. C'est le signal qu'il attendait.

Il pose ses lèvres charnues sur les miennes, m'embrasse tendrement dans un premier temps. Il lèche délicatement ma lèvre inférieure. Je tente de reprendre mon souffle devenu anarchique. Il en profite pour glisser sa langue entre mes dents et aller titiller la mienne sensuellement. Son assurance déclenche la mienne. Je faufile mes doigts dans ses cheveux, tire dessus, et appuie sur son crâne pour rapprocher son visage. Nos bouches sont soudées, se dévorent, se mordent même avec un appétit qui semble impossible à rassasier.

Nos langues dansent, s'enroulent et se déroulent dans un ballet érotique. Ce moment intense est plein de promesses. Ses mains dévalent de mes joues à mes épaules, longent mes flancs en une douce caresse pour atteindre mes hanches, parsemant ma peau d'un chemin de frissons. Il me soulève de façon à m'asseoir en amazone sur ses cuisses fermes, sans rompre notre baiser. Sa main gauche englobe mon cou, maintenant ma tête dans un angle lui permettant d'accentuer notre fusion. Son autre main fait des va-et-vient le long de ma colonne vertébrale, jusqu'à la lisière de ma jupe, sans jamais passer la barrière de mon chemisier pour caresser ma peau nue. Je m'enivre de son odeur, de son goût, de ses soupirs.

Sous mes fesses, je sens son désir. Je décale ma bouche pour passer ma langue sur sa barbe fine et atteindre son lobe d'oreille que je mordille. Il gémit. Je le grise par mon audace et m'enhardis. Je défais le premier bouton de sa chemise, mais mon corps se contracte et je marque un temps d'arrêt quand je sens le téléphone, resté dans sa poche, vibrer.

Je me redresse et me décale pour lui permettre d'attraper l'objet qui a fait éclater notre bulle.

— Il est hors de question qu'on nous interrompe une nouvelle fois, proteste-t-il, tendu.

Il décroche et répond rapidement.

— Je suis occupé, Derek.

Il raccroche aussi sec et l'éteint. Il est conscient de mon malaise. Je me triture les mains, indécise. Il ne laisse pas ma confusion s'installer, se positionne face à moi et dépose une multitude de baisers aériens sur mon visage, mes joues, mon nez, en passant furtivement à plusieurs reprises sur mes lèvres.

— On en était où ? ronronne-t-il d'une voix voluptueuse, contrastant avec sa façon virulente de répondre à son frère…

Je me réinstalle sur lui.

— Je crois qu'on en était là.

Je reprends notre baiser où on l'avait arrêté tout en défaisant les autres boutons de sa chemise. Mes mains s'y faufilent, atteignent ses épaules et je fais glisser doucement le vêtement. J'attendais ce moment, mon corps appelle le sien.

Je prends deux secondes pour apprécier le tableau que j'ai sous les yeux. La pulpe de mes doigts dévale son torse et ses muscles tendus, pour échouer sur son V indécent. Il est beau à se pâmer. Mon index passe et repasse le long de la ceinture de son pantalon, sans aller plus loin. Il est au supplice, je le rends fou et son gémissement qui meurt entre nos baisers enfiévrés me confirme son état.

Il se recule pour reprendre son souffle. Ses yeux bleus se sont assombris. Ils luisent d'une lueur nouvelle que je ne lui connaissais pas. Le désir le magnifie.

— J'ai tellement envie de toi, Ellie, tu ne sais pas le nombre de fois où j'ai imaginé ce moment.

Mon cœur bat à tout rompre. Il ne prend pas le temps d'enlever les boutons et passe mon chemisier par-dessus ma tête, découvrant ma poitrine tendue, recouverte d'un soutien-gorge à balconnet. Il me chatouille avec son nez, sa langue parcourt le haut de mon corps, s'aventure entre mes seins. Avec une habileté qui trahit la force de l'habitude, il me retire le bout de tissu dentelé.

— Tu… es… sublime…

Je rejette la tête en arrière ferme les yeux pour me focaliser pleinement sur la sensation. Il suçote un de mes tétons gorgé de plaisir, je ne retiens aucun gémissement, au contraire, je me laisse submerger par l'effet indescriptible qu'il me procure. Il s'attaque au second qu'il chérit tout autant que le premier.

Une de ses mains quitte ma poitrine pour relever doucement ma jupe. La lenteur de ses mouvements est une vraie torture. Il glisse sa paume le long de mon bas noir, affolant mes sens, et me faisant languir.

Sa main me caresse avec délicatesse et précision. J'ai du mal à reprendre mon souffle tant l'effet est ravageur. Austin me regarde droit dans les yeux. J'ai le sentiment qu'il fait attention à moi, à ce que je ressens, ne voulant pas commettre d'impair et jaugeant de mon état d'excitation. Je lui suis reconnaissante de ne pas brusquer les choses, de prendre le temps. Sa main quitte mes jambes, et sa chaleur me manque déjà. Il me décale sur le côté, se lève et dans un geste, m'invite silencieusement à le rejoindre. Nous sommes debout l'un en face de l'autre. Il fait descendre ma jupe et mes bas, me dénude entièrement. J'appréhende un peu de ne pas lui plaire et me raidis. Cela fait longtemps que je ne me suis pas retrouvée nue devant un homme. Austin a vu tellement de femmes, je suis certaine qu'elles étaient toutes dotées d'un physique de mannequin, ce qui est loin d'être mon cas. Comme s'il lisait dans mes pensées, il fait taire mes doutes en quelques mots.

— Délicieuse Ellie, tu me fais perdre la tête, murmure-t-il avant de se pencher pour m'embrasser à nouveau.

J'enroule mes bras autour de son cou. Il me plaque à lui d'une main possessive au creux de mes reins et me fait basculer sur le canapé. Allongé sur moi, ses mains me découvrent, me caressent.

Je ne suis plus maîtresse de mon corps, je capitule. Entre deux baisers, je pars à l'assaut de sa ceinture, de mes doigts tremblants.

Il se redresse, comprenant mon impatience et ma fébrilité, et finit de se déshabiller seul, ne gardant que son sous-vêtement. La chaleur de sa peau laisse place à la fraîcheur de l'appartement qui me saisit et pare mon épiderme de frissons. Son regard toujours verrouillé au mien, il fouille dans la poche de son pantalon et en sort un petit sachet carré, qu'il dépose à proximité.

Son caleçon noir Calvin Klein rejoint lui aussi le sol. J'imprime ses courbes dans mon esprit. Il est sculptural et sa plastique de dieu grec me donne le vertige.

Il me sourit, je me décale et il s'allonge face à moi. Nous nous embrassons encore et encore, la pression monte, nos mains sont partout et nulle part. Je ne tiens plus. Je tends le bras et tâtonne sur la table basse à la recherche du saint Graal. Je quitte ses lèvres à regret et arrache avec mes dents le coin de l'emballage du préservatif. Il le récupère et en recouvre son membre.

En appui sur ses coudes, il s'installe au-dessus de moi. Ses yeux scrutent les miens, cherchant mon consentement.

— Tu es sûre ? me questionne-t-il en caressant une de mes joues brûlantes.

Je me love dans sa paume, comme un félin en manque de caresses. Il dégage une mèche de mes cheveux prise entre mes lèvres.

— Sans aucun doute, viens.

Je pose mes mains sur ses hanches, l'invitant à se positionner à l'entrée de mon antre.

Mon souffle se coupe quand je le sens s'introduire en moi.

— Ellie… soupire-t-il.

Je ferme les paupières pour sombrer dans ce tumulte.

— Ellie, regarde-moi, s'il te plaît, je veux me perdre dans tes yeux.

Ma respiration s'accélère, incandescente. C'est si bon de le sentir glisser en moi avec passion. Ça faisait tellement longtemps que je n'avais pas ressenti ça. Cette plénitude. Mon ex était loin d'être aussi attentif à mon désir. J'ai le sentiment avec Austin que c'est l'inverse. Il cherche à me combler. Il me mordille l'oreille, susurre mon prénom.

Je ne m'attendais pas à cette alchimie ni à cette prévenance.

Tout mon corps le réclame. Mes mains agrippent ses fesses musclées pour accentuer la pression et le fondre en moi.

Ses mouvements prennent de l'amplitude, touchent ce point secret au creux de mon ventre, provoquant des décharges de plaisir qui m'arrachent des sanglots annonciateurs d'un cataclysme. Seul le son de la fusion de nos deux corps ricoche sur les murs de l'appartement. Nos souffles saccadés s'accélèrent, se répondent, se confondent. Je sens l'orgasme monter en moi, dévastateur au point de menacer de me terrasser.

— Austin…

Je me perds dans ses yeux acier, les miens se voilent de mille et une étoiles, je me cambre, m'abandonne et je crie son nom. Je tremble de tous mes membres, et Austin ne tarde pas à me rejoindre dans un grondement guttural. Mon corps convulse encore quelques secondes.

Quelque chose en moi se rompt. Je ne saurais dire quoi.

L'intensité retombe. Nos corps nus couverts d'un film de sueur demeurent soudés. Nous restons un moment enlacés à nous cajoler.

Une douche en duo plus tard (à redécouvrir, laver, caresser encore et encore nos peaux rougies par l'effort), nous grignotons, sur un plateau pour deux, ce que j'avais préparé.

Nous passons la soirée à nous embrasser comme deux adolescents. Il enroule une mèche de mes cheveux autour de son index. On parle de tout et de rien, de séries télé. Il me dit avoir horreur des téléfilms de Noël, beaucoup trop niais à son goût. Je m'en offusque gentiment, ce qui l'amuse. Alors que je me demande s'il est pertinent d'aborder des sujets plus graves, Austin me déclare qu'il est prêt à faire un effort si je suis à ses côtés. Mon cœur fait un bond, mais ma conscience joue sa rabat-joie. Je suis néanmoins tentée d'en déduire qu'il a envie que l'on se revoie. Je muselle cette petite voix chargée d'espoir. Je ne veux pas être déçue.

Je l'invite à rester dormir et prolonger ce moment d'intimité. Il me fait l'amour à nouveau, toujours avec autant de tendresse et de passion. Il parsème mon cou puis mon épaule de baisers exquis. Je me sens toute bizarre d'un coup. Je ne m'imaginais pas qu'il soit de ce style-là, doux et à l'écoute de sa partenaire. Jouait-il un rôle ? Ai-je eu raison de craquer ? Vais-je le regretter ? Ou bien l'ai-je mal jugé dès le départ ? Il s'endort le premier, éreinté certainement après cette journée riche en émotions. Toutes ces questions tournent en boucle dans ma tête, mais je ne tarde pas à le rejoindre dans un sommeil profond, je suis épuisée.

Je suis réveillée par une sonnerie lointaine. Mince, mon réveil. Lorsque je me lève, je constate que le lit est vide, et que sa place est froide. Où est Austin ? Quelle heure est-il ? Je n'ai pas pensé à prendre mon téléphone hier soir avant qu'on aille se coucher.

J'enfile à la hâte un tee-shirt qui traîne, et cours éteindre l'alarme. Je jette un œil autour de moi, mais rien ne laisse penser qu'un homme était présent ici hier soir, puis à mon portable pour voir si j'ai un message. Rien…

C'est la douche froide, le sang quitte mon corps. Je me sens mal. Cet enfoiré est parti en catimini. Je m'attendais à quoi au juste ? Il a eu ce qu'il voulait. J'ai eu ce que je voulais. OK, on ne s'était rien promis, il n'empêche que j'ai un petit pincement au cœur. Je m'affale sur le canapé, toujours le téléphone en main. Carla ne tarde pas à me rejoindre.

— Oh, toi, tu as…

Je lève mon index dans sa direction.

— Pas un mot, l'avertis-je.

— J'en conclus que ça ne s'est pas bien passé, dit-elle déçue.

Si, au contraire, ça s'est terriblement bien passé, mais il est parti. Et la bulle dans laquelle nous étions a éclaté.

CHAPITRE 14

Austin

Descente aux enfers…

Je suis réveillé par une main chaude posée sur mon torse. Je pivote doucement la tête dans sa direction. Ellie est étendue, nue, sur moi, une jambe par-dessus la mienne. Ses cheveux noirs recouvrent la moitié de son visage endormi et viennent chatouiller ma peau. *Elle est belle.* Je souris en entendant son léger ronflement. Je n’ose pas bouger pour ne pas la réveiller et profite encore un peu de sa chaleur. Je ne sais pas bien l’heure qu’il est, mais en jetant un œil dehors, la clarté est encore fragile. Je cherche des yeux mon téléphone. Je me souviens l’avoir éteint et laissé dans le salon. Cette soirée a été à la hauteur de mes attentes, une Ellie que je ne soupçonnais pas s’est révélée. D’une douceur sans pareille. Elle m’a chamboulé plus qu’aucune autre avant elle. J’ai aimé lui donner du plaisir. C’était grisant de la découvrir sous cet angle. Quand je repense à la nuit que nous avons partagée, à ses courbes qui se moulaient à la perfection aux miennes, je m’aperçois que mes expériences passées sont bien fades. Je ne sais pas trop comment je vais la retrouver au réveil. Sera-t-elle pleine de remords ? Douce comme la veille ? J’ai bien envie de la réveiller façon Chick, mais je lui laisse encore quelques minutes.

Je retiens ma respiration lorsqu’elle s’éloigne de moi, elle marmonne des mots inaudibles, ce qui me fait rire. Elle fait vraiment partie d’un autre monde.

Je profite d'être libre de mes mouvements pour sortir du lit, je passe vite fait par la salle de bains et vais récupérer mon téléphone dans la pièce à vivre pour vérifier l'heure. Je le rallume, quelques instants plus tard je panique lorsque je vois le nombre d'appels manqués, et pas que de Derek. Ma belle-sœur et Brighton ont également tâché de me joindre.

Tout de suite, je comprends qu'il s'est passé quelque chose, et je suppose que cela concerne ma mère.

J'essaie immédiatement de rappeler Derek. Après quelques sonneries, je tombe sur son répondeur. Bordel ! Putain ! Je tente Brighton et lui aussi est sur messagerie.

J'appelle Jenyfer qui décroche après deux tonalités.

— Austin, tu es où ?

Sa voix apeurée me fait culpabiliser.

— Qu'est-ce qu'il se passe ? C'est maman ? Il lui est arrivé quelque chose ? demandé-je sans prendre la peine de lui expliquer la raison de mon absence.

— Elle est aux urgences de l'hôpital Presbyterian de New York. Brighton et Derek sont à son chevet.

— C'est grave ?

— Elle a fait un malaise.

La panique me gagne.

— J'arrive.

Je coupe aussi sec. Je récupère mes fringues éparpillées au sol en n'ayant qu'une idée, partir d'ici pour rejoindre ma mère. J'ai déconné, j'aurais dû répondre à Derek, au lieu de ça, je lui ai raccroché au nez sans penser que ça pouvait être important. Je m'en veux terriblement.

Je sors de l'appart et monte dans le premier taxi qui passe. Je suis comme un fou, ne souhaitant qu'une chose, arriver le plus vite possible. Je ne sais pas réellement de quoi il en retourne. La voix paniquée de Derek sur mon répondeur me revient comme un boomerang. Avec le bruit environnant, je n'ai pas compris un traître mot. Ma belle-sœur m'a parlé d'un malaise. J'espère que ce n'est pas trop grave.

Le taxi me dépose devant les urgences. J'attrape la première blouse blanche qui passe et demande où se trouve Evy Chick. L'homme m'indique qu'il ne sait pas, qu'il faut que je me renseigne à l'accueil. Je ne prends pas la peine de le remercier que je pars déjà direction la petite dame à lunettes derrière son ordinateur.

— Bonjour, ma mère a été transportée d'urgence ici hier soir.

Je me frotte le visage nerveusement. Elle m'observe avec empathie, mon désarroi ne la désarçonne pas, mais je sens qu'elle compatit.

— Comment s'appelle votre mère, monsieur ?

— Evy Chick.

Elle pianote sur son clavier.

Mon cœur bat à tout rompre. J'ai l'impression de suffoquer. J'ai déjà vécu ça par le passé. Les démons s'éveillent et le visage de mon père traverse mon esprit. J'ai la sensation que des lames de rasoir cisaillent mon estomac.

Je me raccroche au comptoir.

— Elle est en chambre 115, monsieur.

— Austin !

Je reconnais la voix de mon petit frère. Je pivote pour observer Derek le teint pâle et fatigué, stigmates d'une nuit mouvementée, traverser le couloir.

Je me tourne vers la vieille dame.

— Merci.

— Je vous en prie.

Je rejoins mon frère en deux enjambées.

— Tu étais où ? me demande-t-il avec urgence.

— Chez Ellie…

— Putain, on a essayé de te joindre cent fois.

En voyant ma tête défaite, il n'insiste pas.

— Comment va maman ?

— Elle est un peu chamboulée, mais ça va.

— Est-ce qu'un docteur est venu vous voir pour vous expliquer ce qu'il se passe ?

— Oui, il nous a juste dit qu'elle avait fait un malaise, qu'il la gardait en observation pour faire des examens. On ne sait rien de plus.

Voir mon petit frère dans cet état me ravage. Putain ! J'aurais dû être avec eux.

Nous rejoignons la salle d'attente. Brighton est au téléphone. Lorsqu'il m'aperçoit, un regard noir peint ses traits. Il m'en veut et je le mérite. Comment leur expliquer que j'étais avec une fille pendant qu'ils étaient tous présents pour notre mère ? Je sais qu'une fois qu'il va raccrocher, je vais en prendre plein la gueule tout comme la première fois. C'est un véritable cauchemar. J'aimerais pouvoir me réveiller et me rendre compte que tout cela est une farce, mais c'est bien la triste vérité.

Brighton nous rejoint.

— J'espère que tu es fier de toi.

Derek s'interpose entre nous.

— Brighton, ne fais pas ça s'il te plaît, l'implore-t-il.

Je ne bronche pas, il a raison, je ne suis pas fier de moi. Je mérite qu'il me noie de ses reproches.

— Désolé.

— Quand apprendras-tu à te comporter comme un adulte ? Laisse-moi deviner… Pendant que maman est là, tu te tapais la première venue ?!

— Brighton ! réprimande Derek. Ce n'est ni le lieu ni le moment, OK ?

Nous sommes interrompus par une femme en blouse blanche avec un dossier entre les mains, accompagnée par une jeune fille à lunettes.

— Bonjour, messieurs, vous êtes de la famille de madame Chick ? nous questionne-t-elle.

— Oui, répond Brighton. Nous sommes ses trois fils.

— Bien. Votre mère a subi une grosse baisse de tension, ce qui explique son malaise. Elle s'en sort avec quelques ecchymoses, rien de grave a priori, mais nous devons la garder pour un check-up plus complet. Nous sommes en attente des résultats de ses examens sanguins, nous avons également planifié de lui faire passer une radio dans la journée pour vérifier qu'il ne s'agit pas d'une fracture de la cheville. Il faut qu'elle se repose. Elle m'a demandé de vous dire de ne pas vous inquiéter, ajoute-t-elle en souriant. Je vous laisse, j'ai d'autres patients à voir. Bonne journée, messieurs.

C'est tout elle, ça. Toujours en train de se faire du souci pour ses fils. Avant qu'elle ne parte, je l'interpelle.

— Est-ce qu'on peut la voir ?

— Oui, mais pas tous en même temps s'il vous plaît.

— J'y vais, annonce Brighton d'un ton qui ne laisse pas place au choix.

Je ne dis rien même si je n'en pense pas moins. Je profite qu'il s'éloigne pour m'asseoir sur une chaise et souffler.

Derek me suit.

— Ça va, frangin ? me demande-t-il tout en s'installant à mes côtés.

— C'est pas la joie. Je culpabilise de ne pas avoir été là pour elle.

— Maman a dû trop forcer, rien de plus. Je suis sûr que ses exams vont le confirmer.

Ça me rassure, mais n'enlève pas le poids qui pèse sur mon estomac. Je tente de partager son optimisme, cependant tant que je ne l'aurai pas constaté de mes yeux, je serai incapable de calmer mon angoisse.

— Ouais, mais bon, ça fait chier. Raconte-moi dans les détails ce qu'il s'est passé.

— Brighton et Jenyfer ont déposé les enfants hier matin, Dean ne se sentait pas bien. Quand Jenyfer a appelé pour lui demander si ça ne la dérangeait pas de les garder, tu connais maman, elle a sauté sur l'occasion. Je suis parti bosser et quand je suis rentré hier soir, les petits étaient surexcités. Maman m'a prié de m'en occuper le temps de se reposer un peu. J'ai bien remarqué qu'elle était épuisée. Au moment de rejoindre sa chambre, je l'ai vue tituber et tomber. Les enfants se sont mis à pleurer. J'ai appelé les pompiers tout en essayant de calmer Dean et Steven. Par chance, Jenyfer est arrivée au même moment. Maman a repris connaissance, mais ne savait plus où elle était. Elle était désorientée et confuse. C'était horrible de la voir dans cet état. Je me suis senti impuissant, putain.

Plus mon frère avance dans son récit et plus je me décompose. Savoir qu'il était seul pour gérer la situation me tue. Je m'en veux tellement de ne pas avoir été là.

— J'ai essayé de te prévenir, mais…

Je lui ai raccroché au nez sans l'écouter. Si j'avais au moins décelé au son de sa voix que quelque chose n'allait pas. Mais non, connard que je suis, j'ai été un putain d'égoïste encore une fois ! Pendant que je prenais du bon temps, ma famille vivait l'enfer. Je suis un salopard égocentrique.

— Hey, mec, arrête de culpabiliser, OK ? Il n'y a pas mort d'homme, c'est juste un malaise.

— Ça aurait pu.

— Mais ce n'est pas le cas. Maman doit faire plus attention à elle. Elle n'a plus l'âge de s'occuper de deux petits monstres turbulents.

— Ouais… t'as géré, heureusement que tu étais là. Merci, p'tit frère.

— Je vais me prendre un café, tu en veux un ? me propose-t-il.

— Volontiers, merci.

Derek me laisse seul. Je pose mes coudes sur mes genoux, mon front reposant sur mes mains. Je repense à tout ça et le goût amer de la culpabilité me ronge. Je sais que Derek essaie de dédramatiser la situation, mais le résultat est là, ma mère est à l'hôpital et j'ai manqué à tous mes devoirs. L'année dernière, presque à la même période, les circonstances étaient similaires. Mes parents ont eu un accident et je n'étais pas là. J'étais chez moi avec ma copine du moment. Aux abonnés absents, trop occupé à tirer mon coup. C'est Brighton qui m'a sorti du lit en m'annonçant de la pire des façons la mort de notre père. Je m'en souviens comme si c'était hier.

Mes parents avaient loué une maison pour une semaine. Ils voulaient qu'on profite du réveillon ensemble. Jenyfer, les petits, Brighton et Derek étaient tous présents. Noël était un rituel familial incontournable. Ma mère raffolait de passer du temps en cuisine avec Jenyfer pendant que nous picolions entre mecs. Mon père me taquinait sur mon dernier flirt : Laura. Il m'avait prédit que mon pénis aurait ma peau un jour. Mon père était le type le plus cool au monde, aucun sujet n'était tabou. On adorait s'asseoir et discuter pendant des heures de sa jeunesse. Il disait que j'étais le fils qui lui ressemblait le plus. Toujours le premier à bringuer. J'étais gêné quand il me parlait de ses flirts avant maman. Le mec était un loup dans une bergerie. Je souris en repensant à ce moment. Mon père, sous l'œil acéré de Brighton, m'avait ordonné de rejoindre Laura. « Profite pendant que tu le peux encore ».

Noël était passé, il restait deux jours avant que chacun reprenne sa routine. J'avais donc suivi son conseil sous la désapprobation de Brighton. Avant de refermer la portière, mon frère m'avait fait une leçon de morale sur la famille et l'importance de passer des moments ensemble. Je l'avais écouté d'une oreille distraite. J'avais reçu, plus tôt, une photo de Laura nue, alors peu importe ce qu'il pouvait me dire, mon choix était fait.

J'ai appris l'accident de mes parents par mon frère qui avait débarqué chez moi en frappant comme un dingue à la porte. Brighton m'avait pourri, c'est limite moi qui étais coupable dans l'histoire. Je revois ses yeux meurtriers, j'entends encore le son de sa voix écorchée par ses hurlements.

Je suis sorti de ma torpeur par l'arrivée de Brighton.

— Maman veut te voir.

Il ne dit rien de plus et part s'asseoir loin de moi. Il m'en veut, c'est une évidence. Je suis d'ailleurs étonné qu'il ne crache pas son venin en l'absence de notre petit frère.

— Quelle chambre déjà ?

J'ai un doute sur ce que la dame de l'accueil m'a indiqué.

— Au fond du couloir à gauche, chambre 115.

Je frappe doucement à la porte avant de l'ouvrir.

Ma mère me sourit en me voyant sur le seuil. Un sourire las, fatigué. À bout de force.

Je n'ose pas trop m'approcher.

— Tu sais que l'on ne m'a pas décelé la syphilis, mon fils ? Tu peux t'asseoir près de moi.

Je fais mine de vomir, ce qui lui arrache un petit gloussement.

— Sérieusement, de toutes les maladies, tu m'en sors une sexuellement transmissible, vraiment ?

Elle est branchée de partout, le bip régulier de la machine me donne froid dans le dos. Je déteste voir ma mère dans cet état.

— Je vais bien, Austin, viens t'asseoir.

Elle tapote un petit bout de lit à côté d'elle. Je ne me fais pas prier.

— Tu nous as fait une peur bleue, maman.

— Je ne savais plus comment attirer l'attention de mes fils alors il fallait bien que je trouve un subterfuge.

Comment fait-elle pour garder son humour ?

— Eh bien tu as réussi ton coup, tu nous as terrorisés.

Elle me caresse le bras d'un geste tendre. Je recouvre sa main frêle de la mienne.

— Ce n'est rien, juste un accès de fatigue. La journée d'hier a été longue. Les petits m'ont épuisée, dit-elle en rigolant. Je soupçonne Dean de l'avoir fait à l'envers à ses parents pour faire l'école buissonnière.

Elle semble amusée. Tout lui. Ça ne m'étonnerait pas.

Elle grimace de douleur en bougeant. Je n'aime pas ça.

— Maman, il faut que tu fasses attention à toi. Garder les enfants toute une journée, ce n'est plus possible. Brighton et Jeny doivent trouver un autre plan B.

— N'en veux pas à ton frère. Et ça me fait du bien, ils me remontent le moral, tu sais…

Je ne réponds rien, loin de moi l'idée de donner du souci en plus à maman. Pour l'heure, elle doit juste se reposer.

— Alors ? Tu étais où hier soir ?

— Je n'ai pas très envie d'en parler maman.

Je baisse la tête, honteux.

Elle saisit mon menton et me force à le relever pour lui faire face. Ses yeux rivés aux miens, elle me dit d'un ton ferme.

— Austin Chick, je ne veux pas que tu culpabilises, OK ? Tu n'étais pas là hier, car tu as ta vie et il est hors de question que tu arrêtes de vivre pour prendre soin de ta mère. Derek était là, pourquoi crois-tu que j'aie fait trois fils ? Comme ça, si un manque à l'appel j'en ai deux autres.

— Maman…

Je sais très bien où elle veut en venir.

— C'est toujours le même qui manque à l'appel, dis-je amèrement.

Son sourire s'efface, elle sait très bien ce qui me passe par la tête. *Papa.* Elle me surprend en me frappant l'épaule.

— Et je ne t'en veux pas le moins du monde, mon chéri. Le plus important c'est que tu sois là maintenant. Pour faire un gros câlin à ta mère.

Je la prends dans mes bras. Elle est exceptionnelle, j'ai tellement de chance de l'avoir. Elle est le pilier de notre famille, que ferions-nous sans elle ?

— Je refuse que tu culpabilises, Austin. Ce qui est arrivé l'année dernière appartient au passé. Et je suis heureuse que tu n'aies pas été dans cette voiture. Je n'aurais pas survécu si tel avait été le cas.

Mon cœur se contracte, une larme s'échappe de mon œil droit que, discrètement, je fais disparaître avec un doigt. J'affermis mon câlin, la serrant plus fort. Je ferme les yeux un court instant, sa respiration lente calme la mienne. Son parfum apaise mes tensions.

Je cède ma place à Derek, qui débarque dans la chambre avec deux cafés dans les mains.

— Tiens, frangin, noir sans sucre.

Quand je vois le numéro de téléphone sur le gobelet, je ricane.

— Tu es sérieux ?

— Quoi ? me questionne ma mère.

Pour seule explication je lui tends mon gobelet pour qu'elle le constate elle-même.

Elle secoue la tête.

— Pas un pour rattraper l'autre, dit-elle en rigolant.

— Oh, merde, je crois que je t'ai donné mon café.

Nous papotons tous les trois malgré les contre-ordres du médecin, Brighton et Jenyfer nous rejoignent. La tension est palpable entre mon frère et moi, mais ni lui ni moi n'osons déclencher les hostilités, sous peine d'une mort certaine. Ma mère n'a pas d'humour quand il est question de querelles entre frères.

Nous avons décidé, mes frères et moi, d'une présence quotidienne auprès de maman à tour de rôle, je me suis proposé d'être le premier sur le roulement. Finalement, la radio a montré une simple entorse. J'envoie un message à Dana pour lui dire que je pose des congés pour le reste de la semaine et que je suis injoignable jusqu'à mon retour. Ellie doit être remontée d'avoir constaté que j'étais parti comme un voleur. Elle doit penser que ce n'était qu'une question de sexe entre nous. Alors que ça n'a pas été le cas pour moi. Jamais je n'ai ressenti ça par le passé. Au-delà de l'attirance physique, Ellie me fascine. J'aime son caractère bien trempé. Ellie est déterminée, ambitieuse, douce et fragile à la fois. Elle était mignonne avec ses gestes fébriles au moment de retirer ma ceinture. J'avais tellement envie d'elle. Depuis quelques semaines, on se tourne autour. On a été interrompus à plusieurs reprises, à chaque fois que j'étais sur le point de conclure. Je n'en pouvais plus d'attendre, ce qui m'a conduit à commettre l'erreur de ne pas répondre à mon frère.

J'avais si peur qu'elle se rétracte, qu'elle me repousse alors que je brûlais de désir pour elle, que j'en ai fait ma priorité aux dépens de mon rôle de fils. Ellie me rend fou. Ses yeux, sa peau, sa bouche m'ont électrisé. Il est inconcevable pour moi de la perdre, mais je dois d'abord faire le tri dans ces émotions inédites pour moi. Je n'ai pas la force de l'affronter, pas maintenant, mais je vais tout faire pour me faire pardonner. J'ai envie de plus, d'aller plus loin. Je lui enverrai un message dès que mon état émotionnel sera stabilisé. Me retrouver à l'hôpital me rappelle le drame que j'ai vécu il y a à peine un an, et la rancœur de Brighton ne m'aide pas à recouvre mon sang-froid. Ma mère a besoin de moi et vu ce qu'il s'est passé, je me dois de rester auprès d'elle. L'heure des explications sonnera bien assez tôt, mais pour l'instant, elle est ma priorité.

CHAPITRE 15

Ellie

Soirée de lancement

Je ne décolère pas. Je ne sais pas ce qui m'agace le plus, de m'être convaincue que ce serait une bonne idée ou le fait qu'il soit parti sans laisser de mot.

Pas un message, un appel, ni un petit bout de papier griffonné sur la table. Je m'attendais à quoi au juste : c'était bien ? On remet ça ? On parle d'Austin Chick, le plus gros queutard immature de tout New York. Malgré tout, mon ego a pris un coup. J'aurais aimé qu'il agisse différemment avec moi, qu'il me considère avec plus de respect. Je ne suis pas une fille qu'il a levée dans un bar, on est partenaires quand même ce n'est pas rien. Enfin pour moi. On se tourne autour depuis quelque temps, l'alchimie ne s'invente pas.

Carla me fait la conversation, mais ses mots s'envolent sans que je ne prenne le temps de déchiffrer leur signification. Je ne lui donne pas la réplique, cela ne semble pas la décourager pour autant. Je vois bien ce qu'elle cherche à faire, me sortir de ma torpeur, mais je suis bien trop mal pour ça. J'en suis encore au stade de la digestion. Je m'en veux. En franchissant le pas, je connaissais pourtant les conséquences.

Comment dois-je réagir quand je vais le croiser au boulot tout à l'heure ? Comment me comporter ? Faire comme si de rien n'était ? Le prendre à part et l'insulter ?

L'envie de passer pour pâle au bureau est tentante, mais les enjeux de la campagne sont bien plus importants. Je nourris le désir que Kristen me sélectionne pour lui succéder. Et puis ça m'apprendra à me laisser aller de la sorte. Je me gifle mentalement.

Le compte à rebours est lancé. Ce n'est pas le tout de monter un projet, maintenant le plus dur est de le mettre en production dans un temps record.

Je vais faire comme si de rien n'était et avancer avec la boule au ventre. J'espère qu'il n'aura pas le culot de glisser des allusions. Je n'ai pas envie que notre aventure éphémère parvienne aux oreilles de Kristen. Peut-être qu'il fera abstraction de notre nuit ?

Je sens le mal de tête pointer le bout de son nez. Il faut que j'arrête de me torturer l'esprit. Je dois me convaincre que cette incartade était insignifiante. Pourtant, mes courbatures témoignent du contraire. C'était une nuit exceptionnelle comme je n'en avais jamais connu. Austin est doué. J'ai toujours son odeur sur la peau, les images de nos corps enlacés, le goût de ses lèvres sur les miennes. J'entends encore le son de ses râles à mon oreille. Je frissonne.

Je laisse ma tête reposer sur ma main, le regard vers la fenêtre. Le ciel est nuageux. Je me lève pour observer les mouvements dans la rue.

— Ellie ?

La voix insistante de mon amie me tire de mes songes. Je me tourne vers elle en croisant les bras.

— Oui ?

— Est-ce que tu es sûre que tu vas bien ? Je m'inquiète. D'habitude, tu es le moulin à paroles de la maison et là tu es muette comme une tombe. Tu ne veux pas en parler ?

Peut-être que me confier sur ce que je ressens pansera temporairement mes blessures.

— Il n'y a pas grand-chose à dire, on a passé la nuit ensemble et il est parti comme un voleur.

Je me réinstalle à table, Carla dépose une tasse fumante de café sous mon nez.

— Tu sais très bien à qui tu avais affaire. Ne garde que le bon de cette soirée. Tu as passé un excellent moment et c'était le but, non ?

Elle n'a pas tort, je le sais, mais c'est plus fort que moi, je suis dégoûtée. Je ne suis pas comme Carla, abonnée aux plans d'un soir.

— Tu as raison, c'est juste que…

Je laisse délibérément un silence avant de poursuivre :

— J'aurais préféré que ça ne se termine pas comme ça entre nous.

— Ce mec est une plaie, beau je te l'accorde, mais il t'insupporte plus qu'autre chose, non ?

— Peut-être, mais pour être tout à fait honnête avec toi, j'aurais aimé qu'il se passe un peu plus.

— C'était aussi bien que ça ?

— Mieux… et je ne sais pas trop comment réagir face à lui tout à l'heure.

— Tu fais comme si ce n'était rien, tu gardes la tête haute. Mets-toi dans le crâne que tu l'as utilisé comme on se servirait d'un tampon. Tu en as profité, c'était top, maintenant tu le jettes.

La comparaison n'est certainement pas celle que j'aurais employée, mais elle n'est pas mauvaise et a au moins l'avantage de me soutirer un sourire. Elle a raison, je vais m'habiller et oublier cette soirée.

Après avoir pris une bonne douche, j'enfile des collants et opte pour une belle robe crayon blanc et noir mi-cuisse.

Je fouille dans mon placard à la recherche de mes cuissardes noires en daim à talons hauts, mon blazer à doublure assez épaisse pour vaincre la fraîcheur matinale et me voilà parée. Je passe devant Carla qui est allongée sur le canapé en train de regarder la télé. Elle siffle en m'apercevant.

— Sexy !

— Il va voir ce qu'il va voir !

— J'aime la femme conquérante et sûre d'elle devant moi. Il va s'en mordre les doigts d'avoir filé à l'anglaise. Couvre-toi, ajoute-t-elle. La météo indique qu'une vague de froid va s'abattre sur la ville. Il paraît même qu'il va neiger. D'ailleurs, j'ai complètement oublié de te le dire, mais pour samedi j'ai appelé et bloqué le spa.

— Top !

— Et samedi soir j'organise un happening à la boîte sur les duos télévisés. Je nous ai réservé nos tenues.

Encore une soirée à thème ? C'est bien ma veine.

— Désolé Carla, je passe mon tour, je suis fatiguée et je préfère ne pas sortir.

Carla me fait les gros yeux.

— Sérieusement ? Je suis dégoûtée, parce que je suis persuadée que ça te ferait du bien.

Son téléphone sonne, je vois son visage se décomposer.

— C'est qui ?

J'ai ma petite idée.

— Un message de ma mère qui me demande ce que je veux pour Noël.

— Tu vas lui répondre quoi ?

— Je ne sais pas encore. Elle te passe le bonjour, et compte également sur ta présence, ma chérie.

— C'est gentil, remercie-la de ma part.

Depuis que l'on se connaît, sa mère me convie chaque année à partager les fêtes avec eux. Elle est au courant de mon passé. Si Marta est un amour avec moi, elle n'est pas tendre avec sa fille. Elle ne tolère aucun écart quand il s'agit d'elle. Carla fait tout pour la faire sortir de ses gonds. Les Noëls sont animés chez les Spencer. Son père, qui est calme et qui ne parle pas beaucoup, se met généralement à côté de moi et consacre sa soirée à remplir mon verre de vin pendant que les deux femmes occupent leur temps à se crêper le chignon.

J'entends ma coloc râler dans mon dos pendant que j'enfile mon gros manteau et mon écharpe noire. Un dernier coup d'œil à mon téléphone et me voilà partie en direction du bureau. Je suis tellement de mauvaise humeur que je saute, à nouveau aujourd'hui, l'étape cookie. Il ne faudrait pas que ça devienne une habitude.

Lorsque Davidson m'aperçoit dans le hall, il hoche la tête chaleureusement, mais sent bien que quelque chose cloche. Par chance, il est en pleine conversation avec un agent technique. Je me faufile parmi la foule et entre dans l'ascenseur. Je sors mon portable et fais mine d'être occupée, histoire qu'on ne m'adresse pas la parole. On ne sait jamais.

Je ne me reconnais pas en agissant de la sorte, mais c'est plus fort que moi. J'ai besoin de m'isoler, de passer inaperçue.

Lorsque j'arrive à mon étage, je relève la tête. Quelle n'est pas ma surprise, quand les portes de l'ascenseur s'ouvrent, de trouver Dana et Josh en pleine conversation. Tous deux tiennent des gobelets fumants dans leurs mains.

— Salut, Ellie, tu vas bien ? me demande Josh.

Ils sont tous les deux souriants.

— Oui, réponds-je en fronçant les sourcils. C'est bien la première fois que je suis accueillie de la sorte.

— Ce n'est pas tous les jours que l'on a rendez-vous au Woolworth Building. D'après la météo, il risque de neiger.

— C'est un signe de bon augure. Comme ça on sera dans le thème, dit Dana en rigolant.

Nous sommes interrompus par un bip sur son portable, annonçant l'arrivée d'un SMS. Au fur et à mesure qu'elle en prend connaissance, son visage se décompose.

— Bon, eh bien, Austin ne sera pas là.

— Je te demande pardon ?

— Il m'a envoyé un message pour me prévenir qu'il posait le reste de la semaine en congé.

— Quoi ?

Ma voix est plus forte que je ne l'aurais voulu. Ce qui me vaut les regards interrogateurs de mes deux comparses.

— Ça ne lui ressemble pas de faire ça, je vais tenter de l'appeler, dit-elle en s'excusant et en partant en direction de son bureau.

Je suis scotchée. Si je m'attendais à ça. Je n'arrive pas à croire qu'Austin me plante. J'essaie de me dire qu'il doit y avoir une raison plausible, mais en connaissant le personnage, j'ai de gros doutes. Se pourrait-il qu'il n'assume tellement pas ce qu'il s'est produit entre nous qu'il fuie ? Non, c'est impossible.

— Allô, la Terre, ici Josh. Ellie, tu me captes ?

Eh merde ! Voilà que Josh me dévisage, circonspect.

— Je peux savoir ce qu'il se passe ?

— Pas ici.

Je me dirige vers les toilettes mixtes, Josh sur mes talons. Je prends soin de refermer derrière nous et me baisse pour voir si nous sommes seuls.

— Ton attitude est étrange, souligne mon collègue en posant les mains sur ses hanches. Tu m'expliques ?

— Bon, Austin et moi on a…

Mettre des mots à haute voix sur ce que l'on a fait est plus difficile que je ne le pensais. Le rouge me monte aux joues.

Josh, pas du tout discret, crache un « Oh, mon Dieu » digne de ce nom.

— Chut, le réprimandé-je. Je ne veux pas que ça s'ébruite.

— C'était un bon coup ? Putain, je suis sûr que tu vas me dire oui. En plus, il a un de ces culs ! L'étage est unanime à ce sujet.

Tout, mais pas ça. Savoir que toutes les nanas et les gays de l'étage s'extasient sur son postérieur me donne envie de vomir.

— Josh, tu t'égares, là ! le corrigé-je. Focus !

— Pardon, pardon, pardon, Ellie, mais tu me balances ça comme ça, sérieux je n'étais pas prêt.

— Et moi donc, une nuit et le lendemain, il nous pose un lapin.

— Tu t'es épilé le maillot au moins ?

Je tombe des nues.

— Tu n'es pas réellement en train de sous-entendre qu'il a pris la fuite après avoir découvert mes attributs, parce que si c'est ça, je te jure que je t'étripe.

Josh se marre, mais ne voyant pas l'ombre d'une trace d'humour de ma part, il reprend son sérieux.

Il relève le buste et enfile la casquette du copain solidaire.

— C'est un gros con, mais je ne t'apprends rien. Trêve de plaisanterie. Bon, on va faire comment pour cet après-midi ?

— Pas le choix, on va faire sans lui, je te jure que quand il va rentrer, il va m'entendre.

La porte des toilettes s'ouvre à la volée. Denver fait son apparition, le teint pâle. Houlà, il a l'air malade.

— Vous n'avez pas un autre endroit pour parler ?

Il gigote de façon bizarre.

— Indigestion ? demande Josh sur un ton moqueur.

— Va te faire voir, Joshua ! s'énerve-t-il.

— On s'en allait, Denver.

— Voilà ce que ça fait de trop lécher le cul de la direction, tonne Josh avant de refermer le battant.

— Tu ne trouves pas que tu as été trop dur ?

— Pas du tout, ce mec est une plaie.

Ce n'est pas faux.

Je rejoins mon bureau et je reprends le taureau par les cornes. Pas de temps à perdre en futilités.

Je rédige un mail à l'attention de l'agent de Cindy pour lui expliquer que nous aurons besoin d'elle à partir de la semaine prochaine.

La matinée s'écoule relativement vite et même si je passe mon temps à lorgner mon téléphone, je reste concentrée sur mon boulot.

Josh et Dana me proposent d'aller manger un bout avant de se rendre sur le lieu de rendez-vous. Les deux réunis sont de vrais moulins à paroles. Ils ont des tonnes d'idées complémentaires. C'est très agréable de discuter avec eux. Dana sous ses airs de vieille fille est de très bonne composition. J'essaie discrètement de connaître la raison de l'absence de son chef, mais elle n'en sait pas plus. D'ailleurs elle ne parvient pas à le joindre malgré les SMS et appels qu'elle lui a passés. Je me demande ce qui se cache derrière son silence. La curiosité me ronge. Je n'arrive pas à comprendre. J'ai beau retourner la situation dans tous les sens, rien ne justifie sa défection et son silence.

Arrivés sur le lieu-dit nous sommes accueillis par la « fameuse » connaissance d'Austin. Une sublime trentenaire qui ne pouvait que faire partie du tableau de chasse d'Austin. Elle doit d'ailleurs y trôner en bonne place. Cela renforce encore plus mon opinion sur mon collègue.

Tout comme ma matinée, l'après-midi passe à une vitesse folle entre nos appels, les mails nous ne voyons pas les heures défiler. Nous nous répartissons les tâches. La mienne consiste à tout préparer pour l'arrivée de Cindy et Karl, Josh et Dana checkent avec l'équipe de production le storyboard et les derniers détails concernant le décor, les accessoires et les tenues. Le temps file à toute allure, et le tournage doit être calé au millimètre, vu le délai affreusement court que Stuart nous a imposé. Au milieu de l'après-midi, quelques flocons sont tombés. Ils n'ont pas tenu, mais ça m'a beaucoup inspirée pour le spot. J'ai noté des pistes à creuser sur mon téléphone.

Lorsque j'arrive en fin de journée à l'appart, je suis exténuée. La première chose que je fais, c'est d'enlever mes bottes à talons qui m'ont meurtri les pieds. Je file dans la salle de bains, pressée de me délasser dans la baignoire dans laquelle je laisse tomber une quantité industrielle de sels odorants pour avoir une belle mousse. J'allume quelques bougies pour l'ambiance cosy. J'ôte mes vêtements et enfile un peignoir tout doux. Je vais en direction du frigo pour me servir un peu de vin blanc frais, après réflexion, j'embarque avec moi la bouteille avant de rejoindre la salle de bains emplie de buée. Je pose mon verre sur le rebord, à côté de mon portable, retire mon peignoir, attache négligemment mes cheveux dans un chignon de fortune et me laisse glisser dans l'eau chaude. Mes nœuds se délassent, mes muscles se détendent. C'est fou ce que ça fait du bien. Un baume pour la peau, le corps et le cœur.

Je regarde pour la énième fois mes messages. Ça me bouffe de ne pas avoir de nouvelles d'Austin. Un verre après l'autre, je tombe la bouteille, déjà entamée pour ma défense. La tête me tourne légèrement. Je ferme les yeux et le souvenir de ma nuit refait surface. N'y tenant plus, je saisis mon téléphone et tape un SMS.

Moi : On en est là ? Sérieusement, des congés ? Je ne suis pas une enfant, je sais prendre mes responsabilités contrairement à d'autres.

J'ai envie de le pourrir davantage, parce qu'au fond j'attendais plus de respect de sa part.

Moi : Tu agis comme le dernier des connards. Ce n'était qu'une foutue nuit qui n'a pas compté. Si encore ça avait été mémorable…

Je repose mon téléphone, à cran, lasse. Je me laisse couler dans mon bain, au point d'immerger l'intégralité de ma tête sous l'eau. Je fais le vide, essaie de me concentrer sur autre chose que lui, mais rien n'y fait. Je n'arrive pas à effacer son visage, son corps imbriqué au mien. Austin s'est immiscé dans mon esprit sans que je ne parvienne à l'en déloger. Je le déteste d'agir de cette façon. Au point même de mettre en péril la campagne de publicité. Il est immature, bref c'est un sale con. Quand je vais le recroiser, je vais lui faire regretter d'être né. C'est dans cet état d'esprit que je file me coucher.

Mes deux dernières nuits sont agitées, je ne cesse de me tourner et me retourner dans mon lit. Lorsque le réveil sonne, j'ai le sentiment de ne pas avoir fermé l'œil de la nuit. Par réflexe, j'attrape mon téléphone. Je remonte sur les derniers messages envoyés. Je constate qu'Austin a vu mes SMS, mais aucune foutue réponse de sa part. Quel connard ! Aucun respect. Je sens que cette journée va être longue, heureusement que c'est vendredi. Je dois superviser la campagne. Les directives ont été données à l'ensemble des intervenants. On commence le tournage dès la semaine prochaine, il ne reste plus qu'à fignoler les derniers détails avant la mise en production. Je file dans la salle de bains pour me préparer. Alors que je suis sous la douche, j'entends la porte s'ouvrir. Je décale le rideau pour y glisser la tête.

— Tu as une de ces têtes, Carla, tu sais qu'Halloween est déjà passé ? Flippant, ajouté-je en me moquant ouvertement de mon amie.

Les cheveux en bataille, elle bâille, ses yeux gonflés témoignent qu'elle se réveille tout juste. J'ignore comment elle fait pour tenir la cadence. Elle doit avoir à peine dormi une heure. En guise de réponse, elle me tend son majeur.

— La grande classe !

— Avant que tu partes, n'oublie pas que demain j'ai réservé le spa. Et le soir, je t'attends à la boîte, et je ne te laisse pas le choix, tu viens un point c'est tout. Norman et Josh seront de la partie. Et devine en quoi ils vont se déguiser ?

— Laisse-moi réfléchir.

J'ai beau chercher, je n'en ai aucune idée. Les deux réunis sont capables de tout.

— Kurt Hummel et Blaine Anderson dans Glee.

Malheur.

— Je t'en supplie, ne me dis pas qu'ils vont prendre le micro.

Elle se marre.

— Quand j'ai invité Josh, c'est le premier truc qu'il m'a demandé, s'il pouvait faire chauffer ses cordes vocales.

Je soupire. La dernière fois qu'on a fait un karaoké, j'ai cru que je ne récupérerais jamais l'audition. Le pire dans l'histoire, c'est que Josh est intimement persuadé qu'il a raté sa vocation dans la chanson. Et Norman le suit toujours dans ses délires.

— J'espère que tu lui as dit non.

— Je l'ai prévenu que la liste d'attente était longue, répond-elle en me faisant un clin d'œil.

Nous partons toutes les deux en fou rire.

Carla est la seule personne sur cette planète à réussir à me dérider. À chasser en quelques mots ma mauvaise humeur. Je n'ai vraiment pas le cœur à faire la fête, mais je ne dois pas laisser l'indifférence d'Austin m'atteindre à ce point.

— Je vais me préparer un café, tu en veux un ?

— Volontiers.

— Aussitôt dit aussitôt fait. Je t'attends dans la cuisine.

Je referme le rideau et termine de me doucher. Je sors en serviette et choisis les premiers vêtements chauds qui me passent sous la main. Pantalon à pince noir, tee-shirt à manches longues blanc et un gros pull col roulé noir. Une fois maquillée et apprêtée, je rejoins ma coloc.

Je m'installe face à elle. Elle relève la tête de son téléphone.

— Alors, comment ça va ?

— En colère, j'ai insulté Austin par message, merci la bouteille de vin, et aucune réponse de sa part.

— Tu es sûre qu'il a accès à son portable ?

— Certaine, affirmé-je en mimant des guillemets avec les doigts en rajoutant « vu ».

— Quel trou du cul, ce mec.

— Je ne te le fais pas dire.

— Moi, j'ai une solution, samedi soir on picole et on se dégotte deux bombes et Austin sera un vieux et fade souvenir.

Impossible. Ce n'est pas ma came de faire ce genre de chose. J'aime bien flirter, mais ça ne va jamais plus loin le premier soir. Je fais sûrement partie de la vieille école.

— Tu sais que ce n'est pas mon truc.

— Ouais, je sais, mais il n'y a que les cons qui ne changent pas d'avis.

Je bois mon café et saisis la tranche de pain que Carla m'a tartinée de chocolat.

— Je me demandais, vu que c'est bientôt Noël, ça ne te dit pas demain après le spa de faire nos emplettes ?

Mes yeux s'illuminent, j'adore faire les boutiques encore plus à cette période. Avec toutes les décos, les lumières.

— Oh, regarde ! Quand on parle de Noël…

Elle me montre la météo qui défile sur l'écran télé. Le sous-titre indique « C'est Noël avant l'heure, le grand froid s'abat sur New York à partir de demain. »

Au bureau, je prépare tout avec Dana et Josh pour le démarrage du tournage. Tout est finalisé. Ça me fait drôle de ne pas voir Austin dans les parages. Il n'est pas là pour valider avec moi les derniers détails. J'ai questionné Dana, oui encore, mais elle n'en sait toujours pas plus. Elle trouve tout de même cela étrange qu'il ne lui donne pas signe de vie. C'est limite si son inquiétude à son égard ne déteint pas sur moi. Je me dis que son absence n'a peut-être rien à voir avec moi. Je commence sérieusement à avoir des doutes. Je me torture, je déteste ne pas comprendre. J'ai envie qu'il me réponde et que l'on crève l'abcès. Je tente de m'occuper l'esprit en me plongeant corps et âme dans le travail.

La journée a été si dense qu'à mon retour à la maison, je n'ai même pas la force de me faire à manger. Je prends une douche et me mets au lit, pour rattraper mes longues heures de sommeil perdues la nuit dernière.

Le lendemain, je réveille Carla vers 11 heures, et après nous être habillées chaudement, nous voilà en route pour notre journée entre filles. On démarre les hostilités par un massage relaxant, petite pause thé et papotage. On termine en se prélassant dans le hammam.

Dire que je suis détendue est un euphémisme. Je suis en transe totale.

Pendant que Carla achève de se préparer, je sors mon téléphone pour consulter mes mails. Kristen nous a envoyé une communication. Je me demande si elle a choisi son successeur. On n'a jamais évoqué le sujet avec Austin, je ne sais même pas si ce poste l'intéresserait. Vu nos rapports, j'ai du mal à l'imaginer comme mon responsable. Je préfère mourir, à bien y réfléchir. Il me ferait la misère avec ce sentiment de supériorité. Un calvaire. A contrario, si je deviens sa boss, je ne risque pas non plus de l'épargner.

Mes pensées sont interrompues par Carla qui déboule dans le couloir.

— Alors, ce spa ?

Une tuerie, ça m'a fait du bien de prendre soin de moi un peu.

— Trop bien, on devrait ritualiser ça, genre une fois par mois.

— C'est une excellente idée. Bon, on y va ?

Nous décidons d'aller prendre un chocolat chaud vite fait dans un centre commercial avant de nous lancer dans nos achats de Noël. La galerie a mis le paquet niveau décoration, les magasins scintillent dans une débauche de guirlandes lumineuses et de fausse neige, comme si le père Noël et ses elfes y avaient délocalisé leur atelier. La travée centrale est jalonnée de sapins immenses chargés de boules de toutes les couleurs, une pile de paquets cadeaux chatoyants à leurs pieds.

Bras dessus, bras dessous nous voilà parées. Nous écumons les magasins de déco, Carla est comme une dingue. Les sacs s'amoncellent à nos bras. Je suis en train de tuer mon budget mensuel, mais je m'en fous.

Je ne sais pas pourquoi, mais mon regard est attiré par une silhouette au loin. Il est de dos en train de passer commande au Starbucks. J'ai l'impression de le reconnaître. Il est accompagné d'une grande blonde et de deux petits garçons. Je dois me tromper, ça ne peut pas être lui.

— Viens, on va par-là, dis-je en contraignant mon amie à me suivre.

Elle fronce les sourcils.

— Tu as vu quelque chose qui te plaît ?

— Non…

J'avance en direction du couple. Lorsqu'il pivote, je n'ai plus de doute sur son identité.

Derek.

Il paraît tout aussi choqué que moi de me découvrir ici.

— Salut, Ellie, Carla.

— Salut, Derek.

Un moment de silence gênant s'installe.

— Tu ne nous présentes pas ? s'enquiert Carla d'une voix menaçante en dévisageant l'inconnue.

— Carla, je te présente Jenyfer, ma belle-sœur. Voici Dean et Steven, mes neveux. Les garçons, dites bonjour à Carla et Ellie, des amies d'Austin et moi.

— Bonjour, répondent en chœur les petits à notre attention avant de reprendre leurs chamailleries.

— Tu vas bien ? me questionne-t-il en mettant ses mains dans ses poches.

C'est moi ou il n'est pas à l'aise ? Qu'est-ce qu'il lui arrive ?

— Oui, merci, répliqué-je avec un rictus ironique.

J'en profite pour lui demander des nouvelles d'Austin.

— Les vacances d'Austin se passent bien ? Parce qu'au-delà de se la couler douce, il met une équipe entière dans la mouise. Alors franchement, j'espère qu'il profite à fond de ses congés, posés au dernier moment. Le timing est parfait.

— Ellie, notre mère a fait un malaise, elle s'est fait une entorse à la cheville. Austin est auprès d'elle en ce moment. Malgré ce que tu peux t'imaginer, le but n'était pas de faire foirer le projet auquel il a consacré énormément de temps. Il est con, mais pas à ce point.

J'encaisse la nouvelle comme un coup de massue.

— Oh… je suis désolée de l'apprendre.

Jenyfer prend la parole, et nous informe de la situation.

— Les médecins pensent que son malaise est dû à un surmenage qui a fait chuter sa tension.

Pourquoi ne pas me l'avoir dit quand je lui ai envoyé mes messages incendiaires ? Je ne comprends pas et je me sens minable tout à coup.

Le puzzle s'assemble dans ma tête. L'appel de Derek le soir où Austin était à la maison alors que nous étions sur le point de…

— Ellie, est-ce que ça va ?

J'ai dû pâlir.

— Ellie ? s'inquiète mon amie.

— Oui, ça va, désolée c'est que… je ne m'attendais pas à ça. Mes propos étaient déplacés.

— Austin se sent coupable de ne pas avoir été là quand notre mère en avait besoin.

Derek hésite, semble prêt à m'en dévoiler davantage, mais se ravise et ferme la bouche. Je suis persuadée qu'il y a autre chose, et qu'il aimerait m'expliquer plus en détail l'état d'esprit de son frère.

Néanmoins, je comprends mieux le pourquoi de son silence radio. Austin culpabilise. Et moi qui n'ai fait que l'accabler ! Putain, je me sens mal. Quelle imbécile !

Carla, repérant mon malaise, coupe court à notre échange. Elle fait mine de jeter un œil à sa montre.

— Houlà, on va être en retard. Ellie, il faut qu'on bouge. Désolée, on a un rendez-vous important. C'était sympa de te revoir, Derek, enchantée d'avoir fait votre connaissance, Jenyfer.

— De même, répond-elle chaleureusement.

— À la prochaine… et bon courage pour votre maman, enchaîné-je avant de tourner les talons.

Mon amie me traîne jusqu'à la sortie.

Au bout d'un moment, je lâche.

— Je pensais qu'il me fuyait. Quelle conne ! Mais quelle conne !

— Tu ne pouvais pas savoir. Et puis, un texto pour t'avertir n'aurait pas été de trop.

Elle a raison, mais bon ça n'empêche que je me sens coupable. Mes messages n'étaient pas cool. Il n'avait pas besoin de ça.

La magie de Noël brisée par cette rencontre imprévue, nous rentrons à l'appart. Carla a bien tenté de me redonner le sourire, mais rien n’y fait. J’ai besoin de le voir ne serait-ce que pour lui apporter mon soutien. Décision prise, j’envoie un message à Josh pour qu’il me dégotte l’adresse d’Austin.

CHAPITRE 16

Austin

Une silhouette blanche au milieu des flocons…

Le taxi me dépose devant mon immeuble, je suis exténué. Quelques flocons tombent sur mon visage. Je n'en fais pas cas. Je n'ai qu'une envie, aller prendre une douche pour retirer ce relent d'antiseptique caractéristique des hôpitaux. Cette odeur me rappelle beaucoup trop de mauvais souvenirs.

Je n'en reviens pas que ma mère m'ait limite foutu dehors tout à l'heure. Elle m'a ordonné de reprendre le travail, dès lundi, m'assurant que tout allait bien et qu'elle avait juste trop forcé. Elle déteste être le centre de nos préoccupations. Je crois qu'elle s'en veut de nous causer autant de tracas, mais il est question de sa santé, merde ! C'est notre mère, bordel, c'est normal que l'on se fasse tous du mouron pour elle.

Je ne supporte pas de la savoir seule, dans cet hôpital. J'aurais préféré attendre le retour de Brighton, mais maman m'a dit qu'elle souhaitait s'isoler un peu pour se reposer. Entre nos allers-retours, les médecins et les infirmières, c'est à peine si elle a le temps de fermer les yeux. S'il y a bien un endroit où l'on ne se repose pas, c'est là-bas. Ce sont les arguments qu'elle a avancés, mais je suis certain qu'il y a autre chose. Elle a bien remarqué le froid polaire qui règne entre mon frère et moi. Elle n'est pas dupe.

Les médecins la laissent bientôt sortir. Ils ont souhaité la garder en observation jusqu'à ce qu'elle n'ait plus besoin d'opiacés pour gérer sa douleur et stabiliser sa tension artérielle. Elle se sentira déjà beaucoup mieux une fois chez elle.

Je sais que je surréagis, mais c'est plus fort que moi. Il ne me reste plus qu'elle. J'ai déjà perdu mon père, je ne peux pas perdre ma mère.

Je paie la course et me dirige vers mon immeuble. Demain, c'est au tour de Derek d'y aller et j'ai interdiction de mettre les pieds à l'hôpital. Ma mère en a marre de me voir. Je dépose mes clefs dans l'entrée et retire mon manteau. Je file à la douche, je frotte chaque parcelle de ma peau pour effacer les traces et odeurs de ce fichu endroit. Je ferme les yeux et passe ma tête sous le jet chaud. Ce que c'est bon ! Mon répit est de courte durée. Mon téléphone sur le rebord du lavabo sonne.

Je me précipite pour voir de qui il s'agit. Ellie.

Mon cœur s'emballe, et un frisson dévale ma colonne vertébrale. Merde, j'ai la trouille de lui parler. Je n'ai pas la force de décrocher, pas maintenant. Elle m'a envoyé des messages, en mode agressif, et même si je comprends sa réaction, je n'ai pas eu le courage de lui répondre. Et puis, les explications, ça se passe pas par téléphone. Il faut que je me confronte à elle en personne pour qu'elle juge de ma sincérité. Je suis parti comme un voleur. Elle doit me détester. Je me suis comporté comme un lâche, d'ailleurs elle ne s'est pas gênée pour le souligner dans ses messages, et je m'en veux. Pourtant, elle se trompe. Si ma mère n'était pas tombée, bizarrement je serais resté l'autre matin. J'envisageais même de prendre le petit déjeuner avec elle. Ellie n'est pas comme toutes les autres que j'ai pu fréquenter. J'ai aimé ce que l'on a partagé, c'était intense, addictif. La sentir si fragile et docile à la fois était inespéré. Ellie a comme un doux parfum de « reviens-y ».

Elle est indéniablement la femme la plus pénible que je connaisse, mais également la plus désirable. C'est fou et c'est dur de l'admettre, mais au final, j'aime son sale caractère, sa tête de mule. J'adore quand elle me défie.

Mais j'avais besoin de prendre du recul par rapport à ces sentiments inédits pour moi. Et, comme un con, je n'ai pas su rebondir, incapable de lui partager l'épreuve que je traversais, comme si mon cerveau ne pouvait pas traiter deux situations bouleversantes à la fois.

J'attrape une serviette et me sèche, j'en saisis une autre et la drape autour de ma taille. Mon téléphone se met à biper, cette fois c'est un message. Je récupère mon portable et le lis.

Ellie : Ton gage : m'ouvrir la porte.

Suivi d'un second.

Ellie : S'il te plaît, il neige dehors.

Je mets deux secondes avant que les connexions se fassent dans mon cerveau.

— Ce n'est pas possible ?, m'exclamé-je avant de foncer en direction de la fenêtre pour vérifier de mes propres yeux.

Je décale le rideau, le sol est recouvert d'une fine couche blanche. Je distingue sa silhouette sur le trottoir d'en face sous une pluie battante de flocons. Je n'en reviens pas. Ellie est bel et bien là, son visage rivé dans ma direction. Je l'observe, bouche bée, elle penche la tête vers son téléphone et semble écrire. Le bip que je reçois me le confirme.

Ellie : Ça t'amuse de me laisser dans le froid ? Un gage est un gage, ouvre-moi.

Je souris comme un idiot. Elle traverse en courant après le passage d'une voiture.

La sonnerie de l'interphone ne tarde pas à retentir.

— 3ème étage à droite.

Je fonce enfiler un bas de jogging et un tee-shirt avant de me poster derrière la porte d'entrée. Elle frappe trois petits coups. Je lui ouvre.

Nous nous regardons sans que ni l'un ni l'autre n'ouvre la bouche. Ellie a le visage rosi par le froid. Quelques flocons parsèment ses cheveux lâchés qui frisottent à cause de l'humidité. Ses yeux empreints de doutes me fixent intensément et elle se balance d'un pied sur l'autre. Elle hésite sur l'attitude à adopter, et moi qui m'attendais à me faire incendier direct, ça m'émerveille de la voir ainsi, craquante à souhait. Je ne sais pas si elle est consciente de la beauté naturelle qu'elle dégage. Si désirable.

— Tu ne m'invites pas à entrer ? demande-t-elle, indécise, avec un demi-sourire au coin des lèvres.

J'ai du mal à me rendre compte qu'elle est là. J'ai une envie soudaine de la prendre dans mes bras, mais je n'en fais rien.

Les premiers mots qui me viennent sont des excuses. Je me suis mal comporté avec elle. Je ne sais pas vraiment pourquoi elle est là, mais en tout cas elle n'a pas l'air en colère. J'ai l'impression qu'elle hisse le drapeau blanc, mais je n'en suis pas certain. Il faut que je lui explique que je m'en veux, qu'elle ne méritait pas ça.

— Écoute, Ellie, je suis désolé pour l'autre soir.

— Je sais…

— Comment ça ?

— J'ai croisé Derek, il m'a tout expliqué.

Derek ? Mais quand ? Il ne m'a rien dit. Je ne m'attendais tellement pas à la voir que je ne sais pas quoi faire de moi-même. Je me contente juste de me décaler pour la laisser entrer.

— Fais comme chez toi. Je t'offre quelque chose ? proposé-je en prenant soin de refermer la porte derrière elle.

— Un café, s'il te plaît, répond-elle en retirant son manteau et son écharpe.

Elle se frictionne les mains. Elle semble frigorifiée.

— Ça fait longtemps que tu attends dehors ?

— J'ai un peu hésité, j'avais peur que tu ne sois pas chez toi.

Je l'observe inspecter les lieux. Je me dirige vers la cuisine et allume la machine à café. Je jette un œil et la regarde s'asseoir sur le canapé. Ellie n'est pas très à l'aise, je le vois à sa gestuelle, jambes serrées, dos droit.

Lorsque nos tasses sont prêtes, je la rejoins. Elle se contente de me remercier tout en se réchauffant les mains sur la tasse fumante.

— Austin…

Je lui coupe la parole. Je dois d'abord m'excuser, c'est la moindre des choses.

— Ellie, laisse-moi commencer s'il te plaît.

Elle hoche la tête.

— Je suis désolé pour l'autre matin. Je n'aurais pas dû partir comme ça. J'ai reçu un appel de mon petit frère qui m'informait que notre mère avait fait un malaise. Je me suis rendu directement à l'hôpital dès que je l'ai su.

Elle pose sa main sur ma cuisse.

— Je sais… Je te l'ai dit en arrivant. J'ai croisé Derek. C'est moi qui m'excuse pour les messages, je pensais que tu n'assumais pas.

Au son de sa voix et à sa façon de me regarder, je vois bien qu'elle regrette ses SMS incendiaires. Je ne lui en veux pas. Au contraire, je la comprends. Comment pouvait-elle deviner la cause réelle de ce qui ressemblait à une fuite ?

— Ne t'excuse pas, Ellie, c'est de ma faute, le minimum aurait été de te prévenir. Je suis nul, désolé. Tu méritais des explications. Mais j'étais dans un tel état de stress que je n'ai pas réfléchi à ce que tu pourrais ressentir. J'étais décidé à t'exposer les raisons de mon départ précipité, mais j'ai été pris dans le tourbillon des événements. Puis tu m'as écrit et… je me suis senti comme une merde. Je n'ai rien géré. Je ne voulais pas m'expliquer par téléphone ou avec un simple texto. Je tenais à m'excuser les yeux dans les yeux, te convaincre en personne qu'il s'agissait d'un malentendu.

— Ce n'est pas grave. On est quittes, maintenant.

— Plus de gage ? C'est vrai ?

— Plus de gage.

Je suis un peu déçu, ce petit jeu entre nous était plutôt amusant. Mais je suis également intensément soulagé de constater qu'Ellie est bien plus mature que moi, et qu'elle n'a pas remis en cause ma sincérité. Un poids énorme s'envole de mes épaules.

Elle repose sa tasse, et se triture les doigts.

— En ce qui concerne ce qui s'est passé entre nous, on peut faire comme…

Encore une fois, je ne lui laisse pas l'occasion de terminer sa phrase. Je la prends de court.

— On a partagé un bon moment, non ?

Elle rougit et baisse la tête. Je relève délicatement son menton avec mes doigts pour fixer mes yeux dans les siens. Je me perds dans ses sombres iris.

— Aussi casse-couilles sois-tu, j'ai adoré cette soirée.

Elle me sourit timidement.

— Moi aussi, avoue-t-elle.

— Ça signifie que je ne suis pas un si mauvais coup ? la taquiné-je en faisant référence à son dernier message.

Elle secoue la tête, exaspérée.

— Tu as le chic, Chick, pour casser le moment.

— Je plaisante, Cabbage, mais tu n'as pas répondu à ma question.

J'ai envie de l'entendre dire que je suis son meilleur amant, mais je rêve tout éveillé si je pense qu'elle va le reconnaître.

Madame relève la tête avec une mine victorieuse. Je sens la punchline arriver à deux kilomètres.

— J'ai connu mieux.

Elle ment, la petite effrontée. Je le vois dans ses yeux.

— Dis plutôt que j'ai été ton meilleur coup.

— Je n'irais pas jusque-là non plus. Changeons de sujet, tu veux bien ?

Ellie est gênée, je n'insiste donc pas pour le moment.

— Comment tu vas ? Et comment va ta mère ?

Ça me touche qu'elle me pose la question.

— On a eu extrêmement peur. Elle a fait un malaise, une mauvaise chute, et s'est fait une entorse. Mais elle a le moral, c'est le principal.

— C'est une bonne chose.

Elle termine son café tout en me dévorant des yeux. Je ne sais pas si elle se rend compte de ce qu'elle éveille chez moi.

— Je suis mortifié de t'avoir lâchée pour le boulot, mais je devais m'occuper d'elle.

— Je comprends, t'inquiète.

— Ellie, vraiment, je me répète, mais je suis sincèrement désolé, j'aurais dû prendre le temps de répondre, avant que la situation s'envenime inutilement. J'ai déconné, mais tu sais, ma mère c'est toute ma vie, je ne peux pas la perdre. J'ignore quels sont tes rapports avec tes parents, mais pour la famille Chick, chaque membre est sacré même si certains ont mauvais caractère.

Son visage se fige, elle semble se refermer. Est-ce que je viens d'aborder un sujet sensible ?

— C'est compliqué, je n'ai pas beaucoup connu mes parents, ils sont morts quand j'avais cinq ans dans un accident d'avion.

Ellie évite mon regard, sa jambe bouge nerveusement. La voir dans cet état réchauffe quelque chose chez moi.

— Oh, je suis désolé de l'apprendre.

Je ne sais pas trop comment réagir face à cette nouvelle. Je ne m'attendais pas à ça. Je n'ai pas les mots. D'ailleurs, je n'en trouve aucun assez fort ni même adapté. Je sais ce que cela fait de perdre un proche. Ellie en a perdu deux en un instant. C'est horrible.

Elle qui ne montre jamais ses faiblesses, je suis touché qu'elle partage son histoire avec moi, cette fissure intérieure indélébile, qui te suit jusqu'à ta tombe. Elle me regarde droit dans les yeux.

— Tu sais, je n'ai que peu de souvenirs d'eux. Je vais bien.

Je n'en suis pas si sûr, j'ai senti que le sujet était encore douloureux.

— J'ai été placée dans une famille d'accueil et quand j'ai eu l'âge de m'émanciper je suis tout simplement partie.

— Ta famille d'accueil n'était pas cool ?

— Je ne me sentais pas à ma place. Je n'ai peut-être pas eu une enfance facile, mais je ne me suis pas apitoyée sur mon sort. Je me suis fixé des objectifs et je fais tout pour les atteindre.

Je comprends mieux son caractère bien trempé de femme qui ne se laisse pas marcher dessus. C'est tout à son honneur.

— Vu qu'on est dans notre instant confidence, c'est à ton tour de te dévoiler un peu. Qu'est-ce que je ne sais pas de toi ?

— J'ai perdu mon père l'année dernière dans un accident de voiture.

Elle ouvre grand les yeux, choquée par la nouvelle que je viens de lâcher d'une voix monocorde.

— Je suis désolée.

C'est difficile pour moi de ressasser le passé. Je prends quelques secondes avant de reprendre.

— Mes parents avaient loué une villa pour nous, mes frères, ma belle-sœur et mes neveux. On a fêté Noël tous ensemble, comme chaque année, c'est un rituel chez nous. Deux jours avant la fin des vacances, alors que je devais rentrer avec eux, ma copine de l'époque m'a proposé de me rejoindre chez moi. J'ai hésité, mais mon père m'a poussé à y aller. C'était un père extra. On était très proches.

J'inspire profondément.

— Mon père a pris le volant, une voiture les a percutés, il est mort sur le coup, ma mère s'en est tirée avec des blessures légères.

Ellie m'écoute attentivement. Qu'est-ce qu'elle va penser de moi ? Je lui donne une nouvelle occasion de lui montrer que je suis une personne impulsive et immature.

— Je m'en suis terriblement voulu, encore aujourd'hui, d'ailleurs.

— Mais ce n'est pas de ta faute.

— C'est ce qu'ils me disent tous, sauf Brighton mon frère.

Elle se renfrogne.

— De quel droit se permet-il de te juger ?

Elle semble révoltée, je trouve ça plutôt mignon.

— Il a raison. Peut-être que si j'étais resté il n'y aurait pas eu cet accident et mon père serait toujours en vie.

— Personne ne le sait, Austin, peut-être que tu aurais conduit et que tu aurais eu cet accident aussi.

Je sais ce qu'elle cherche à faire, mais c'est trop dur. Je me penche, pose ma tête entre mes bras.

Je sens Ellie se lever. Elle vient s'asseoir à côté de moi et me prend dans ses bras. Je me laisse faire. Sa chaleur me réchauffe. Elle se décale et je blottis ma tête sur ses genoux. Ses caresses délicates sur mes cheveux et mes épaules m'apaisent. Je me sens bien d'avoir partagé cet épisode noir de ma vie avec elle. C'est la première femme à qui j'en parle. Pourquoi elle ? Je ne le sais pas. Ce qui est sûr c'est que ça m'a soulagé d'avouer ma culpabilité le temps d'un instant.

Je suis exténué, las. Je reste allongé et profite du moment.

Et puis soudain, comme une évidence, je n'ai pas envie qu'elle parte. Je ne veux pas me retrouver seul cette nuit. Poussé par je ne sais quel élan, je me relève, mon visage tout près du sien. Elle ne paraît pas déstabilisée, mais s'interroge, d'un froncement de sourcils, de mon changement de position si brusque.

— Reste, s'il te plaît.

Suspendu à ses lèvres, j'attends qu'elle me réponde. D'abord mutique, semblant réfléchir, elle finit par abdiquer :

— Entendu.

Je m'approche davantage d'elle, respire son doux parfum fleuri. Je lui demande silencieusement, cette fois encore, son accord pour l'embrasser, ce qu'elle me concède d'un signe de la tête. Je pose délicatement mes lèvres sur le renflement des siennes, chaudes, humides et gourmandes. Des images de nous chez elle remontent à la surface. Elle approfondit notre baiser et je la serre contre moi. Je n'ai besoin de rien de plus pour ce soir, sa présence, l'odeur de sa peau et sa chaleur me suffisent. Nous nous allongeons sur le canapé. Je tire un plaid et nous recouvre. Elle se positionne confortablement dos à moi, sa tête repose sur mon avant-bras, je hume ses cheveux, passe mon autre bras sur sa hanche, ma main presse son ventre pour la rapprocher de mon bassin et nous nous endormons, enlacés.

Lorsque j'ouvre les yeux, je suis seul dans le canapé. Où est passée Ellie ? Le doute m'assaille. Serait-elle partie ? Si oui, pour quelle raison ? Je me lève pour la chercher, mais l'appartement est désert. Je me sens comme un con, je pensais en me réveillant qu'elle serait encore pelotonnée contre moi. Je n'aime pas la déception que je ressens.

Je file en direction de la cuisine pour me faire un café. Je suis surpris en découvrant sur la table un petit bout de papier griffonné.

Je suis partie nous chercher le petit déjeuner :)
Je t'ai emprunté tes clefs

Je grogne et soupire de soulagement. J'ai cru un instant qu'elle voulait me rendre la monnaie de ma pièce, que je sache ce que ça fait de se réveiller seul, d'avoir été lâchement abandonné. Je suis barge. Je me gifle mentalement. C'est la première fois que je suis dans cet état, digne d'un canard pitoyable, pour une nana. Mais je dois me rendre à l'évidence, cette petite diablesse me fait perdre la tête. J'ai paniqué, mais je me garderai bien de le lui dire. Je fonce prendre mon téléphone pour passer un coup de fil à Derek. Il m'annonce que notre mère va pouvoir rentrer à la maison. Il me précise que Brighton et Jenyfer seront là en début de matinée, mais après ils sont invités chez des amis. Je suis rassuré. Je n'ai pas très envie de le croiser une nouvelle fois. Pas envie qu'il crache à nouveau son venin, qu'il me fasse ressentir que je ne suis qu'une merde sur laquelle on ne peut pas compter. Brighton sait exactement quels mots utiliser pour blesser. Nous sommes faits du même sang et encore plus nous avons partagé la même bulle.

J'entends le bruit significatif de la clef dans la serrure. La porte s'ouvre. Ellie entre avec deux gobelets dans une main et un sachet dans l'autre.

— Salut, beau gosse, bien dormi ?

— Comme un loir.

— J'ai mis un temps fou à nous dégotter de quoi déjeuner. Les trottoirs sont recouverts d'au moins dix centimètres de neige. C'est trooooop beau. On dirait du coton, tout est silencieux. J'adore.

— Vraiment ? Mais tu sais, tu n'aurais pas dû. J'y serais allé.

— J'ai été réveillée aux aurores par des ronflements. Sérieux tu fais un de ces boucans, dit-elle en rigolant. Quand j'ai vu toute cette neige fraîche par la fenêtre, je n'ai pas résisté.

— Impossible ! Et sache que je ne ronfle pas, je ronronne.

Aucune femme ne me l'a dit. Je suis assez étonné. Ceci dit, je ne reste jamais dormir chez mes conquêtes, donc c'est assez logique.

— Sérieusement, tu n'as pas de problème avec tes voisins ?

Je rigole, la garce elle en rajoute.

— Tu n'en fais pas un peu trop ?

— Un chouïa, se marre-t-elle, mais tu verrais ta tête en ce moment.

Elle glousse deux fois plus. Je la rejoins en deux mouvements et l'attrape par la taille.

Elle lâche un « oh » de surprise, prête à surenchérir, mais je la fais taire d'un baiser. Je me décale légèrement et lorsqu'elle va pour parler à nouveau je lui refais le coup.

Entre nos lèvres, elle tente d'articuler.

— OK, j'ai compris.

Nous nous séparons. Je sors des couteaux, du beurre, pendant qu'elle dépose ce qu'elle a acheté sur la table.

— J'ai eu Derek, ma mère est sur le point de rentrer.

— C'est une super nouvelle. Je suis contente pour elle et pour vous.

Nous nous installons et prenons notre petit déjeuner.

— Tu as prévu quoi aujourd'hui ?

Elle semble hésiter.

— Rien pour le moment, pourquoi ?

— Comme ça. Je me suis dit que l'on pourrait passer la journée ensemble, si ça te dit.

D'abord étonnée, elle accepte.

— Super, on fait quoi ?

— On va être limités, je pense, vu ce qu'il tombe encore dehors. Tu as une idée en tête ?

— On peut se mater un truc à la télé, je nous commande à manger et si ça ne te dérange pas, on pourrait faire un saut chez ma mère en fin d'après-midi.

Bon, ben là, vu son expression, je crois que je l'ai perdue, mais très vite son visage change. Je me retiens de ne pas rire pour ne pas la vexer, si je le pouvais, j'adorerais immortaliser sa tête.

— Tu ne trouves pas que c'est un peu tôt pour rencontrer ta mère ?

Et la voilà qui fait de l'humour. Ellie est impossible.

— Tu vas voir, ma mère n'est pas un cadeau.

— Telle mère, tel fils ?

Nous rions. C'est assez surprenant comme situation, je n'imaginais pas que ce serait aussi naturel entre nous. Dire qu'il y a encore quelques jours, on s'écharpait.

Nous sommes interrompus par l'arrivée d'un texto sur le portable d'Ellie.

— Excuse-moi une minute, j'ai oublié de prévenir Carla que je découchais. Je devais la rejoindre hier soir.

Elle s'éloigne pour appeler. J'en profite pour débarrasser la table et pour envoyer un message à mon petit frère.

Moi : Préviens-moi quand vous serez rentrés. Je passerai voir maman.

Derek : OK, pas de soucis.

Moi : Parfait, je serai accompagné…

Derek : Sérieux ? Ellie ? Non ? Je n'y crois pas. Mon frangin est amoureux.

Moi : T'es malade !!!

En réponse, il m'envoie des smileys cœur, l'enfoiré. Il est complètement à côté de la plaque. Elle me plaît, mais je ne sais pas où on va. Je ne suis pas prêt pour poser une étiquette sur notre relation. Je crois d'ailleurs que je ne le serai jamais.

CHAPITRE 17

Ellie

Étrangement facile

Je m'isole dans sa chambre pour pouvoir appeler mon amie. Elle ne décroche pas, à tous les coups, elle dort encore.

Moi : Coucou un message juste pour te dire que je suis chez Austin.

Carla : Coucou, désolée de ne pas avoir répondu, je viens tout juste de me réveiller. La soirée d'hier était terrible. Alors ? Comment va-t-il ?

Moi : Ça va, plus de peur que de mal.

Carla : Je veux tous les détails croustillants avec Austin ☺

Elle ne perd pas le nord.

Moi : Rêve.

Carla : Tu n'es pas drôle. Je suis ta meilleure amie, je pars du principe que tu me raconteras autour d'un verre ta soirée bonobo.

Je suis prise d'un fou rire. Qu'elle est bête ! Elle va être déçue et me trouver bien trop prude quand je lui relaterai les événements.

— Je peux savoir ce qui te fait rire ?

Je sursaute en découvrant Austin sur le pas de la porte.

— Non, rien, juste un message de mon ex.

Son visage d'abord espiègle se fige.

— Je plaisante.

Il retrousse ses lèvres et se rue sur moi, me prenant de court.

Austin me fait basculer sur son lit, s'effondrant sur moi. Il m'immobilise les mains au-dessus de ma tête. Mon cœur bat la chamade. Son odeur musquée me rend folle de désir. Il me dévore des yeux, ce qui a une fâcheuse tendance à m'exciter. Le sentir si proche, et dans cette position qui plus est, affole mes terminaisons nerveuses. Je suis à sa merci et j'ai bien l'impression que j'aime ça.

— Traîtresse, susurre-t-il en frottant son nez contre le mien.

Je plonge mon regard dans le sien.

— Ça t'apprendra à écouter aux portes.

— Dois-je te rappeler que tu es dans ma chambre ?

— Et alors ? Ça te donne tous les droits ?

— C'est un peu ça. Regarde.

Sa bouche prend possession de la mienne. Je miaule comme une adolescente tellement c'est bon de le sentir à nouveau tout contre moi. En réponse, il grogne et accentue notre étreinte. Il me dévore, j'en veux plus. Je trépigne d'impatience. J'interromps notre baiser.

— Est-ce que toi et moi c'est du sérieux ?

Je le prends au dépourvu. Mon cœur rate un battement. Suis-je vraiment en train d'officialiser notre relation ?

— Ton silence est une torture.

Il m'embrasse, un air satisfait sur le visage.

Je me transforme en guimauve.

— Ça répond à ta question ?

— Oui, dis-je, rougissante.

— Ellie… j'ai très envie…

Je le coupe d'un baiser. Nous sommes sur la même longueur d'onde.

Il se recule légèrement pour me regarder. Ses yeux pétillants de malice me font fondre.

Nos vêtements se désintègrent les uns après les autres.

Ses gestes sont tendres, ses mains aventureuses et douces, il me caresse lentement comme s'il voulait prolonger l'instant. Ses baisers gourmands me mettent au supplice. Sa bouche pleine de promesses me torture autant qu'elle me procure du plaisir. Ses mots murmurés se perdent entre nos râles et le froissement des draps. Austin semble connaître mon corps et ses réactions par cœur. Je m'égare en lui, il embrase ma peau et emballe le rythme de mon cœur. Nous sombrons ensemble. Nous mettons quelques minutes avant de reprendre nos souffles. Il se décale à côté de moi, puis repose sa tête sur son coude pour me faire face. En souriant, il caresse du bout des doigts mon visage.

— Tu es délicieuse, Ellie Cabbage.

Je ressens comme des petits papillons dans le ventre.

— Ah bon ?

— Au début de notre collaboration, je me disais que tu devais être le genre de femme à…

Je ne sais pas pourquoi, mais je sens qu'il va me sortir une grosse ânerie, alors je le muselle avec ma main.

— Un mot de plus, Austin, et je te tue.

Il rigole à gorge déployée, j'en fais de même.

— Quel foutu caractère !

— Quel culot ! Tu allais encore dire une bêtise.

— Tu ne sais même pas où j'allais en venir. C'était peut-être un second compliment.

Un sourire charmeur peint ses traits. Je lui balance un oreiller qu'il esquive sans difficulté.

Mon estomac gargouille. *L'appel de la nourriture.*

— Encore un petit creux, petite diablesse ?

Je hoche la tête en piquant un fard, il va me prendre pour un ventre sur pattes. Il sort du lit nu comme un ver et se débarrasse du préservatif. Je mate ses fesses sans scrupule. Comme s'il avait senti la chaleur de mon regard, il se tourne en enfilant un tee-shirt.

— Surtout, ne te cache pas pour me reluquer !

— Ben quoi ?

— Allez, lève-toi, Ellie.

Je m'exécute.

— Hé ! Toi aussi tu me regardes, Austin.

— Je ne vais quand même pas me priver d'une si belle vue.

Je lève les yeux au ciel.

Avant qu'il ne quitte la pièce, Austin me prend dans ses bras pour m'embrasser. Le constat est le suivant : je suis foutue. Et comme un éclair qui fend le ciel, je comprends. C'est bien plus qu'une simple attirance, qu'une relation sans lendemain, je suis bel et bien en train de tomber amoureuse. J'ignore vraiment quand cela a véritablement commencé, mais je dois me rendre à l'évidence. Je l'ai dans la peau. Le pire, c'est que je sais qu'il ne va faire qu'une bouchée de moi, c'est certain.

J'entends la voix de Carla d'ici « arrête de réfléchir et profite ».

Austin m'appelle au loin. Je cesse de me torturer l'esprit avec mes doutes car il vient quand même à sa façon d'opérer un tournant dans notre relation. Je me focalise sur le moment présent. Tant pis si je dois en souffrir. Seul l'avenir nous le dira.

Je le rejoins dans la cuisine, et lorsque je porte mon gobelet à mes lèvres, je constate que mon café est presque froid et je grimace. *Beurk* !

— Tu veux que je t'en fasse un autre ?

— Non non t'inquiète.

— Sûre ? insiste-t-il. Ça ne me dérange pas.

— Oui.

— Bon, comme tu voudras. Alors, raconte, qu'est-ce que j'ai raté au boulot ?

Je lui fais un bref topo pendant qu'il mange sa tartine beurrée.

— Josh, Dana et moi avons calé tous les détails avec l'équipe de production, et nous nous sommes occupés du repérage et de lister une dernière fois tout ce dont nous aurons besoin pour le clip. Le tournage débute dès lundi, et j'ai prévu de m'y rendre pour vérifier si l'alchimie entre nos deux égéries crève l'écran. Stuart a mis le paquet, il a investi dans une boîte de production. Des équipes sont présentes vingt-quatre heures sur vingt-quatre Ce lui permet de diviser par trois le temps de montage et post production qui est normalement plus long. D'ailleurs, j'espère que tu n'as pas oublié que vendredi soir, nous sommes pris.

Il lève les sourcils.

— Austin, c'est la soirée de lancement ! m'écrié-je.

Comment a-t-il pu zapper ? L'épreuve qu'il a traversée l'a vraiment déboussolé.

— Ah, mais oui, c'est vrai. Le temps passe trop vite.

— Quelques séquences du spot tourneront sur un écran géant. D'après les rumeurs, Stuart a vu grand. On va fêter Noël avant l'heure.

La nostalgie le gagne, mais je la balaie en me collant à lui pour l'embrasser. J'aimerais pouvoir atténuer sa tristesse. Qu'il ne voie pas Noël comme un jour de deuil. Il lui faudra du temps, mais je suis certaine qu'un jour, il appréciera de nouveau cette fête.

— J'espère que tout va bien se passer et que l'on ne prendra pas trop de retard avec la météo, de toute façon vu les délais tout doit être bouclé quitte à y passer la nuit.

— Ellie, tu réfléchis trop, et puis on est en week-end, lâche prise un peu, me réprimande-t-il.

— Pourquoi tu me dis ça ?

— Quand tu réfléchis trop, tu fronces les sourcils à cet endroit-là.

Il passe son doigt au-dessus de mon œil gauche pour en signifier l'emplacement exact.

— Tu as une petite marque qui se creuse.

Je fonds. Monsieur est un fin observateur, un nouveau trait de sa personnalité qu'il me dévoile inconsciemment. Il n'a pas fini de me surprendre. À croire que je me suis trompée quand je disais que rien ne compte à part lui-même. Il me l'a prouvé avec sa mère, et maintenant avec moi.

— J'ai une question qui me taraude depuis un moment.

Je suis curieuse de découvrir de quoi il en retourne. Austin repose son gobelet.

Je crains le pire, son visage revêt un tout autre aspect, plus grave.

— Tu te vois où dans cinq ans ?

Sa demande tombe comme un cheveu sur la soupe. Je ne sais pas trop si je dois être honnête. Je tente un trait d'humour pour esquiver.

— Tu comptes vraiment me faire passer un entretien un dimanche matin ?

— Non, j'ai juste envie de savoir, connaître tes aspirations.

Je pose mes mains à plat sur la table, et prends une profonde inspiration.

— J'aimerais être directrice d'agence.

Voilà, c'est dit. J'ignore ce qu'Austin va penser de ma réponse. Peut-être que lui aussi veut la même chose.

— Est-ce que je dois comprendre que le poste de Kristen t'intéresse ?

— Oui, c'est un de mes rêves. Depuis que je suis gamine, je me fixe des objectifs et celui-là est dans mon top. J'aime l'adrénaline que me procurent les nouveaux projets. J'ai envie de prendre part aux décisions, à la stratégie de l'entreprise. De promouvoir notre agence. C'est un sacré challenge que je me sens prête à relever.

Je lui expose mes motivations, il m'écoute sans m'interrompre.

— C'est un beau projet, finit-il par dire.

— Et toi ?

Je refuse de gâcher notre tête-à-tête, mais c'est lui qui a mis le sujet sur la table. Il se recule sur sa chaise.

— Je n'ai jamais trop envisagé l'avenir, pour le moment ce que je fais me plaît bien, mais dans cinq ans je me vois aussi évoluer.

Il reste vague.

— Si Kristen te proposait le poste, tu accepterais ?

— Je ne sais pas, contrairement à toi je ne suis pas certain d'être prêt à endosser de telles responsabilités.

Austin semble sincère. J'ai peut-être toutes mes chances, après tout.

Après notre deuxième petit déjeuner, nous décidons de nous poser un peu devant la télévision. Vu le temps qu'il fait dehors, je ne sais pas par quel miracle Austin arrive à nous faire livrer des plats d'un traiteur thaï. En milieu d'après-midi, après une bonne douche chaude (dans les deux sens du terme) nous partons en direction de chez sa mère. Je manque de me rompre le cou à deux reprises. Par chance, Austin me sauve de la dégringolade non sans rater une occasion de se moquer de ma maladresse. Pour la peine, s'il glisse, il peut courir pour que je l'aide. Vexée, moi ? *Non.*

Plus nous approchons de notre destination et plus le poids au creux de mon estomac se change en boule de neige géante. C'est plutôt déconcertant de mettre un pied dans sa sphère familiale. Pourtant, Austin paraît étonnamment détendu. Je me demande si c'est dans ses habitudes de présenter ses parfums du mois à sa mère ? Après réflexion, je trouve ça glauque. D'ailleurs, sait-elle qu'il sera accompagné ?

Je suis loin d'être sereine. Je ne sais pas trop comment me comporter. Est-ce qu'il a déjà fait mention de moi ? Et si c'est le cas, que lui a-t-il dit ?

J'espère que l'on ne restera pas trop longtemps. *Vraiment.*

De la main, Austin m'indique une ancienne bâtisse blanche à trois étages, me précisant que sa mère habite ici avec son frère Derek. Il me raconte quelques anecdotes très drôles sur leur relation. Sa mère est visiblement dotée d'un sacré caractère, forgé sûrement par ses trois terreurs de fils. La pauvre, ils lui en ont fait voir de toutes les couleurs.

Une fois arrivé au deuxième, Austin ouvre la porte et je le suis à travers l'appartement. Une belle femme d'âge mûr au sourire rayonnant est allongée sur le canapé avec sa cheville surélevée d'un coussin. Je discerne dans ses traits une certaine ressemblance avec son fils. Son maquillage discret est savamment assorti à son joli bandeau violet fleuri qui orne sa tête.

— Bonjour, vous êtes Ellie, je me trompe ?

Elle sait qui je suis, c'est déjà ça, reste à savoir ce dont elle est au courant… Aïe. Gênance.

— Oui, c'est moi, enchantée de faire votre rencontre, madame Chick.

— Désolée, de vous accueillir ainsi.

— Aucun souci, c'est très aimable à vous de me recevoir.

Je lui tends la main, elle m'observe furtivement de la tête aux pieds avant de sourire à nouveau. Je suis un peu déstabilisée, mais je ne montre rien pour autant.

— Oubliez le madame Chick, appelez-moi Evy. Je me réjouis de faire enfin votre connaissance.

Si le sol pouvait s'ouvrir sous mes pieds à cet instant pour m'engloutir, ce serait une véritable aubaine.

— Enchantée également, Evy.

C'est au tour de son fils de passer au radar.

— Salut, mon fils, tu as meilleure mine.

Il se penche pour l'embrasser.

— Salut, maman, tu vas bien ?

— Parfaitement bien. Tu vas nous préparer un café, s'il te plaît ?

Austin s'exécute.

— Vous aimez le café, Ellie ?

— Oui oui.

— Super, installez-vous à côté de moi.

Je suis frigorifiée. Je souffle dans mes mains pour les réchauffer.

Je sursaute en entendant la porte d'entrée claquer.

— Je suis rentré, tonne la voix de Derek.

Il semble ravi de me voir, si je me fie au sourire qui naît sur ses lèvres.

— Salut, Ellie, tu vas bien ?

Il me fait la bise.

— Salut, Derek, dit Austin derrière mon dos. Ça va ?

— Tu as vu, maman ? Ton Austin chéri devient grand, il te ramène une femme à la maison.

Serais-je vraiment la première si on en croit le sous-entendu de Derek ? La nouvelle me surprend. Je n'ose pas en tirer les conclusions qui me viennent à l'esprit.

— Il était temps, répond-elle, amusée. Je ne peux pas en dire autant de toi, tu m'en ramènes beaucoup trop.

Austin se marre.

— Tu sais, maman, je pense que Derek se cherche, il finira par te présenter un beau mec, tu verras.

Je retiens un gloussement, elle était plutôt bien envoyée, celle-ci. Et voilà que les deux partent dans un combat de punchlines. Ce sera à celui qui aura le dernier mot. De vrais gamins.

Il ne manque plus que le pop-corn pour profiter pleinement de ce stand up, leur échange est sans fin. Je suis pliée, j'ai l'impression de nous voir, Carla et moi.

— Même pas en rêve, j'aime bien trop les min…

Evy s'interpose, ne lui laisse pas le loisir de terminer sa phrase.

— Les garçons, on a une invitée ! Arrêtez donc de faire les idiots.

Elle tente de bouger, mais grimace de douleur. Elle me fait mal au cœur.

— Je suis désolée, Ellie, c'est leur seul moyen de communiquer.

— Ne vous inquiétez pas, ça ne me dérange pas du tout, c'est… cherché-je mes mots. Divertissant.

— Épuisant, vous voulez dire.

Nous passons les heures suivantes tous les quatre à discuter. Derek nous sert des petites choses à grignoter. Austin s'occupe du café. Je me régale d'assister aux joutes verbales entre Derek et Austin. Evy est tout aussi drôle qu'eux, dès que l'occasion se présente, elle ne se gêne pas pour en discréditer un. Le lien qui les unit est très fort, c'est beau et rare à voir.

Au fond, je les jalouse un peu, je n'ai jamais eu la chance de partager un moment comme celui-ci.

Un coup d'œil à mon téléphone m'indique qu'il est tard. Après un bref échange silencieux avec Austin, celui-ci annonce qu'il est temps pour lui de me raccompagner.

Evy me convie à leur repas dimanche prochain si le cœur m'en dit. Elle devrait pouvoir marcher d'ici là. Une fraction de seconde, je sens Austin se tendre. À croire que l'idée que je revienne pose un problème. Je ne sais pas trop quoi en penser.

Sa mère se fait insistante, alors je prétexte que je dois vérifier avec ma colocataire si elle n'a rien de prévu et lui promets de lui donner ma réponse par le biais de son fils.

Austin me tend mon manteau et s'empare du sien sans un regard. Je suis larguée.

— Bon, frangin, on s'appelle demain ? demande Derek.

— Oui, pas de problème.

Ils se font une accolade.

— Maman, je t'envoie un message quand je suis arrivé à la maison.

— D'accord, fils. Ellie, c'est un plaisir d'avoir fait votre connaissance.

Ça me touche.

— Moi de même, merci encore pour l'accueil.

Elle se penche pour m'embrasser et me susurre à l'oreille :

— Ne faites pas attention à ses sautes d'humeur, je réitère, vous êtes la bienvenue dimanche prochain.

Adorable, tout l'inverse de son fils.

— Merci.

Lorsque nous quittons l'appartement, il n'y a pas que le temps qui est glacial, Austin est distant. Je ne sais pas ce qu'il s'est passé pour qu'il change du tout au tout. Est-ce que j'ai dit quelque chose qu'il ne fallait pas ? Sa façon d'agir m'irrite, mais je ne laisse rien filtrer pour le moment.

Les routes sont déblayées, ce qui nous permet de héler un taxi. Lorsqu'une voiture s'arrête, Austin m'ouvre la porte et m'invite à y entrer. Une fois que nous sommes installés, le conducteur se tourne vers nous.

— Vous souhaitez aller où ? nous demande-t-il d'une intonation chantante.

J'ai l'impression d'être face au sosie d'Eddy Murphy. C'est dingue.

— Ellie ? tonne Austin d'une voix ferme.

Putain, mais qu'est-ce qui lui prend, à la fin ?

Je crache l'adresse et termine par un merci qui n'incite pas à la discussion. Le conducteur ne s'en offusque pas pour autant. Il doit en voir passer, des clients comme nous. La tension est palpable.

Le taxi s'insère dans la circulation.

Je bouillonne. Franchement, je ne le comprends pas. Je pivote pour lui faire face.

— Je peux savoir quelle mouche t'a piqué ? dis-je énervée. Si c'est la proposition de ta mère qui te met mal à l'aise, sois tranquille, je comptais décliner.

Austin me fait des yeux ronds. Il se moque vraiment de moi !

— Quoi ? Mais de quoi tu parles, Ellie ?

— Tu plaisantes ? Tu es aussi aimable qu'une porte de prison depuis que ta mère a fait référence au repas, comme si ça te dérangeait qu'elle m'invite.

— Tu es à côté de la plaque, soupire-t-il.

Non, mais je rêve ! Ma réaction semble le saouler alors que c'est monsieur qui a entamé les hostilités.

— Développe, je t'en prie, réponds-je en croisant les bras, prête à en découdre.

— Ce n'est pas le fait qu'elle t'ait invitée qui m'agace, c'est que je vais devoir supporter mon frère Brighton et crois-moi c'est loin d'être une partie de plaisir. Il est saoulant, et je suis trop fatigué pour ses discours moralisateurs.

Comme un soufflet, je redescends aussi sec quand je comprends la raison de son changement d'humeur. Il aurait pu me le dire. Je ne suis pas dans sa tête, comment aurais-je pu deviner ?

— Tu es sérieux ? Tu aurais pu me faire un signe, me dire un truc. Parce que là tout de suite, je l'ai pris pour moi.

Austin recouvre ma main de la sienne.

— Excuse-moi, Ellie.

Ce qu'il peut être énervant ! Ce salaud est tactile en plus. C'est pourtant pas grand-chose, mais son geste me touche. Il glisse ses doigts entre les miens et positionne nos mains enlacées sur sa cuisse, proche de son aine, bien trop proche.

Son pouce caresse en mouvements circulaires le mien. Ce n'est pas du jeu, il sait comment m'amadouer. C'est normal que je trouve qu'il fasse chaud dans l'habitacle alors qu'il fait moins dix dehors ?

— On a un sérieux problème de communication tous les deux, c'est fou.

— Ce n'est pas faux, et pour changer de sujet, je trouve que pour une première rencontre tu t'en es bien sortie. Je crois même que ma mère t'apprécie.

— Tu avais un doute là-dessus, Austin ?

Il fait le mec étonné.

— Tu vas me faire croire que toi non, Ellie ?

Je fais mine que pas du tout.

— Menteuse.

Il se marre.

— En tout cas, sache que tu es la bienvenue dimanche, si tu en as envie, mais je te mets en garde, tu n'apprécieras sûrement pas la compagnie de Brighton.

— J'ai bien réussi avec toi !

Il pose sa main sur sa poitrine, mimant un « touché en plein cœur ».

— Ça fait mal. Mais rien à voir, je suis le plus parfait des trois.

Je lui frappe l'épaule en retour, amusée.

Le reste du trajet est plutôt épique, le conducteur se met à chanter à tue-tête sur un son jamaïcain inconnu au bataillon. Encore un qui a raté sa vocation.

CHAPITRE 18

Austin

Vous avez dit malaisant ?

Je demande au chauffeur de m’attendre.

Je tiens à raccompagner Ellie jusqu’à son appartement.

Arrivée devant chez elle, Ellie se retourne. Je sens comme une légère timidité dans la lueur de ses iris.

— Tu ne veux vraiment pas entrer ? bredouille-t-elle en déverrouillant la porte.

L’idée est très alléchante, mais il faut que je sois raisonnable. Je suis exténué, si j’en passe le seuil, je sais très bien comment cela va finir.

— Non, ça ne serait pas judicieux. On a tous les deux besoin d’une véritable nuit de sommeil pour attaquer le boulot demain. Et en plus, le chauffeur ne va pas m’attendre cent ans.

Son sourire boudeur est mignon, d’ailleurs si elle continue à me regarder de cette façon, mes bonnes résolutions vont fondre.

— Dis plutôt que tu n’en as pas envie, me taquine-t-elle.

Je l’attrape par la taille, ce qui la fait pouffer de rire. Je lui glisse au creux de l’oreille des mots qui la font rougir.

— C’est tentant, avoue-t-elle à demi-mot.

Je n’y crois pas, la voilà qui m’aguiche. Où est passée la Ellie pleine de retenue ?

— Oui, mais on travaille demain. Si on ne bossait pas, j'aurais accepté sans hésitation. J'espère que tu prévois de me poser cette même question bientôt.

Ma réponse fait naître un joli sourire au coin de ses lèvres.

— À demain alors ?

— Avec plaisir, répond-elle sans perdre de sa superbe.

Je lui vole un baiser.

— Austin ?

Que va-t-elle me demander ?

— Oui ?

— Je préfère que l'on reste discrets au boulot, si tu vois ce que je veux dire.

Je comptais bien garder notre relation confidentielle.

— On doit se prendre la tête et leur montrer que l'on a toujours du mal à collaborer, plaisanté-je.

— Pas nécessairement, si on doit se retrouver, on peut se voir dans ton bureau, par exemple.

Je prends un air taquin, un soupçon coquin.

— Développe, Cabbage, tu m'intéresses.

— La porte de ton bureau se ferme bien à clef ?

Une petite lueur maligne danse dans ses iris. Bizarrement, quand il est question de sexe, on est plutôt bien câblés sur la même ligne.

Je resserre mon étreinte. Elle se marre, la garce. Je commence à être à l'étroit dans mon caleçon. D'ailleurs, je l'embrasse dans le cou, ma langue laisse une trace humide sur sa peau.

— Surprends-moi.

— Tu es sûr que tu ne veux pas rester ce soir ?

Sa voix tout en soupirs et suppliante met à mal ma résistance.

Je quitte son cou, y passe un doigt aguicheur.

— Ellie, tu me rends dingue, il faut que j'y aille, je suis mort.

Elle fait la moue.

— OK, alors pars maintenant, sinon je te séquestre, dit-elle en rigolant.

Après un dernier baiser, je m'en vais. Cette femme me rend fou, dans les deux sens du terme. Je viens de lui lancer un défi et je suis certain qu'elle va le relever avec succès. Madame aime les challenges, je crois que je vais être servi. Elle va me faire perdre la tête… en espérant que l'on ne perde pas notre job pour atteinte à la pudeur, par contre. Cette idée m'excite.

Il gèle dehors, je resserre mon manteau et cherche les gants dans mes poches en rejoignant d'un pas rapide le taxi qui m'attend. La neige a noirci par endroits sur le trottoir, piétinée par les passants. Quelques fins flocons tombent sur mon visage.

Je repense à la journée que j'ai passée avec Ellie durant le trajet retour. C'est la première fois que j'amène une femme chez ma mère. J'ai le sentiment que c'est la bonne, et cette idée me donne le tournis. Moi qui me demandais si j'arriverais à me fixer un jour, me voilà addict d'une petite diablesse.

Un bip me sort de mes songes. Je saisis mon portable de ma poche intérieure. Je suis presque sûr qu'il s'agit de ma mère.

Bingo !

Maman : Coucou, mon fils, bien rentré ?

Moi : Pas encore, je viens de déposer Ellie devant chez elle.

Maman : Ah… ☺ ☺

Je vois très bien où elle veut en venir : Ellie. Je décide de faire comme si de rien n'était. La connaissant, la curiosité va tellement la dévorer qu'elle va me questionner jusqu'à ce que mort s'ensuive.

Moi : Je t'envoie un message quand je serai arrivé. Promis.

Maman : Tu me ramènes une fille à la maison et tu crois sérieusement que je ne vais pas vouloir en savoir plus ? Raconte à ta mère ! Je suis certaine qu'elle te plaît ! Tu vas la revoir ?

Qu'est-ce que je disais… Dans sa tête, je suis déjà marié et j'ai deux enfants. Son rêve.

Moi : Évidemment on bosse ensemble.

Si je continue à jouer au con avec mes vieilles réponses, elle ne va faire qu'une bouchée de moi.

Maman : Tu te moques de moi ? Austin Chick, tes réponses m'exaspèrent. Pour le repas, je prévois des asperges et des cœurs de palmier.

J'ai des nausées rien qu'en lisant ça, tout ce que déteste et elle le sait, une façon pour elle de me prévenir que je vais payer mon silence.

Elle croit vraiment que je vais lui parler d'Ellie ? Je n'en ai pas envie pour le moment. Je veux encore profiter de notre bulle, sans laisser quiconque la perturber.

De la buée s'échappe de mes lèvres quand je souffle sur mes mains. Les extrémités commencent à me piquer. Mon téléphone sonne. Madame Chick n'a pas dit son dernier mot si on en croit son appel. Ce qu'elle peut être têtue ! Je décroche.

— Oui, maman, soupiré-je en m'accoudant à la vitre.

— Tu vas vraiment laisser ta mère sur sa faim ?

Je me marre.

— Tu veux que je dise quoi, Ellie est une collègue.

— Pas que… je me trompe ?

Inspecteur Colombo, le retour.

— On s'apprécie bien, mais je t'arrête tout de suite avec ton imagination débordante, je n'ai pas prévu de la demander en mariage. On profite de l'instant et on verra où le vent nous mène. Mais j'ai bon espoir.

— Loin de moi cette idée, Austin, mais je dois dire que je comprends pourquoi elle retient ton attention. Tu ne peux pas me la faire, à moi, j'ai vu les petits regards à la dérobée. Elle me plaît, en tout cas. Elle semble avoir un sacré caractère, ça va te faire un peu de bien.

Tu m'en diras tant.

— Maman ? Si j'interprète bien, j'ai ta bénédiction, raillé-je.

— Tu as de la chance d'être mon fils.

Je rajoute « préféré », ce qui la fait rire, et moi aussi par la même occasion.

— N'oublie pas le texto quand tu arrives chez toi. Bonne nuit, Austin.

— Bonne nuit, maman.

Lorsque le chauffeur me dépose devant chez moi, j'envoie un message à ma mère. Je ne suis que l'ombre de moi-même. Je suis KO, mes jambes me portent jusque dans la salle de bains. Je me glisse sous une douche bien chaude pour réchauffer mes membres meurtris par le froid. J'enfile mon survêt' noir, un tee-shirt et file me coucher. Je mets le réveil sur mon téléphone et rejoins Morphée en deux minutes.

La nuit a été réparatrice, je suis fin prêt à reprendre le travail. Un rapide coup d'œil à mon téléphone pour vérifier si j'ai eu des messages. Rien. Je me lève et me prépare. Trente minutes plus tard, me voilà devant la machine à café en train d'attendre que la tasse se remplisse.

À table, j'en profite pour lire mes mails. Un rendez-vous vient de tomber sur un nouveau projet de campagne. Tout ce que j'aime, le lancement d'une nouvelle automobile. Il n'y a pas à dire, c'est mon domaine de prédilection.

Je propose à mon contact de venir à sa rencontre vers onze heures ce jour. Qui ne tente rien n'a rien. Je préviens Ellie que je la rejoins ce matin sur le lieu de tournage. Elle me répond qu'elle s'y trouve déjà.

Je me lève, bois une dernière gorgée avant de quitter l'appartement. J'inspecte mon reflet sur le miroir de l'entrée. J'ai enfilé un costume gris slim et une chemise blanche. Je laisse sciemment les boutons défaits pour me donner un style décontracté tout en étant classe. La nature a été généreuse avec moi, je me trouve pas mal du tout. Je mets mon manteau ainsi que mon écharpe bleue et referme la porte.

Je salue la propriétaire de l'épicerie, en bas de chez moi, qui est en pleine installation des décorations de Noël. Tous les ans, elle fait peindre sa vitrine avec des sapins et des flocons. Cette année, elle a innové, en choisissant une palette de tons pastel et elle a fait ajouter un père Noël sur son traîneau dans les airs. Même si les couleurs traditionnelles restent le rouge et le vert, son choix est judicieux et ça rend hyper bien. Je lui dirai à l'occasion.

Je n'ai plus la petite étincelle que procurent les fêtes, elle s'est éteinte le jour où l'on mettait mon père en terre. Je n'ai qu'une hâte, passer à la nouvelle année. Que la neige s'efface au profit des couleurs du printemps.

Le temps est frais, mais le ciel est ensoleillé.

Je parviens rapidement devant le Woolworth building. Tout le staff est déjà sur le qui-vive. Ellie est habillée de façon très sobre et professionnelle. Tout en noir des pieds à la tête, une robe qui moule à la perfection ses formes, des collants en voile noir à motif plumetis et des bottes montantes. Ses cheveux châtains sont relevés dans un chignon strict. Accompagnée par nos assistants, elle est en pleine conversation avec nos égéries. Elle ne remarque pas ma présence. Cindy est la première à m'apercevoir, et elle s'empresse de me faire un signe de la main, abandonnant, sans la moindre gêne, le groupe. Ils la regardent faire, tous plus ou moins excédés par son comportement. Ellie se tourne, exaspérée par son manque de concentration. Contrairement à celui de Cindy, son sourire est loin d'être dégoulinant. Au contraire, elle fusille l'actrice du regard, puis m'observe, sans broncher. Pas l'ombre d'une émotion ne se dégage. Quelle mouche l'a piquée, ce matin ?

D'un pas chaloupé, et avec une expression déterminée, Cindy se pavane comme si des centaines de projecteurs étaient fixés sur elle.

— Bonjour, Cindy, comment vas-tu ?

Sa longue robe brillante est magnifique, exactement telle que nous l'avions imaginée avec Ellie.

Bon, ils ont un peu abusé sur le maquillage, mais ils retoucheront au montage.

Elle me fait la bise.

— Très bien et toi ?

Elle me fixe avec gourmandise, prête à me dévorer.

— Ça va, réponds-je d'un ton neutre.

Ellie, rejointe par Dana et Joshua, vient à notre rencontre.

— Tu nous as manqué, ronronne Cindy en caressant mon épaule.

Cette femme sait ce qu'elle veut, mais je ne suis pas enclin à le lui donner. Pour ne pas la vexer, cependant, je lui sers mon plus beau sourire factice, mais un brin charmeur. Ce qui n'échappe pas à Ellie. Elle me lance un regard noir. Je pourrais presque l'entendre ruminer.

— On reprend, on a du boulot, crache-t-elle.

— Bonjour à toi aussi, Ellie.

Il faut vraiment qu'elle pense à se détendre.

— Bonjour, Austin.

Elle ne me regarde même pas dans les yeux.

— Dis, Austin, ça te dirait que l'on se prenne un verre après le tournage ?

— Ça aurait été avec grand plaisir, Cindy, mais je ne peux pas rester, j'ai un rendez-vous dans une heure.

Elle se rembrunit, elle ne doit pas avoir l'habitude qu'on lui dise non.

Elle n'a pas le temps de rétorquer qu'une meute de maquilleuses se rue à côté d'elle. J'en profite pour filer à l'anglaise et rejoindre Ellie et me poster à ses côtés. Elle est plongée dans son dossier, faisant mine de ne pas me remarquer. Je me penche vers son oreille pour ne pas que l'on nous entende.

— Est-ce que tout va bien ?

Ellie s'éloigne d'un pas. Qu'est-ce qu'il lui prend ?

— Toujours aussi chaleureux à ce que je vois, fulmine-t-elle en rayant une ligne.

Madame est jalouse. Elle en crève, même. Je ne peux pas résister à la tentation de la titiller.

— C'est fou ce que tu peux être jalouse.

Elle s'offusque.

— Pas du tout, se défend-elle.

Je rétablis une distance intimiste entre nous.

— De toute façon, tu n'as aucune crainte à avoir, tu es la seule que je désire.

Elle rougit comme une pivoine et regarde vite autour d'elle, honteuse.

— Chut, Austin, on pourrait t'entendre.

Ce petit jeu et son côté pudique m'amusent beaucoup.

— Je suis juste passé pour voir si tout se déroulait bien, j'ai un rendez-vous avec un potentiel client. Je sais que ça tombe mal, mais je suis sûr que tu gères à la perfection. Est-ce que tout est bon pour toi ?

Elle serre son dossier contre sa poitrine.

— Tout est sous contrôle.

— Parfait, on se voit tout à l'heure pour la fête de Noël au bureau.

— Oh, mince j'avais oublié…

— Denver nous a envoyé un mail aujourd'hui pourtant. Dis-moi que tu as une tenue ?

Elle me sourit, malicieuse.

— Je te fais marcher, je n'avais pas oublié. Et devine quoi, j'ai une jolie tenue de mère Noël qui m'attend.

— Hâte de voir ça.

Je l'imagine déjà. Ça ne va pas être facile de rester en retrait. De ne pas pouvoir la prendre dans mes bras.

— Une dernière chose, demande-t-elle avant que je tourne les talons. Si tu n'avais pas eu ton rendez-vous, tu aurais accepté ?

— Ellie rappelle-toi, c'est toi et moi, personne d'autre. Cindy est une belle femme, mais elle est loin d'avoir le caractère de feu de ma petite diablesse.

Ellie semble soulagée, elle se retient même de m'embrasser.

Le rendez-vous auquel j'assiste est très intéressant avec un fort potentiel derrière. Mes interlocuteurs sont très motivés et ont de la suite dans les idées. C'est vrai que j'avais envie de voir autre chose, de sortir de ma zone de confort, mais en réalité c'est vraiment le secteur de l'automobile qui m'anime. Nous n'avons pas vu le temps passer. Ma montre indique qu'il est treize heures trente.

Dans le taxi qui me ramène au boulot, je songe à ce que je fais avec elle et les conséquences que cela pourrait avoir au travail. Je repense à son désir d'évoluer. Je ne sais pas comment je vivrais le fait qu'elle devienne ma boss. Ça mettrait un terme à ce que l'on vit aujourd'hui. Et ça, je ne suis pas disposé à l'accepter. D'ailleurs, je chasse cette idée, rien n'est fait pour le moment, je compte bien en profiter.

J'entre dans l'immeuble, arrivé à l'étage tout le monde est de bonne humeur. Une table est remplie de victuailles pour l'occasion. Certains ont opté pour un pull kitsch alors que d'autres se sont contentés de mettre un bonnet rouge. Pour ma part, je n'ai fait aucun effort par manque d'envie. Kristen me salue en passant devant moi, un verre à la main, accompagnée par Denver. Elle porte une robe et un serre-tête de renne. Je suis surpris qu'elle joue le jeu.

Je me dirige ensuite jusqu'au bureau. Je jette un coup d'œil vers le poste de travail d'Ellie, ses affaires y sont, mais pas elle. Je me demande si elle a rencontré un problème sur le tournage.

En ouvrant la porte de mon bureau, je manque de faire tomber mon sac. Mais c'est quoi ce bordel, putain ? Ellie porte une petite robe de mère Noël hyper sexy que je détaille à peine, sidéré par ce qui se déroule devant moi. Pourquoi est-elle agrippée à la veste de Brighton, ses lèvres sur les siennes ?

Je vois noir. Brighton a les yeux écarquillés, les bras ballants, et semble tout aussi surpris que moi, mais ce n'est pas pour autant qu'il la repousse, ce salaud.

— Ellie, mais qu'est-ce que tu fous ? m'écrié-je, estomaqué par la scène surréaliste à laquelle j'assiste, impuissant.

Comme si elle venait de se faire piquer, Ellie se détache d'un bond de la bouche de mon frère. Lorsque son regard croise les mien, son visage se décompose. Je lis l'incompréhension la plus totale. Ses yeux naviguent entre mon jumeau et moi. Elle est totalement perdue. Rapidement ses joues se mettent à rougir de honte. Elle dévisage Brighton.

— Mais… Je… C'est quoi, ce bazar ?

Elle me foudroie du regard, les prunelles brillantes de larmes ou de colère, je ne sais pas trop, avant de détaler, la tête basse.

— Ellie, attends, tenté-je de la retenir en attrapant son poignet, mais elle s'arrache à moi et me glisse entre les doigts.

Eh merde ! Elle va m'en vouloir à mort. Putain !

Elle franchit la porte pour la claquer aussi sec. Je fusille mon frère, prêt à en découdre. Qu'est-ce qui lui a pris ? Je le détaille et m'aperçois qu'il porte un costume quasiment similaire au mien. Non, mais je rêve, il faut que notre lien gémellaire, aussi distendu qu'un vieil élastique, se révèle aujourd'hui dans le choix de nos tenues ! Tu m'étonnes qu'elle nous ait confondus !

— Tu peux m'expliquer ce qu'il s'est passé ici ? Et d'ailleurs, qu'est-ce que tu fous là ?

— Je vois que tu t'amuses toujours autant au bureau, rit-il en réajustant sa veste.

En découvrant mon air furax, il se ravise. Je ne sais pas ce qui me retient de lui en coller une.

— Tu te fiches de moi, depuis quand tu débarques dans mon bureau sans prévenir ?

— Je suis venu pour…

Il hésite. Je crains le pire.

— Pour m'excuser, j'ai eu maman au téléphone, ça la mine de constater qu'on est fâchés. Elle m'a demandé de mettre de l'eau dans mon vin. Je suis venu dans l'espoir d'enterrer la hache de guerre.

— En roulant une pelle à ma copine ?

Je ne sais pas qui de nous deux est le plus surpris par ce que je viens de lâcher.

— Ta copine ? répète-t-il, sidéré.

Je jette le sac sur la table ronde et pose mes mains sur mes hanches.

— Je l'ignorais, écoute, Austin, je suis désolé.

— Quand bien même, tu aurais pu la repousser avec plus de conviction !

— Tu plaisantes ? Comment j'aurais pu ? Elle s'est glissée dans le bureau sans un bruit. J'étais dos à la porte, occupé à envoyer un message à Jenyfer. Elle m'a dit un truc du genre, tu voulais que je te surprenne, tu vas être servi. Elle m'a retourné brusquement, je n'ai pas eu le temps de rétablir la vérité qu'elle s'est jetée sur mes lèvres pour m'embrasser. Je te jure, Austin, ça n'a duré qu'une seule seconde, à l'instant où…

— Je suis surtout arrivé au bon moment.

— J'allais le dire, tu m'as coupé la parole. Je suis navré, vraiment.

— OK, ça va. J'accepte tes excuses. Écoute, j'ai du pain sur la planche.

— J'ai compris, je m'en vais. Pour le repas de dimanche, pense à prendre le vin.

— Oui.

Brighton ouvre la porte.

— C'est du sérieux entre vous ?

— Ça ne te regarde pas, réponds-je d’un ton glacial, coupant court à ses spéculations.

Il hoche la tête m’abandonnant seul dans le bureau. Je me laisse choir sur mon fauteuil, renversant ma tête en me pinçant l’arête du nez. Comment je vais me sortir de ce bourbier ?

Oh, mon Dieu ! Ellie ! Qu’est-ce que tu as fait ? Je ne peux qu’imaginer la colère qui doit l’animer, et la honte surtout. Je suis un homme mort. Il faut que j’aille la retrouver pour m’excuser. Quelle idée de ne pas lui avoir dit que j’avais un jumeau ! Je saisis mon portable dans ma poche pour lui envoyer un message.

Moi : On peut en parler ?

Ellie : Non, mais tu te fous de moi ! Un jumeau, sérieux !

Moi : Je suis désolé Ellie.

Ellie : Tu sais où tu peux te carrer tes excuses ?

Moi : Ellie, j’ignorais qu’il venait aujourd’hui.

Ellie : Ce n’est pas une raison, tu aurais dû me dire que tu avais un frère jumeau. Je suis passée pour quoi, moi ? Tu parles d’une première rencontre ! J’ai trop honte !

Moi : Écoute, Brighton t’a trouvée... très chaleureuse.

Ellie : Tu te moques de moi ???

Moi : Trop tôt pour l'humour ?

Ellie : 😠

Je suis un homme mort. Non, mais vraiment, qu'est-ce qui lui est passé par la tête ? Je lui avais dit « surprends-moi », mais j'étais à des années-lumière d'imaginer que ça serait à ce point-là. Non, mais on en parle ou pas des chances qu'elle avait de tomber sur Brighton ? C'était digne d'une comédie. Quelle plaie ! Pourquoi a-t-il fallu qu'il se pointe à ce moment, merde ? Il est vraiment né pour me pourrir la vie.

Brighton a dû venir deux fois depuis que je bosse ici, c'est pour dire. Foutu karma. Je ne sais pas comment je vais m'y prendre pour me faire pardonner. Elle va m'en vouloir pour au moins deux vies. L'après-midi promet d'être long. Je n'en reviens pas qu'il ait débarqué ici pour s'excuser. Il ne l'a jamais fait. Et comme par hasard, le jour où il se décide à faire un pas vers moi, voilà ce qui arrive. Je suis maudit.

CHAPITRE 19

Ellie

Les oiseaux se cachent pour mourir, et pas qu'eux

La scène du bureau se rejoue dans ma tête depuis que j'ai quitté le boulot, c'est horrible. Je n'ai même pas profité de la fête organisée par la société. J'ai embrassé le frère d'Austin. J'AI embrassé le frère d'Austin !!!!! Je n'ai rien vu venir. Comment aurais-je pu ? Quelle idée j'ai eue, sérieux ! Je revois ce connard d'Austin me dire « surprends-moi ». Finalement, c'est moi qui l'ai eue, la surprise ! Karma bitch.

Je claque la porte de l'appartement nerveusement. Non, mais je n'en reviens toujours pas.

Une petite tête rousse dépasse du canapé.

— C'est moi ou mère Noël a passé une sale matinée ?

— Pire.

Je retire ma veste que j'accroche au porte-manteau et rejoins mon amie sur le canapé.

Je rejette ma tête en arrière et me couvre les yeux.

— Raconte, je suis certaine que ce n'est pas aussi grave qu'il n'y paraît.

— Je n'ai qu'une envie : disparaître dans une grotte, marmonné-je entre mes bras.

Carla coupe la télé.

— Allez, crache le morceau, Cabbage.

Je me redresse et fixe mon amie.

Elle est vêtue d’un vieux jogging troué rose bonbon. Je secoue la tête.

— On a du vin ?

Elle me regarde comme une ahurie.

— C’est à ce point-là ? rétorque-t-elle en se levant, direction la cuisine.

J’entends les verres s’entrechoquer.

— Du rouge ?

— Oui.

Elle revient deux minutes après avec la bouteille débouchonnée et dépose nos verres sur la table.

— Remplis au max.

— OK, chef.

Elle s’exécute puis me tend un verre. Je bois deux grosses gorgées pour me donner du courage.

— J’ai embrassé le frère d’Austin, entamé-je.

Elle manque de s’étouffer.

— Tu as quoi ?

— Tu as bien entendu.

— Mais qu’est-ce qui t’est passé par la tête, tu es folle ?

Ma coloc est sous le choc, elle doit faire à peu près la même tête que j’ai faite plus tôt quand j’étais en présence des deux frères dans le bureau. Mon Dieu !

— Mais dans quel monde tu sautes sur Derek ? grogne-t-elle.

— Pas Derek, mais Brighton ! Austin a oublié de mentionner qu’il avait un frère jumeau.

Carla ouvre grand la bouche et pousse un « ohhhhh » suivi d’un léger rictus annonciateur d’un futur fou rire.

Je la menace du doigt.

— Je te jure que si tu te marres, je me barre dans ma chambre et tu peux toujours courir pour que je te raconte la suite.

Elle se ressaisit. Après une profonde inspiration, je lui relate dans les moindres détails ce qu'il s'est passé. Que ça n'a duré qu'une fraction de seconde avant l'arrivée d'Austin. Puis, comment je suis partie comme une voleuse.

Carla s'installe en tailleur sur le canapé. Vu la petite ride sur le coin de son œil, je sens qu'elle va sortir une connerie.

— Rassure-moi, tu ne lui as quand même pas mis la main au paquet ? demande ma coloc en pouffant de rire.

Je lui balance un oreiller que j'ai à portée de main.

— Punaise, Carla, tu ne pourrais pas deux secondes arrêter de te moquer de moi, sérieux ! Je suis morte de honte.

— Non, mais c'est tellement ouf comme situation. Franchement, c'était quoi la probabilité que ça arrive ? Tu as dû être une vraie salope dans une autre vie.

Je pouffe de rire en secouant la tête. Elle a raison, j'ai dû fâcher des saints pour mériter ça. Je termine mon verre d'une traite et le tends à mon amie pour qu'elle me serve une deuxième tournée.

— Bon, Ellie, il n'y a pas mort d'homme, je suis certaine que tu n'as même pas eu le temps de mettre la langue.

— Carla ! râlé-je. Il n'y a que toi pour penser à ce genre de chose. Je ne veux plus jamais croiser son frère, je suis trop gênée.

— Mais non !

Si, c'est certain. Je suis en colère contre Austin. Pourquoi ne pas me l'avoir dit ? Il m'a avoué ne pas s'entendre avec, mais n'a jamais fait mention du fait que c'était son frère jumeau. Tout cela m'échappe. C'est quand même une information importante !

— Non, mais tu imagines, il va me prendre pour qui, son frère ?

— Il va te prendre pour…

Je ne la laisse pas finir sa phrase, car depuis le début, elle est loin de m'apporter le soutien dont j'ai besoin, et vu ses yeux moqueurs, elle va encore me sortir une connerie.

— Je ne sais même pas pourquoi je t'en parle. Tu vois que je suis au plus bas, et tu te contentes d'enchaîner les vannes. Aie pitié, au moins, ou fais semblant !

Elle se lève et m'enlace. Enfin une réaction normale. Je prends une profonde inspiration et ferme les paupières.

— Ellie, j'essaie de te faire comprendre que ce n'est pas si grave. Tu ne pouvais pas deviner que ce n'était pas lui. Tu ne peux pas t'en vouloir pour ça. C'est plutôt Austin qui doit s'en mordre les doigts à l'heure qu'il est. Si tu veux un conseil : pourris-le ! Comme ça, à l'avenir, il évitera d'oublier les informations capitales.

— Compte sur moi.

Carla me relâche, j'allonge mes jambes sur la table basse.

— Tu ne bosses pas cet après-midi ?

— Non, j'ai pris ma fin de journée, je ne me voyais pas rester après la scène du baiser.

Je ne me sens pas de l'affronter, ça pourrait dégénérer. Au pire, je pourrai toujours travailler de chez moi.

— Comment Austin a pris la situation ?

— Il semblait en colère après son frère. Le pauvre, je me suis jetée littéralement dessus, il n'a pas eu le temps de réagir. Austin a essayé de me rattraper, mais j'ai détalé sans un regard en arrière.

— Rhoooo !

Mon téléphone se met à sonner. Je vérifie de qui il s'agit. Austin. Je le renvoie directement sur mon répondeur. Il peut toujours courir.

— Tu comptes l'ignorer longtemps ?

— Une vie. Non, plus sérieusement, je pense que c'est un bon signe pour tout arrêter.

Carla m'observe, sceptique. Non, je ne plaisante pas. On avait dit que c'était pour remettre un compteur à zéro, ce qui est chose faite. Je déblatère cinq minutes, trouvant mille excuses pour tout stopper pendant qu'elle triture ses ongles et qu'elle bâille, la bougresse.

— Tu as fini de débiter des conneries ? C'est un peu excessif, non ? Tu l'aimes bien, ton Austin, et quelque chose me dit que c'est réciproque. Tu peux te chercher toutes les excuses du monde, tu arriveras peut-être même à te convaincre du contraire, mais pas ta meilleure amie.

Mon air boudeur la fait sourire.

Je concentre toute mon énergie à éviter Austin toute la semaine, que ce soient les messages et les nombreux appels. On ne discute que par mails interposés et uniquement sur le projet. Il a bien tenté une approche, mais je l'ai tout simplement envoyé sur les roses.

En me rendant au bureau vendredi, je n'ai toujours pas décoléré. J'ai trop honte. En milieu de matinée, alors que je me rends aux toilettes, la porte s'ouvre. Austin a le visage sombre. Il est suicidaire, ma parole !

Je le foudroie du regard dans le reflet du miroir, les mains à plat sur le rebord du lavabo.

— Qu'est-ce que tu me veux, Chick ?

— Ton petit jeu va durer encore longtemps ? demande-t-il, agacé.

— Je ne vois pas de quoi tu parles, réponds-je comme si de rien n'était.

— De m'ignorer comme tu le fais, s'exaspère-t-il dans un souffle excédé.

Ses yeux sont rivés sur moi. Je lis de la colère et de l'agacement. C'est l'hôpital qui se fout de la charité. Ce n'est pas lui qui s'est retrouvé dans une situation gênante. Je coupe le robinet d'eau et m'essuie les mains. Il n'avait qu'à pas oublier de me dire qu'il avait un foutu frère jumeau. On ne serait pas dans cette situation s'il avait bien fait les choses.

— Ça dépend de toi.

— Qu'est-ce que je dois faire pour que tu passes à autre chose ?

Je fais mine de réfléchir et j'avoue, je jubile un peu de le voir en position d'infériorité.

Il glisse nerveusement sa main dans ses cheveux.

— Je ne sais pas, je ne me suis pas encore penchée sur la question.

Menteuse.

— Allez, Ellie, je m'excuse, j'aurais dû te prévenir.

— Oui, tu aurais dû, réponds-je sèchement du tac au tac.

— Pour ma défense, je ne savais pas que Brighton viendrait.

Je soupire.

— Encore heureux.

Il ne manquerait plus que ça !

— On pourrait en parler autour d'un verre comme deux adultes, qu'est-ce que tu en dis ?

— Je suis prise.

— Je ne t'ai même pas encore proposé de date, tu te moques de moi ? s'insurge-t-il en fronçant les sourcils.

Si peu.

Je remets une mèche derrière mon oreille et réajuste mon tailleur en me redressant, décidée à le faire ramer.

Je me positionne face à lui. Austin perd de sa superbe devant mon air résolu.

— Laisse-moi passer, s'il te plaît.

— Ellie, je suis sincèrement désolé, on ne va pas tout foutre en l'air pour ça !

Je sais au fond qu'il l'est, mais c'est plus fort que moi, je veux le faire payer. C'était trop gênant et c'est entièrement de sa faute.

— Désolé pour quoi au juste, développe ?

— De ne pas t'avoir dit que j'avais un frère jumeau. Si tu l'avais su, cela ne se serait jamais produit.

Ça, c'est évident, j'aurais sûrement vérifié avant de me jeter dans ses bras. Quoique… Je n'avais aucune raison de me méfier.

Je laisse sciemment un silence s'installer entre nous.

— Ellie, pardonne-moi, s'il te plaît, insiste-t-il.

Devant ses yeux suppliants, ma détermination se fendille un peu, mais je résiste.

— Tu m'as mise dans une situation gênante tu t'en rends compte ?

— Totalement et je m'en veux.

Son air désolé de chien battu, sa mine triste m'énervent. Il m'observe, à l'affût d'une faille. Il est beau dans son costume et sa chemise déboutonnée au niveau du col. Rohhh. Je me sens flancher, mais il est hors de question que je cède si facilement.

— Laisse-moi passer, dis-je à nouveau.

Il est temps pour moi de le tester et de voir si ce qu'a dit Carla est vrai.

Il fronce les sourcils, perplexe.

— Ellie… tente-t-il.

— Fiche-moi la paix, c'est mieux qu'on arrête là.

Coup de poker. S'il me dit que j'ai raison, je serai dévastée.

Cette phrase dans ma bouche sonne faux. En disant cela, je lui offre une porte de sortie, simple et efficace. Une petite pointe au niveau de l'estomac se réveille, mais je l'ignore.

— Je ne baisserai pas les bras.

— Et je peux savoir pourquoi ?

Pourquoi est-il aussi insistant ? Au fond de moi, j'aimerais qu'il m'avoue qu'il veut plus. Que j'ai de l'importance.

— Parce que ça me rend malade de savoir que tu m'en veux à mort pour une futilité à mes yeux.

— C'est tout ?

Je vois que ce qu'il s'apprête à dire l'écorche.

— Je tiens à…

Il cherche ses mots. Mon cœur pulse dans mes tempes. Qu'est-ce qu'il va me sortir ?

Je l'encourage.

— Tu tiens à nous ?

— Oui, Ellie, je tiens à notre relation. Je te l'ai déjà avoué, et si pour te rassurer je dois le dire à nouveau, je le ferai. Tu comptes pour moi.

Je ne sais pas trop quoi répondre tant c'est soudain. Cet aveu me bouleverse. J'ai envie de me pincer pour savoir si je rêve.

C'est à mon tour de bugger. Il profite de mon désarroi pour parcourir la distance qui nous sépare. Ses yeux sont fixés aux miens, je n'ai pas la force de bouger. Mon cerveau est en court-circuit, il vient de faire l'équivalent d'un « 404 not found ». Un léger sourire malicieux apparaît sur son visage.

Ses lèvres ne sont qu'à quelques centimètres des miennes, son souffle sur ma peau me fait frissonner.

— Je peux ?

Sa demande me fait fondre.

Je me rue sur ses lèvres. Notre baiser est fougueux. Plus rien n'existe. J'oublie un court instant que nous sommes en train de nous embrasser dans les sanitaires de la boîte.

Sa langue se noue à la mienne dans une danse lascive.

Nous nous séparons d'un bond lorsque la porte des toilettes s'ouvre.

Josh fait son entrée, et par chance, il est seul.

Il nous observe les yeux ronds, je ne suis pas la seule à bugger.

— J'interromps quelque chose ?

L'enfoiré.

Je remets une mèche de mes cheveux qui s'est échappée pendant notre baiser.

— Rien du tout, réplique sans ciller Austin.

— OK, se contente de répondre mon assistant tout en me regardant avec un léger sourire complice.

Je lui fais les gros yeux, le menaçant intérieurement de lui mener la vie dure s'il se permet de faire une réflexion déplacée.

Avant de quitter la pièce, Austin se tourne vers moi et, à voix basse, il me murmure :

— Je n'en ai pas fini avec toi.

— J'espère bien.

Ça ne sert à rien de lutter, je l'ai dans la peau et je viens de le lui prouver.

Austin nous laisse seuls et Josh me rejoint.

— C'était quoi, ça ? s'écrie-t-il, tout excité.

— De quoi tu parles ? réponds-je comme si je ne voyais pas où il voulait en venir.

— Arrête de faire ton innocente, il te dévorait littéralement des yeux, et si on en croit la trace de ton rouge à lèvres ici, triomphe-t-il en posant son index sur le coin de ma lèvre, vous n'étiez clairement pas en train de parler du travail.

Je rougis comme une pivoine, et fonce vers le miroir. Merde, il a raison, mon rouge à lèvres a coulé. On a eu de la chance que ce soit Josh qui soit entré. Je me rembrunis, hors de question que ça fuite au boulot.

Je le menace du doigt.

— Je te préviens, si tu en parles tu es un homme mort.

Il rigole.

— Tu me prends pour qui ?

— Pour la commère que tu es, Joshua.

Il fait mine d'être frappé en plein cœur. Il déteste qu'on l'appelle comme ça.

— J'emporterai ce secret dans ma tombe. Promis juré craché.

Il ne va tout de même pas faire ça ? Eh ben si… Josh se penche au-dessus du lavabo et s'exécute.

Il est grave.

— Merci.

D'une moue innocente, il ajoute :

— On est d'accord que j'ai quand même le droit de le partager avec Norman ?

Je lève les yeux au ciel.

— Juste à lui alors.

Il s'adosse au lavabo, Josh m'observe pensif. Je sens que je vais subir un interrogatoire.

— Vous deux, vous êtes ensemble ?

Je hoche la tête.

Je lui raconte dans les grandes lignes ce qu'il a raté, il passe par toutes les mimiques possibles et imaginables.

— C'est du sérieux, si je comprends bien.

— Je pense que oui.

Ça me fait drôle de le dire, mais oui, on est en couple.

— C'est génial ! Quand je pense que tu as smacké son frère, glousse-t-il.

Je secoue la tête.

— Arrête de te marrer, j'étais morte de honte.

— Vois le bon côté des choses, il n'est pas près d'oublier votre première rencontre.

Je lui frappe l'épaule, ce qui décuple son hilarité.

Kristen entre dans les toilettes.

Putain, mais ils vont tous venir, c'est pas possible, on ne peut pas être tranquille.

— Vous n'avez rien d'autre à faire ? crache-t-elle. Je vous rappelle que ce soir, c'est la soirée de lancement.

Je réponds que nous allions sortir.

Une fois la porte des toilettes refermée, Josh se penche près de mon oreille.

— Vu son regard constipé, je crois que c'était sa façon à elle de nous dégager pour être tranquille pour faire la grosse commission.

Je rigole.

— Tu es con.

Je passe l'après-midi à travailler avec Dana, Josh et Austin. La campagne de pub est superbe. Je suis satisfaite du résultat. Kristen nous a félicités. Je me fige au moment où Austin me caresse la cuisse sous la table. Je le regarde, choquée, ce qui le fait sourire.

En fin de journée, l'assistante de Kristen nous interrompt pour inviter Austin à la suivre. Il semblerait que Kristen veuille s'entretenir avec lui. Je me demande ce qu'elle peut bien lui vouloir. J'espère qu'il ne s'agit de rien de grave. Me voilà en train de paniquer. Voyant qu'au bout d'une heure il n'est toujours pas de retour, je lui envoie un petit message.

Moi : J'y vais, tu me récupères ce soir pour aller à la soirée ?

Je vois que mon message est lu presque instantanément, mais il ne répond pas. Austin doit encore être en entretien avec la boss. Je rentre pour me préparer pour la soirée.

Austin : J'ai un empêchement, mais rien de grave. On se retrouve là-bas ?

Je déchante, j'étais convaincue que nous irions ensemble. Je cogite et tourne en rond. Je ne peux pas m'empêcher de voir le mal partout.

Moi : Tu es sûr que tout va bien ?

Austin : Oui, oui, ne m'en veux pas, Derek a besoin de moi. Je serai à la soirée vers 20 heures. À tout à l'heure.

Une fois à l'appart, je prends une douche et me prépare. Je suis excitée, le spot publicitaire est sur le point d'être dévoilé. Il me tarde de voir les réactions des personnes présentes à la soirée.

Je sors la longue robe noire scintillante, que j'ai achetée pour l'occasion, de sa housse. Je l'enfile et me dirige vers le miroir. Je me trouve magnifique dedans. Elle épouse mes formes à merveille. Je la défroisse rapidement avec mes mains. Le résultat est parfait.

Je me maquille et me boucle les cheveux. Un œil à ma montre m'indique qu'il est l'heure que je commande un taxi. Je suis curieuse de voir la tenue d'Austin pour l'occasion. J'espère que Cindy ne lui fera pas son numéro de séduction.

Il est à moi. J'aimerais pouvoir le dire, mais ce n'est pas le moment. Ma jalousie me perdra.

Le taxi me récupère au pied de l'immeuble. La morsure du froid me fait frissonner.

Lorsque j'arrive devant le lieu de l'événement, un employé en uniforme m'ouvre la porte. Je pose mes pieds sur un imposant tapis rouge. Un amas de gens attendent devant. Je cherche Austin du regard, et distingue sa silhouette au loin à l'intérieur. Sa présence me donne de l'assurance. Il est accompagné par Josh, Dana et des collègues. Je les rejoins. Ils sont sur leur trente et un. Austin porte un costume chic noir à col mao sur une chemise blanche, il est très classe. Il est le premier à m'apercevoir. Je me laisse porter, guidée par ses yeux acier et son sourire sans pareil.

— Bonsoir, dis-je au groupe.

Ils se retournent tous vers moi pour me saluer.

Un membre du personnel me propose de prendre mes affaires. Une fois le manteau retiré, je tourne sur moi-même pour montrer ma tenue à Austin. Son regard s'assombrit de désir. Il me détaille de la tête aux pieds, en pinçant sa lèvre inférieure. J'en conclus à son air appréciateur que ma robe est à son goût.

Discrètement il me murmure à l'oreille.

— Tu es magnifique.

Je rougis.

— Merci.

Kristen ne tarde pas à faire son apparition, accompagnée de son mari.

— Bonsoir à tous, j'espère que vous allez bien et que vous êtes prêts à passer la meilleure soirée de votre vie.

Elle passe à mes côtés, sa robe rouge sirène glisse sur le sol à mesure de ses pas. Nous la suivons et descendons les marches pour atteindre le lieu des festivités.

Je saisis le bras que me tend mon cavalier aux yeux gris. Mon cœur bat la chamade. J'ai l'impression d'être la princesse d'un conte bien connu.

Lorsque nous arrivons dans la grande salle, je pousse un « oh » d'émerveillement. La décoration est tout simplement féerique. Je n'en reviens pas. J'ai la sensation d'être transportée dans un monde de conte de fées.

L'équipe engagée par Stuart n'a pas lésiné sur les moyens, le parfum ne peut être qu'une réussite.

Les tables nappées de blanc, parsemées de bougies dorées et de figurines en cristal scintillantes, trônent au centre de la pièce, entourées par des sapins naturels, tous de la même taille et décorés avec soin. Les murs sont recouverts de cheveux d'ange lumineux, dessinant la silhouette du flacon d'*Élixir d'une nuit*. Sur la droite a été disposé un traîneau garni de cadeaux, et de sacs estampillés de la marque. Du plafond, descendent, suspendues, des boules de différentes tailles et couleurs, formant un dôme étincelant.

Dans le fond de la salle, une scène sur laquelle est installé un groupe de musiciens. La chanteuse nous accueille en entonnant les paroles de *We need a little Christmas*. Derrière eux, un imposant rideau noir fermé retombe en de lourdes vagues de velours. Je me demande ce qui se cache derrière.

Stuart vient à notre rencontre.

— Ça vous plait ?

— C'est sublime.

— Attendez que la surprise arrive, répond-il avec un brin de malice.

La fierté se lit sur son visage.

Une fois la chanson terminée, un homme d'une quarantaine d'années en costume gris anthracite monte sur scène.

— Bonsoir à tous, je suis Jacob, bienvenue à la soirée de lancement du nouveau parfum *Élixir d'une nuit*. Je vous invite à prendre place.

Des porte-nom en couronnes de houx nous permettent de nous installer à notre table. J'ai hâte que cela commence. Je me retrouve en face de Kristen.

— Je vais vous demander de compter jusqu'à trois, clame l'animateur.

Toute la salle se prête au jeu. À trois, le rideau s'ouvre sur un imposant sapin qui se met à scintiller de mille couleurs, et de la fausse neige virevolte autour de nous. C'est tout simplement magique. Je suis stupéfaite.

Un écran géant s'allume, le spot publicitaire se déroule devant nos yeux. La magie de Noël opère instantanément. Je parcours la salle des yeux pour capter l'expression sur le visage des gens. Ce que je découvre me bouleverse. Ils paraissent tous subjugués. À la fin du spot, lorsque le rideau se referme, tout le monde se lève pour acclamer le spectacle.

Cindy arrive sous un tonnerre d'applaudissements, accompagnée par Karl. Ils paradent tous deux jusqu'à nous, dans les mêmes vêtements que dans le spot. Tandis que les femmes jettent des coups d'œil envieux, les hommes, quant à eux, se contentent de la dévorer des yeux. Je ne peux que les comprendre.

Je sèche discrètement mes larmes. C'est la première fois que je participe à un événement de cette envergure.

J'observe à la dérobée Austin qui applaudit.

— Nous avons réussi, susurré-je à Austin en levant mes yeux vers lui.

Il se tourne vers moi, un demi-sourire aux lèvres.

— Oui, félicitations, partenaire. J'aimerais te dire…

Josh et Dana nous interrompent.

— Félicitations !!

Josh me tend une coupe.

— Merci, c'est un beau travail d'équipe, on peut être fiers de nous.

Que voulait-il me dire ? Quelque chose dans son regard me révèle qu'il est tourmenté. Je ne sais pas si je me fais des films, mais mon sixième sens m'avertit du contraire.

Je sens que quelque chose le tracasse, mais je n'ai pas le temps de l'interroger que déjà on nous sollicite.

Durant le repas, Austin et moi sommes très occupés à répondre aux questions que nous posent les convives. Je fais des pieds et des mains pour attirer son attention. En vain… Je ne comprends pas cette soudaine distance entre nous. J'aimerais pouvoir lui demander, mais c'est peine perdue. Je suis frustrée et inquiète.

Alors que la soirée touche à sa fin, je récupère mes affaires au vestiaire.

Austin me rejoint.

— Est-ce que tout va bien, Austin ? m'inquiété-je en mettant mon manteau.

Galant, il m'aide à l'enfiler.

— Oui oui, très bien Ellie, désolé si je te fais ressentir le contraire. C'est le contrecoup de tout ça. Je suis enchanté par les retours que l'on a eus. Notre duo explosif a fonctionné.

Je lui pose la question qui me brûle les lèvres.

— Que te voulait Kristen tout à l'heure ?

Austin passe sa main sur ses cheveux. Son nez se plisse. Étrange ?

— Oh, elle souhaitait me parler d'un futur projet sans importance.

Je fronce les sourcils, alertée par son air distrait. Nous rejoignons l'extérieur. Quelques flocons voltigent autour de nous dans l'air frais de la nuit.

— Tiens, regarde, le taxi est là.

C'est moi ou il esquive la conversation? Je ne suis pas dupe. Il me cache quelque chose.

— Au fait, Ellie, tu n'as pas oublié le repas de dimanche?

Une vague de panique m'envahit, me faisant oublier Kristen. J'avais complètement occulté le repas familial des Chick. L'idée de croiser à nouveau potentiellement son frère ne me réjouit pas du tout. Avec un peu de chance, il ne sera pas de la partie. Je pose la question pour avoir le cœur net:

— Euh… je présume que je ne pourrai pas esquiver ton frère?

Il sourit, amusé.

— Non, mais rassure-toi, c'est oublié et il ne fera pas d'allusion.

Il ne manquerait plus que ça!

— C'est tellement gênant.

— Mais non et puis entre nous, il ne bronchera pas s'il ne veut pas finir émasculé par sa femme, Jenyfer.

Tu m'étonnes, je serais elle, c'est exactement ce que je ferais. Au préalable, je creuserais aussi un trou pour la coupable. MOI.

Le taxi nous dépose devant mon appartement.

— Est-ce que tu veux monter?

Austin semble hésiter. J'aurais aimé que l'on continue de fêter ça tous les deux.

— J'aurais bien voulu, mais j'ai prévu une journée chargée avec mon frère demain.

Je ne masque pas ma déception. Il saisit mon visage au creux de ses mains et se rapproche à quelques centimètres de moi. Son souffle fusionne avec le mien. Je ferme les yeux et savoure son tendre baiser.

— Repose-toi, ma famille n'est pas un cadeau, précise-t-il avant de se ruer à nouveau sur ma bouche.

J'ouvre la porte de mon appartement. J'ai à peine enlevé mes escarpins que je reçois un SMS de Carla qui me demande comment s'est passée la soirée. Je lui fais un vocal en lui racontant tout. J'ajoute qu'elle aurait adoré la déco. Je prends le temps d'une douche et me mets au lit.

Austin : Je passe te prendre dimanche matin ?

Oui, je préfère. Même si j'ai eu un avant-goût de l'ambiance générale, je n'aimerais pas arriver avant. Je serais plus rassurée d'être avec lui.

Moi : C'est une vraie question ?

Austin : ☺ Je serai là pour 11 heures. Bonne nuit.

Je compose le numéro de Carla et tombe au bout de deux sonneries sur son répondeur. La garce, ben elle pourra se gratter pour que je lui raconte l'échange dans les toilettes. Je me mets en pyjama et file au lit, même si demain c'est samedi, j'ai besoin d'une bonne nuit de sommeil. Au moment où je commence à m'assoupir, mon téléphone retentit.

— Aloooorrrs ?

Bonsoir à toi aussi, Carla.

— On a fait la paix.

Je l'entends crier de l'autre bout de la ligne.

— Je le savais !

Je lui raconte tout dans les moindres détails.

— Il en pince pour toi, c'est certain, et en plus il te relance pour le repas du dimanche en famille. L'année prochaine, c'est le mariage, ma poule.

Carla ou l'art de l'exagération !

— Rêve pas.

J'entends un énorme fracas. Oh oh… Carla se met à hurler si fort que je décale mon portable pour ne pas perdre l'audition.

— Putain, je dois te laisser, Ellie, le petit nouveau a fait tomber un carton de champagne. Tu as du bol d'avoir une belle gueule, sinon tu serais déjà dehors. Nettoie-moi ça, fissa.

Elle a de la chance qu'il ne l'attaque pas en justice pour harcèlement.

— Sois cool, Carla, il débute.

— Ouais, ben, il vient de me faire perdre 420 dollars. Pff… Bref, pour info je découche, ce soir, j'ai un plan avec deux apollons.

Elle est sérieuse ? Malheureusement, oui.

— Protège-toi, au moins.

— Plutôt deux fois qu'une, tu captes le jeu de mots ?

Je fais mine de vomir.

— On aurait dû t'appeler la vierge Marie.

— Et toi Marie-couche-toi-là.

Elle ne l'a pas volé.

— Moi aussi, je t'aime. Bisous, et, Ellie, n'oublie pas de me faire un débrief dimanche soir.

— On verra.

Je raccroche alors qu'elle est en train de râler pour changer. Je mets mon téléphone en silencieux et ferme les yeux.

CHAPITRE 20

Austin

Proposition empoisonnée

Flashback - Quelques heures avant la soirée

Je jette des œillades à Ellie, elle me fascine. C'est dingue ce truc sexy qu'elle dégage quand elle est concentrée. La lèvre inférieure qu'elle maltraite avec ses dents quand elle est pensive, la petite ride entre les yeux quand elle est dubitative. Je suis certain qu'elle n'en est même pas consciente. Je pourrais la manger sur place. Fausse bonne idée étant donné que l'on est au bureau avec nos deux assistants dans la même pièce de surcroît.

Elle m'obsède c'est fou. Mon frère a vu juste, je suis accro à cette femme. C'est tellement inédit pour moi. D'ailleurs, j'ai du mal à réaliser.

Je m'en suis encore plus rendu compte lorsqu'elle a passé ces derniers jours à me ghoster. C'était insupportable. Je l'observais discrètement, j'étais mort de jalousie. Même si je sais qu'il est gay, Joshua avait tout ce que je n'avais pas. Son attention, ses sourires. J'ignore ce qui m'a pris, mais quand je l'ai vue aller aux toilettes, je l'ai suivie. Il fallait que je lui parle, que j'essaie de la récupérer. Sans réfléchir, j'ai attendu comme un con qu'elle sorte des sanitaires pour la cueillir à l'abri des oreilles indiscrètes. « À cause perdue acte désespéré ». J'ai joué au mec énervé et désabusé, mais franchement, je n'en menais pas large. J'avais pour seul objectif : la reconquérir. Ce n'était pas gagné d'avance avec ses airs à la fois faussement innocents et déterminés à me faire payer. Quand Ellie m'a proposé d'arrêter, je me suis dit qu'il en était hors de question. Pourquoi ? Juste à cause de ce qu'il s'est passé avec mon frère ? Il n'y a pas mort d'homme. C'était seulement un baiser. Cette image me hante un peu quand même. Si je le voulais, je pourrais le faire chanter. Jenyfer est si jalouse qu'elle pourrait lui faire la misère à durée indéterminée. Mais, il a de la chance qu'il s'agisse d'Ellie. Je ne veux pas la mêler à ça.

— Allô, ici la Terre !

Je sors de mes réflexions et me rends compte qu'il y a trois paires d'yeux rivées sur moi.

— On peut savoir à quoi tu penses ? me questionne Ellie en posant ses coudes sur la table.

Ses cheveux retombent en cascade le long de sa poitrine mise en avant par une robe pull bleu marine près du corps. Sublime.

— Je me demandais comment ça allait se passer ce soir.

— Ça va être le feu, entonne Josh, j'ai entendu Kristen dire à son assistante que Stuart a mis toutes les chances de son côté.

Mon regard est attiré par un bruit de pas dans le couloir. L'assistante de Kristen, Stacy, m'adresse un sourire appuyé. Encore une qui ne se ferait pas prier pour se retrouver dans mon lit, si on en croit ses nombreux appels du pied depuis que je bosse ici. Elle frappe deux coups à la porte avant d'entrer.

— Désolée de vous interrompre, Austin, Kristen souhaite te voir.

Ellie me regarde, interrogative, je lui réponds silencieusement que je suis tout aussi étonné qu'elle.

— Maintenant ?

Qu'est-ce qu'elle peut bien me vouloir ?

— Oui, s'il te plaît.

— Vas-y on va finir, si tu veux on t'attend avant de l'envoyer.

Je me lève et en passant à côté d'elle, je pose ma main sur son épaule.

— Je vous fais confiance. À tout à l'heure.

Je rejoins Stacy en prenant soin de refermer la porte de la salle. À distance raisonnable, je marche derrière elle.

— Tu sais ce qu'elle me veut ?

Elle pivote légèrement pour me regarder.

— Pas le moins du monde, je suis désolée.

Arrivée devant le bureau de Kristen, Stacy se rassied à son poste.

Je frappe à la porte et attends l'accord de la chef pour ouvrir.

— Entrez, entends-je de l'autre côté.

Je m'exécute.

— Tu voulais me voir ?

Kristen est installée sur sa chaise, le nez dans son ordinateur. C'est à peine si elle me jette un regard. Elle est en tailleur, les cheveux aussi raides que son caractère. Je me demande si elle s'octroie le droit de se relâcher de temps en temps au bureau.

— Assied-toi, je suis à toi dans deux minutes.

— Entendu.

Elle se décale de son ordinateur pour me faire face.

— Je ne vais pas y aller par quatre chemins, on m'a envoyé le résultat presque abouti de la future campagne de publicité. Je suis très fière du rendu. Je ne m'étais pas trompée sur votre binôme. Vous avez fait de l'excellent travail.

— Merci, si c'était pour nous remercier, pourquoi ne pas avoir également convié Ellie à notre réunion ?

— Si je t'ai fait venir ici seul, c'est pour te parler de la personne que j'ai choisie pour me succéder.

— Je vois.

— Je veux que ce soit toi qui prennes mon poste.

Je tombe sur le cul. Elle fait glisser une pochette vers moi.

— Voici le projet de contrat. Il expire dans une semaine, c'est à prendre ou à laisser.

— Je suis touché par la proposition, mais j'ai besoin de savoir pourquoi moi ?

— Parce que j'estime que tu as les épaules pour ça, tu es très bon négociateur, d'ailleurs si je ne me trompe pas, c'est toi qui nous as dégotté Cindy. Cette pub a été rondement menée et je sais que tu y es pour beaucoup.

Elle me fait tout un tas d'éloges que je ne mérite pas. C'est Ellie qui a fait le plus gros du boulot.

— Mais Ellie…

Kristen m'arrête de la main.

— Tu es mon premier choix.

— Je te remercie.

Je laisse planer un instant de silence.

— Et si je refuse le poste ?

Elle me lance un regard chargé d'éclairs.

— Tu serais le dernier des idiots, une chance comme celle-là ne se présente pas deux fois, alors réfléchis bien.

Elle ajoute :

— Si ta question sous-entend, est-ce qu'Ellie est mon second choix ? La réponse est non. Ellie est un vrai atout pour la société, j'ai sérieusement envisagé sa candidature, et j'ai au départ hésité entre vous. Mais elle n'a pas la carrure pour le moment pour mener la barque.

Je ne suis pas d'accord avec elle, mais vu son air renfrogné quand je mentionne le prénom de ma collègue, je n'insiste pas. Ce que je regrette instantanément en passant le pas de la porte. J'aurais dû plaider sa cause. Je me sens mal. Ellie est pour beaucoup dans le succès de la campagne de publicité pour Élixir d'une nuit. *Elle a tout géré sans faillir pendant mon absence. Je trouve Kristen profondément injuste.*

Je salue Stacy en passant devant elle et pars en direction de mon bureau pour récupérer mes affaires. Je rentre chez moi. Je ne sais pas comment l'annoncer à Ellie. Ce poste représente beaucoup pour elle. Foutue proposition empoisonnée ! Je tourne et retourne le problème dans tous les sens sans avoir la moindre solution. Cette promotion est une vraie aubaine, mais je ne suis pas certain que je sois fait pour ça. J'aime la liberté et l'autonomie liées à mes fonctions actuelles.

Mon téléphone sonne, c'est Derek.

— Ouais, frangin ?

— Tu fais quoi, ce soir ?

— Je suis à la soirée de lancement du nouveau parfum.

— Ah oui, c'est vrai ! On se voit demain ? Je ramène les bières, il y a un match à la télé.

— Parfait.

Je raccroche et envoie un message à Ellie pour lui dire qu'on se retrouve directement à la soirée. Encore une fuite en avant, mais comment lui cacher le trouble que je ressens ? Je ramasse mes affaires et pars en direction de la maison. Je rumine tout le temps du trajet. Je me sens comme une merde depuis tout à l'heure. En personne mature, j'aurais dû rejoindre Ellie comme c'était prévu, et on aurait pu en parler tranquillement. Je ne sais vraiment pas comment elle réagira. À coup sûr, mal, elle a été claire sur ses aspirations. Putain ! Je me fais des nœuds dans la tête.

CHAPITRE 21

Austin

Tourmenté

J'ai passé une nuit infernale, je n'ai pas réussi à fermer l'œil. La soirée de lancement a été un véritable calvaire pour moi. J'ai menti à Ellie et, punaise, je me sens super mal. Il y a bien un moment où j'ai voulu lui parler, mais on a été interrompus par Josh et Dana. Au final, c'est une bonne chose, en y réfléchissant bien, je ne me voyais pas gâcher sa soirée. Elle a tellement bossé pour ça, impossible de lui annoncer la proposition de Kristen. Je l'aurais anéantie. Je ne sais pas ce que je vais faire, c'est une véritable torture. Ellie voulait que je reste chez elle, mais je me sens si minable que j'ai refusé avec un prétexte bidon. Qu'est-ce que je vais bien pouvoir faire pour me dépêtrer de ce merdier ? Avec un peu de chance, Derek pourra m'aider à y voir plus clair.

Je prends le temps de me laver et m'habiller. J'ai à peine le temps de prendre un café que ça sonne à l'interphone. Je pars ouvrir et laisse la porte entrebâillée pour qu'il n'ait pas à frapper.

Quelques minutes plus tard, mon frangin surgit.

Il lève son pack à mon intention.

— On est parés pour ce soir.

— Yes.

— Putain, qu'est-ce que ça caille, je déteste cette période de l'année et encore plus la chanson de Mariah Carey. Elle me sort par les yeux, il n'y a pas un magasin où elle ne passe pas.

— Toi, tu as fait tes achats de Noël.

— J'ai presque fini, se réjouit-il, fier de lui.

Et dire que moi je n'ai pas encore commencé. Ça craint.

Derek remise les bières une à une dans le frigo.

— Alors, cette soirée ?

Un tas d'adjectifs me viennent en tête, mais aucun n'est assez juste pour décrire ce que je ressens.

— Si je te dis qu'un pack ce n'est pas assez ?

Il arrête net ce qu'il faisait pour me fixer. Derek cherche à interpréter ma phrase.

— Raconte.

— On m'a proposé une promotion.

Dit comme ça, c'est génial, mais je ne peux pas m'empêcher de penser à Ellie. Et à ce qu'elle va ressentir quand je vais lui annoncer.

— Pourquoi tu fais cette tête ? C'est une super nouvelle ! Tu aurais pu m'envoyer un message, j'aurais pris du champagne.

— C'est le poste qu'Ellie veut par-dessus tout.

Ellie...

— Aïe. Elle l'a pris comment ?

Pour le moment, je suis toujours vivant.

— Je ne lui ai pas dit.

La culpabilité me ronge depuis que je l'ai appris.

— Sérieux ? Mais pourquoi ?

Parce que je suis un putain de lâche.

— Parce qu'hier soir c'était sa soirée, je ne pouvais décemment pas la lui gâcher.

— Dis plutôt que tu t'es défilé.

— Je me suis défilé, on vient à peine de se réconcilier.

— Attends, mais elle comprendra.

Je n'en mettrais pas ma main à couper. Quand elle m'a questionné l'autre soir, je lui ai dit que je n'étais pas intéressé.

— Je ne suis pas certain. Pour être honnête avec toi, je ne pense pas mériter ce poste. Ce n'est pas pour rien si Kristen nous a associés sur cette campagne. Ellie a beaucoup plus bossé que moi. Elle a même assuré pendant mon absence au bureau. Kristen aurait dû le lui proposer en priorité.

— Oui, mais elle ne l'a pas fait, elle estime sûrement que tu as plus de compétences qu'Ellie.

C'est là où il se trompe. Kristen, pour je ne sais quelle raison, a une dent contre Ellie. Franchement, pour l'avoir constaté lors de nos réunions, elle ne rate pas une occasion de la remettre à sa place. Elle a plus de tolérance pour la gent masculine.

— Kristen a un sale caractère, elle n'est pas fan d'Ellie.

— Austin, tu devrais lui en parler et aussi te poser la bonne question. Est-ce que tu veux ce poste ?

— Je ne sais pas, Derek, le salaire n'est vraiment pas dégueulasse.

— Ben alors, c'est tout vu, accepte, frangin.

Ce n'est pas si facile.

— Je suis certain qu'elle comprendra et qu'elle finira par tourner la page.

Elle va surtout me faire la gueule à vie.

— Je ne sais pas.

Derek me fixe, l'air impassible. Son inspection dure un peu plus que la normale.

— Quoi ? m'énervé-je.

— Austin, je suis désolé de te l'apprendre, mais tu es carrément accro à cette nana.

N'importe quoi ! Le voilà qui part dans des délires. Je l'aime bien et ça me ferait chier qu'on mette un terme à tout ça, c'est tout.

— Non, mais je ne déconne pas. On te fait une proposition en or et tu doutes, non pas parce que tu ne veux pas du poste, mais parce que tu penses qu'Ellie ne te le pardonnera pas.

Ça me fait mal de le reconnaître, mais je crois que Derek a raison. Je n'ai pas envie de la perdre. Je suis certain qu'en acceptant, je fais une croix sur nous. Elle ne me le pardonnera jamais.

— Ça te dit qu'on sorte histoire de s'aérer l'esprit ? propose Derek.

— Bonne idée.

On passe la matinée dans les magasins, il avait raison, on a bouffé sans mentir au moins quatre fois *All I want for Christmas*. Une horreur. C'est limite si Derek ne s'est pas battu avec un mec pour le dernier pull bleu marine en cachemire Mahogany. Et dire que l'année dernière, j'étais ici avec mon père. Un élan de nostalgie me submerge. Mon frère me parle, mais je n'écoute pas un traître mot de ce qu'il dit. Je nous revois avec nos sacs, marcher tous les trois avec Derek. On se prenait gentiment la tête entre frères et notre père n'avait pas trouvé mieux que de nous balancer une boule de neige. Ça s'était terminé en pugilat. Je soupire, c'était le bon vieux temps. Après avoir acheté des jouets pour les garçons, une chemise pour Brighton et des bijoux pour Jenyfer et ma mère, nous marquons une pause au café.

— Tu ne vas rien prendre pour ta douce Ellie ? me taquine mon frère.

Je ne sais pas quoi lui offrir.

— C'est peut-être prématuré, tu ne crois pas ?

— Comme tes sentiments ?

— Va te faire foutre, tu ne m'aides pas beaucoup, là.

Derek fait mine d'avoir trouvé une brillante idée, ce qui signifie que je crains le pire.

— Tu peux lui faire un double de tes clefs et lui offrir une brosse à dents.

Il se marre, le con.

— Moque-toi ! Toi, le célibataire endurci.

— Qui te dit que je suis un homme libre ? m'asticote-t-il.

Prévisible.

— Parce que si tu étais avec quelqu'un, ou devrais-je dire si tu entretenais une relation sérieuse, tu n'aurais pas pu t'empêcher de te pavaner.

Il lève les yeux au ciel.

— N'importe quoi.

C'est à mon tour de rigoler.

— On disait quoi, déjà ? Ah oui, un cadeau pour Ellie.

Il pose son index sur ses lèvres, faisant mine de réfléchir.

— Prends-lui des sous-vêtements.

Non, mais, et puis quoi encore !

— De mieux en mieux, Derek, soupiré-je, blasé.

— Tiens, achète-lui un bonsaï.

Je fronce les sourcils, pourquoi je ferais ça ?

— Il paraît que cela porte chance à la personne qui le reçoit.

— OK, alors question : je lui donne avant ou après lui avoir révélé que la promotion qu'elle convoitait, c'est moi qui l'ai obtenue ?

Derek baisse la tête, dépité.

— Pas con.

— Merci.

— Je sais, prends-lui un bon massage.

Ce n'est pas une mauvaise idée, mais j'en trouve une meilleure. Je paie l'addition et nous revoilà partis pour un périple.

Pendant que Derek s'achète un pantalon, je consulte mes messages. Rien. Pas l'ombre de ma collègue à l'horizon. Je me demande ce qu'elle peut bien faire, mais je m'abstiens de lui poser la question.

On finit par enfin dénicher le cadeau d'Ellie, je ne sais pas quand je le lui offrirai, mais je suis certain que je vais marquer des points.

Après avoir écumé les magasins, nous rentrons et passons la soirée vautrés sur le canapé à boire devant le match et dévorer la pizza quand le livreur daigne enfin arriver. J'enchaîne les bouteilles, essayant difficilement d'oublier ma culpabilité. Je me dis que plus je vais mettre de temps à lui annoncer, plus ça va être compliqué. Imagine, l'info fuite par je ne sais quel connard. Ellie se sentira trahie. Il faut que je lui dise demain. Derek envoie un message à notre mère pour la prévenir que cette nuit, il dort chez moi.

Après une nuit courte et agitée, je me lève et enfile des vêtements pour faire un jogging matinal. Je passe devant mon frère avachi sur le sofa avec une jambe à l'extérieur. Je ne sais pas comment il fait. Je lui laisse un petit mot et fonce m'aérer. Lorsque je reviens une heure plus tard, le canapé est désert.

Derek sort de la salle de bains avec ma brosse à dents dans la bouche.

— Putain, mais tu es dégueulasse !

Il me répond en crachotant du dentifrice :

— Désolé, je n'avais pas prévu de dormir ici.

Merde, j'ai envie de lui en coller une, je suis bon pour en prendre une nouvelle. Il est gonflé.

Derek hausse les épaules avec un faux air de « ben quoi ? ».

Il réapparaît deux minutes plus tard avec des fringues à moi.

— Derek, tu abuses.

— Je n'avais…

Il m'énerve.

— Si tu dis encore une fois « je n'avais pas prévu de dormir là », je te crève un œil.

— Austin, ce que tu es devenu radin !

Non, mais il se moque de moi ! Où il a vu qu'il pouvait taper dans mes affaires comme ça ?

— On en est là ? Ce n'est pas une question d'argent ! C'est une question d'hygiène ! Merde ! On parle de ma brosse à dents, quand même. Oh, frangin, respecte-toi un minimum !

— Tu vas me saouler encore longtemps ?

— Non parce que je dois me préparer pour aller chercher Ellie. File on se retrouve chez maman.

CHAPITRE 22

Ellie

Comme un goût amer de trahison

Lorsque je me lève, mon premier réflexe est de vérifier mon portable, avec l'espoir fugace d'avoir des nouvelles d'Austin. Rien. C'est louche. Je ne sais pas ce qu'il lui prend. Il a eu une attitude étrange quand je lui ai posé la question sur ce que lui voulait Kristen. Il faut qu'on parle, car je ne peux pas continuer comme ça. Un coup, il est charmant et puis aussitôt, j'ai l'impression d'être inexistante. Il aurait pu m'écrire hier, d'accord, il était avec son frère, mais quand même.

Je lui envoie un SMS pour savoir ce que je dois ramener pour tout à l'heure. Il me répond instantanément.

Austin : Rien.

Son message est nul, mes doutes se confirment.

Moi : OK, est-ce que tout va bien ?

Austin : Oui, je passe te récupérer dans une heure.
À toute.

Pas un smiley, rien, je le trouve distant et je me demande quelle en est la raison. Je n'insiste pas. On se débrouillera bien à un moment chez sa mère pour crever l'abcès.

Je m'accorde une douche chaude et prends soin de me laver les cheveux. Je suis légèrement angoissée à l'idée de manger avec sa famille au complet. Austin pourrait se mettre à ma place, il ne me facilite pas l'exercice en agissant ainsi. J'aurais apprécié un peu plus de bienveillance à mon égard. En sortant, j'enroule une serviette sur ma tête et en drape une autre autour de mon corps. Je fouille dans mes placards pour dénicher une tenue adaptée à un repas dominical. J'opte pour un pantalon noir et un pull col en V rose parme. Je sèche soigneusement mes cheveux puis les lisse. Je ne mets pas moins de vingt-cinq minutes pour me maquiller. Le résultat est plutôt pas mal. En jetant un regard à ma montre, je m'aperçois que je suis à deux doigts d'être en retard. Du coup, je passe la seconde. Mon téléphone sonne, c'est lui.

Austin : Je suis en bas.

Je me dépêche d'enfiler mes escarpins et mon manteau après avoir pris une bouteille de vin et file le retrouver. Je l'examine au loin, adossé au taxi. Austin est superbe, mais il semble bien pensif.

Lorsqu'il me voit, le léger voile devant ses yeux disparaît.

Qu'est-ce qui le met dans cet état ? Je le rejoins en deux enjambées.

— Salut, toi, dis-je en l'embrassant sur la bouche.

Il ne me rend pas mon baiser, il se contente de le recevoir.

— Salut, Ellie, tu es très en beauté.

— Merci, réponds-je, tout sourire.

Austin me déleste de la bouteille.

— Tu n'aurais pas dû

— Je n'allais quand même pas arriver chez ta mère les mains vides.

Il secoue la tête et ouvre la porte et la dépose sur le siège arrière.

Je le fixe, inquiète.

— Austin ? Tout va bien ?

Je le vois hésiter.

— On en parlera plus tard.

À quoi fait-il référence ?

— Tu peux éclairer ma lanterne ?

— Non, pas maintenant, fais-moi confiance, rien d'urgent. Allez, monte, on va être en retard.

Quand je m'installe, le conducteur me salue poliment. Austin lui indique l'adresse.

Je n'insiste pas malgré la curiosité qui me ronge. Je décide de lui accorder le temps dont il aura besoin pour me révéler ce qui le tracasse. Durant le trajet, je fais la discussion, Austin se contente de sourire distraitement, et répond de façon laconique.

Ça m'agace un tantinet.

— Austin, je sens qu'il y a un malaise. Si tu veux, on crève l'abcès maintenant pour être tranquilles après. Non, parce que là, je suis déjà un peu stressée, si tu vois ce que je veux dire.

Il pose une main sur ma cuisse et profite que l'on soit arrêtés pour me présenter un visage détendu.

— Ne t'inquiète pas, c'est juste un repas. Brighton se tiendra à carreau. Ne te prends pas la tête, ça va très bien se passer.

Une fois à destination, Austin paie la course. Sur le trottoir, il me tend son bras que je saisis. Dans l'ascenseur, il me caresse le dos de la main dans un mouvement doux. La température monte.

— Je t'ai déjà dit que tu étais sublime ?

Je rougis.

Les parois s'ouvrent, nous nous dirigeons vers la porte d'entrée. Il frappe deux coups.

Brighton nous accueille avec un verre à moitié vide dans la main. Apparemment, son frère a déjà lancé les festivités. Les images de notre première rencontre s'invitent dans mon esprit. Eh merde ! Je suis morte de honte, mais j'essaie de ne pas le montrer.

— Bien le bonjour à vous.

Ses joues sont légèrement colorées. Il saisit les deux bouteilles que nous avons ramenées, qu'il cale sous son bras.

Je jette un rapide coup d'œil à Austin. Il est tendu.

— Bonjour, Brighton.

— C'est quoi ce ton solennel, Austin ?

Il ouvre plus largement la porte pour nous laisser entrer. Ça sent divinement bon.

La table est chargée de mets qui paraissent tous aussi délicieux les uns que les autres. Des frites de patates douces, des cranberries, du pain et des épis de maïs. Je sens que je vais prendre un kilo avec tout ça.

Evy me serre dans ses bras, Jenyfer me fait la bise.

Evy semble ne plus trop souffrir de sa cheville, elle boite un peu, mais ça va.

— Derek ne devrait pas tarder, il est parti récupérer la tarte à la pomme chez la voisine. C'est une cuisinière hors pair.

— Tu n'as rien à lui envier, maman, répond Austin en allant l'embrasser.

Brighton marmonne des mots inaudibles. Qu'est-ce qui lui prend ? Je comprends pourquoi Austin a du mal avec lui. Il se comporte comme un mufle. Leur gémellité s'arrête à leur apparence, parce que côté caractère, il n'y a pas plus différents. Je suis Austin à travers le salon. Il me présente comme étant une amie à ses neveux. Les petits sont habillés de la même façon, c'est trop mignon. Un petit jean avec un pull bleu marine.

— Je vous offre un verre de vin ? propose Brighton après s'être servi.

Il est bizarre. Sa femme lui jette un regard noir.

— Tu devrais freiner sur l'alcool, mon fils, lance Evy en récupérant nos manteaux.

— Oh, ça va, maman !

— Maman a raison, surenchérit Austin.

— Tu ne vas t'y mettre toi aussi, s'insurge Brighton. Le plus fêtard de nous trois, c'est toi. Tu as peur que je te vole la vedette ?

— Pas le moins du monde, riposte-t-il d'un ton sec qui n'augure rien de bon.

Pour je ne sais quelle raison, Brighton le cherche.

Derek fait son entrée, il a l'air ravi de me voir.

— Salut, Ellie, comment vas-tu ?

— Très bien merci et toi ?

— Bien.

Derek fronce les sourcils en direction de son grand frère.

— Il lui arrive quoi ? demande-t-il à l'intention de sa belle-sœur.

— Il est comme ça depuis samedi, je crois qu'il a quelques soucis au garage.

— Je vous entends. Jenyfer ferme-la, s'il te plaît.

Jenyfer est outrée, son visage se rembrunit.

— Brighton ! le réprimande sévèrement Evy. Ne lui parle pas sur ce ton.

— Excuse-moi, maman, Jenyfer.

— Passons à table, installez-vous où vous voulez sauf ici s'il vous plaît.

Elle nous indique la chaise la plus proche de la cuisine.

Austin prend place en face de moi, je me retrouve entre Evy et Jenyfer.

Derek coupe la viande, tandis que nous l'aidons en passant les plats.

Durant le repas, tout le monde prend part à la conversation, sauf Brighton qui boit dans son coin sans trop toucher à son assiette. Je me demande ce qui se passe. Est-ce qu'il est toujours comme ça, ou est-ce sa façon à lui de faire son deuil ?

Perdue dans mes pensées, je manque le début de la discussion. Ce n'est que lorsque le ton monte que je me concentre sur ce qu'il se dit.

— Je ne te permets pas de parler de papa comme ça !

— Il te passait tout, et franchement, quand je vois le résultat…

Il laisse sciemment sa phrase en suspens.

C'est officiel, je déteste son frère, il se prend pour qui ?

— Non, mais regarde-toi, tu me prends de haut dès que tu le peux, mais tu n'es pas mieux.

— Ça suffit, les garçons, ce n'est pas le moment, cingle Evy, très irritée.

— Brighton, s'il te plaît, l'implore sa femme. Les enfants ont peur, chéri.

— C'est lui qui a commencé. Je ne vois pas pourquoi ce serait à moi de me taire. J'en ai ras le bol de toujours faire profil bas.

Jenyfer, sentant le vent tourner, invite ses fils à la suivre dans la chambre.

— Vous êtes en train de gâcher le repas.

— De toute façon, tu n'es qu'un bon à rien.

Je suis à deux doigts d'intervenir. Il se prend pour qui pour lui parler de la sorte ? Austin a senti mon corps se redresser, et m'intime silencieusement de ne pas m'en mêler. Ça me bouffe. Monsieur croit qu'il a réussi parce qu'il est patron d'un garage.

La brouille entre les deux frères s'intensifie.

Derek s'interpose.

— Tu vas trop loin, Brighton.

Il a raison.

— Arrête de le mettre sur un piédestal. C'est sa belle gueule qui le sauve.

— Si c'est ça, alors pourquoi on vient de lui proposer le poste de directeur d'agence ?

Derek s'aperçoit au même moment de la bombe qu'il vient de lâcher. Il me dévisage, la bouche ouverte et les yeux ronds. Puis il échange un regard contrit avec Austin.

— Merde, Ellie…

La fourchette s'échappe de mes mains, finissant sa course dans mon assiette dans un tintement sonore. Le sol s'ouvre sous mes pieds. Le souffle coupé, je me sens étouffer. L'incompréhension, puis la colère. Le goût amer de la trahison me brûle la trachée. Est-ce que ce qu'il dit est vrai ? Une seule façon d'en avoir le cœur net. Je lis la réponse dans les prunelles d'Austin. Il est blanc comme un linge, et se décompose sous mes yeux. Je me sens comme une conne qui vient de se faire avoir en beauté. Je le déteste, comment a-t-il osé me faire ça ? Et toutes les pièces du puzzle s'assemblent. L'annulation vendredi soir, aucune nouvelle le samedi, un échange basique ce matin par messages. Et ce vide que j'ai ressenti plus tôt quand je l'ai embrassé.

— Ce n'est pas ce que tu crois, Ellie, se justifie Austin.

Tous les yeux se rivent sur moi. Il faut que je sorte d'ici tout de suite.

Je me lève d'un bond sous le regard inquiet de la mère d'Austin.

— Ellie, restez, il y a forcément une explication à tout ça ! Austin ?

— Désolé, Ellie, je peux tout t'expliquer.

Je me rue vers le vestibule pour récupérer mon manteau, Austin sur les talons.

— Ellie, attends.

Il se moque de moi ? Je ne vais plus croire un traître mot qui va sortir de sa bouche, c'est terminé.

Je gagne l'entrée et sors. Je claque le battant derrière moi. L'ascenseur est au rez-de-chaussée. Tant pis, j'emprunte l'escalier.

J'entends la porte s'ouvrir derrière moi. J'accélère le pas, descendant le plus rapidement possible les marches.

— Ellie, arrête-toi, s'il te plaît !

J'ai envie de l'étouffer comme il vient de le faire avec mes sentiments. Je me tourne pour lui faire face.

— Kristen m'a proposé cette promotion vendredi.

C'est bien ce que je pensais.

— Et tu comptais me le dire quand au juste ?

— On venait de se réconcilier, je ne voulais pas qu'on se fâche.

— Eh bien c'est une réussite totale, ironisé-je amèrement. Je viens de l'apprendre de la pire des façons. Tu es un putain d'égoïste arriviste et manipulateur. Tu ne penses qu'à ta petite personne. J'aurais dû me méfier et rester sur ma première impression. Je me déteste d'avoir cru en ta sincérité. Tu m'as laissée faire le plus gros du boulot, tu m'as mise dans ton lit pour m'amadouer, et c'est toi qui recueilles les lauriers ! Non, mais je rêve !

— Ellie…

— Laisse-moi, je ne veux plus te voir, tu m'entends ? Nous deux, c'est la plus grande erreur de toute ma vie. C'est terminé !

Ma voix flanche quand je crache ces mots.

Il me relâche comme s'il avait reçu un uppercut en pleine figure.

Je détale, prenant mes jambes à mon cou. Des larmes m'échappent pour inonder mes joues. Comment a-t-il pu me trahir de la sorte ? Je lui faisais confiance, putain ! Je hèle un taxi. Je frissonne, à la fois à cause de la température glaciale et du choc émotionnel.

Lorsque la voiture s'arrête, je m'y engouffre en lui indiquant mon adresse. Il me jette un coup d'œil furtif et allume le chauffage.

— Il fait froid dehors, ma petite dame, vous devriez vous couvrir.

Je laisse retomber ma tête sur la fenêtre fraîche. Le paysage défile, mais je ne le vois pas. J'ai le cœur lourd, et j'ai mal. Mon téléphone vibre. J'ouvre le message.

Austin : Je peux tout t'expliquer. Ellie, s'il te plaît.

Je bloque son numéro. Je ne veux plus qu'il m'approche ou qu'il tente de me la faire à l'envers. Par chance, ce maudit projet est terminé. Il reste quelques jours avant son lancement officiel. Nous n'aurons plus à travailler ensemble. Quand je pense que cette connasse de Kristen lui a proposé le poste ! Je suis verte. Je suis écœurée, j'ai bossé dur et voilà le résultat ! Cette boîte ne correspond vraiment pas à mes valeurs. Je dois partir. Il est hors de question qu'Austin devienne mon patron, je ne le supporterais pas. Comment a-t-il pu me cacher ça ? C'était quoi son objectif au juste ? Me l'annoncer une fois qu'il aurait signé ? Et il est passé où le Austin qui me dit qu'il est bien dans ce qu'il fait et qu'il ne prévoit pas d'évoluer tout de suite ? Franchement, je me suis fait avoir comme une putain de débutante. Je pleure de plus belle de m'être montrée si naïve, d'avoir des sentiments pour ce connard qui ne me mérite pas.

Lorsque j'arrive à l'appartement, je tombe sur Carla. Dès qu'elle me voit dans cet état, elle se rue sur moi pour me prendre dans ses bras.

— Qu'est-ce qu'il t'a fait, ce salaud ? Dis-le-moi, je vais aller lui péter sa gueule.

Je sais qu'elle pourrait le faire, mais je n'ai envie que de sa chaleur et qu'elle me réconforte.

— J'ai mal…

— Viens par là, tu es gelée, je vais te faire une bonne tasse de chocolat chaud.

Tout ce dont j'ai besoin.

Je m'enroule dans un plaid sur le canapé et pleure tout mon saoul.

Après avoir calmé mes spasmes, je lui raconte tout. Ses yeux débordent d'une colère apocalyptique. Elle fulmine, et déroule son répertoire très fourni d'insultes. Il l'a bien mérité.

— Je n'ai pas envie d'aller travailler demain.

— Tu te fais porter pâle pour quelques jours, tu t'en fous. Ce n'est pas comme si tu n'avais pas des vacances à solder depuis des mois ! Ça te laissera le temps d'y voir plus clair pour la suite.

Elle a raison, j'ai besoin de faire le point. Carla prévient Josh et Norman. Même pas une heure après, ils débarquent avec tout l'attirail pour me remonter le moral.

— On va te requinquer à notre façon.

Norman sort de son sac des soins du corps, des vernis, des masques pour le visage tandis que Josh dégaine une bouteille de tequila, trois citrons et du sel.

— Je vais chercher les shots, annonce Carla.

— Merci d'être venus, les garçons.

— C'est normal, chaton, affirme Norman en me caressant les cheveux.

Josh m'assure qu'il s'occupe de tout au bureau, que je peux dormir tranquille les jours à venir. Les garçons restent avec nous à picoler et à se goinfrer de chips. Je passe du rire aux larmes à maintes reprises, mais j'ai la chance d'être entourée de mes amis.

Je demeure vautrée dans mon canapé les trois jours suivants, c'est limite si je trouve le chemin de la salle de bains. Austin a bien tenté de frapper à la porte, mais j'ai fait comme s'il n'y avait personne. Qu'est-ce qu'il n'a pas compris dans « je ne veux plus te voir » ? Devant la télévision avec un gros pot de glace, je change de chaîne quand je tombe sur le spot publicitaire. C'est un coup que je prends en pleine poitrine. La vie est trop cruelle. Plus le temps passe et plus l'envie de remettre ma lettre de démission me démange. Je suis à deux doigts de franchir le cap.

Nous sommes mercredi, je suis censée reprendre le chemin du bureau demain. Je consulte ma boîte de réception, histoire de ne pas être submergée à mon retour. Je réponds à une bonne trentaine de mails. Je fronce les sourcils en voyant celui qui vient de ma cheffe. Cette traîtresse. Je lui en veux à mort. Pourquoi a-t-elle choisi Austin ? Je suis tellement en colère. Je le méritais, ce poste, plus qu'Austin. Je prends une profonde inspiration avant de l'ouvrir.

De : Kristen
A : Ellie

Objet : Entretien

Ellie

Je souhaite m'entretenir avec toi demain avant la réunion.

Je compte sur toi,

Cordialement,
K.

C'est bien ma veine. Je suis encore plus tentée de prolonger mon absence, mais je ne peux pas me le permettre. J'angoisse à l'idée de me retrouver devant ma boss. Je ne sais pas comment je vais faire pour conserver mon sang-froid. C'est horrible. Je n'imagine pas ce que va être ma vie sous la direction d'Austin. D'ailleurs, je n'ai même pas envie de me projeter. Il faut vraiment que je change de travail. Je vais refaire mon CV et essayer de dégotter un nouvel emploi. Je ne peux pas rester là-bas, c'est trop dur. Après tout mon investissement, mes heures à cravacher, voilà le résultat. C'est décidé, je vais passer la journée sur les petites annonces et, pourquoi pas, postuler ailleurs. Mon CV est plus que bien fourni, je suis certaine que je ne mettrai pas dix ans à trouver. Je suis interrompue dans mes réflexions par des pas dans mon dos. J'entends bâiller. Je me retourne pour voir ma coloc à moitié endormie.

— Tu es bien matinale, Carla, lui signifié-je.

Elle s'affale à mes côtés.

— J'ai du mal à trouver le sommeil ces derniers jours, avoue-t-elle.

Je sais que c'est une fausse excuse. Depuis ce qui s'est passé, Carla prend soin de moi au détriment de son quota de repos.

— Tu veux un café ? proposé-je en me levant en direction de la cafetière.

— Volontiers.

Je m'affaire et reviens deux minutes plus tard avec deux tasses fumantes.

Carla est penchée sur l'écran de mon téléphone.

— Tu vas y aller ? me demande-t-elle en prenant celle que je lui tends.

— Je n'ai pas trop le choix.

Franchement, je donnerais tout pour esquiver.

— Pas faux.

Elle fait la moue.

— De toute façon, c'est inévitable. Je ne peux pas continuer comme ça indéfiniment.

Il faut que j'affronte la tête haute cette nouvelle épreuve.

— Tu sais ce dont elle veut te parler ?

— Sûrement de la promotion d'Austin, craché-je amère.

J'ai la boule au ventre. Je bois une gorgée et reste silencieuse. Carla me jette des coups d'œil. Je me contente de lui sourire.

— Tu veux que je la maraboute ?

Je manque de m'étouffer.

— Quoi ?

— J'ai une ou deux poupées qui traînent dans la chambre.

Elle est unique !

— Une petite aiguille dans le cul et c'est la gastro assurée.

N'importe quoi. Je ne sais pas où elle pêche toutes ses idées farfelues, sans déconner.

— Ça ira *Sabrina,* je me passerai de tes services de sorcellerie *Wish.*

— C'est comme tu voudras. Bon, ce n'est pas que je m'ennuie, mais j'ai des commandes à passer pour la boîte. Tu veux qu'on déjeune ensemble ?

Vu le programme du jour, je n'aurai pas le temps. Et puis, j'ai envie de profiter de mon dernier jour en tant qu'ermite. Voir tous ces gens heureux dehors à l'approche de Noël va me miner le moral.

— Ta proposition est tentante, mais une dure journée m'attend. J'ai pris ma décision.

Elle m'observe, interrogative.

— J'ai décidé de démissionner.

Je lâche la bombe.

Carla est choquée.

— Tu vas quoi ? Mais…

Je la coupe.

— Tu as bien entendu, j'ai fait mon temps, là-bas. Je ne me vois pas avoir Austin pour chef, surtout avec tout ce qui s'est passé entre nous. C'est le moment pour moi de prendre mon envol.

— Tu es certaine de ton choix ? Ce n'est pas la colère ou la déception qui prend le pas sur le reste ? Oh, et puis merde ! Tu as raison, ils ne te méritent pas. Fonce, ma poule. Je suis convaincue que tu vas trouver mieux et mieux payée.

Mieux payée, j'ai des doutes. Je suis contente que mon amie me soutienne dans ma décision, même si le contraire m'aurait étonnée.

Carla se lève et dépose la tasse dans l'évier. Elle me prévient qu'elle fonce sous la douche. Je m'installe confortablement sur le canapé. Je me penche pour récupérer l'ordinateur que l'on se partage avec ma pote et l'allume. Je complète mon CV avec ma dernière expérience et me voilà en train d'éplucher les annonces.

Carla revient en coup de vent dans le salon et avant de partir, elle me dépose un bisou sur le sommet du crâne.

— Courage, ma poule.

— Merci, répliqué-je sans lever le nez de mon écran.

Je passe la matinée sur l'ordinateur. Je réponds à deux annonces, dont une dans une boîte concurrente de la nôtre. Je croise les doigts pour que cela marche. J'ai bon espoir. C'est dans ma nature d'être optimiste.

Vers midi, mon estomac gargouille, signe qu'il est temps pour moi de manger un petit truc. J'attrape deux tranches de pain de mie que je tartine généreusement de mayo, quelques feuilles de salade verte pour me donner bonne conscience et j'alterne ensuite de lamelles d'avocat, d'œuf dur et de tomate pour me préparer un club sandwich. Mon téléphone, posé sur le bar, bipe, annonçant l'arrivée d'un message. Je regarde de qui il s'agit et lève les yeux au ciel, Austin… Pourquoi je l'ai débloqué déjà ? Ah oui, parce que je suis maso !

Austin : Ton silence est une torture.

Voir son nom apparaître encore sur mon écran me fait toujours aussi mal, comme des lames de rasoir. RIP mon repas, il m'a coupé l'appétit. Je range mon assiette dans le frigo et retourne m'affaler sur le canapé. Je suis tellement furax contre lui. Je n'ai toujours pas digéré sa perfidie, ses beaux discours vides de sens, et ce sentiment immonde de m'être fait manipuler. Je lâche un « vu ». Il est hors de question que je lui réponde. J'espère qu'il souffre autant que moi, voire plus. C'est une torture ? Tu m'étonnes, il ne peut s'en prendre qu'à lui-même. Si encore il avait eu les couilles de me parler de la proposition de Kristen. Mais non, rien, je l'ai appris par la bouche de son petit frère. Je rejoue la scène comme si c'était hier. Le goût de la trahison a envahi ma gorge. Le pire dans l'histoire, c'est que je m'étais attachée à lui. Je commençais même à avoir des sentiments. Quelle conne j'ai été ! Comment j'ai pu imaginer qu'il tenait à moi ? Il m'a planté un couteau dans le dos et ça, je ne l'oublierai jamais. La seule chose qu'il me reste à faire, c'est de partir. D'ailleurs, durant l'entretien j'en profiterai pour lui remettre ma lettre.

J'ai de l'argent de côté pour pouvoir assurer quelques loyers à venir.

En milieu d'après-midi, je reçois un message, de Josh cette fois.

Josh : Coucou, Ellie, tu vas bien ?

Moi : On fait aller

Josh : Austin n'arrête pas de me questionner sur ton état.

Moi : J'espère que tu ne lui dis rien !

Josh : Une vraie tombe. Il n'a pas l'air bien, tu sais.

Moi : Rien à foutre, bien fait pour lui.

Josh : Je te vois demain ?

Il faut que j'informe Josh que je compte poser ma démission.

Moi : Oui, j'ai un entretien avec Kristen. Je ne veux pas que tu l'apprennes par des bruits de couloir. Je donne ma démission demain.

Cette fois, mon téléphone se met à sonner. Je décroche.

— C'est une blague ?

OK, même pas un bonjour.

— Non

— Mais, mais… Ellie, tu ne peux pas faire ça, chuchote-t-il.

— Si, Josh, c'est une décision mûrement réfléchie et il est temps pour moi de voir autre chose.

Au ton de la voix de mon ami, je sais qu'il est triste. On formait une bonne équipe. Quand je repense à nos débuts. Son évolution est exponentielle. Son avenir est assuré.

— Ellie, je ne sais pas quoi te dire. Je suis sur le cul, pour être franc. Je vais faire quoi sans ma cheffe exigeante ?

Je souris.

— Je ne me fais pas de souci pour toi.

— Merde…

Qu'est-ce qu'il se passe ?

— Austin arrive, je dois te laisser, Ellie.

— On se rappelle.

— OK.

J'entends le timbre rauque de sa voix au loin que je reçois comme des coups de poignard. Sans m'en rendre compte, je reste un moment sans bouger et je reprends vie quand je sens les larmes couler sur mes joues.

Il faut que je me ressaisisse. Mon repas de midi abandonné dans le frigo tombe à pic. Une fois rassasiée, je file sous la douche. Je passe la soirée devant une série, essayant de ne pas jouer dans la tête la scène de demain. Avant de me coucher, je relis une dernière fois la lettre que j'ai rédigée. Je la range dans l'enveloppe que je prends soin de glisser dans mon sac. Je sens que ma nuit sera tout, sauf reposante.

Le lendemain, je me prépare rapidement, je choisis une tenue basique et je force un peu sur le maquillage pour masquer mon manque de sommeil évident. Carla se lève pour déjeuner avec moi. Elle joue le rôle d'une véritable coach, répétant sans cesse que je prends la bonne décision. Avant de partir, elle me serre dans ses bras.

— Tu vas cartonner, rappelle-toi, aujourd'hui tu es Beyoncé sur scène. Tête haute et tu leur fais ton meilleur show.

Je souris.

— Compte sur moi, c'est le Super Bowl !

Je suis remontée comme une pendule. Je ne craquerai pas. Je me mentalise.

Tout le long du trajet, je réfléchis aux mots que je vais employer. Dans ma tête, je suis déjà partie de toute façon. Rien ne pourra me faire changer d'avis. Rien. Connaissant le tempérament de Kristen, elle le prendra comme une trahison. Elle gardera la tête froide, c'est limite si elle ne me montrera pas la porte de sortie, ce n'est pas une femme que l'on quitte.

Avant de prendre la direction de l'immeuble, je fais une escale pour récupérer mon cookie. Ce petit rituel me manquera. Au-delà du fait que je raffole des cookies, la bonne humeur de Gina me donnait la pêche pour démarrer mes journées. Pour une fois, il n'y a pas grand monde. Gina a décoré sa boutique avec beaucoup de goût. Un grand sapin orné d'adorables sujets en bois en forme de tasses à café, d'étoiles et de bonhommes de pain d'épices trône dans un coin. Des guirlandes lumineuses dorées forment d'élégantes arabesques dans la vitrine. Sur le comptoir, elle a mis un petit père Noël qui remue son popotin quand on passe la main devant. Mon cœur se serre en pensant que Noël, que j'adore en temps ordinaire, est complètement gâché cette année pour moi.

— Salut, Gina.

— Oh, Ellie, ça fait longtemps ! Tu étais en vacances ?

— On peut dire ça, comment tu vas ?

— Je suis assez fatiguée, avec les fêtes qui approchent, je passe ma vie derrière les fourneaux.

— Je comprends, cette période est intense pour les commerçants. En tout cas, tu as superbement bien décoré.

— Merci beaucoup, j'ai été aidée par mon mari.

— Sympa.

Elle met un cookie dans un sachet, un sablé de Noël dont je raffole et fait couler un café. Alors que je prépare de quoi payer, elle me stoppe.

— Offert par la maison.

— Mais non, n'importe quoi.

Elle pose ses mains sur ses hanches, prête à en découdre.

Je n'insiste pas, mais je glisse un billet dans les TIPS sous son regard faussement courroucé.

Il fait très froid aujourd'hui, je ne suis pas mécontente d'avoir enfilé une grosse doudoune et une écharpe. Je mange mon sablé et bois mon café en marchant. Mon nez est gelé. J'accélère le pas pour me mettre au chaud. Je cherche Davidson du regard, mais ne le trouve pas. Je questionne la femme à l'accueil qui m'informe qu'il a prolongé ses congés. Je suis déçue.

Je suis contente de ne pas croiser Austin. Josh m'accueille à l'étage. Il est très élégant dans son costume noir. Toujours aussi bien apprêté, à croire qu'il est prêt pour un défilé. Josh a raté sa vocation.

— Salut, Ellie, tu vas bien ?

Il m'observe attentivement.

— Oui, je te remercie et toi ?

— Je suis en deuil, alors j'ai adapté ma tenue.

Ça explique le noir, lui qui a toujours une touche colorée.

— Arrête tes bêtises.

Il semble triste. Je le comprends, mais je ne peux plus rester ici.

Un regard à ma montre indique qu'il me reste encore cinq minutes avant mon entretien. Je passe devant la porte ouverte du bureau d'Austin sans prendre la peine de lever la tête. Je salue Dana et fonce en direction de mon poste. Je bois la dernière gorgée de mon café, saisis un cahier dans lequel je glisse mon enveloppe. Josh me regarde faire sans mot dire, ses yeux parlent pour lui. Ça me brise le cœur de le voir aussi affecté. Je sais au fond qu'il ne m'en veut pas et qu'il comprend les raisons de mon départ précipité.

J'entends le pas, reconnaissable entre mille, de la boss.

— Bonjour, Ellie, te revoilà enfin parmi nous.

Petite pique gratuite.

— Bonjour, Kristen, j'arrive.

Je sens une brûlure dans mon dos. Malgré moi, je me retourne et me retrouve nez à nez avec Austin. Il semble épuisé.

— Bonjour, Ellie.

Je ne réponds pas, me contentant de le fusiller du regard.

J'affiche une façade glaciale, mais à l'intérieur je bouillonne. Austin a le teint blafard, les traits tirés, et paraît accablé. Le voir devant moi me retourne l'estomac. Je me concentre pour ne rien montrer, mais le constat est sans appel, je suis dévastée.

Je le contourne et me dirige vers le bureau de Kristen. Je calme les tremblements de mes mains en renforçant ma prise sur mon cahier. Je frappe à sa porte et entends un « entrez » étouffé.

Je prends soin de refermer la porte derrière moi.

— Assieds-toi.

Je m'installe sur le fauteuil, raide comme un i.

— Si j'ai demandé à te voir, c'est pour deux choses.

Elle ouvre son dossier.

— J'ai eu les premiers chiffres, suite au lancement de la publicité. Je te félicite, c'est un carton plein. Certains magasins sont déjà en rupture de stock. La campagne est une véritable réussite. J'ai eu Stuart au téléphone, il est ravi.

En temps normal, j'aurais sauté de joie, mais rien ne se passe. Je suis bien trop blasée par tout le reste.

— Ellie, est-ce que tout va bien ? me demande-t-elle.

— Oui.

— Je dois dire que je suis surprise par ton manque de réaction.

Elle se moque de moi, ce n'est pas possible.

— Je suis satisfaite de l'annonce des résultats, me contenté-je d'ajouter.

Elle s'attendait à quoi, au juste ? Que je lui saute au cou ?

— J'étais convaincue que votre binôme allait être une réussite, je ne me suis pas trompée.

Et quel binôme… J'ai envie de vomir.

— Je souhaitais également te faire part de ma décision quant à la personne que j'ai choisie pour me succéder.

Elle laisse planer un silence avant de poursuivre. Elle joue à quoi au juste ?

C'est moi ou elle me nargue avec son faux sourire et ses yeux rieurs ? Qu'est-ce que j'ai fait pour mériter ça ? Elle ne me porte pas dans son cœur, je le sais, mais j'ai l'impression qu'elle prend un malin plaisir à me torturer.

— J'ai longuement hésité sur mon choix.

Menteuse.

— Vos profils à toi et Austin sont similaires, mais il fallait que je tranche. J'espère que tu ne seras pas trop déçue, mais j'estime qu'Austin est le plus qualifié de vous deux pour assumer les fonctions de direction. Plus d'assurance, de charisme et…

Elle est sérieuse, là ?

Je m'étais préparée à ça, mais le vivre est encore pire que ce que je pensais. Kristen a les yeux rivés sur moi.

Elle continue son monologue que je n'écoute pas. Mon cerveau s'est mis sur off. Enfin, elle s'arrête de parler, espérant sûrement que je prenne la parole, mais rien ne sort.

Je me contente d'ouvrir mon cahier, et prends l'enveloppe.

Kristen me regarde faire sans mot dire.

— Kristen, je pense que le moment est plus qu'opportun. Voici ma démission.

Elle semble surprise.

— Je te demande pardon ?

La voir déstabilisée est comme une petite victoire. Elle devait se dire que je n'aurais pas le cran de faire ce genre de chose.

— Tu as bien entendu, je démissionne.

Son sourire moqueur se mue en quelque chose de plus sombre. Elle se redresse sur sa chaise.

— Tu fais une grave erreur, Ellie.

Son ton sonne comme une menace.

— C'est ce que l'on verra.

Je pose ma lettre devant elle et me lève de mon fauteuil, prête à partir.

— Tu ne trouveras rien de mieux sur le marché, Ellie. Je te préviens, si tu passes la porte, tu ne seras plus la bienvenue.

— J'en suis bien consciente, bonne continuation, Kristen.

Je l'entends pester derrière mon dos.

Lorsque j'ouvre la porte, je sursaute en tombant nez à nez avec Austin. Il est adossé au mur.

— Qu'est-ce qui t'a pris de faire ça, Ellie ? tonne-t-il.

Quel culot ! Il joue au mec énervé.

— Tu en es réduit à écouter aux portes maintenant ? De mieux en mieux.

Mes mots sont du venin à l'état pur.

— Tu fais une connerie.

C'est une blague, il croit vraiment que je vais accepter le choix de Kristen ? Je préfère mourir.

— Tu te trompes, c'est la meilleure décision que j'ai prise depuis longtemps. Si tu veux bien m'excuser.

Je ne fais pas deux pas qu'Austin me rattrape par le bras. Je stoppe net et le foudroie du regard.

— Ellie…

Je vois rouge, pour qui il se prend ? Je fixe sa main puis ses yeux.

— Lâche-moi tout de suite, Chick, grondé-je.

Il ne le fait pas immédiatement, jaugeant mon état, puis finit par céder, voyant sûrement qu'il ne tirera rien de plus de moi.

Je me sens soulagée, mais intérieurement je suis détruite. Il m'a littéralement brisée en agissant comme il l'a fait. Il aurait dû me parler de la proposition de Kristen. Il m'a trahie.

Josh me scrute dès que j'arrive à sa hauteur.

— Je prends mon après-midi. Je passerai demain récupérer le reste de mes affaires.

— Tu lui as donné ta lettre, suppose-t-il, le cœur lourd.

— Oui.

J'attrape mon sac et mes clefs, enfile ma doudoune et rejoins les ascenseurs. Ça y est, je l'ai fait. J'ai posé ma dém. Austin était mal et Kristen était… ben du grand Kristen. Égale à elle-même, elle n'a pas essayé de me faire changer d'avis, non, me menacer lui a semblé plus approprié. C'est dire à quel point elle m'estimait. Je n'ai aucun regret d'avoir fait ça. Je mérite plus de reconnaissance.

J'envoie un SMS à Carla pour la mettre au courant. Elle me propose de la rejoindre à l'appart pour en discuter. Je lui indique que je suis en chemin.

Sur le trottoir, je resserre mon écharpe.

Je sursaute en entendant mon prénom. J'accélère le pas. Qu'est-ce qui lui prend d'être aussi insistant ? Je ne veux pas lui parler.

— Ellie ! Attends !

Je soupire, il faudra bien que l'on ait cette discussion, autant le faire maintenant et arracher le pansement une bonne fois pour toutes.

Je m'arrête. Il passe devant moi, les deux poings crispés dans ses cheveux.

— Ellie, qu'est-ce que t'as foutu, bordel ?

Il est sérieux ? Il est vraiment en colère ? C'est l'hôpital qui se fout de la charité.

— Tu croyais quoi au juste, Austin, que j'allais rester là tranquille sans rien dire ?

— Mais merde, Ellie, pourquoi démissionner ? On aurait pu trouver un terrain d'entente. Je ne t'aurais pas importunée.

Il se moque de moi.

— Tu n'en voulais même pas, de cette promotion. Tu joues les offusqués, mais c'est une vaste blague, non ? Il est hors de question que je travaille sous tes ordres.

— Ellie…

— Quoi Ellie ? J'en ai marre à la fin, tu t'es foutu de moi ! Tu le savais pour le poste et tu ne m'as rien dit. J'ai appris la nouvelle par Derek ! En plein repas chez ta mère. J'ai été ridiculisée devant toute ta famille. Tu t'es mis un peu à ma place ? Tu m'as menti ! Trahie ! J'avais confiance en toi. Depuis notre rencontre tu agis comme un opportuniste. Je t'avais finalement bien cerné. D'abord tu me piques un client, puis le job de mes rêves ! Et entre-temps, tu me fais miroiter une possible relation. Ah, tu as bien dû rire de moi ! Dire que j'avais des sentiments pour toi… Et voilà le résultat.

Il s'approche de moi, je lui fais signe de la main de ne pas esquisser un pas de plus.

J'ai envie de pleurer, mais je me retiens de toutes mes forces. Il ne me verra pas verser une larme, ma fierté m'en empêche.

— J'étais mal. Je ne savais pas quoi faire.

Il tente de se justifier, mais le mal est fait. J'aurais aimé qu'il joue franc jeu.

— Je suis tellement désolé, je voulais te le dire je te jure, mais je n'ai pas trouvé le courage.

— Tu aurais dû ! Maintenant c'est trop tard. C'est comme pour ton silence pendant le séjour de ta mère à l'hôpital, ou bien l'existence de ton jumeau. Tu agis comme un égoïste et après, quand la situation dérape et que tu ne peux pas faire autrement, tu t'excuses. Mais c'est trop facile, Austin. C'est pas un sale coup que tu m'as fait, c'est une série !

— Excuse-moi Ellie.

Il m'énerve avec ses plates excuses, à croire qu'il ne m'écoute pas. Toujours le même schéma avec lui, et la solution est pourtant simple : il aurait dû réfléchir à ses actes avant.

— Jamais, je ne veux plus te voir, m'écrié-je.

Des passants se tournent vers nous. Rien à foutre de me donner en spectacle.

— Ellie, toi et moi, ce n'était pas du vent. C'était vrai. Je…

Il n'a pas le temps de finir sa phrase.

— Aussi vrai que tes mensonges, lui craché-je en pleine figure.

— Je te jure, Ellie.

— C'est trop tard, tu m'entends ?! C'est terminé ! hurlé-je.

Je me décale et fonce en direction du métro. Austin ne me suit pas. Des larmes de tristesse dévalent mes joues. Je me sens si mal. La douleur me meurtrit le cœur. Il m'a profondément blessée.

CHAPITRE 23

Austin

Ellie à tout prix

Depuis qu'elle est partie, je ne suis que l'ombre de moi-même. Je m'en veux pour le mal que je lui ai fait. J'ai été le dernier des connards. J'ai essayé d'aller chez elle, mais j'ai été confronté à un mur du nom de Carla. C'est limite si elle n'en est pas venue aux mains. Ce petit bout de femme, rouge de colère, les poings en avant… ça aurait pu être risible si j'avais été dans le bon état d'esprit ! Garde du corps efficace, car je n'ai pas vu sa copine, elle n'a rien lâché ! Je ne sais plus quoi faire pour l'approcher. Ce n'est pas mon genre d'insister, mais là il s'agit d'Ellie.

J'ai passé la semaine à faire le strict minimum au bureau, et pourtant tout le monde me félicite pour la campagne de publicité. Ça me passe au-dessus, j'ai le sentiment de ne pas mériter tout ça. C'était notre projet, à nous deux. À croire qu'ils ont déjà effacé Ellie de l'équation. Mon petit frère tente plusieurs jours d'affilée de me voir, mais j'ai trouvé mille et une excuses pour l'éviter. J'ai fini par prendre quelques jours de congés. On est le 19 décembre au soir, plus que cinq jours avant Noël et je suis là, en jogging, devant ma télévision à zapper de chaîne en chaîne. Je me morfonds comme un con. Je ne me reconnais pas. Je n'ai jamais agi de la sorte, surtout pour une fille. Mais… Ellie ne joue pas dans cette catégorie. Elle m'a marqué au fer rouge.

La porte d'entrée s'ouvre. C'est quoi, ce bordel? Je relève la tête du canapé pour voir de qui il s'agit. Les seules personnes qui ont le double des clefs, ce sont ma mère et Derek.

Putain, qu'est-ce qu'il fout là?

— Tu es pire qu'une sangsue, Derek, tu le sais, ça? lui reproché-je.

Il retire son manteau et me rejoint. Derek pose le sachet qu'il a dans les mains, à ses pieds, devant la table basse.

— Je ne supporte pas de te voir comme ça, frangin. Enfin, te voir, c'est vite dit, puisque tu m'évites comme la peste depuis la soirée chez maman.

Il sort une bouteille de whisky puis part en direction de la cuisine pour récupérer deux verres. Vu mon état, un verre ne suffira pas. Pour aller mieux, il faudrait que je me noie dans la bouteille.

Il revient et pose les verres sur la table, et nous sert une bonne rasade de liquide ambré.

— Bois un coup, et parle-moi, frangin.

— Qu'est-ce que tu veux que je te dise?

— Pourquoi tu ne décroches pas quand je t'appelle, par exemple. Tu m'en veux encore pour l'autre soir?

Le pire dans l'histoire, c'est que je ne lui en veux pas du tout, même si c'est lui qui a balancé la bombe à Ellie. Je ne peux m'en prendre qu'à moi-même.

— Ce n'est pas de ta faute, Derek, je suis le seul coupable dans toute cette histoire.

Je m'assieds et prends le whisky qu'il me tend.

— Santé.

Nous buvons tous les deux d'une traite nos verres. Le liquide brûle le gosier, mais apaise mes tensions.

— Je n'en pouvais plus de l'attitude de Brighton, quand il t'a agressé, j'ai riposté sans réfléchir. Je suis désolé.

Il nous ressert une bonne rasade, à ce rythme-là, on va vite vriller.

— Je sais, tes intentions n'étaient pas mauvaises.

— Brighton est passé à la maison dans la semaine pour s'excuser.

Tu m'en diras tant. Il n'est pas venu me voir, moi, par contre. J'ai bien eu un appel manqué de sa part, mais pas de message sur le répondeur.

— Il a contracté des dettes au boulot et il est tellement dans le rouge qu'il est à deux doigts de perdre sa maison.

Un rire amer sort de ma bouche. Putain, j'hallucine, monsieur donneur de leçons est dans la merde, si on me l'avait dit je ne l'aurais pas cru. C'est la meilleure. Il a de la chance de ne pas être devant moi.

— Jenyfer est partie avec les petits chez sa mère. C'est tendu. Maman était en colère.

— Je veux bien te croire.

Seulement ses soucis ne justifient pas son attitude au repas. À cause de lui, j'ai perdu Ellie. Enfin… à cause de moi.

— Comment va Ellie ?

Je bois mon verre d'une traite.

— Elle ne veut plus me parler.

— Je vois.

— Et ce n'est pas tout, elle a démissionné.

Il ouvre grand les yeux, manquant de s'étouffer avec son alcool.

— Sérieusement ?

— Oui…

— Merde, je suis désolé, frangin.

Il s'en veut.

— Arrête de t'excuser, ce n'est pas de ta faute, j'aurais dû prendre mes couilles à deux mains et lui dire tout de suite.

Il marque une pause avant de poursuivre :

— Je présume que tu as essayé de t'excuser et qu'elle ne veut rien entendre.

Il me ressert un troisième verre que je descends d'un coup. Je commence à avoir chaud.

— Elle ne peut plus me voir en peinture. J'ai tout gâché. Ça me fait mal de le reconnaître.

— Tu en pinces vraiment pour elle.

Derek a raison, mais je me contente de hocher la tête.

— On va trouver une solution.

Sa voix est un peu pâteuse. Il tient moins bien l'alcool que moi.

Nous passons la soirée à boire. Derek nous a déniché une seconde bouteille qui a été fatale pour nous deux. Je regarde mon frère dormir la bouche ouverte sur le canapé. Je me lève tant bien que mal avec la tête qui tourne. Je prends le plaid et le recouvre. J'envoie un message à ma mère pour lui dire que Derek dort à la maison. Je ne sais pas comment je fais pour ne pas me vautrer dans le couloir, ça tangue sévère. Je m'affale sur mon lit et tombe raide mort dessus. Ma dernière pensée va vers Ellie. Je donnerais cher pour savoir ce qu'elle fait en ce moment. Je saisis mon portable dans ma poche.

Moi : Ellie, je puis désolé, tu ne manques. Je beux te voir, je t'aim…

J'appuie sur envoyer et tombe de sommeil, ou plutôt d'ivresse.

Dire que le réveil pique est un doux euphémisme. Je suis à deux doigts de vomir. Mon estomac est retourné, ma tête me fait un putain de mal de chien. Je me remémore la soirée, Derek, le whisky…

Je me lève et me dirige vers la salle de bains, l'appel des toilettes est plus fort que moi. Je m'assieds à même le sol et rends le peu que j'ai dans mon estomac. Je suis un déchet. Ça faisait longtemps que je ne m'étais pas mis dans cet état.

— Putain, Austin, tu fais autant de bruit qu'un cochon qu'on éventre !

Je lui adresse un gros doigt d'honneur, la tête toujours dans la cuvette.

— Va te faire foutre, Derek.

— Oh merde, Austin, ça pue la mort, si je reste là je vais gerber.

— Alors, dégage ! crié-je.

S'il reste, je le tue.

— C'est bon, c'est bon, ne hurle pas, j'ai mal au crâne. Je vais préparer un petit verre de whisky. Soignez le mal par le mal.

Le salaud, rien que ce mot me fait remonter une nouvelle envie de vomir. Ce que je fais. J'entends mon frère avoir un haut-le-cœur puis rire.

— Je t'attends dans la cuisine.

Je ne sais pas combien de temps je reste dans cette position, la tête dans mon bras. Quand je trouve enfin le courage de me lever, je prends une douche. La chaleur me fait du bien, elle me débarrasse de l'odeur de rat crevé que je traîne et soulage en partie mon mal de crâne. Je suis bon pour avaler un médoc. Je sors de la douche, enroule une serviette autour de ma taille et frictionne mes cheveux avec une autre. Je saisis ma brosse à dents et tente d'éradiquer l'odeur de ma bouche.

Le reflet que me renvoie le miroir est pitoyable. Quelle idée j'ai eue de picoler ! N'importe quoi ! J'enfile un jogging noir et un tee-shirt gris et rejoins mon frère.

Derek a posé sur la table un médicament et un grand verre d'eau.

— Ça va mieux, me demande-t-il lorsqu'il me voit.

— Heu, t'as vu ma gueule ?

Je gobe le cachet et bois d'une traite mon verre.

— Ça ne te gêne pas si j'emprunte ton téléphone ? Le mien n'a plus de batterie.

— Tu fais chier.

— Allez !

— Il est sur mon lit.

Mon frère revient et me regarde étrangement.

— Qu'est-ce qu'il y a ?

— Tu te rappelles avoir envoyé un message avant d'aller te coucher ?

Quoi ? Mais qu'est-ce qu'il raconte ? J'ai beau essayer de me souvenir, rien ne me vient.

— Mec, tu as envoyé un message à Ellie.

— Comment tu le sais, d'abord ?

— J'ai fouillé dans ton téléphone.

Il est sérieux ? Pourquoi avoir fait ça ?

J'ai fait quoi ? Oh, putain, qu'est-ce que j'ai bien pu écrire ?

— Donne-moi ça.

Derek me tend mon portable.

Je lis le SMS. Mais non ! Je n'ai pas fait ça ! Putain, mais quel con, je n'en rate pas une. En plus d'être bourré de fautes, je lui fais ma déclaration par téléphone. Moi qui pensais être au fond du trou, je crois qu'il y avait un étage en plus.

— Je te préviens, dis-je en menaçant Derek, si tu te marres, je t'éventre.

Il lève les mains en l'air.

— Loin de moi cette idée.

Je relis le message. Qu'est-ce qui m'a pris ? Elle l'a vu, mais n'a rien répondu.

Quelqu'un frappe à la porte. J'interroge du regard mon frère qui hausse les épaules.

— Tu attends quelqu'un ? me questionne-t-il.

Je secoue la tête.

Ma mère apparaît, suivie de Brighton. Mais qu'est-ce qu'il fout là, celui-là ?

— Je peux savoir ce qu'il fait là ? demandé-je d'un ton agressif à ma mère.

— Austin, s'il te plaît, m'intime-t-elle.

Elle s'apprête à embrasser Derek, mais recule. Elle nous jauge à tour de rôle.

— Vous n'en avez pas marre de picoler à longueur de temps ?

— Maman, ce n'est pas ce que tu crois.

Elle fusille du regard mon petit frère qui ne moufte pas.

Elle retire son manteau et se dirige vers la cuisine.

— Tu as des œufs ?

— Oui.

Brighton est resté près de la porte d'entrée.

— Tu peux entrer, lui dis-je à contrecœur.

Il fait quelques pas et se débarrasse à son tour de son blouson.

Il n'en mène pas large, il prend place sur le canapé, le dos aussi droit que possible. Ce qu'il peut être coincé !

— Brighton, tu as quelque chose à dire à ton frère, lâche ma mère avec sa poêle dans les mains.

Je le dévisage sans broncher. Ça me fait doucement rire, j'ai l'impression qu'on a fait un saut dans le passé. Quand ma mère nous forçait, à sa manière, à nous excuser.

— Écoute, Austin, commence-t-il, la tête basse. Je suis venu m'excuser. J'ai agi comme un con.

— Brighton ! le réprimande ma mère.

— Je me suis mal comporté la dernière fois, je voulais m'excuser pour mon attitude.

Un soupçon de satisfaction m'étreint.

— Derek a dû te dire que les affaires vont mal, j'ai fait de mauvais choix ces derniers temps. Je suis dans la mer…

Il se reprend sous l'œil courroucé de notre mère.

— Je suis dans la panade. Jenyfer et les petits sont partis vivre chez sa mère. C'est très tendu à la maison.

Le voir dans cet état me touche, étonnamment. Disparu le donneur de leçon, lui aussi a des failles. Ça a dû le tuer de l'admettre, lui qui est toujours si parfait.

Ma mère dépose trois assiettes sur la table basse et s'installe à côté de Derek.

— Austin, tu n'as rien à dire à ton frère ?

Sous-entendu, pardonne-lui. Il a l'air si mal que je cède.

— Excuses acceptées.

Je crois que c'est la première fois que je le vois dans cet état depuis la mort de notre père.

— Merci, répond-il avec sincérité.

Il semble soulagé si on en croit l'expression de son visage.

Ma mère sourit.

— Les garçons, tout doit rentrer dans l'ordre, Noël est dans quatre jours et je veux que la famille soit au complet. Ça vaut pour toi aussi, Austin.

Nous déjeunons tous les quatre, l'atmosphère est calme et chaleureuse. Nous parlons de tout et de rien. Parfois, je jette un regard à Brighton. Il est sur son téléphone et tape des messages. Il doit sûrement parler à Jenyfer.

— Je dois vous laisser, annonce-t-il au bout d'un moment. Jenyfer accepte de me voir.

— Vas-y, mon fils, récupère ta femme et ramène-moi les petits. Derek, tu me raccompagnes ?

— Oui maman.

Ma mère est la dernière à sortir, elle se tourne vers moi et prend mon visage en coupe.

— Ellie est la femme qu'il te faut. Je suis certaine qu'elle t'aime.

— Comment tu le sais ?

— Je regardais ton père comme elle te regarde toi.

Ses mots me touchent profondément. J'aimerais tellement la croire.

— Tout va s'arranger, je sais que tu es capable de la reconquérir. N'abandonne pas.

Je n'abandonnerai pas, c'est certain. Reste à savoir comment je vais faire pour qu'elle accepte de m'écouter.

Je passe l'après-midi à chercher un moyen de l'approcher. Une idée finit par émerger.

J'envoie un SMS à Derek pour qu'il m'aide dans ma démarche, ce qu'il accepte sans broncher. On se donne rendez-vous à la boîte de nuit où bosse sa coloc.

Je retrouve mon frère devant.

— Tu es prêt, frangin ?

— Oui, il faut que j'arrive à mettre sa coloc de mon côté.

Nous entrons tous les deux. Le bruit assourdissant de la musique me fait mal à la tête, résultat de ma cuite de la veille. Nous cherchons Carla à travers les masses dansantes. Mon frère me frappe sur l'épaule, je suis son regard. Elle est derrière le bar.

— À toi de jouer.

Derek part dans sa direction. Il l'accoste, elle lui sourit. Elle se penche sur le comptoir pour écouter ce qu'il a à lui dire. Puis deux secondes après, je la vois me chercher. Son visage se renfrogne. Je ne sais pas ce que Derek lui raconte, mais elle semble accepter.

Il revient vers moi.

— Alors ?

— Elle veut bien te parler. Suis-moi, elle m'a dit de monter à l'étage. Elle nous rejoint dès qu'elle a terminé.

— OK.

C'est déjà une petite victoire, mais rien n'est gagné, le plus dur reste à faire.

Nous patientons sagement sur les fauteuils. Elle ne tarde pas à faire son apparition. Elle s'assied en face de moi, et me toise, suspicieuse.

— Merci d'avoir accepté de me parler.

— Ton frère a été convaincant. Je te laisse cinq minutes.

Elle est dure en affaires, mais je la comprends. Elle défend son amie. Je dois donc être concis, et surtout poser mes tripes sur la table.

— J'ai agi comme un gros connard.

— Je ne te le fais pas dire.

— J'aime Ellie.

— Tu as une drôle de façon de le lui montrer.

Elle n'a pas tort.

— J'ai sincèrement envie de me réconcilier avec elle. J'ai besoin que tu me laisses lui parler. Je dois lui avouer qu'elle compte plus que tout pour moi. Et elle doit savoir que j'ai décidé de renoncer au poste de directeur.

Carla semble surprise.

— Je ne veux pas de ce poste si cela implique que je la perde. Je suis prêt à tout pour être avec elle.

Elle ne répond pas, je regarde mon frère démuni.

— Carla, il est sincère, appuie-t-il.

— Je vois.

Elle saisit son portable, tapote sur une touche et le porte à son oreille. Qu'est-ce qu'elle fait ?

— Ellie ? J'ai un gros souci. Je t'envoie un serveur à l'appart pour récupérer l'enveloppe que j'ai laissée dans ma table de chevet. J'ai un inspecteur qui me réclame ce document. Il menace de fermer la boîte si je ne le lui remets pas tout de suite.

Elle marque une pause. Puis raccroche.

— À toi de ramer, Don Juan. Ne me fais pas regretter cette main que je te tends, par contre.

Derek la remercie.

— Je le fais pour elle, pas pour lui… et toi… Tu m'en dois une, répond-elle.

J'abandonne mon frère et Carla, et fonce sans attendre en direction de son appartement. Lorsque j'arrive devant celui-ci, j'inspire profondément avant d'appuyer sur le bouton de l'interphone.

— C'est qui ?

Je prends une voix grave. Si elle doute une seule seconde, je peux aller me rhabiller, elle n'ouvrira pas cette putain de porte.

— Le serveur.

— OK, je vous ouvre, deuxième étage à droite.

Je prends l'escalier, incapable d'attendre sagement que l'ascenseur arrive, et grimpe les marches deux à deux. Mon cœur bat à tout rompre. J'espère qu'elle va m'écouter, c'est mon unique chance, je ne peux pas la gâcher.

Je frappe deux coups à la porte. Elle s'entrebâille sur la silhouette d'Ellie. Par réflexe, lorsqu'elle me voit, elle tente de la refermer aussi sec. Je la bloque avec mon pied.

— Écoute-moi, Ellie.

— Je ne veux pas te voir, Austin, dégage !

— S'il te plaît, Ellie, je te promets que c'est la dernière fois que je t'importune.

La résistance de la porte se fait moindre, puis elle finit par s'ouvrir complètement.

Ellie est en pyjama, ses cheveux sont relevés dans un chignon lâche. Son teint est terne, elle semble si fatiguée. Le dos droit et les pieds bien ancrés au sol, elle me regarde les yeux pleins de haine. Elle croise les bras dans une tentative manifeste de se protéger. Cette attitude méfiante me brise le cœur.

— Je t'écoute.

— Je ne vais pas y aller par quatre chemins, je veux que tu reviennes, Ellie.

— Que je revienne ? J'ai démissionné, je te rappelle. C'est trop tard, Austin.

Non, ça ne peut pas l'être ! Et elle m'agace à faire mine de ne pas comprendre le sens de mes mots.

— Je vais refuser le poste de Kristen.

— Et tu penses que me dire ça, ça va me faire changer d'avis ?

Elle campe sur ses positions.

— Tu vas entendre ce que je te dis ! JE. ME. FOUS. DE. CE. POSTE, la seule chose qui m'importe, c'est toi ! C'est plus clair comme ça ?

Elle ne répond rien. Je balance les mots qui brûlent mes lèvres, qui me bouffent à l'intérieur depuis qu'elle est partie. Ces mots que je n'ai jamais dits à une femme, ces mots qui me font peur. Ces sentiments sont inédits et je n'ai jamais rien ressenti d'aussi fort pour personne. Ils lui sont destinés, rien qu'à elle. Il faut que je me lance, c'est ma seule chance.

— Je t'aime, Ellie Cabbage, et je suis prêt à renoncer à tout pour être avec toi.

Ellie parlait boulot, moi pas. Elle blêmit. Elle ne s'attendait sûrement pas à ça de ma part avec la réputation qui me précède.

Je ne sais pas trop quoi faire de plus pour qu'elle change d'avis. Moi qui suis le roi de l'éloquence, capable de faire plier les clients les plus difficiles, je suis complètement démuni. J'espère la convaincre de ma sincérité, sans en faire trop, juste en laissant parler mon cœur. Alors j'attends, face à elle, les bras le long du corps. Je souhaite ardemment qu'elle tienne assez à moi pour trouver la force de me pardonner. J'appréhende, je panique totalement, mais je ne le montre pas. Qu'est-ce que je vais faire si elle refuse ? Si elle me rembarre ?

— Tu ne dis rien ?

— Je ne sais pas si…

Je tente le tout pour le tout, si mes paroles ne sont pas suffisantes, il faut que je passe à l'acte et peut-être que mon contact la fera céder.

J'avance d'un pas, elle se raidit, mais ne recule pas. Je sens son armure se fissurer. Sa résistance flanche.

— Je ne veux que toi, Ellie, murmuré-je.

— Austin, c'est…

Elle lutte, mais je sais au fond qu'elle a des sentiments pour moi.

— Ellie…

Je m'approche d'elle. Romps doucement la distance qui nous sépare. Je marche sur des œufs, veillant à ne pas la brusquer, mais sans lui laisser le temps de trop réfléchir.

— Je vais te mener la vie dure, Austin, j'espère que tu en es conscient.

Mes yeux s'écarquillent, ma bouche forme un O parfait ! J'ai envie de sauter de joie, de crier, de rire, de… En disant cela, je sais qu'elle m'accorde une chance. Je suis soulagé et profondément heureux.

— Je serais fou de ne pas l'être, mais je suis prêt. Je vais tout faire pour me racheter et que tu me pardonnes. Je veux te démontrer que je ne suis pas le connard égocentrique que tu imagines.

Je l'attrape doucement par les hanches. Elle se laisse faire. Mes yeux sont rivés aux siens qui pétillent malgré la larme qui s'en échappe. Je la cueille avec mon doigt. Je suis fou d'elle, et je compte bien le lui prouver.

Je butine ses lèvres puis l'embrasse à pleine bouche. Elle me rend mon baiser avec autant de fougue. Ma joue s'humidifie de ses pleurs. Mon cœur s'emballe, comme s'il voulait jaillir de ma cage thoracique. C'est dingue ce que je ressens pour elle.

— Ton odeur m'a tellement manqué, tu m'as tellement manqué.

Elle ne répond rien et se contente de blottir sa tête contre ma poitrine.

— Tu n'es qu'un sale petit con, j'espère que tu le sais.

— Un gros, Ellie.

Je pose mon front sur le sommet de sa tête et la serre deux fois plus fort.

— Tu cherches à m'étouffer ?

Je rigole.

— Désolé.

— Je ne vais pas m'enfuir tu sais, avoue-t-elle.

— Je ne t'en laisserai pas l'occasion.

Elle se recule pour m'observer.

— Tu sais que tu es une tête à claques, Austin Chick ?

— Et toi, la femme la plus butée que je connaisse. Mais la plus merveilleuse aussi.

Je la dévore des yeux. Elle est si belle et surtout, elle est à moi. Je me sens soulagé que tout soit rentré dans l'ordre. Je suis certain qu'elle va me faire payer pendant longtemps, mais je m’en contrefiche. Je ne sais pas ce que le futur nous réserve. Bientôt, je vais me retrouver sans emploi, tout comme elle. L’avenir est certes incertain, mais je m’en cogne du moment qu’elle est à mes côtés.

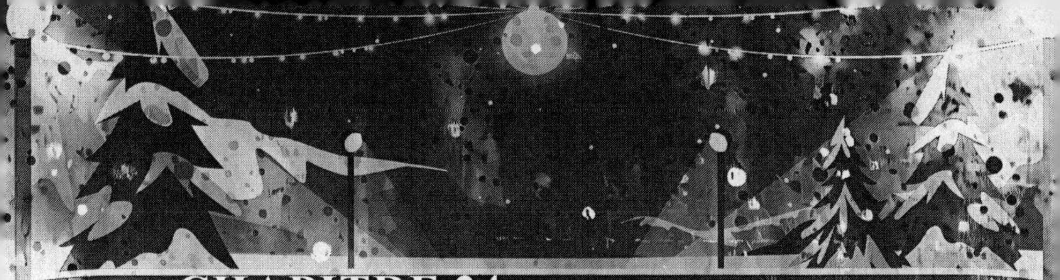

CHAPITRE 24

Ellie

Si je m'y attendais…

Une masse lourde et chaude recouvre mes cuisses nues. Je ne rêve pas, Austin est bien dans mon lit. Ce n'est pas le résultat d'une beuverie, cette fois. Je l'observe dormir. De biais sur le ventre, ses jambes enroulées aux miennes, le drap recouvre ses fesses, me laissant baver sur son dos nu et ses trapèzes musclés. Je n'en reviens pas. Hier matin encore, j'étais furax contre lui. Si je suis honnête, j'étais aussi très déstabilisée par le SMS étrange qu'il m'avait envoyé, et qui avait commencé à faire fondre la carapace de glace dont j'étais pourvue. Et puis, il a fallu qu'il tape à la porte. Quand je l'ai vu, j'ai cru halluciner. Je m'attendais à tout sauf à lui. Quand il m'a avoué qu'il m'aimait, je n'ai pas réagi tout de suite. J'étais si surprise par cette déclaration. Il remue à mes côtés, et je retiens ma respiration.

Je sursaute en entendant sa voix d'outre-tombe.

— Je peux savoir ce qui te fait rire ? marmonne-t-il sans prendre la peine d'ouvrir les yeux.

— Rien.

Il tend son bras et me pince la hanche, l'abruti.

— Aïe !

C'est à son tour de sourire. J'essaie de bouger, mais il me maintient. Austin resserre son étreinte et frotte son nez contre ma peau. Pas que son nez d'ailleurs, si on en croit la bosse qui gonfle contre ma cuisse. Insatiable.

— Tu peux rêver, je ne céderai plus. Mon corps est courbaturé, Austin.

Il n'a pas fallu bien longtemps pour que nos vêtements volent dans l'appartement et que l'on se grimpe dessus. Austin m'a montré à grand renfort de différentes positions combien je lui avais manqué. Je ne sais pas comment je vais faire pour m'extraire de mon lit.

— Ce n'était qu'un avant-goût hier soir, Ellie.

C'est ça, oui.

— Tu parles.

— Allez, je te promets d'être doux, cette fois.

Je crois que l'on n'a clairement pas la même définition de doux, tous les deux.

— Non ! J'avais prévu de finir mes emplettes pour Noël.

Il se redresse et s'appuie sur son coude. Austin me dévore littéralement des yeux.

— Je peux t'accompagner ? Je n'ai pas fini non plus.

— Pourquoi pas.

Il semble hésitant d'un coup, qu'est-ce qui lui prend ?

— Top. Écoute, je ne sais pas ce que tu as prévu pour les fêtes, mais que dirais-tu de passer le 25 ensemble ?

Austin me prend au dépourvu.

— Ça te dirait ?

— Le 24, je suis chez les parents de Carla, mais si c'est bon pour toi, on pourrait se retrouver le 25 midi ?

— Parfait !

Il sourit gaiement et m'embrasse, alors que son ventre gargouille. Je glousse.

— On se lève, je vais te préparer de quoi déjeuner, une douche et on file.

— Avec plaisir, laisse-moi juste me débarbouiller et je te rejoins.

Je me lève et enfile un pyjama. Je sais très bien ce qu'Austin fait.

— Tu as fini de me mater ?

— La faute à qui ? D'ailleurs, je te préviens, si tu n'es pas plus rapide, je ne fais qu'une bouchée de toi.

Je me marre et cours en direction de la porte.

Je prépare des œufs pour Austin, des tranches de bacon, quelques toasts grillés et fais couler le café. Austin ne tarde pas à me rejoindre. On profite du petit déjeuner pour discuter.

— Tu as trouvé un nouveau job, Ellie ?

— J'ai quelques pistes, je dois passer un entretien mercredi prochain chez *Publish Market*. Tu connais ?

— De nom.

Je lui pose la question qui me brûle les lèvres.

— Tu as déjà informé Kristen de ta décision ?

— Non, pas encore, je dois la voir pour lui donner ma réponse. Je vais être sur le marché du travail, moi aussi.

— Tu ne vas pas regretter ?

Il me regarde droit dans les yeux.

— Pas du tout, bien au contraire, je prends la bonne décision. J'aime les challenges, d'ailleurs, je vais peut-être postuler chez *Publish Market.*

Je n'arrive pas à déceler s'il est sérieux ou non.

— Je te demande pardon ?

— Je te taquine, même si au fond ça ne me dérangerait pas de bosser à nouveau avec toi.

— Ouais, fausse bonne idée. On a vu ce que ça a donné.

— Une superbe campagne de pub.

Ouais, enfin… Je ne me projette pas, perso. J'ai donné dans notre collaboration.

— Je suis moins emballée.

Il fait mine d'être frappé en plein cœur. Plus surjoué, tu meurs.

Après avoir tout rangé, cleané la cuisine, un passage vite fait sous la douche, nous voilà prêts à partir.

Nous écumons les boutiques tous les deux, mais pas que. On se frôle, on se touche, on s'embrasse, on s'enlace… et c'est tellement bon de se laisser vivre.

Nous passons les jours qui restent avant le réveillon ensemble, comme un vrai couple. Ça me fait bizarre, mais ça me plaît. Aussi surprenant que cela puisse paraître, on est complémentaires.

Pour ce soir Austin m'a demandé de mettre une tenue assez chaude, il m'a préparé une petite surprise vu que l'on ne sera pas ensemble le 24 décembre. Je trouve l'idée géniale, même si je m'attends à tout avec lui.

Je végète toute la journée devant la télévision. Je profite avant de trouver un nouveau travail. L'alarme de mon téléphone sonne, m'indiquant qu'il est temps de me préparer. La nuit est tombée quand je sors de chez moi. Alors que je me dirige vers la station de métro, je me fonds dans la masse de gens. Je les écoute parler de ce qu'ils ont prévu de faire demain soir. Des cadeaux, des enfants. Je me demande si un jour moi aussi j'aurai un bambin. Je ne suis pas contre l'idée. Je rejoins Austin au point de rendez-vous. Je l'observe au loin. Il est sexy dans son long manteau noir et surtout il est à moi. Lorsqu'il me voit, son visage s'illumine d'un beau sourire.

Je m'empresse de me lover dans ses bras, qu'il me tend. Il sent bon l'after-shave.

— Nous avons une réservation dans cinq minutes chez *The Consulate Midtown*.

— Je ne sais pas comment tu as fait pour nous dégotter une table. Il faut réserver des mois à l'avance !

Son air malicieux me fait peur, alors je me dépêche d'ajouter :

— Et je ne veux pas le savoir.

Il rigole.

— C'est comme tu veux, mais pour éviter que tu te fasses de fausses idées, le patron est un ami de Derek.

Ça me rassure un peu. Je n'aurais pas aimé qu'il me dise qu'il est sorti avec une serveuse.

Le repas est une pure merveille, et le restaurant féerique. Il n'y a pas à dire, la période des fêtes apporte sa touche enchantée, avec les décorations éphémères fabuleuses dont se parent les rues. Je savoure le plat de fruits de mer que l'on partage, c'est un vrai régal pour mes papilles. Austin me questionne sur mon passé. Je lui dévoile tout sans gêne, y compris la trahison de mon ex, qui m'a rendue méfiante envers les hommes en général. Je lui avoue que je l'ai jugé sans vraiment le connaître sur la base de mon expérience désastreuse. Même si la comparaison le vexe, il comprend mieux la raison de mon agressivité des débuts.

Nous buvons une bouteille de vin rouge à deux. Je suis un brin pompette lorsque je sirote la dernière goutte. La tarte au citron meringuée est succulente, je suis à deux doigts de mordre Austin quand il ose en approcher sa fourchette, ce qui le fait rire. Alors qu'il règle l'addition, je m'attends à ce que l'on rentre chez lui, mais je suis surprise de constater qu'il m'emmène ailleurs. Je le suis sans broncher.

— J'ai vu une photo de toi avec Carla sur la patinoire de Central Park sur ton bureau. Vu l'expression heureuse sur ton visage, je me suis dit que ça te plairait de partager un moment comme celui-là avec moi.

Je n'en crois pas mes oreilles. Je ne pensais pas qu'il avait remarqué ce cliché. Il m'étonne de jour en jour.

— Oui, dis-je les yeux pétillants.

Trop excitée à l'idée de patiner, je sautille comme une gamine.

— Eh bien, ce soir on va réaliser un de tes rêves.

Je fonds dans les deux sens du terme. Je ne sais pas du tout faire du patin à glace, mais j'ai toujours eu envie d'apprendre. Carla et moi avions passé plus de temps les fesses sur la glace qu'à y évoluer gracieusement.

Nous nous retrouvons rapidement en face de l'immense patinoire. Le cadre est sublime et très romantique si on en croit les couples qui tournoient main dans la main. Avec l'aide d'Austin, je chausse les patins que me tend la dame de l'accueil. Je suis euphorique. Lorsque mon pied entre en contact avec la piste, je glisse maladroitement. Je ne suis pas très rassurée et mon équilibre est si précaire qu'Austin ne me lâche pas. Il se place devant moi.

— Allez, un pas après l'autre.

Mes jambes flageolent. Nos regards imbriqués, je le laisse me guider. Mon cœur bat à tout rompre. Austin est doux, ses mouvements sont lents, ce qui me sécurise.

— Je peux te lâcher, maintenant.

— Même pas en rêve, si je tombe, tu tomberas avec moi, je te préviens.

— Ça me fait drôle de te voir si peu assurée, miss Cabbage, enfin un domaine où tu n'excelles pas !

C'est ça, oui, moque-toi bien.

— Laisse-moi quinze minutes et je te fais un triple lutz.

Je suis très crédible, surtout qu'au moment de dire ça, je manque de me vautrer à cause d'un enfant qui est passé près de moi. Austin me rattrape in extremis en se marrant.

— Je te crois, dit-il en rigolant à gorge déployée.

Le salaud, il me le paiera plus tard dans la soirée.

Je prends de plus en plus d'assurance, assez pour faire un tour toute seule sous le regard fier et espiègle d'Austin.

— Tu es douée, m'annonce-t-il en me tendant les bras.

Je lui fonce dessus, ce qui lui soutire un gloussement taquin.

— Il faudra juste revoir le freinage.

Je lui frappe l'épaule en souriant.

— Moque-toi, va !

Il prend une profonde inspiration.

— Tu es un vrai rayon de soleil, tu égaies ma vie. J'aime ce que l'on vit tous les deux.

Austin me sort le grand jeu.

— Moi aussi, Austin, c'est…

Je cherche mes mots qui ne sortent pas, mes yeux émerveillés le faisant pour moi.

Nous rentrons chez lui, épuisés par nos prouesses sur la glace, et nous nous allongeons sur son lit. Ma tête repose sur son torse. Ses paupières sont fermées. C'est fou ce que je suis bien avec lui.

— Austin ?

— Mummh, marmonne-t-il, presque endormi.

— Je t'aime…

Il ouvre grand les yeux.

— Tu peux répéter, s'il te plaît ?

Ses prunelles pétillent de malice.

— Je t'aime, dis-je rougissante.

— Je t'aime aussi, Ellie.

Il me positionne sur lui, et nous nous embrassons encore et encore.

CHAPITRE 25

Austin

Noël

J'ai hâte qu'Ellie soit avec moi. Nous avons échangé quelques messages hier. Elle est aussi impatiente que moi que l'on se retrouve pour fêter notre premier Noël ensemble.

J'appréhendais beaucoup ce réveillon. C'était notre tout premier sans la présence de mon père. Nous étions tous mélancoliques, cependant nous avons essayé de le cacher pour ne pas gâcher la joie de mes petits neveux. Ils étaient comme des fous devant le sapin au pied chargé de cadeaux ce matin au réveil. Je n'ai trouvé le sommeil que tard dans la nuit. J'ai passé mes photos en revue pendant des heures, me remémorant les bons moments avec papa. C'est dingue ce qu'il me manque. J'aimerais tellement le revoir une dernière fois pour lui dire que je suis désolé. Savoir qu'il ne rencontrera jamais ma petite diablesse plombe mon moral. Je suis certain qu'il aurait apprécié le caractère d'Ellie. S'il était encore parmi nous, il prendrait un malin plaisir à se moquer de moi. Tout comme le fait Derek.

Au moment du dessert, j'ai rejoint ma mère qui pleurait dans la cuisine. Je l'ai prise dans mes bras pour lui apporter mon soutien. Ça m'a déchiré le cœur de la voir ainsi.

J'aurais aimé qu'Ellie soit avec nous. Elle est mon rayon de soleil.

Je n'arrête pas de jeter un œil à ma montre. Mais qu'est-ce qu'elle fait ? Je me tâte à lui envoyer un message pour savoir où elle se trouve, mais je me ravise.

La sonnerie de l'entrée retentit.

Je me dirige vers la porte. Lorsque je l'ouvre, je tombe nez à nez avec Ellie. Elle est belle comme un cœur avec son petit nez rougi par le froid. Elle me sourit timidement.

— Salut.

En réponse, je l'embrasse tendrement.

— Salut, toi.

Je lui prends ses sacs pendant qu'elle retire son manteau.

— Joyeux Noël.

— Joyeux Noël à toi aussi.

Je la saisis par les hanches et colle mon torse contre son dos. Je décale ses longs cheveux lisses sur une épaule, pour lui déposer un baiser dans le cou. Elle frissonne instantanément.

— Tu es sublime dans cette robe, à croquer.

— Austin, me réprimande-t-elle.

Je la relâche à contrecœur pour sortir l'entrée du frigo. J'ai tout acheté chez le traiteur. Je suis un piètre cuisinier.

Nous nous installons à table, j'ouvre une bonne bouteille de vin rouge. Ellie me raconte comment s'est passé le réveillon chez son amie tandis que je lui conte comment s'est déroulé Noël chez la famille Chick.

— Sa mère est aussi pénible que ça ?

— Pire, elle n'a pas arrêté de lui reprocher chacun de ses choix.

Je suis étonné que sa coloc n'ait pas sorti les crocs.

— Et Carla n'a rien dit ?

— Rien, la pauvre, elle encaisse.

— Elle devrait se rebeller, elle peut être fière de sa boîte.

Ellie boit une gorgée en mangeant un toast.

— C'est ce que je lui ai dit aussi, mais elle sait que c'est peine perdue avec elle. Que veux-tu !

— Et avec toi, elle se comporte comment ?

— C'est la bienveillance personnifiée.

Ellie remet sa mèche derrière son oreille en piquant un nouveau toast.

— C'est dingue.

— C'est excellent ! C'est toi qui l'as fait ?

J'ai le choix, soit lui vendre du rêve, soit lui avouer que ça vient du traiteur.

Elle rigole.

— C'est bon, j'ai compris, je dois remercier le traiteur du coin, se marre-t-elle.

— Je ne peux pas être bon en tout.

Elle fait mine d'être déçue.

— Moi qui pensais que tu excellais dans tous les domaines. Je suis obligée de revoir ma copie.

J'essaie de jouer les indignés, mais j'échoue lamentablement, ce qui déclenche un énième fou rire.

Elle me fait tout oublier. Son naturel, ses remarques, j'aime tout chez cette femme. Nos joutes verbales me font revivre et apportent la touche épicée qui manquait à ma vie trop fade depuis le départ de mon père.

La neige s'est remise à tomber pour le plus grand plaisir de la déesse qui est assise près de moi. C'est dingue l'effet que cela a sur elle. Ses yeux pétillent de bonheur, mais pas que… La tension sexuelle entre nous est palpable.

— Arrête de me regarder comme ça, me menace-t-elle.

Je fais mine d'être outré.

— Je ne vois pas de quoi tu parles. Je ne te regarde pas.

En fait, si, je suis bien incapable de m'en empêcher. Mais pour la première fois, je ne cherche pas à simplement assouvir un besoin auprès d'une femme. Je ressens cette plénitude qu'apporte une relation équilibrée, où les échanges ne sont pas uniquement charnels.

Notre discussion tourne autour de notre avenir, nos hobbies. Je lui parle de mon envie de prendre plus de temps pour voyager. Je ne suis pas surpris de l'entendre dire que c'est une excellente idée. Je suis fasciné par ce qu'elle me raconte, le tout ponctué de grands gestes, et de mimiques. Elle me fait rire. Elle me fait planer. Je suis heureux.

Après le dessert, nous nous lovons sur le canapé.

Ellie me caresse la cuisse, tout en admirant les flocons à travers la vitre et parfois elle monte un peu trop haut en tournant son visage vers moi. La garce, elle m'allume sciemment. Ses yeux chargés de désir et sa bouche pulpeuse qui ne demande qu'à être dévorée ne font que renforcer mon envie.

— On ne devrait pas s'offrir les cadeaux ? réclame-t-elle entre deux baisers.

Elle est vraiment sérieuse ? Elle me chauffe et elle voudrait encore me faire attendre ?

— Maintenant ! Tu es sûre ?

— Oui, s'il te plaît.

Je la relâche à contrecœur.

— Si tu insistes.

Je masque à peine ma déception et saisis le petit paquet sur ma table.

— Joyeux Noël, me dit-elle enjouée en me tendant à son tour un cadeau. On l'ouvre en même temps, annonce-t-elle.

— OK.

Je déballe son cadeau et me mets à rire en voyant qu'il s'agit d'un parfum.

Elle me regarde, tout sourire.

— Apparemment on a eu la même idée, dit-elle en ouvrant le sien. J'ai trouvé le tien hier, je ne savais pas trop quoi te prendre et quand j'ai vu le parfum je n'ai pas hésité.

Elle se rapproche de moi avec les larmes aux yeux.

— Je t'aime, Austin Chick, aussi agaçant que tu puisses être.

En guise de réponse, je la prends dans mes bras pour la faire virevolter.

— Je t'aime aussi, miss casse-pied.

— Et si on allait dans la chambre pour que tu déballes ta deuxième surprise, me propose-t-elle d'un air malicieux.

— Hâte de découvrir tes jolis sous-vêtements.

— Qui t'a dit que j'en portais ? murmure-t-elle.

Coquine. J'adore.

— Je vais tout de suite m'en assurer.

Je la soulève pour la mettre sur mon épaule comme un sac à patates.

Je l'emmène jusqu'à ma chambre et la jette sur le lit. Elle me dévore littéralement des yeux. Je m'allonge près d'elle.

— Ellie, avant que l'on aille plus loin, j'ai une question à te poser.

— Tu me fais peur, répond-elle en s'appuyant sur ses coudes.

— J'aimerais, si tu le veux bien, que tu envisages de passer le 24 décembre l'année prochaine avec ma famille. Pour être honnête avec toi, durant le repas tu m'as manqué.

La surprise laisse place à la douceur. Ses yeux se remplissent de larmes, je cueille celle qui s'échappe du bout de mes doigts.

— Pourquoi tu pleures ?

— Parce que, je suis folle de toi. Je trouve ça mignon que tu te projettes dans un an. Ça veut dire qu'il y a de l'espoir pour nous.

Comment peut-elle encore en douter ?

J'attrape son visage entre mes mains et plonge mon regard dans le sien. Comme si de cette façon nos âmes pouvaient communiquer. Je veux qu'elle comprenne que c'est elle que j'ai choisie.

— Je t'aime, Ellie, et j'envisage de passer ma vie avec toi.

— Je t'aime, Austin.

Ses lèvres viennent à la rencontre des miennes. Notre baiser est enfiévré. Je la garde serrée dans mes bras un long moment. Je n'aurais jamais imaginé terminant l'année avec une femme dont je suis tombé fou amoureux. À croire que la magie de Noël a opéré, et que mon père, du haut de son nuage, a œuvré pour me faire le plus beau des cadeaux.

ÉPILOGUE

Ellie

2 ans plus tard - Noël

Voilà maintenant un an que j'ai emménagé chez Austin. Nous filons le parfait amour. Je sais, ça fait cliché, et pourtant c'est la vérité. Il m'a fait une place dans ses armoires, et dans son quotidien. Après quelques mois de vie commune, nous avons décidé de refaire ensemble la déco. Fini la garçonnière, place à la vie de couple. On a ajouté des cadres photo de nos voyages. Oui, parce qu'on a eu envie de visiter l'Europe. On s'est octroyé de longs week-ends en amoureux pour découvrir des villes romantiques comme Paris, Rome, Venise, Barcelone…

Le jour du déménagement a été dur pour Carla, et pour moi aussi. J'ai adoré notre colocation. Tourner la page pour écrire un nouveau chapitre n'a pas été aisé. Même si elle a peut-être gagné au change. Madame est aujourd'hui en coloc avec Derek. Ils ne s'ennuient pas, ces deux-là. Leur relation est ambiguë, mais ni l'un ni l'autre ne se l'avoue. Quelque chose me dit qu'un jour, ils vont finir par réellement sortir ensemble.

Austin et moi avons démissionné en même temps de chez Farsman Creative Group. Nous avons facilement retrouvé du travail, dans deux sociétés différentes, il ne faut pas abuser, mais nous nous sommes rapidement aperçus que nous ne nous épanouissions pas plus que ça. Un soir, il m'a soumis l'idée de bosser en duo. Il était persuadé que notre binôme ferait des étincelles.

Nous avons sauté le pas et avons pris le risque de nous associer pour ouvrir notre propre agence de publicité il y a trois mois. C'est un projet dingue, mais on est sûrs de nous aujourd'hui.

Au départ, j'étais sceptique. Travailler ensemble, vivre ensemble j'avais peur que cela soit trop, que l'on finisse par ne plus se supporter. Mais non, notre vie est toujours aussi mouvementée, mais notre alchimie dépasse les frontières de la chambre à coucher. Nous sommes complémentaires, et notre association fonctionne au-delà de nos espérances. Le premier client que l'on a signé n'est autre que notre cher Stuart. La campagne de publicité que l'on a montée en équipe sur *Élixir d'une nuit* a été un véritable succès.

Nous n'avons jamais recroisé le chemin de Kristen et ce n'est pas plus mal. Je ne sais pas comment je réagirais face à elle. Même avec le recul, je n'ai toujours pas d'explication par rapport aux griefs qu'elle entretenait vis-à-vis de moi, mais cette histoire me paraît tellement loin que je ne me pose plus de questions.

Je termine d'enfiler mes bottes quand mon portable se met à vibrer. Je me demande qui cela peut bien être. Carla.

Carla : Coucou, ma belle, comment tu vas ? Tu as trouvé de quelle manière le lui annoncer ?

Je soupire. Je ne sais toujours pas comment Austin va réagir. J'angoisse terriblement. Les fêtes sont difficiles à vivre pour lui. La mort de son père reste un deuil douloureux, et c'est encore pire quand la date fatidique approche. Hier, en parcourant les boutiques, je suis tombée sur une jolie petite boîte. J'ai acheté ensuite de petits chaussons. Eh oui, je suis tombée enceinte. Nous n'avons jamais abordé le sujet. D'ailleurs, je ne suis même pas certaine d'être prête pour ce nouveau rôle. Austin est en voyage d'affaires à Londres. Il est censé rentrer demain, en espérant que la neige n'empêche pas les avions d'atterrir.

Je me rends jusqu'à la fenêtre. New York a enfilé son manteau blanc. Encore une année d'écoulée. Je me perds un instant dans mes pensées.

Mon téléphone sonne, la chanson *Jingle Bells* retentit. Je souris.

— Oui, Carla ?

— Alors ? répond-elle toute euphorique.

— J'ai prévu de lui annoncer demain à son retour.

Je l'entends pouffer à l'autre bout de la ligne.

— Tu vas lui faire une sacrée surprise pour Noël cette année. Tu as mis la barre haute pour trouver un cadeau aussi original les prochaines années, glousse-t-elle.

Elle n'a pas tort, et mon niveau de stress augmente en conséquence. Je distingue au loin Derek qui lui demande quelle est la fameuse surprise.

— Carla, ne lui dis rien surtout.

— Compte sur moi.

— Reste à savoir comment il va prendre la nouvelle.

Je ne suis pas certaine que devenir papa soit une priorité pour lui, surtout avec le démarrage de notre affaire.

— Il va être comblé, tu verras.

J'aimerais avoir son assurance. Avec le lancement de l'agence, ce n'était pas prévu au programme. Je vais devoir m'absenter quelque temps, et jongler ensuite entre les biberons et les dossiers à traiter. Mon Dieu, comment vais-je m'en sortir ?

— Je te dirai ça demain.

— Tiens-moi au courant. Bisous, ma belle.

Je passe l'après-midi à courir les magasins pour les traditionnels achats de dernière minute. Pourquoi ne suis-je pas davantage organisée ?

Je reçois un message d'Austin.

Austin : Salut, ma chérie, comment tu vas ? Mieux ? Ton indigestion est passée ?

Austin s'inquiète pour ma santé, la dernière fois que je l'ai eu au téléphone, j'ai dû couper la communication précipitamment pour aller rendre mon repas. C'est Josh, que nous avons embarqué dans l'aventure comme assistant, qui m'a fait remarquer que je n'étais pas dans mon assiette. J'ai longuement hésité avant d'acheter un test de grossesse. Je l'ai fait hier soir. Je suis restée un moment assise sur les toilettes, les yeux rivés sur l'objet en plastique. J'ai relu deux fois la notice pour être certaine du résultat.

Moi : Beaucoup mieux, j'ai hâte que tu rentres, tu me manques. Deux semaines, c'est beaucoup trop long.

Austin : Je vais tout faire pour être là pour le réveillon. Je t'aime.

Je suis folle de cet homme, je me demande encore comment j'ai réussi à lui mettre le grappin dessus.

Moi : Je t'aime aussi, à demain.

Après avoir terminé mes achats, je rentre à la maison pour emballer les cadeaux. Nous avons décidé cette année de passer le 24 décembre tous les deux et le 25 dans la famille d'Austin avec Carla. Je me fais couler un bon bain et songe à ce que va être notre vie dans huit mois. Je me demande si ce sera une fille ou un garçon. Après une heure à me prélasser dans l'eau, je sors et enfile un peignoir. Je me fais chauffer le reste de pizza et me cale devant la télévision. Je m'assoupis sur le canapé.

Austin est censé arriver dans une heure. Il n'est pas loin de 19 heures. Son vol est annoncé à l'heure. J'enfile une belle robe bleu électrique, lisse mes cheveux et me maquille. J'accessoirise ma tenue avec un bonnet de Noël incliné de manière coquine. Je vérifie la cuisson de ma viande dans le four. Tout est prêt. En passant devant le salon, j'observe la petite boîte, décorée d'un ruban doré, sous le sapin. J'angoisse. J'espère sincèrement qu'il accueillera bien la nouvelle.

J'entends la serrure de la porte d'entrée.

— Hello, chérie, je suis rentré.

Je fonce sur lui, il fait tomber son attaché-case et m'ouvre grand les bras. Son sourire est resplendissant. Je me colle à son torse et prends une profonde inspiration pour m'imprégner de son odeur qui m'a manqué. Je me sens apaisée, complète.

De sa main, il relève mon visage.

— Tu m'as tellement manqué, murmure-t-il avant de m'embrasser.

Sa langue se fraye un passage entre mes lèvres. C'est si bon de le retrouver. J'en oublie un court instant la surprise, submergée par le bonheur de le serrer contre moi.

Je me détache de lui à contrecœur.

— Ça sent divinement bon.

La maman d'Austin me donne des cours de cuisine. Du coup, je me dépatouille plutôt bien, maintenant.

— Va te changer, je vais mettre la table.

— C'est quoi cette petite boîte ?

Mon cœur tressaute, mais je ne montre rien. Il a un sixième sens pour s'arrêter sur ce cadeau en particulier ? Je vais prendre ça comme un bon signe, sinon je vais angoisser et il va se douter que quelque chose me tracasse.

— Va prendre ta douche, tu verras en temps voulu.

Nous dînons en amoureux, heureux de nous retrouver. Austin me propose d'ouvrir une bouteille de vin, mais je refuse, lui avançant que mon estomac fait encore des siennes. Il paraît inquiet.

— Tu devrais consulter, Ellie, je n'aime pas ça.

— Oui oui… biaisé-je vaguement.

Je le ferai et tu seras sûrement avec moi, je me retiens de dire. Je me sens coupable de l'affoler alors que je connais parfaitement la raison de mon indisposition.

Je jette à de nombreuses reprises un coup d'œil à ma montre.

— Tu as quelque chose de prévu ? demande-t-il interrogateur.

Je sursaute.

— Ce n'est pas l'heure d'ouvrir les cadeaux ? proposé-je.

Austin fronce les sourcils, il sent bien que quelque chose se trame. Il se lève de table et me tend la main. Je la saisis et le suis.

— Oui, tu as raison, c'est l'heure.

Nous nous asseyons au pied du sapin. Austin est le premier à ouvrir ses cadeaux. Il déballe le plus gros, un pull de chez Hermès, et apprécie mon choix. Puis, la petite boîte au creux de sa main, il m'interroge silencieusement.

— Qu'est-ce que ça peut bien être ?

Je suis paniquée. Mon cœur menace de sortir de ma poitrine tant je suis stressée.

— Ouvre, tu verras, réponds-je d'une voix tremblotante.

J'observe Austin dénouer le ruban, il soulève le couvercle de la boîte, avant de se figer. Il me dévisage d'un air ahuri, puis choqué, avant de regarder à nouveau les chaussons, comme s'il vérifiait la teneur de la surprise.

— Tu es… tu es…

Le voilà qui bégaie.

— Je suis enceinte, oui, confirmé-je doucement.

Je fais la moue, épiant la moindre de ses expressions. Ses yeux luisent, et un franc sourire fend son visage, calmant immédiatement l'anxiété qui m'étreint depuis hier.

— Je vais être papa ? s'écrie-t-il joyeusement.

— Oui… joyeux Noël, Austin, couiné-je en me trémoussant comme une gamine.

Il pose délicatement la boîte et me tend la main pour que je me lève. Austin m'enveloppe dans une étreinte aussi impétueuse qu'attentionnée. Il me couvre le visage de baisers adorateurs.

— Tu ne pouvais pas me faire plus beau cadeau, Ellie Cabbage.

Je me mets à pleurer (les hormones ? ou juste la sensation de vivre un instant hors du temps). Je ne pensais pas que cette nouvelle le comblerait à ce point. Peut-être que la magie de Noël y est vraiment pour quelque chose.

Il tombe brusquement à genoux, m'enlace la taille et pose sa joue contre mon ventre.

— Eh, toi là-dedans, tu es mon plus beau cadeau, chuchote-t-il. Ellie, ajoute-t-il avant de relever les yeux vers moi, tu viens d'effacer en un claquement de doigts tous les mauvais souvenirs liés à la période de Noël. Tu… vous êtes mon petit miracle.

Je suis sans voix, émerveillée par la douceur qui se dégage de ses mots, l'espoir et l'amour aussi.

Il se redresse souplement pour aller récupérer dans son manteau un petit écrin. Je le regarde faire, encore sous le charme de sa déclaration romantique. Mais le naturel revenant au galop, ma curiosité me titille. Que m'a-t-il acheté ?

Austin revient vers moi pour me tendre un écrin estampillé du logo d'une bijouterie prestigieuse. Son sourire est communicatif. J'étouffe de la main un « oh » de stupéfaction lorsque je découvre ce qui se cache à l'intérieur. Un somptueux solitaire monté sur un anneau délicat d'or blanc serti de petits diamants. Je le regarde, estomaquée.

— Elle te plaît ? s'inquiète-t-il, pas très sûr de lui.

— Elle est magnifique, Austin.

Austin récupère la bague sur son coussin de velours et m'intime de lui donner la main. Il fait glisser l'anneau à mon doigt, et le solitaire scintille dans un arc-en-ciel d'éclats chatoyants. Je n'en reviens pas.

— Cette bague est sublime.

— Je pense que de nous deux, celui qui a offert un présent inestimable à l'autre, c'est toi, Ellie.

Il m'attrape par les hanches pour me coller à lui.

Au creux de mon oreille, il me susurre :

— Dorénavant, cette fête prend un tout autre sens. Je t’aime, Ellie Cabbage.

Austin me soulève dans ses bras et me fait virevolter, un sourire étincelant aux lèvres. Je suis au comble du bonheur.

C’est fou quand je repense à notre histoire et à tout le chemin que nous avons parcouru. Je me souviens comme si c’était hier de notre collaboration chaotique et de nos affrontements puérils. Combien il pouvait être agaçant et arrogant. Je l’ai détesté avant de tomber follement amoureuse de lui. Si je devais revivre nos débuts ? Je ne changerais absolument rien.

FIN

REMERCIEMENTS

Je tenais tout d'abord à remercier du fond du cœur Valérie alias « chaton ». C'est une superbe aventure que j'ai aimé partager avec toi. Je suis tellement heureuse que nos chemins se soient croisés. Merci pour ton soutien indéfectible. Tu as su dompter mes doutes (et Dieu sait qu'il y en a eu). Cette romance de Noël est une première pour moi et j'avoue que comme nos deux héros, l'histoire a été semée d'embûches. J'espère que tu seras de nouveau partante pour une nouvelle expérience. Tes appels et tes messages vont me manquer. J'ai hâte de pouvoir te serrer dans mes bras.

Un énorme merci à Sarah pour ta confiance. Entrer dans cette maison d'édition est une véritable opportunité (pour éviter la répétition du mot chance). Je suis encore dans ma vague d'édito. Black Ink est bien plus qu'une maison d'édition, c'est une famille dans laquelle on se sent bien. Chaque auteur a sa place. On attend toujours avec impatience le moment où l'on va tous se retrouver pour partager des rires, et de longues conversations autour de la romance.

Un remerciement particulier à Marie et ses talents de correctrice hors pair. Tu as sublimé ma plume, m'as fait rire avec tes commentaires, tes réactions à chaud. Promis, tu n'auras pas de triangle amoureux avec moi et des chapitres plus courts. Je te dois un « mojito », enfin des mojitos. Je missionne Jo de ce pas. Le remerciement à base de citron vert, menthe et rhum est plus que mérité.

Un merci à Emma Landas pour m'avoir aiguillée quand je me suis perdue (à plusieurs reprises). C'est également grâce à toi si Austin a conquis le cœur de notre douce Ellie.

Un grand merci à vous les lectrices. Vous êtes mon moteur. Vous me donnez la force de poursuivre cette folle aventure qu'est l'écriture. Votre passion attise la mienne.

Mahira, il est temps pour nous de reprendre notre duo de choc. De mélanger nos plumes comme on mélangerait un cocktail avant de le déguster (pour ne pas dire l'engloutir).

Je terminerai en remerciant ma famille, mon mari et mes filles, Lucie et Emma. Vous êtes ma définition de l'amour inconditionnel.

Si la magie de Noël a opéré c'est grâce au soutien et à l'aide de mon entourage.

Il ne me reste plus qu'à vous dire à bientôt, mes chères lectrices.

Imprimé en France
par Imprimerie de la Sèvre
(79000 Niort)